BASTEI
LÜBBE

LINDA LAEL MILLER
im BASTEI-LÜBBE-Taschenbuchprogramm:

18 100 Wer das Paradies nur finden will …
18 101 Wer ein Lächeln des Glücks einfängt …
18 102 Wer dem Zauber der Liebe verfällt …
18 103 Wer dem Weg des Herzens folgt …
18 104 Wie der Glanz des silbernen Mondes …
18 105 Wie das helle Feuer der Sterne …
18 106 Lily und der Major
18 108 Emma und der Rebell
18 110 Caroline und der Bandit
18 112 Bis ans Ende meines Lebens …
18 113 Bis die Liebe dich bezwingt …
18 114 Bis du deinem Herzen folgst …
18 115 Eine widerspenstige Geliebte
18 116 Ein sündiger Engel
18 117 Eine ungezähmte Braut
18 119 Verzaubert von deinen Augen
18 123 Goldene Sonne, die dich verbrennt
18 127 Silbernes Mondlicht, das dich streichelt
18 138 Und liebe dich ein ganzes Leben
18 142 Ein heller Stern brennt in der Nacht
18 150 Süße Annie, wildes Herz
18 154 Ein anderes Leben, ein anderes Glück
18 162 Im dunklen Rausch der Nacht

Linda Lael Miller

Im dunklen Rausch der Nacht

Roman

Ins Deutsche übertragen
von Katharina Braun

BASTEI
LÜBBE

BASTEI-LÜBBE-TASCHENBUCH
Band 18 162

Erste Auflage: April 1997

Deutsche Lizenzausgabe 1997 by
Bastei-Verlag Gustav H. Lübbe GmbH & Co.,
Bergisch Gladbach
Originaltitel: Time without end
Lektorat: Katharina Woicke
Titelbild: Donald Case
Umschlaggestaltung: Quadro Grafik, Bensberg
Satz: KCS GmbH, Buchholz/Hamburg
Druck und Verarbeitung: Brodard & Taupin,
La Flèche, Frankreich
Printed in France
ISBN 3-404-18162-X

Prolog

Las Vegas, Nevada
1995

Schweigen breitete sich im Saal aus, als die gläserne Kutsche lautlos auf die Bühne rollte, von sechs herrlichen Schimmeln mit goldenen Mähnen und goldenen Schweifen gezogen. Dichter Nebel waberte über den Boden, stieg langsam auf und hüllte die vergoldeten Kutschenräder und die altmodischen eisernen Laternen ein.

Daisy Chandler hatte bis vor einer halben Stunde an einer Überwachung teilgenommen und war noch gerade rechtzeitig zum Finale im Theater des neuerbauten Venetian Hotels erschienen. Obwohl sie ihr ganzes Leben in Las Vegas verbracht hatte und Täuschungen und Illusionen nichts Unbekanntes für sie waren, hielt sie ganz unwillkürlich den Atem an, als die Kutschentür sich öffnete.

Der Magier trat aus der Kutsche auf die Bühne.

Groß und breitschultrig stand er hinter den von Nebel eingehüllten Bodenscheinwerfern und betrachtete in gebieterischem Schweigen das Publikum, als versuche er zu entscheiden, ob diese Menschen seine Anwesenheit verdienten. Unter einem mit glitzernden Metallfäden bestickten Cape aus schwarzem Samt trug er einen maßgeschneiderten schwarzen Smoking; sein dichtes Haar war kastanienbraun und etwas zu lang im Nacken, er hatte aristokratische Gesichtszüge und eine blasse, fast durchsichtig erscheinende Haut.

Obwohl Daisy seine Augen in der Dunkelheit nicht sehen konnte, hätte sie schwören mögen, daß sein Blick sie streifte, dann weiterglitt, um schließlich wieder zu ihr zurückzukehren und sie in seinen Bann zu ziehen.

Der Blick des Mannes löste ein fast schmerzhaftes Gefühl von Trauer und Freude in ihr aus, Erinnerungen an eine große Liebe und eine noch größere Tragödie. Eine Flut verblaßter Bilder, wie von uralten Ansichtskarten, drängte sich in ihr Bewußtsein …

Erinnerungen.

Daisy versuchte, das eigenartige Gefühl wieder abzuschütteln. Sie war schließlich Polizeibeamtin – eine sehr pragmatische zudem – und glaubte weder an Zauberei noch an Erinnerungen an Dinge, die sie nie erlebt hatte. Seit ihrem achten Lebensjahr wurde sie von unheimlichen Träumen heimgesucht, aber die fielen in eine völlig andere Kategorie.

Sie bewegte sich unbehaglich auf ihrem Sitz und fragte sich, wieso sie zum Auftritt eines Zauberkünstlers gegangen war, statt heimzufahren zu einem leichten Abendessen, einem heißen Bad und dem so dringend benötigten Schlaf. Und sie hatte sogar fünfundsiebzig Dollar für die verdammte Eintrittskarte hingelegt …

Daisy biß sich auf die Lippen. Sie hatte schon viel von diesem Zauberer gehört, der sich schlicht *Valerian* nannte. Ihre Freunde behaupteten, seine Tricks seien praktisch undurchführbar; Magier aus der ganzen Welt kämen zu seinen Auftritten, um herauszufinden, wie er sie bewerkstelligte. Daisy hatte sich mit eigenen Augen davon überzeugen wollen, daß er wirklich so einzigartig war, wie man es behauptete.

ihren Stuhl zurücksinken, als die Horden von Touristen unter aufgeregtem Tuscheln auf den Ausgang zustrebten. Bald war das Theater leer, außer einigen wenigen Kellnern, und die Bühne, mit ihrem Vorhang mit elfenbeinfarbener Seide, lag im Dunkeln.

Daisys Kehle war wie zugeschnürt, unerklärbare Tränen schimmerten in ihren Augen, als sie, einem unausgesprochenen Befehl gehorchend, den zu verweigern sie nicht die Kraft aufbrachte, auf ihrem Platz zurückblieb. Und wartete.

Denn für Daisy war die Show noch nicht zu Ende.

1

Dunnett's Head, Cornwall
September 1348

»Du hast die beiden Jungen verdorben«, nörgelte Noah Lazarus, den Schlegel in der Hand, an seinem Platz am Tisch. Seraphina, seine Frau, stand am Fenster des Ladens und hielt nach ihren nichtsnutzigen Söhnen Ausschau. Noah spuckte auf den Boden, um Seraphinas Aufmerksamkeit zu erringen, obwohl ihm durchaus bewußt war, daß auch das nichts nützen würde. »Die Namen, die du ihnen gegeben hast, Sera – *Krispin, Valerian* – sind Namen, die Prinzen und Königen gebühren, aber nicht den Söhnen eines einfachen Schuhmachers!«

Endlich wandte Seraphina sich nun um und richtete den Blick ihrer ungewöhnlich blauen Augen auf ihren Mann, und obwohl diese Augen vor Verachtung blitzten, war Noah froh, daß sie ihn überhaupt wahrnahmen. Er wußte, wie pathetisch er wirkte, aber das war ihm in Momenten wie diesem völlig gleichgültig.

»Sie sind brave Jungen«, entgegnete Seraphina kühl. Die späte Nachmittagssonne, die durch das dicke, gewölbte Glas des Fensters schien, spiegelte sich in ihrem dichten, kastanienbraunen Haar, und wie schon so oft wunderte sich Noah, daß ein Geschöpf wie sie sich an jemanden wie ihn gebunden hatte, vor Gottes Gesetz und dem der Menschen, und daß sie mit ihm gelegen und ihm Kinder geboren hatte.

In diesem Augenblick sah er die Jungen von der Burg hoch über dem kleinen Dorf an der irischen See zurückkehren. Valerian, der ältere, war siebzehn Jahre alt, groß und schlank wie ein Schiffsmast, hatte breite Schultern und die ungewöhnliche Haarfarbe seiner Mutter. Er hatte einen kräftigen Knochenbau und ebenmäßige, weiße Zähne, und er war von so makelloser Schönheit, daß Noah fast nicht glauben konnte, daß dieser Junge das Erzeugnis seiner eigenen Lenden war. Es war fast, als hätte der Junge das Beste seiner Eltern für sich beansprucht, um wenig oder nichts für die Kinder zurückzulassen, die ihm gefolgt waren.

Krispin, der etwas kleiner als sein Bruder und blond und zierlich wie ein Mädchen war, war der Zweitälteste. Zumindest war es ihm gelungen zu überleben – was mehr war, als man von den anderen behaupten konnte.

Der arme kleine Royal, der drei Jahre nach Krispin zur Welt gekommen war, war ein bleicher, spindeldürrer Säugling gewesen und hatte nicht einmal die ersten zwei Wochen überstanden. Was die beiden Mädchen betraf, die Zwillinge, nun, *diese* unseligen Geschöpfe hatten schon den Geist aufgegeben, bevor sie getauft werden konnten.

Die Tür des Ladens ging auf, und Valerian trat ein. Er trug die schlichte Kleidung eines Kaufmannssohnes, Gamaschen und eine Tunika aus grober Wolle, doch an ihm wirkte sie verfehlt wie eh und je, denn er schien eher der Sohn eines reichen Müßiggängers als der eines armen Händlers zu sein. Als er seine in ihn vernarrte Mutter auf die Stirn küßte, errötete sie, als hätte sie soeben den Segen Johannes des Täufers oder eines der geringeren Heiligen erhalten.

Valerians Blick glitt zu Noah, und beide wußten, was der

andere dachte; ihr Haß und ihre Verachtung füreinander waren nichts Neues. An jenem Tag trug der Junge einen unerhört kostbaren und seltenen Gegenstand unter dem Arm – ein Buch, in Leder gebunden, und Noah wußte, ohne hinzusehen, daß es von irgendeinem Mönch oder einer ganzen Reihe von ihnen verfaßt und illustriert worden war.

Sein Herz zog sich zusammen; er spürte, wie sich ein dünner Schweißfilm auf seiner Stirn und Oberlippe bildete. »Wo hast du das her?« fragte er mit rauher Stimme. Jesus, Josef und Maria, das Manuskript mußte mehr wert sein als der ganze Laden samt Inhalt – mehr wahrscheinlich sogar noch, als das gesamte Dorf von Dunnett's Head! Nicht auszudenken, was geschehen würde, wenn ein solcher Schatz beschädigt würde oder gar verloren ginge!

Und er, Noah, würde dafür büßen müssen – nicht sein Sohn. Es war immer Noah, der für alles büßen mußte.

Valerian – Gott, wie Noah diesen großspurigen Namen haßte! – bedachte ihn mit einem Lächeln, für das sein Vater ihn am liebsten geschlagen hätte. Noah hatte es schon oft genug getan und jeden Hieb genossen, doch leider verwöhnte Seraphina den Jungen dann höchstens nur noch mehr und ließ alle anderen dafür büßen.

»Es gehört dem Baron«, erwiderte Valerian nach kurzem Schweigen, was einer Erklärung näherkam als alles, was er bis dahin je gesagt oder getan hatte, um seine Handlungen zu rechtfertigen. Er schien es sich zur Regel gemacht zu haben, niemals Gründe anzugeben.

Krispin, dieser schwache Schatten eines Jungen, sagte nun mit ernster, vor Erregung bebender Stimme: »Unser Lehrer hat uns erlaubt, es mitzunehmen. Bis zur nächsten Unterrichtsstunde …«

Noah spürte das Blut hinter seinen Schläfen pochen. *Unterricht. Bücher.* Damit hatte alles angefangen – mit Seraphinas närrischem Beharren darauf, daß ihre Söhne Lesen und Schreiben lernen müßten, um nach Poesie und Kunst zu lechzen …

Der ältere Mann richtete den Blick auf Valerian. »Bring es zur Burg zurück«, befahl er kalt. »Auf der Stelle.«

Valerians Blick und Haltung verrieten unerschütterlichen Trotz. »Das werde ich nicht«, erwiderte er sehr ruhig.

Noah ballte die Faust – er war ein großer, kräftiger Mann und hätte diesen dreisten Burschen am liebsten geprügelt, bis er in die Knie ging und blutete und wimmerte. Doch Seraphina ergriff Noahs harten Arm mit ihren zarten Händen, deren Knochen zerbrechlich wie bei einem Vogel waren, und schaute mit einem Blick zu ihm auf, der gleichzeitig eine flehentliche Bitte und eine ernste Warnung ausdrückte.

Noah ertrug es nicht mehr, daß sie ihm dieses Balg vorzog – ihm, ihrem eigenen Mann. Das war ja ... abartig! »Dies ist noch immer mein Haus und mein Laden«, sagte er. »Und ich bin noch immer dein Vater. Ich bin der Herr im Haus, und du wirst tun, was ich dir sage, oder dir eine Tracht Prügel einhandeln, wie du sie noch nie zuvor bekommen hast!«

»Noah!« flüsterte Seraphina entsetzt und umklammerte seinen Arm noch fester.

»Genug!« herrschte er sie an und stieß sie beinahe um, als er sich von ihr losriß, ohne den Blick von Valerians makellosem, verhaßten jungen Gesicht zu lösen. Nach einigen tiefen Atemzügen gelang es ihm, etwas ruhiger zu sprechen. »Was soll es also sein?«

Valerian spuckte auf den Fußboden.

Sein Benehmen war unentschuldbar. Noah entriß ihm das kostbare Manuskript, drückte es Seraphina in die Hand und schlug seinen Sohn mit einer solchen Wucht, daß Valerian zurücktaumelte und gegen einen hölzernen Stützbalken prallte. Blut tropfte aus seinem Mundwinkel, und die Feuer der Hölle funkelten aus seinen Augen. Er sagte nicht, daß er seinen Vater haßte, denn das war überflüssig.

In einem Moment qualvoller Verzweiflung fragte Noah sich, ob es etwas geändert hätte, wenn er Seraphina damals gezwungen hätte, den Jungen ganz gewöhnliche, solide Namen zu verleihen, wie Thomas oder John, Gideon oder Joseph ...

Seraphina schrie, aber Noah vermochte sich nicht mehr zu beherrschen. Er packte den Jungen am Kragen, griff mit seiner schwieligen Hand in das lange, kastanienbraune Haar und zwang seinen Erstgeborenen in die Knie.

Valerian wehrte sich nicht, obwohl Noah die Kraft spüren konnte, die in dem jungen, harten Körper steckte. Stumm ertrug der Junge Noahs Schläge, Tritte, Ohrfeigen und Hiebe, aber er hörte nicht auf, mit kalter, bodenloser Verachtung zu seinem Vater aufzuschauen. Zu spät begriff Noah, daß gerade diese Teilnahmslosigkeit Valerians stärkste Waffe war. Indem er die Strafe ohne Gegenwehr erduldete, sicherte er sich die unsterbliche Zuneigung seiner Mutter und besiegelte Noahs Schicksal, indem er ihm den letzten Rest von Seraphinas Respekt raubte. Valerian, diesem Wechselbalg mit den engelhaften Zügen, war es nun endlich gelungen, das zu zerstören, was Noah mehr bedeutete als alles andere in seinem Leben.

Mit einem Aufschrei, der abgrundtiefe Qual verriet, holte er aus und versetzte dem vor ihm kauernden Valerian einen brutalen Tritt.

Seraphina schrie auf, kniete nieder, um ihren blutenden und nun ohnmächtigen Sohn in die Arme zu nehmen. Als sie Valerians Kopf an ihre Brust zog und den Blick zu Noahs Gesicht erhob, bestätigten sich seine schlimmsten Befürchtungen: Der Haß, den er in ihren Augen sah, würde sie alle überleben.

Selbst wenn sie auch weiterhin sein Lager teilte und im Dunkeln vielleicht sogar seine Berührungen und sein Stöhnen über sich ergehen ließ, war Seraphina für immer für ihn verloren.

Noah spürte, wie ihm die Tränen kamen, denn er liebte seine Frau mit der gleichen innigen Verehrung, wie ein Heiliger sie Gott entgegenbrachte. In einer stummen Bitte streckte er eine Hand aus, unfähig zu sprechen, und sie starrte einen langen Moment auf die groben Finger. Dann wandte sie sich ab, barg ihr Gesicht in Valerians Haar und sprach nicht zu Noah, sondern zu ihrem zweitgeborenen Sohn.

»Bring deinen Bruder ins Bett«, trug sie Krispin mit ausdrucksloser Stimme auf. »Ich hole ein Tuch und Wasser.«

Erst da gelang es Noah, ein verzweifeltes Wort hervorzustoßen. Ihren Namen.

Sie erhob sich und half Krispin, den ohnmächtigen Valerian aufzurichten. Sie schaute ihren Mann nicht an, aber ihre Worte durchzuckten ihn wie der kalte Stahl einer frischgeschärften Sense. »Möge Gott dich verfluchen, Noah Lazarus«, murmelte sie. »Möge dein Name seinen Engeln verhaßt sein, von heute an bis zum Jüngsten Gericht!«

Valerian

Ich erinnere mich noch sehr gut, selbst noch nach sechshundert Jahren, daß ich irgendwann nach Sonnenuntergang erwachte, in der kleinen, düsteren Kammer, die ich mit meinem Bruder teilte. Ich fühlte mich, als wäre ich unter die Hufe der Pferde des Barons geraten. Das Stroh auf meinem Lager raschelte, als ich mich bewegte, und ich hörte Krispins leises Atmen an der Wand gegenüber, aber es war ein völlig anderes Geräusch, das sich in mein Bewußtsein schlich. Es dauerte eine Weile, bis ich erkannte, was es war: das verzweifelte, trostlose Schluchzen meines Vaters.

Ich schloß die Augen, als könnte ich es damit auslöschen, denn obwohl ich Noah nie geliebt hatte, war ich nicht immun gegen seinen Schmerz. Im Gegensatz zu ihm empfand ich keine Befriedigung, wenn ich ihn leiden sah.

»Glaubst du, daß sie ihn nun endlich verlassen hat?« flüsterte Krispin.

»Nein«, erwiderte ich, unfähig, ein leises Stöhnen zu unterdrücken, als ich mich umdrehte. »Sie wird ihn nie verlassen. Wo sollte sie auch hingehen?«

Es folgte ein kurzes Schweigen, zumindest in unserer kleinen Kammer. Draußen wurde Vaters Wehklagen lauter und verzweifelter, es klang fast wie das Heulen eines verwundeten Wolfs, und ich fragte mich, ob sein Schmerz ihn dazu bringen würde, mich erneut zu schlagen. Obwohl er sonst eigentlich kein grausamer Mensch war, schien es ihm eine ungeheure Befriedigung zu verschaffen, wenn er mich mißhandelte.

»Du bist nicht sein Sohn«, bemerkte Krispin in einem Ton, der nicht das geringste Gefühl verriet. »Das ist der Grund, warum er dich so haßt.«

Die Worte verletzten mich, obwohl es nicht der Fall hätte sein sollen. Schließlich hatte ich schon oft genug die gleiche Überlegung angestellt und mir früher, als ich noch jünger gewesen war, einzureden versucht, ich sei der Sohn eines interessanteren Menschen als Noah Lazarus, dem einfachen Schumacher aus Dunnett's Head in Cornwall. Der Sohn eines Schmugglers beispielsweise. Oder eines Dichters. Oder vielleicht sogar eines jener Piraten, die die Küsten von England und Frankreich verunsicherten.

Doch leider besaß ich die breiten Schultern des Schuhmachers und seine kräftigen, langfingrigen Hände, sein Temperament und seine seltsam aristokratische Nase, obwohl diese Ähnlichkeiten ihm selbst bestimmt noch nie aufgefallen waren. O ja, ich war ganz ohne Zweifel Noahs Sohn, aber er hätte mich nicht mehr hassen können, wenn der Teufel persönlich mich gezeugt hätte. Und anstatt mich zu bemühen, Frieden mit ihm zu schließen und seine Zuneigung zu gewinnen, hatte ich ihn mein Leben lang verspottet. Selbst jetzt noch, nach all diesen Jahrhunderten, bin ich mir nicht sicher, warum ich mich meinem Vater ständig widersetzt und seinen Zorn herausgefordert habe; ich weiß nur, daß ich damals lieber aufgehört hätte zu atmen, als ihn anzuflehen, mich zu lieben.

»Valerian?« Krispin klang verärgert; es erboste ihn, wenn er mit mir sprach und ich nicht sofort antwortete. »Was glaubst du? Bist du sein Sohn, oder bist du ein Bastard?«

Ich lächelte in der dunklen Kammer, obwohl alle meine Glieder schmerzten und ich am liebsten geweint hätte, bis mein Körper ausgetrocknet wäre wie in der Sonne gedörrtes Stroh. »Ich bin sein Sohn«, erwiderte ich. »Aber ich bin ganz bestimmt ein Bastard.«

Krispin lachte nicht über meinen Scherz, und das bedauerte ich, denn seine Belustigung wäre mir ein Trost gewesen.

Ein lautes Krachen und Poltern ertönte im äußeren Teil des Hauses, wo Vater seinen Laden hatte. In seinem Zorn schleuderte er jetzt Dinge an die Wand, die ihm lieb und teuer waren, und ich erschauderte und hoffte inständig, daß er sich nicht an mich erinnern möge.

»Er hätte uns vielleicht geliebt«, sagte Krispin leise, »wenn wir bereit gewesen wären, Schuhmacher zu werden.«

Inzwischen hatte ich leise zu weinen begonnen, und da ich nicht wollte, daß mein Bruder es bemerkte, erwiderte ich nichts. Aber ich wußte, daß es nicht unser Widerstand war, was den Haß unseres Erzeugers ausgelöst hatte, vor allem seinen Haß auf mich. Er haßte uns, weil unsere Mutter unsere Partei gegen ihn ergriffen hatte.

Nach einer Weile verstummten die Geräusche draußen im Laden. Krispin schlief ein, und irgendwann fand auch ich Schlaf. Am Morgen brachte Mutter mir das Buch, das diesen letzten Zwist verursacht hatte.

»Es ist deine eigene Schuld, Valerian«, sagte sie leise, während sie Wasser aus einer Zinnkanne in meinen Becher füllte. Vater war nicht im Laden, und Krispin war zum Strand gegangen, um nach Schiffen Ausschau zu halten, wie er es immer tat, so daß Mutter und ich allein waren. »Warum mußt du ihn auch immer reizen und herausfordern, Valerian? Warum tust du das?«

Ich war beschämt, weil ich wußte, wieviel sie meinetwegen zu ertragen hatte. »Ich weiß es nicht«, erwiderte ich düster und brach ein Stück von dem dunklen Brot ab, das sie mir zum Frühstück gebracht hatte. Meine Unterlippe war geschwollen, und das Kauen schmerzte. Ich sagte Mutter nichts von meiner Furcht, daß ich eines Tages, falls ich aufhörte, mich gegen meinen Vater aufzulehnen, vielleicht vor ihm auf den Knien liegen und ihn bitten würde, mich zu lieben.

Mutter schaute mich streng an, dann berührte sie mein Haar. »Geh jetzt. Er wird bald zurück sein mit den Dingen, die er braucht, um den Laden wieder in Ordnung zu bringen, und dann darf er dich hier nicht finden.«

Ich nickte, brach mir ein zweites Stück des harten, trockenen Brotes ab, nahm das Buch, das Mutter in ihren besten Schal gewickelt hatte, und ging zur Tür. Matthew Challes, Brenna Afton-St. Claires Hauslehrer, den sie großzügig mit den Schuhmacherjungen teilte, haßte es, wenn wir nicht pünktlich waren.

Ich war der erste, der das Schulzimmer betrat, diesen hohen, lichterfüllten Raum mit den großen Fenstern, die auf das Meer hinausgingen. Challes schnappte entsetzt nach Luft, als er mich sah. Er war ein großer Mann, fast einen halben Kopf größer als ich, mit tiefliegenden braunen Augen, dem sensiblen Mund eines Poeten und heller, blasser Haut.

»Noah hat dich also wieder verprügelt, Junge?«

Ich nickte nur und überreichte ihm das Buch.

Challes legte es beiseite, mit weniger Ehrfurcht, als ich erwartet hätte, und beugte sich dann vor, um aus schmalen Augen prüfend mein geschundenes Gesicht zu mustern. »Großer Gott, das ist ja barbarisch, Valerian! Wie erträgst du das nur? Wieso bist du noch nicht nach London fortgelaufen oder zur See gegangen?«

Ich konnte gar nicht von Dunnett's Head fort, obwohl es mein liebster Traum gewesen wäre, weil ich wußte, daß meine Mutter sterben würde, wenn ich sie verließe, und weil es noch jemanden gab, den ich nicht verlassen wollte. Aber das hätte ich nie zugegeben, dazu war ich zu stolz. Zum Glück kam in diesem Augenblick Lady Brenna herein, bevor ich gezwungen war, Challes' Frage zu beantworten, und wie immer, wenn ich sie erblickte, begann mein Herz wie wild zu klopfen.

Sie war fünfzehn damals, in heiratsfähigem Alter, und jeder wußte, daß ihr Vater, der Baron, nah und fern nach einem passenden Gatten für sie suchte. Er verlangte nur zwei Dinge von seinem zukünftigen Schwiegersohn, soweit ich mich entsinnen kann – eine hohe gesellschaftliche Stellung und ein ansehnliches Vermögen. Der Inhalt der Schatztruhen des Barons, der nie bemerkenswert gewesen war, hatte sich im Laufe der letzten Generation noch weiter verringert.

Ich erinnere mich noch gut, daß ich damals meine Seele geopfert hätte, um Brennas Mann zu werden – meine Hände und mein Gesicht in ihrem herrlichen, rotgoldenen Haar zu vergraben, mich in ihren smaragdgrünen Augen zu spiegeln und sie so fest an mich zu pressen, daß sie meine Erregung spüren konnte …

Bis zum heutigen Tag erinnere ich mich, daß sie an jenem Morgen ein dunkelblaues Samtkleid trug, das mir wunderschön erschien, obwohl es schon ein wenig abgetragen war.

Als sie mich sah und meine Wunden und Prellungen bemerkte, runzelte sie in einer Mischung aus Mitgefühl und Belustigung die Stirn. »Mein armer Valerian«, sagte sie und strich mit ihrer leichten, kühlen Hand über meine Wange. »Wann wirst du lernen, dem Sturm auszuweichen, anstatt direkt hineinzusteuern?«

Ich blieb ihr eine Antwort schuldig, denn ich war zu beschäftigt damit, mich zu fragen, ob sie wohl ahnte, welche Gefühle ihre harmlose Liebkosung in mir hervorgerufen hatte. Obwohl meine Tunika bis zur Mitte meiner Oberschenkel reichte und somit den ungewollten Beweis meines Verlangens nach Mylady verbarg, erkannte ich mit einem verstohlenen Blick auf unseren Lehrer, daß *ihm* der wahre Stand der Dinge nicht verborgen geblieben war.

Ich errötete und tat, als bemerkte ich es nicht, und wollte gerade etwas zu Brenna sagen, als Krispin hereinkam und Brenna lächelnd einen Strauß Feldblumen überreichte.

»Für Euch, Mylady«, sagte er und überreichte ihr das Geschenk mit einer anmutigen Verbeugung. Er betete sie an, genau wie ich, und ich fragte mich, ob sie es wohl wissen mochte und seine Zuneigung erwiderte.

Als ich sah, wie ihre Augen vor Freude aufleuchteten, durchzuckte mich ein schmerzhafter Stich der Eifersucht.

Es war Challes, der die Szene mit einem Räuspern unterbrach. »Also, Schluß jetzt mit dem Unsinn! Setzt euch, damit wir mit dem Unterricht beginnen können.«

Ich konnte mich nicht konzentrieren; draußen schien hell die Sonne, und der Wind, der durch die offenen Fenster der alten Burg hereinwehte, roch nach Salz und Meer. Ich träumte von großen Abenteuern in fernen, exotischen Ländern, mit Lady Brenna an meiner Seite, und widmete meinen Lateinaufgaben nur wenig Interesse.

Als der Unterricht beendet war, verschwand Krispin wie so oft, um eine seiner Strandhöhlen zu erforschen oder an der Küste entlangzuwandern, und ich blieb draußen vor dem riesigen, offenen Tor der Burg stehen und starrte auf die See hinaus. Ich hatte keine Eile, heimzukehren und den Rest des Tages damit zu verbringen, meinem Vater im Laden auszuhelfen.

Ich hörte Brenna nicht kommen und war daher ein wenig überrascht, als sie plötzlich neben mir erschien, Krispins schon halbverwelkte Blumen in der Hand. »Träumst du auch davon, diesen Ort für immer zu verlassen, wie dein Bruder es so gern täte?« fragte sie.

Ich lächelte, obwohl eine abgrundtiefe Trauer meine Seele erfüllte. *Ja*, dachte ich. *Und ich träume davon, dich mitzunehmen.* »Ich würde gern Frankreich und andere ferne Länder kennenlernen«, gab ich zu, so vorsichtig wie stets in ihrer Gesellschaft, weil ihre Meinung von so ungeheurer Bedeutung für mich war. »Und Ihr, Mylady? Könntet Ihr Euch vorstellen, verheiratet zu sein und einem Mann Kinder zu gebären?«

Ein kurzes, unbehagliches Schweigen folgte, in dessen Verlauf ich die sprichwörtliche Qual der Verdammten litt, aus der Furcht heraus, das Falsche gesagt zu haben. Brenna schaute aufs Meer hinaus und blinzelte in der hellen Sonne. Ihr Gesicht wirkte so ernst, so traurig, daß ich sie am liebsten in die Arme genommen und ihr geschworen hätte, sie vor Drachen und Teufeln zu beschützen und vor allem anderen, was sie fürchten mochte.

Endlich richtete sie den Blick auf mich. »Ich werde nach Northumberland geschickt«, sagte sie schließlich leise. »Vater hat dort einen Ehemann für mich gefunden. Wir haben gestern die Nachricht erhalten, und er hat es mir beim Abendessen mitgeteilt.«

Ein Schrei des Protests stieg in mir auf und pochte in meiner Kehle, aber ich machte meiner Empörung keine Luft. Es hätte Brenna nur erschreckt und doch nicht das geringste an der Situation geändert.

Sanft schob sie ihre Hand unter meinen Arm. »Ich will dich nicht verlassen, Valerian«, sagte sie leise. »Du liebst mich, nicht?«

Ich nickte nur, denn zu sprechen hätte ich nicht gewagt, selbst wenn ich es gekonnt hätte. Ohne Brenna würde mein Leben unerträglich sein ... Und es würde keinen Unterricht mehr geben in der Burg, keinen Challes mehr, keine Bücher, keine Poesie und keine Musik.

Zum ersten Mal in meinem Leben wollte ich sterben. Wenn ich heute daran zurückdenke, erscheint es mir wie eine exquisite Ironie des Schicksals.

Brenna lehnte den Kopf an meine Schulter. »Ich habe mir immer vorgestellt«, sagte sie mit so leiser Stimme, daß der Wind sie fast davontrug, »daß ich dich eines Tages heiraten würde. Ich wußte, daß es nicht sein konnte, und doch ...«

Ich wandte den Kopf und starrte sie an, verblüfft, verwirrt und erfüllt von einer wilden, aussichtslosen Hoffnung. »Was hast du gesagt?«

Brenna lächelte traurig. »Ist es so schwer zu glauben«, entgegnete sie sanft, »daß ich dich liebe?«

Ich war erfüllt vor Freude und Bestürzung. Es war eine ungemein aufregende Erkenntnis, daß sie mich so begehrte, wie ich sie, obwohl ich im Grunde meines Herzens wußte, daß wir niemals ein Paar sein würden.

Sie verschränkte ihre Finger mit meinen. »Wie soll ich es nur ertragen?« murmelte sie, aber die Frage war nicht an mich gerichtet, sondern an das Meer und den harten blauen Glanz eines Septemberhimmels.

Ich selbst nahm dies alles nur noch verschwommen wahr – das Wasser, das Dorf, den grasbewachsenen Hang, der zur Küste abfiel –, weil ich geblendet war von Tränen. Ich konnte

Brennas Frage nicht beantworten, obwohl ich mir selbst genau die gleiche stellte.

Brenna trat vor mich und legte ihre Hände an meine Wangen. »Vielleicht würde Vater uns sein Einverständnis zur Heirat geben, wenn ich ihm gestehe, wie gern wir uns haben.«

Ich lachte, und der schroffe Ton drohte mir die Kehle zu zerreißen. »Der Baron? Seinen Segen geben zu einer Ehe zwischen seiner Tochter und dem Sohn des Schuhmachers? Großer Gott, Brenna – er würde mich in Ketten legen lassen, noch bevor der Tag zu Ende geht, und ich würde auf der Folterbank enden!«

Sie legte ihr Gesicht an meine Brust, und fast hätte ich sie fortgestoßen, denn es waren immer Dienstboten und andere in der Nähe, die alles, was sie sahen oder hörten, auslegten wie sie wollten, und mit Klatsch nicht sparten. Aber Brenna abzuweisen wäre nichts anderes gewesen, als alle Luft aus meinen Lungen auszustoßen und nie wieder einen Atemzug zu tun. Ich fühlte, daß ihre Tränen meine Tunika befeuchteten, und legte meine Hände sanft, beinahe ehrfürchtig auf ihre schmalen Schultern.

Da wich sie einen Schritt zurück, und ihr Versuch zu lächeln brach mir fast das Herz. »Vielleicht ist er ein guter Mensch, mein Gemahl. Vielleicht wird er freundlich zu mir sein und mich hübsch finden.«

Ich schloß die Augen und dachte an die Geräusche, die ich so oft durch die dünne Wand gehört hatte, die die Kammer meiner Eltern von jener trennte, die ich mit Krispin teilte. Es waren primitive Zeiten damals, und niemand scherte sich auf dem Land und in den Dörfern um diese spezielle Art von Diskretion und Taktgefühl. Ich hatte Männer ihre Frauen auf den Feldern nehmen sehen wie Hunde, die mitten auf der Straße Hündinnen bestiegen.

»Jesus«, flüsterte ich, entsetzt über die Vorstellung von Brenna im Bett eines anderen Mannes. In jenem Augenblick hätte ich mich am liebsten von den hohen Klippen südlich des Dorfs gestürzt. »Ja«, sagte ich erstickt. »Er wird dich hübsch finden. Wie könnte er es nicht?«

Und dann trennten wir uns – ich bin sicher, daß Lady Brenna als erste ging. Ohne mich noch einmal umzusehen, stolperte ich den Hügel zum Dorf hinunter. Halb geblendet von meinen Tränen, sah ich Krispin erst, als ich mit ihm zusammenstieß.

»Da ist ein Schiff am Horizont!« rief er und tänzelte vor Aufregung.

Ich stieß ihn beiseite – vielleicht war ich ein bißchen zu grob in meiner Verzweiflung. Und wenn es nur so wimmelte von Wikingerschiffen, besetzt mit speerschwingenden Eroberern, mich interessierte in diesem Augenblick nur eins: Brenna wurde fortgeschickt – wahrscheinlich noch, bevor der erste Schnee fiel –, und ich würde sie nie wiedersehen.

Krispin dachte nicht daran, mich vorbeizulassen, sondern packte den Ärmel meiner Tunika und riß mich daran zurück. Ohne nachzudenken, holte ich aus, traf ihn mit der Faust am Kopf und sah ihn stürzen.

Was ich nicht sah – oder zumindest nicht beachtete –, war die Zornesröte, die in sein Gesicht stieg, und der mörderische Blick in seinen Augen. Er sprang auf, stürzte sich auf mich wie ein knurrender Hund, und ich schlug ein zweites Mal zu, wenn auch diesmal mehr aus Überraschung als aus Ärger.

Wieder stürzte er ins Gras, richtete sich auf und wischte das Blut aus seinem Mundwinkel. Sein Gesicht war vollkommen ausdruckslos, als er dort saß, zu mir aufschaute und Gott weiß was dachte.

»Es tut mir leid«, sagte ich und reichte ihm die Hand, ohne den geringsten Versuch, die Tränenspuren auf meinen Wangen zu verbergen.

Krispin ließ sich aufhelfen, obwohl er früher, wenn wir uns geprügelt hatten, meine Hand oft fortgestoßen hatte. »Was ist los mit dir?« fragte er, während er den Staub von seinen Gamaschen und von seiner Tunika abklopfte. Wie meine eigenen waren es ärmliche, häßliche Kleidungsstücke aus grobem Stoff, die praktisch keinen Schutz vor der nächtlichen Kälte boten. »Ich wollte dir nur von dem Schiff erzählen …«

Ich hatte mich schon wieder auf den Weg ins Dorf gemacht,

zum Laden, wo meine Mutter nach uns Ausschau hielt, als wären wir Seeleute, die von langer Fahrt heimkehrten, während mein Vater *sie* beobachtete und innerlich vor Wut und Empörung kochte. Mein Bruder, dem dies alles auch bewußt war, beeilte sich, mit mir Schritt zu halten.

Ich strich mir mit dem Ärmel über die feuchten Wangen, und es fiel kein Wort mehr über Schiffe. Wie hätten wir in unserer Unschuld auch ahnen können, welch entsetzliches Leid gerade dieses Schiff uns allen bringen würde!

An jenem Abend war Vater guter Laune, und Mutter hatte sich in ihre Kammer zurückgezogen, weil sie sich nach dem Streit erschöpft und schwach fühlte. Krispin schlich sich aus dem Haus, um zum Strand hinabzulaufen und sich die Geschichten der Seeleute anzuhören, während ich auf meiner Strohmatratze hockte und über Brennas unmittelbar bevorstehende Abreise nachdachte.

Am Morgen darauf war Krispin nirgendwo zu sehen. Ich zuckte mit den Schultern, als ich es merkte, goß Wasser in die Waschschüssel und wusch mir Gesicht und Hände. Während der Nacht hatte ich einen Entschluß gefaßt: Ich würde zu Baron Afton-St. Claire, Brennas Vater, gehen und ihn um ihre Hand bitten. Wenn er mich in Ketten legen oder auf der Streckbank in Stücke reißen ließ für diese Anmaßung, dann sollte es so sein. Ich mußte es jedenfalls versuchen.

Tatsächlich wartete Challes bereits an der Tür zum Schulzimmer, als ich auf der Burg eintraf. Seine Augen waren gerötet und barsten förmlich vor Neuigkeiten – *schlechten*, wie ich auf den ersten Blick erkannte.

Er packte meinen Arm fast schmerzhaft hart und knurrte: »Was hast du diesmal wieder angestellt? Der Baron will dich unverzüglich sehen, und er ist unglaublich aufgebracht!«

Ich riß mich von meinem Lehrer los und fuhr wütend auf, obwohl mich gleichzeitig eine furchtbare Angst erfaßte und zu lähmen drohte. In unserem Dorf und in der gesamten Umgebung war Afton-St. Claire der mächtigste aller Männer, und mein Schicksal lag in seiner Hand.

Als ich Challes' Frage nicht sofort beantwortete, beugte er

sich ärgerlich vor. »Du verdammter Sohn eines Schuhmachers – *was hast du angestellt?*« herrschte er mich an.

Ich erinnere mich, daß ich Brenna am Tag zuvor, als sie wegen unserer bevorstehenden Trennung weinte, gestützt hatte. Obwohl es möglich war, daß ich schreiend sterben würde, weil ich es gewagt hatte, sie zu berühren, vermochte ich keine Reue darüber zu empfinden. »Lady Brenna weinte … Sie hatte ihren Kopf an meine Schulter gelegt …«

»Und du hast sie berührt?« rief Challes bestürzt. »Du Narr! Du arroganter, unverbesserlicher Narr!«

Stolz straffte ich die Schultern. »Wo ist der Baron? Im großen Saal?«

Challes fuhr sich mit der Hand durch das Gesicht. »Das ist unser aller Ende, weißt du. Nicht nur deins, du junger Pfau! Lady Brenna wird eingeschlossen werden, bis ihr Bräutigam kommt, und Krispins Ausbildung wird zu Ende sein, genau wie deine eigene. Und ich verliere meine Stellung!«

Ich hätte mich gern entschuldigt, wirklich. Aber ich konnte mich nicht dazu überwinden, weil ich wohl tief im Herzen wußte, daß ich nichts Falsches getan hatte. Wenn andere darunter leiden würden, dann nur, weil der Baron es so wollte, aber bestimmt nicht durch meine Schuld.

»Wo ist er?« fragte ich noch einmal.

Challes' Seufzer enthielt das ganze Unglück dieser schwierigen und ungerechten Welt, in der wir lebten. »Du wirst ihn im Burghof finden – er übt mit seinem Schwert.«

Ich war kein Narr, obwohl Challes mich als solchen bezeichnet hatte. Am liebsten wäre ich jetzt aus der Burg gestürzt und um mein Leben gerannt. Aber ich wußte, daß es kein Entkommen gab.

Also machte ich mich auf den Weg zum Burghof und versuchte, die Schultern gestrafft und den Kopf erhoben zu halten. Als ich den Hof erreichte, schwenkte der Baron, ein muskulöser, breitschultriger Mann, in der Tat ein Schwert und attackierte damit seinen schmalbrüstigen Schildknappen, dem vor Angst die Knie zitterten. Kein Wunder angesichts der Verbissenheit, mit der Brennas Vater sich seiner Aufgabe widmete. Der Baron war schweißüberströmt und brüllte wie ein gereizter Bulle.

Ich blieb wartend stehen, und hinter dem Aufblitzen der Schwerter erblickte ich Lady Brenna, die im Schatten eines Eingangs stand und mich beobachtete.

Es war mir bestimmt, sie zu verlieren, das wußte ich, und diese Erkenntnis vermittelte mir eine seltsame, verzweifelte Art von Tapferkeit. Angesichts der Aussicht auf ein Leben ohne sie, auf Jahre der Gewißheit, daß ein anderer Mann sie berühren würde, in Liebe oder vielleicht sogar im Zorn, vermochte ich an nichts anderes mehr zu denken, als daß der Tod eine Gnade für mich wäre. Ganz gleich, welche Art von Tod.

2

Valerian
Las Vegas, 1995

Sie war da.

Noch bevor ich in jener schicksalhaften Nacht die Bühne betrat, um das staunende Publikum mit meinen Illusionen zu beschenken, spürte ich ihre Anwesenheit im Vorführsaal des Venezianischen Hotels. Das Wissen, daß sie sich in meiner Nähe befand, erschütterte mich so gewaltig, daß ich mich fast nicht auf den Auftritt hätte konzentrieren können.

Meine Brenna. O Gott, Brenna …

Meine sinnliche Elisabeth. Die süße, zarte Jenny. Und Harmony. Und Sarah.

Aber natürlich besaß sie ja jetzt eine neue Identität, und all jene anderen Namen, die zu der einen oder anderen Zeit ihre eigenen gewesen waren, würden ihr nichts sagen. Auch mein Name nicht; ganz gewiß nicht.

Ich hätte gelogen – nicht, daß ich je gezögert hätte, es zu

tun, falls es meinen Zwecken diente –, wenn ich behauptet hätte, ich freute mich nicht auf die Aussicht einer weiteren Begegnung mit meiner nicht zu fassenden Geliebten. Der Gedanke, wieder mit ihr zu sprechen, sie zu berühren, weckte eine wilde Freude in mir, aber auch Angst, denn ich spürte bereits das Gewicht der Trauer, die unweigerlich auf das Glück, das wir vielleicht miteinander teilen würden, folgen mußte.

Für meine Geliebte und mich, für unsere Geschichte, die sich über sechs Jahrhunderte dahingezogen hatte, hatte es nie ein Happy-End gegeben. Nicht ein einziges Mal.

Immer wieder, außer in ihrem ersten Leben, war unweigerlich der Rubinring aufgetaucht, buchstäblich aus dem Nichts heraus, und genau zwei Wochen später hatte der Tod sie mir stets geraubt. Und immer, obwohl ich mich bemühte, herauszufinden, wer ihr den kostbaren Schmuck geschickt hatte – und mit ihm den Fluch – verschwand der Ring, während ich noch um sie trauerte. In jener Nacht, als ich Brenna von neuem wiederfand, war ich der Lösung dieses tragischen Rätsels um keinen Schritt näher als in all den Jahrhunderten zuvor.

Ich benutzte meine Magie, um sie nach der Vorstellung an ihrem Platz zu halten. Doch selbst nachdem der Kutschentrick beendet war und alle anderen Zuschauer den Saal verlassen hatten, hielt ich mich noch in den Kulissen und zögerte hinauszugehen.

Ich weiß noch, daß ich am liebsten einfach fortgegangen wäre – jedesmal, wenn ich sie gefunden hatte, hatte ich den gleichen sinnlosen Wunsch verspürt –, aber ich bin weder klug noch edel genug, um ein solches Opfer zu bringen. Ich hungerte danach, sie zu sehen, sie zu hören und zu berühren, sehnte mich auf die gleiche Weise nach ihr, wie es schon immer gewesen war. Es wäre einfacher für mich gewesen, auf die Aufnahme von Blut zu verzichten, als dieser Frau den Rücken zu kehren.

Aus diesem Grund blieb ich also in den Kulissen, als sich der Saal leerte und beobachtete sie etwa fünfzehn Minuten lang, bis eine meiner Assistentinnen neben mir erschien. Ihr Name war Jillie, und sie trug noch immer ihr aufreizend knappes Bühnenkostüm.

Ich muß gestehen, daß ich die vielen verschiedenen Facetten meiner Arbeit sehr genieße.

»Jemand, den Sie kennen?« fragte sie mit einem Anflug von Neid in ihrer Stimme. Jillie brachte mir mehr entgegen als bloße Neugier; ich glaube, daß ich für sie so etwas wie eine romantische Herausforderung darstellte. Da ich jedoch älter war – um es einmal so auszudrücken – und unendlich viel weiser, ermutigte ich sie nicht. Sie konnte unmöglich wissen, daß sie mit einem Ungeheuer flirtete.

»Eine alte Freundin«, sagte ich leise, ohne den Blick von der Frau abzuwenden, die allein in dem nun leeren Saal saß. Sie hatte ihr Glas ausgetrunken und angefangen, einen Eiswürfel zu zerkauen, und das knirschende Geräusch ließ mich zusammenfahren.

Jillie blieb noch einen Moment und verschwand dann nach einem giftigen Blick auf den Gegenstand meines Interesses in Richtung der Garderobe, die sie mit den anderen Assistentinnen teilte.

Ich erlaubte mir den Anflug eines Lächelns. Indem ich ihre naiven Annäherungsversuche abwies, hatte ich Jillie einen größeren Gefallen erwiesen, als sie je begreifen oder zu schätzen wissen würde. Wie gern hätte ich auch meiner Lady Brenna gegenüber eine solche Großmut an den Tag gelegt!

Ich hatte das störende Cape schon kurz nach Ende der Vorstellung abgelegt, trug jedoch noch immer den Smoking, als ich mich schließlich dazu zwang, die Bühne zu verlassen und in den Saal zu gehen.

Hätte ich ein lebendiges, klopfendes Herz besessen statt dieses verkümmerten Überbleibsels, das wie ein Stein in meiner Brust ruhte, dann hätte dieses Organ sich jetzt schmerzhaft zusammengezogen, als ich sah, wie verwirrt sie mir mit ihren großen Augen entgegenblickte. Sie war hilflos wie ein Tier im Licht von hellen Autoscheinwerfern; ich wußte das und nutzte es zu meinem Vorteil aus.

Das Schicksal ist grausam – abgesehen von ihrer modernen Frisur und Kleidung sah sie genauso aus wie in jedem ihrer früheren Leben, in denen unsere Wege sich gekreuzt hatten. Ihr Haar war kupferfarben, dicht und üppig, ihre Augen waren von einem seltenen Grün. Selbst ihr Gesicht, mit dem zarten Knochenbau und dem frechen kleinen Kinn, war dasselbe wie immer, einschließlich der blassen Sommersprossen auf ihrer geraden Nase.

Ich schloß für einen Moment die Augen, von einem schwer zu beschreibenden Gefühl erfaßt, und als ich sie wieder öffnete, starrte sie mich an. Um ihren Mund zuckte es, als versuchte sie, etwas zu sagen, was sie nicht über die Lippen brachte, und dann streckte sie die Hand aus, verwirrt, verängstigt und befangen.

»Daisy Chandler«, sagte sie und reichte mir die Hand. »Ich bin Kriminalbeamtin und arbeite in der Mordkommission des Police Department von Las Vegas.«

Ich zog eine Augenbraue hoch, als ich ihre Hand ergriff, ein wenig verblüfft über diese Flut von Informationen. Dabei fragte ich mich, ob sie wohl die Kälte meiner Haut spürte, und wunderte mich über die Frage. Obwohl ich im allgemeinen mit fast beschämender Mühelosigkeit die Gedanken Sterblicher erraten kann, waren ihre mir immer verborgen geblieben – vielleicht, weil sei mir so viel bedeutete. Die Schöpfung kann auf ihre Weise sehr pervers sein und enthält uns oft gerade jene Einsichten und Dinge vor, die wir am allermeisten begehren.

»Ich freue mich, Sie kennenzulernen«, gelang es mir zu erwidern, obwohl ich gestehen muß, daß ich genauso nervös wie Daisy war. Ich verstand meine Gefühle nur besser zu verbergen. Schließlich hatte ich Jahrhunderte gehabt, um es zu üben.

Sie runzelte verwirrt die Stirn. »Kenne ich Sie?«

Es war klüger, die Antwort auf diese Frage auf einen späteren Zeitpunkt zu verschieben. »Nein«, erwiderte ich nach kurzem Zögern. Mir war klar, daß sie sich tief in ihrem Unterbewußtsein an mich und alles, was wir zusammen erlebt und erlitten hatten, erinnerte. Das menschliche Gehirn ist ein erstklassiger Geschichtsschreiber, ihm entgeht nichts, und es überträgt seine unzähligen Eindrücke von einem Leben auf das nächste.

Daisy erhob sich, ein wenig unsicher, schien mir, und erst als sie schon aufgestanden war, erinnerte sie sich daran, mir ihre Hand zu entziehen. Sie trug enge Jeans, die schon bessere Zeiten gesehen hatten, und ihre weiße Bluse war luftig und mit Rüschen besetzt, die den Blick auf ihre wohlgeformten Brüste lenkten.

Einen Moment erwachte so etwas wie Eifersucht in mir, und ich verspürte den lächerlichen Impuls, eins meiner Capes zu holen und sie darin einzuhüllen. Ich hatte sie mit anderen teilen müssen, als sie Elisabeth Saxon gewesen war; ich hätte es nicht noch einmal ertragen.

»Ihre Show war phantastisch«, sagte sie mit einem zaghaften Lächeln.

Ich nickte nur. Falsche Bescheidenheit ist mir ein Greuel. Mein Auftritt war in der Tat ›phantastisch‹ und noch erheblich mehr; meine Zuschauer bekamen tatsächlich eine Menge für ihr Geld.

Daisy schaute sich um und sah, daß auch die Kellner und Barkeeper inzwischen den Saal verlassen hatten. »Ich glaube, ich gehe jetzt besser«, sagte sie in einem beklommenen Ton, der eine leise Reue in mir weckte. Ich wußte, daß Daisy sonst kein leicht einzuschüchternder Mensch war, und daß ich ihr so offensichtlich Angst einjagte, war mir ziemlich unangenehm.

»Ja«, meinte ich rasch und löste nun endlich den Bann, der sie seit Ende meines Auftritts gefangenhielt. »Gute Nacht, Miss Chandler.«

Forschend betrachtete sie mein Gesicht, und für einen atemlosen Moment lang glaubte ich, sie hätte mich erkannt. Im nächsten Augenblick jedoch schon verschwand der nachdenkliche Blick aus ihren Augen, sie hob grüßend die Hand und verließ den Saal, ohne sich noch einmal umzuschauen.

Ich ging in meine Garderobe, wo die Spiegel verdeckt

waren und die Lampen nur ein schwaches Licht verbreiteten, und blieb mitten im Raum stehen, um gegen den Zorn und die Enttäuschung anzukämpfen, die in mir aufgestiegen waren. Ich wollte dies alles – sie zu lieben, zu begehren und zu verlieren – nicht noch einmal durchmachen, aber ich zweifelte keine Sekunde lang daran, daß der Fluch, mit dem irgendein Teufel uns belegt hatte, auch diesmal wieder wirken würde. Irgendwann würde der Ring erscheinen, und Daisy würde sterben.

So stand ich da, äußerlich vollkommen ruhig, doch innerlich in höchstem Maße aufgewühlt, als ein leises Klopfen an der Tür ertönte.

Meine erste Reaktion war Ärger, ich trauerte und wollte nicht gestört werden. Aber dann öffnete sich die Tür, und ich erkannte, wer mein Besucher war.

Daisy war zurückgekehrt, verunsichert, als wäre sie von einem unsichtbaren Strick zurückgezogen worden. Sie hielt eins meiner farbenfrohen Programme in der Hand, und ein zaghaftes, aber auch entschlossenes Lächeln spielte um ihren Mund. Natürlich waren keine Fotografien von mir in diesem Programm, nur Nachdrucke von Gemälden, und an einer dieser Stellen hatte sie das Heft geöffnet.

»Ich dachte …« begann sie, und ihr Blick glitt nachdenklich durch den Raum, über die verdeckten Spiegel an der Wand und gedämpften Lichter.

Ich war so froh, sie zu sehen, daß es mich unendliche Überwindung kostete, sie nicht in die Arme zu reißen. »Ja?« fragte ich, eine Spur zu herablassend vielleicht. Meine Freunde und meine Feinde behaupten, ich strahlte eine gewisse angeborene Arroganz aus.

Sie drückte mir das Programm und einen billigen Kugelschreiber in die Hand. »Wären Sie so freundlich, mir ein Autogramm zu geben?«

Ich erfüllte ihr den Wunsch und gab ihr Programm und Stift zurück.

Daisy biß sich auf die Unterlippe, und der Anblick löste eine solch heftige Erregung in mir aus, daß ich zusammenfuhr wie ein Mann, der sich verbrannt hatte. »Danke«, sagte sie zögernd, dann fügte sie hastig hinzu: »Ich weiß, daß Zauberkünstler ihre Geheimnisse nicht verraten, aber dieser Trick mit der Kutsche war ... Nun ja, er ist schlicht undurchführbar. Sie können unmöglich Kabel oder Plattform genutzt haben. Also muß es eine Art Massenhypnose gewesen sein ...«

»Oder«, unterbrach ich sie sanft, »es war genau das, was Sie gesehen haben. Zauberei«, erklärte ich und spreizte lächelnd die Hände.

Sie runzelte die Stirn, und ich war versucht, die steile kleine Falte zwischen ihren Brauen zu küssen. »Etwas äußerst Seltsames geht hier vor«, meinte sie schließlich. »Wer sind Sie?«

Ich hätte es ihr liebend gern gesagt; es wäre eine köstliche Erleichterung gewesen, ihr alles zu erklären, aber das konnte ich nicht. Zum einen, weil ich Stunden für die Geschichte benötigt hätte, und zum anderen, weil ich Daisy keine Angst einjagen wollte. »Sie werden es mit der Zeit verstehen«, entgegnete ich. Eine starke Rastlosigkeit war in mir erwacht; ich mußte jagen und Nahrung aufnehmen und vielleicht noch ein bißchen umherstreifen, bevor ich mich in mein Versteck begab.

»Ich komme wieder«, kündigte Daisy an und runzelte die Stirn.

Ich nahm ein gedrucktes Kärtchen aus der obersten Schublade meines Garderobenschreibtischs und gab es ihr. »Betrachten Sie sich als meinen Gast.«

Daisy nahm den Ausweis, nickte dankend und wandte sich zum Gehen, so verwirrt wie eh und je. Ich vermute allerdings, daß es weder ich noch meine Zauberei gewesen waren, was sie so nachdenklich gestimmt hatte, sondern eher ihre eigene Faszination für beides. Sie war sonst ganz offensichtlich kein Mensch, der für fixe Ideen und seltsame Anwandlungen empfänglich war.

Als sie fort war, erfaßte mich Trauer, denn selbst wenn wir nur für kurze Zeit getrennt waren, hatte ich immer das Gefühl, einen unwiederbringlichen Verlust erlitten zu haben.

Die Stirn an der Tür, die Hände um den Rahmen geklammert, stand ich da und erinnerte mich. Und litt. Und liebte.

Lady Brenna
Dunnett's Head, Cornwall, 1348

Sie standen sich im Hof gegenüber, Brenna Afton-St. Claires Vater, der Baron, und Valerian. Die Herbstsonne, obwohl hell und klar, spendete keine Wärme, und Brenna fror.

Ihr Vater hatte das Fechten geübt, obwohl es, wenn man sein Alter in Betracht zog, äußerst unwahrscheinlich war, daß der König ihn je wieder in seine Armee berufen würde. Doch trotz seiner vierundvierzig Jahre war der Baron noch kräftig.

»Der Sohn des Schuhmachers«, sagte er, während er Valerian prüfend musterte und mit dem Saum seiner Tunika die Klinge seines Schwertes polierte. Die Sonnenstrahlen brachen sich in der scharfen Schneide und ließen sie aufleuchten wie einen Spiegel.

Brenna hielt den Atem an, während sie den Blick nicht von Valerian abwandte. *Jesus*, betete sie stumm, *laß ihn seine Zunge in Zaum halten. Denn wenn er es wagt, auch nur ein einziges Wort zu äußern, wird mein Vater ihn töten!*

Valerian neigte jedoch nur leicht den Kopf, und Brenna wurde ganz schwindlig vor Erleichterung. Ihr Vater war bekannt für seine reizbare Natur; seine Wutanfälle konnten schlimmer als die Feuer der Hölle sein, doch wenn sein Zorn keine Nahrung fand, ließ er ebenso rasch nach, wie er entflammt war.

Schwitzend von der Anstrengung, hob der Baron das Schwert zwischen sich und den Sohn des Schuhmachers und drückte die Spitze der Klinge an den Puls an Valerians Kehle.

Brenna schnappte entsetzt nach Luft und wollte zu ihnen hinüberstürzen, doch Challes, ihr Lehrer, packte sie am Arm und hielt sie fest.

»Bleibt hier, Mylady«, sagte er warnend und umklammerte ihren Arm noch fester, als sie sich wehrte.

Obwohl Valerian wissen mußte, daß der Baron ihn töten konnte, ohne dafür zu büßen, stand er völlig ruhig, ja fast unverschämt gelassen da. Selbst aus mehreren Metern Entfernung konnte Brenna die Furchtlosigkeit in seinem Blick erkennen.

Mit einem stummen Aufschrei der Verzweiflung erkannte sie, daß Valerian sich den Tod herbeiwünschte – daß er sterben *wollte*! Sie versuchte, einen Schrei auszustoßen, aber der einzige Laut, der über ihre Lippen kam, war ein heiseres, absurdes Wispern.

Der Baron brach das furchtbare Schweigen mit Worten, die so kalt und hart waren wie der Stahl des Schwertes in seiner Hand. »Warum hast du Hand an meine Tochter gelegt, Bauer? Wie konntest du es wagen, ein Edelfräulein zu berühren?«

Brenna schloß entsetzt die Augen.

»Ich habe mich vergessen«, erwiderte Valerian. Es klang nicht die geringste Unterwürfigkeit in seiner Stimme mit, aber auch kein Spott. Er gab schlicht eine Erklärung ab.

Brenna schlug die Hand vor ihren Mund und schwankte in Challes' jetzt etwas sanfterem Griff. Tränen brannten in ihren Augen, als sie das volle Ausmaß ihrer Leidenschaft für Valerian erkannte und gleichzeitig auch die Aussichtslosigkeit ihrer Situation. In diesem schrecklichen Augenblick wußte sie, daß sie Valerian liebte, seit sie ihn kannte, ihr ganzes Leben lang also, und daß sie schon zusammen gewesen waren, bevor die Welt erschaffen wurde.

»Du bist kühn«, bemerkte der Baron und ließ die Klinge sinken, um seinen Schildknappen herbeizurufen, der noch zitterte von dem Kampf mit ihm. »Hol ein zweites Schwert!« befahl er ihm.

Brennas Herz setzte einen Schlag aus, als sie begriff, daß ihr Vater die Absicht hatte, Valerian zu einem Kampf herauszufordern. Es würde kein Duell sein, denn Valerian besaß trotz seiner überlegenen Kraft und Jugend keine Chance, weil er nicht mit Schwertern umzugehen wußte. Der Baron hingegen übte täglich mit den schweren Waffen, seit frühester Kindheit bereits, und war ein erfahrener Kämpfer.

»Nein!« schrie Brenna gellend. Challes versuchte, sie festzuhalten, doch in ihrer Angst und Verzweiflung war sie stark genug, sich loszureißen. Sie lief zu ihrem Vater und ergriff mit tränenüberströmtem Gesicht den Saum seines Gewandes. »Tu es nicht, Vater«, bat sie, sank auf die Knie und umklammerte den Stoff mit beiden Händen, so fest, daß ihre Knöchel weiß hervortraten. »Bitte töte Valerian nicht«, flehte sie. »Bitte – ich werde alles tun …«

Das Gesicht ihres Vaters war verzerrt vor Zorn und Ärger, und Brenna wagte nicht, Valerian anzusehen. Zu spät erkannte sie, daß sie auf ihren Lehrer hätte hören sollen und es ein schwerer Fehler gewesen war, das ganze Ausmaß ihrer Zuneigung für Valerian zu verraten.

»Du *bettelst* wie eine Straßendirne um das Leben dieses … Hundes?« zischte der Baron.

Valerian versteifte sich; Brenna spürte es, obwohl sie noch immer nicht den Mut aufbrachte, ihn anzusehen. Es war schwer genug, den verdammenden Blicken ihres Vaters standzuhalten.

»Ich liebe ihn«, erwiderte sie schlicht.

Da schlug der Baron sie, so hart, daß sie rückwärts in den Staub des Hofes stürzte. Valerian stieß ein seltsam knurrendes Geräusch aus, das keiner menschlichen Kehle zu entstammen schien, und warf sich auf ihren Vater.

Der wütende Aufschrei des Barons übertönte Brennas Wimmern und die flehenden Bitten des armen Challes.

Mit grimmiger Miene hob der Baron das Schwert und schlitzte Valerians ärmlichen Kittel und die Haut darunter auf. Das heisere Lachen des Edelmannes brach sich an den Mauern des Burghofes. »Du wagst es, mich anzugreifen?« brüllte er Valerian an, als der Knappe mit dem zweiten Schwert zurückkehrte. »Du bist also nicht nur unverschämt, sondern auch tapfer wie die meisten Narren!« Auf eine Geste seines Herrn überreichte der Knappe das zweite Schwert Valerian. »Bereite dich darauf vor zu sterben!« schrie der Baron.

»Nein!« kreischte Brenna und wollte sich aufrappeln, um

ihrem Vater in den Arm zu fallen. Doch diesmal gelang es Challes, sie festzuhalten; er schlang einen Arm um ihre Taille und zog sie in den Schatten des Bogenganges zurück. Als sie lauthals protestierte, versetzte ihr Lehrer ihr eine Ohrfeige, aber es war nicht der Schlag, der sie beruhigte, es waren die Worte, die er sprach.

»Gott schütze uns alle, Mylady«, flüsterte er, »denn Euren Geliebten habt Ihr bereits dem Verhängnis preisgegeben mit Eurer Unbedachtsamkeit! Wollt Ihr ihn auch noch aufgespannt sehen wie ein Spanferkel über dem Küchenfeuer? Seid *in Gottes Namen* still, vielleicht zeigt dann ein vorüberziehender Engel noch Erbarmen mit uns allen!«

Schmutzig und innerlich gebrochen, ließ Brenna sich an die Schulter ihres Lehrers sinken und schluchzte leise in seinen Armen.

Valerian nahm das Schwert, und obwohl er keine Erfahrung mit dieser Waffe besaß, war er stark. Der Kampf tobte eine kleine Ewigkeit, oder zumindest erschien es Brenna so. Beide Männer waren blutüberströmt, schweißbedeckt und voller Staub, als der Baron schließlich zu einem letzten Schlag ausholte. Mit einer klaffenden Wunde am Bauch, doch ohne auch nur den leisesten Schrei von sich zu geben, ging Valerian zu Boden.

Er stand nicht wieder auf.

Brenna wollte aufschreien, aber kein Ton kam über ihre Lippen.

Der Baron, der von der Anstrengung keuchte und an Oberarm und Schulter blutete, schaute auf den halb bewußtlosen Jungen herab und hob sein Schwert zum Todesstoß. Lange Zeit blieb er so stehen, bereit, Valerian mit seiner Klinge zu durchbohren und zu töten, und für Brenna war es, als ob die Zeit stillstünde. Es war wie eine Szene aus einem Gemälde.

Der Baron schaute sie an, und sie erkannte nicht die geringste Zuneigung in seinen Augen, bevor er den Blick wieder abwandte, um ihn auf Valerian zu richten. Schließlich spuckte er auf den Jungen und schleuderte das Schwert fort, warf es klirrend auf den steinernen Pfad, der den Hof durchquerte.

»Er wird in meinem Kerker verrotten und dann hängen«, erklärte der Baron und richtete einen blutigen, schmutzigen Zeigefinger auf seine Tochter. »Und du, Evas Tochter, wirst Zeugin der Früchte deiner Hurerei sein, nicht anders als der Schuhmacher, seine Frau und alle anderen im Dorf, die dem Schauspiel beizuwohnen wünschen.«

»Von Hurerei kann keine Rede sein, Euer Gnaden«, sagte der Lehrer rasch und verblüffte alle mit seinem gewagten Einwand. »Lady Brenna weinte, und der Sohn des Schuhmachers versuchte, sie zu trösten. Das war alles.«

Der Baron betrachtete den Hauslehrer, den er vor einigen Jahren auf Wunsch von Brennas verstorbener Mutter eingestellt hatte, die er abgöttisch geliebt hatte. »Schweigt«, befahl er, »wenn Ihr nicht mit diesem Hundesohn an einem Galgen hängen wollt.« Mit diesen Worten tat er den reglosen Valerian noch einmal hart in die Seite, was dem Jungen sein erstes und letztes Stöhnen entlockte, und schlenderte dann davon.

Brenna rannte zu Valerian, zog seinen Kopf auf ihren Schoß und streichelte sein blutbeflecktes Haar. »Ich lasse nicht zu, daß er uns trennt«, flüsterte sie. »Ich werde eher mit dir sterben – das schwöre ich bei allem, was mir heilig ist –, bevor ich dir adieu sage!«

Irgendwo innerhalb der Burg hörte sie ihren Vater Befehle brüllen, und kurz darauf erschienen zwei Männer, die den ohnmächtigen Valerian aus ihren Armen rissen und ihn grob davonschleppten. Brenna erhob jedoch keinen Protest, weil sie befürchtete, Valerian damit noch mehr Schaden zuzufügen.

Challes hockte sich neben sie in den Staub, wo sie kauerte wie eine Bettlerin, und sagte in ruhigem, aber strengem Ton: »Geht jetzt in Eure Gemächer, Lady Brenna. Wascht Euch, bringt Euer Haar in Ordnung und zieht ein sauberes Gewand an. Wenn Euer Vater Euch ruft, und das wird er, beantwortet seine Fragen mit Respekt und behaltet Eure Ansichten für Euch. Habt Ihr mich verstanden?«

»Ja«, erwiderte sie. Sie wußte nicht, was all das noch nützen sollte; ihr ging es nur darum, Valerian zu retten.

Und dann war auch Challes fort.

Brenna erhob sich nach einer Weile und begegnete am Ende des Hofes ihrer Kammerzofe Moll, die beim Anblick ihres Schützlings entsetzt die Hände über dem Kopf zusammenschlug. Wie eine Schlafwandlerin ließ Brenna sich in die Burg führen, durch die große Halle, die breite Treppe hinauf und über den steinernen Gang zu ihren eigenen Gemächern.

Dort blieb sie stehen, ließ sich widerstandslos von Moll entkleiden und mit kaltem Wasser und einem rauhen Lappen abwaschen. Dann wurde ihr Haar gebürstet und zu zwei dicken Zöpfen geflochten, und schließlich wurde sie gepudert und parfümiert wie eine Braut vor ihrer Hochzeitsnacht. Als sie endlich wieder angekleidet war – sie trug nun ein grünes Gewand, nur einen Ton dunkler als die Farbe ihrer Augen –, nahm Moll ihren Arm und führte sie zum Spiegel.

Brenna erkannte sich nicht wieder in dem bezaubernden Bild, das sich ihren Augen bot. Sie war benommen und fühlte sich körperlos wie ein Gespenst.

Langsam wandte sie sich zu Moll um und ergriff die abgearbeiteten Hände ihrer Kammerzofe. »Ich muß zu ihm«, sagte sie. »Wo ist er?«

Molls plumpes, ernstes Gesicht erblaßte. »Der Schuhmacherssohn? Ich könnte mir denken, daß er noch im Kerker ist, Herrin, wo der Baron ihn hinbringen ließ, aber …«

Brennas Gedanken überschlugen sich. Die Dienstboten lebten in ihrer eigenen kleinen Welt, kannten die Angewohnheiten der anderen und hatten ihre ganz persönlichen Fehden und Romanzen. Ohne ihre Hilfe konnte sie nicht hoffen, zu Valerian vorzudringen. »Ich weiß, daß Vater befohlen hat, mich heute abend in meine Gemächer einzuschließen. Aber du mußt mir den Schlüssel bringen und mich herauslassen, Moll, sobald der Mond aufgeht!«

Moll begann vor Furcht zu schwanken. »Mylady!« rief sie entsetzt. »Wißt Ihr, was Ihr da von mir verlangt? Wenn ich dabei ertappt werde …«

»Niemand wird es merken«, versicherte Brenna ihr rasch, obwohl sie wußte, daß ein solches Versprechen so unüberlegt wie ihre Bitte war. »Bitte, Moll – ich muß zu Valerian. Heute nacht!«

»Es nützt nichts, Euch in eine solche Gefahr zu bringen!« Moll widersprach nur selten, aber jetzt tat sie es mit großer Entschiedenheit. »Er wird schon sehr bald sterben, Noah Lazarus' Sohn! Und nichts, was Ihr tut, könnte ihn davor bewahren!«

Brenna wollte und konnte nicht von ihrem Kurs abweichen, obwohl sie so gut wie jeder andere wußte, daß er tödlich war. Wenn dies Valerians letzte Tage auf Erden waren, würden es auch ihre letzten sein. Wenn sie zusehen mußte, wie er starb, in der ersten Blüte seiner Männlichkeit, würde sie ihm folgen und den unbekannten Fluß mit dem Wissen überqueren, wie es war, die Nacht in den Armen ihres Geliebten zu verbringen.

Hart umklammerte sie Molls Hände und schaute ihrer alten Freundin flehend in die Augen. »Mein Vater wird mich auspeitschen lassen, wenn er mich dabei erwischt«, sagte sie leise. »Wenn ich das riskieren kann, kannst du es dann nicht wagen, mich aus meinem Zimmer herauszulassen, wenn der Mond aufgeht?«

Moll war zutiefst beunruhigt, aber sie nickte kurz, bevor sie sich abwandte und den Raum verließ.

Brennas Abendmahlzeit wurde ihr in ihrem Zimmer serviert, im Schein von Talgkerzen, denn ihr Vater hatte sie ganz eindeutig nicht nur aus seinem Herzen verbannt, sondern auch von seinem Tisch. Er würde ihr nie verzeihen, und die Gewißheit schmerzte, aber ihr Status innerhalb des Hauses war in jener Nacht Brennas geringste Sorge.

Sie gab nicht einmal vor zu essen; die Speisen auf dem Tablett wurden kalt, während sie nervös im Zimmer auf und ab schritt und ihr langer Rock das Binsenstroh auf dem Boden rascheln ließ. Doch Moll kehrte nicht zurück, Stunde um Stunde verstrich, und Brenna blieb eine Gefangene in ihrer Kammer.

Sie schlief in ihrem schönen Gewand, und kein Frühstück wurde ihr gebracht, als der Morgen graute. Sie bekam Wasser, das war alles, von einem Diener, der sie weder ansah noch ihre Fragen beantwortete.

Eine Woche war verstrichen, während der Brenna nichts gegessen und mit keinem menschlichen Wesen gesprochen hatte, als ein stämmiger Diener kam, um sie zu den Gemächern ihres Vaters zu begleiten. Noch immer in dem grünen Kleid, das inzwischen stark zerknittert war, folgte sie ihrem schweigenden Begleiter aus dem Zimmer auf den Gang, der zur anderen Seite der Burg hinüberführte.

Der Baron stand an einem offenen Fenster, als sie eintrat, schaute auf das dunkle Meer hinaus und drehte sich nicht um, um sie zu begrüßen.

Brenna hörte den Gesang der Brandung und spürte den kühlen Nebel auf ihrem Gesicht. Sie bezog Mut daraus, weil sie die See liebte, und straffte die Schultern.

»Du hast nach mir geschickt«, sagte sie mit schlichter Würde. Ihr war ein wenig schwindlig vor Hunger und vor Sorge, aber ihr Gefühl für Gerechtigkeit stützte sie und hielt sie aufrecht. »Ich bin gekommen.«

Die breiten Schultern des Barons versteiften sich, und für einen kurzen Moment empfand sie fast so etwas wie Mitleid für ihren Vater. Er war gebunden an die Traditionen seines Standes, und selbst wenn er es tief in seinem Innersten vorgezogen hätte, Gnade vor Recht ergehen zu lassen, wäre er unfähig gewesen, es zu tun. Er lebte nach einem strikten Ehrenkodex, hatte nie etwas anderes gekannt, und es lag nicht in seiner Macht, sich zu ändern.

»Du hast mir das Herz gebrochen«, sagte er rauh und noch immer, ohne sich zu ihr umzudrehen. »Sag mir, hast du das Lager geteilt mit diesem Teufelsbraten, oder hat es dich nur nach ihm gelüstet?«

Brenna schluckte. *Vorsicht*, warnte eine innere Stimme. »Ich begehre ihn«, gestand sie dann ohne die geringste Reue. »Aber ich habe weder Valerians noch irgendeines anderen Mannes Lager geteilt. Das wußtest du, bevor du mir die Frage gestellt hast.«

Endlich drehte der Baron sich zu ihr um, und ihr Herz

begann noch heftiger zu pochen. Sie war nicht halb so kühn und furchtlos wie Valerian; sie hatte oft genug gesehen, wie ihr Vater Diener und Dorfbewohner bestrafte, und wußte leider nur zu gut, wie grausam er in seinem Zorn sein konnte. Daß sie jetzt Tränen auf seinen Wangen sah, erschütterte und verwirrte sie.

»Vielleicht«, flüstert er, »ist dein Körper tatsächlich rein geblieben, wie du sagst. Aber deine Seele ist die Seele einer Hure. Du hast dich so wahrhaftig an diesen schmutzigen Bauern gebunden, als wenn er bei dir gelegen hätte. Ich kann nichts mehr tun. Er muß sterben, und du wirst in Schande zu deinem zukünftigen Gemahl gehen müssen.«

Brenna biß sich auf die Unterlippe und verschränkte ihre Hände, während sie fieberhaft nachdachte. »Ich glaube, es gibt doch noch etwas, was du tun kannst«, sagte sie schließlich .»Du könntest Valerian und mich verbannen. Wir würden nach London oder ...«

»Schweig!« donnerte der Baron. »Du bittest selbst jetzt noch für ihn, obwohl du weißt, daß die bloße Erwähnung dieses Lumpen mir schon zuwider ist?«

Ein schrilles Geschrei draußen in der Halle hinderte Brenna an einer impulsiven Antwort. Und das war gewiß auch besser so.

»Was zum Teufel ...?« murmelte ihr Vater, als die große Tür sich öffnete.

Seraphina Lazarus, Valerians Mutter, erschien auf der Schwelle, bezaubernd schön sogar in ihrer Not. Ihre makellose Haut war leichenblaß, ein wildes Funkeln lag in ihren blauen Augen, ihr kastanienbraunes Haar hing wirr und aufgelöst auf ihre Schultern, und ihr schlichtes Gewand war grau von der Asche, mit der sie es bestreut hatte.

Brenna wurde übel, und sie hätte sich sicher übergeben, wenn ihr Magen nicht leer gewesen wäre, als sie sah, wie die Frau auf den Baron zueilte und sich vor ihm auf die Knie warf.

»Mein Erstgeborener«, flehte Seraphina, ergriff die Hand des Edelmannes und bedeckte sie mit fieberhaften Küssen. »Sir, ich flehe Euch an, verschont meinen Jungen ... Erlaubt mir, an seiner Stelle zu sterben ... Nehmt uns alle, meinen Mann, meinen anderen Sohn ...« Die Schuhmachersfrau hielt inne und gab ein ersticktes Wimmern von sich. »Laßt Valerian frei! Ich flehe Euch an, Herr – wenn es der Wille des Allmächtigen ist, daß er für seine Sünden büßt, dann wird die Pest ihn holen ...«

Pest. Obwohl das Wort nur schwach in Brennas Bewußtsein drang, weckte es eine leise Furcht in ihr.

»Gott verdamme deine lasterhafte Seele, Weib!« brüllte der Baron und warf einen angewiderten Blick auf Seraphina. »Du bettelst und handelst um das Leben dieses jungen Teufels, als ob er dein Geliebter wäre!«

Die Grausamkeit seiner Worte ließ Brenna zusammenfahren. »Vater ...« wandte sie ein und eilte auf die beiden Menschen zu, aber das Schicksal war nicht mehr aufzuhalten.

Der Zorn des Barons stieg ins Unermeßliche; das Blut schoß ihm in die Wangen, seine Schläfen pochten, und wutentbrannt hob er die Faust, um Seraphina zu schlagen. Doch selbst nach seinem brutalen Hieb kroch sie noch durch das Binsenstroh zu ihm zurück und griff schluchzend und wimmernd nach dem Saum seines Gewandes.

Brennas Vater riß sich fluchend von ihr los, und vielleicht hätte er die arme Frau sogar getreten, wenn seine Tochter sich nicht rasch zwischen sie gedrängt hätte.

»Ihr einziges Verbrechen ist Liebe«, wandte Brenna mit einer Ruhe ein, die sie selbst ebensosehr überraschte wie den Baron. »Verzichte auf deine Rache, Vater – ich bitte dich. Ich werde alles tun, was du verlangst – *alles*, wenn du nur dieses eine Mal nachgibst und Erbarmen zeigst!«

Der Baron betrachtete sie kalt und richtete dann den Blick auf die am Boden kauernde Frau. Er mußte die Stimme heben, um die Laute zu übertönen, die sie von sich gab; sie murmelte irgend etwas Unverständliches und wimmerte wie ein verletztes Tier. »Valerian wird sterben!« brüllte der Baron.

Seraphina stieß einen gellenden Schrei auf, taumelte und stürzte. Blutiger Speichel tropfte aus ihrem Mund, als sie ohnmächtig in sich zusammensackte und reglos auf dem Boden liegenblieb.

Brenna versuchte, der Frau zu Hilfe zu kommen, doch der Baron packte sie roh am Arm und schleuderte sie aus der Tür. Wütend brüllte er nach der Dienerschaft, als Brenna sich zu ihren eigenen Gemächern wandte, innehielt und dann im Schutz der Finsternis den Weg zu einem geheimen Gang einschlug.

Der Kerker war unbewacht – der Baron wußte, daß Valerian verletzt war, und hielt es deshalb wohl nicht für nötig, ihn bewachen zu lassen. Mit einer Talgkerze, die sie in der Küche gestohlen hatte, etwas Käse, einer Schüssel und einem weichen Tuch ging Brenna von Zelle zu Zelle, bis sie die letzte und kleinste erreichte. Eine Ratte huschte aus der Finsternis, bevor das Mädchen den schweren Riegel zurückschieben konnte. Das Tier blieb vor ihren Füßen stehen, richtete sich auf die Hinterbeine auf und drehte sich in einem makabren kleinen Tanz, bevor es tot zusammenbrach.

Ein Frösteln lief über Brennas Rücken; sie bekreuzigte sich rasch und schickte ein Stoßgebet zur Muttergottes. Dann stieg sie vorsichtig über den pelzigen kleinen Körper und betrat Valerians Zelle.

Er war nur ein Schatten, wie er zusammengekrümmt im verfaulten Stroh lag. Von den feuchten Wänden tropfte Wasser, und aus der Dunkelheit war das leise, ängstliche Fiepen anderer Ratten zu vernehmen.

»Valerian!« flüsterte Brenna.

Er bewegte sich. »Mylady?« fragte er und stöhnte, als er sich, einen Arm auf den verletzten Bauch gepreßt, blinzelnd aufrichtete. »Jesus, Maria, Josef«, hauchte er. »Geh weg … schnell … bevor sie dich hier finden!«

Brenna stellte Schüssel und Kerze auf eine grobe Bank, kniete sich neben Valerian ins Stroh und gab ihm einen Becher Wasser und den Käse. »Ich werde die Nacht hier verbringen«, erklärte sie entschieden. »Hier bei dir.«

Es gelang ihm, ein bißchen zu essen, und danach stand Brenna auf, um die Schüssel zu holen. Dann, im fauligen

Stroh neben Valerian kniend, begann sie das Blut und den Schmutz von seiner Haut zu waschen. Selbst im schwachen Schein der einzigen Kerze sah sie die Tränen, die in seinen Augen schimmerten.

»O Gott, Brenna«, flüsterte er. »Wie haben wir uns nur in diese Lage gebracht?«

»Pst«, mahnte sie und begann seine Wunde zu reinigen, so gut es unter den gegebenen Umständen möglich war. Ihr eigener Hunger und ihre Schwäche waren angesichts der Not ihres Geliebten vergessen.

Irgendwann konnte sie nichts mehr für ihn tun, und als die Talgkerze erlosch, legte Brenna sich neben Valerian auf den kalten Boden und schlang einen Arm um ihn. Mit der anderen Hand löste sie die Häkchen an ihrem Mieder, entblößte ihre Brüste und zog ihn tröstend an sich.

Er war halb tot von seinen Verwundungen, doch das Blut in seinen Adern war das Blut eines jungen Mannes, feurig wie das Mark eines jungen Baumes, und hungrig schloß er die Lippen um ihre zarten Knospen, küßte sie, flüsterte ihr Koseworte zu und knabberte an ihrem Ohrläppchen. Und dann hob er ihre Röcke und drang mit einem einzigen, ungestümen Stoß in sie ein.

Brenna verspürte einen brennenden Schmerz, dem jedoch sofort ein intensives, überwältigendes Vergnügen folgte, und mit der ganzen Leidenschaft, die sich in ihrer unschuldigen Seele aufgestaut hatte, gab sie sich ihrem unrechtmäßigen Geliebten hin.

3

Daisy
Las Vegas, 1995

Das Opfer war ein Revuegirl, höchstens zwanzig Jahre alt, und lag reglos im Wohnzimmer seiner kleinen Wohnung auf dem Boden, mit nichts anderem als einem kurzen Morgenrock bekleidet. Das schulterlange blonde Haar der Frau war wirr und verdeckte teilweise ihr Gesicht.

Sie war ungewöhnlich blaß, sogar für eine Leiche. Ihr Anblick, der Daisy an Schneewittchen erinnerte, das auf seinen Prinzen wartete, löste ein Frösteln in ihr aus. Denn nirgendwo war Blut zu sehen.

Daisy war sechs Monate zuvor zur Kriminalbeamtin befördert worden, nach den vorgeschriebenen vier Jahren im Streifendienst, und hatte schon genug Mordopfer gesehen. Doch ganz gleich, wie viele Fälle sie untersuchte, ihr kam jedesmal die Galle hoch, und manchmal mußte sie zum nächsten Gebüsch oder Badezimmer laufen, um sich zu übergeben. Bei anderen Gelegenheiten, vor allem, wenn das Opfer ein Kind war, weinte sie.

Diesmal spürte sie, wie ein gänzlich unerklärliches Entsetzen Besitz von ihr ergriff.

Noch bevor ihr Partner, O'Halloran, sie über die Einzelheiten informierte, war ihr bereits klar, daß sie es hier mit einem Ungeheuer zu tun hatten.

»Sieh dir das an«, sagte O'Halloran, der neben der Leiche kniete, die bereits auf Spuren untersucht und fotografiert worden war. Im Hintergrund warteten schon die Gerichtsmediziner, um ihre schaurige Aufgabe zu erfüllen. O'Halloran strich der toten Frau erstaunlich sanft das blonde Haar zurück, um Daisy zwei saubere kleine Einstichwunden am Hals des Opfers zu zeigen, die etwa einen halben Zentimeter auseinanderlagen. »Wenn ich es nicht besser wüßte, Chandler, würde ich sagen, das ist das Werk eines Vampirs. Du weißt schon, wie in den Filmen ...«

Ein Frösteln erfaßte Daisy. »Ich weiß, was Vampire sind«, entgegnete sie scharf.

O'Halloran, ein schlanker, grauhaariger Mann mittlerer Größe, der auf achtundzwanzig Dienstjahre zurückblicken konnte, seufzte und richtete sich auf. Seine Augen waren entweder hellgrün oder hellblau, je nach Wetter oder Stimmung. Heute war einer seiner blauen Tage. »Was ist los, Chandler – leidest du unter prämenstruellen Syndromen oder so? Dann nimm eine Tablette. Ich habe genug Probleme und kann auf deine schlechte Laune verzichten.«

Daisy entschuldigte sich nicht, obwohl sie wußte, daß O'Halloran recht hatte. Sie war wirklich nicht bei der Sache – ihre Begegnung mit dem Zauberkünstler war ihr nicht mehr aus dem Kopf gegangen, seit sie am Abend zuvor seine Garderobe verlassen hatte. Als es ihr endlich gelungen war einzuschlafen, hatten seltsame Träume sie geplagt, von einem mittelalterlichen Burghof und zwei Männern, die mit Schwertern kämpften ...

»Chandler«, mahnte O'Halloran und stieß sie mit dem Ellbogen an.

Daisy zuckte zusammen und schüttelte den Kopf. »Ja, ja, ich höre zu. Entschuldige. Wie ist ihr Name?«

»Jillie Fairfield«, antwortete O'Halloran nach einem Blick auf seine Notizen. »Sie war neunzehn und arbeitete für diesen Zauberkünstler, der im Venetian auftritt. Wie war doch noch der Name …« fragte er und begann in seinen Notizen zu blättern.

»Valerian«, sagte Daisy erschüttert.

»Ja.« O'Halloran nickte und tippte mit dem Kugelschreiber auf seinen Notizblock. »Das ist er. Hast du seine Show gesehen?«

»Gestern abend«, murmelte Daisy.

»Ich habe gehört, sie soll wirklich phantastisch sein. Angeblich kommen Zauberkünstler aus der ganzen Welt hierher, um sich seinen Auftritt anzusehen, aber niemand kann sich seine Tricks erklären. Und er läßt sich auch nicht fotografieren.«

»Ja, er ist phantastisch«, sagte Daisy und blickte erneut auf die Leiche. Sie dachte an die Showgirls, die aus der Kutsche gestiegen waren, während sie in der Luft schwebte, und sich dann lächelnd daruntergesetzt hatten, und fragte sich, ob Jillie diejenige gewesen sein mochte, die den Schirm aufgespannt und das Publikum zum Lachen gebracht hatte. Doch selbst für Daisys geübtes Auge hatten die Mädchen alle ziemlich gleich ausgesehen …

Der ältere Polizist ging zur offenen Wohnungstür voraus, und Daisy folgte ihm erleichtert. Sie hatte sich nie an den Geruch des Todes oder an das beklemmende Gefühl, das er ihr vermittelte, gewöhnen können.

»Du siehst ein bißchen blaß um die Nase aus«, bemerkte O'Halloran. »Hast du eine schlechte Nacht gehabt?«

Daisy atmete tief die frische Luft ein, als sie im Freien waren. Hier draußen schien hell die Sonne, und ihre Wärme vertrieb ein wenig die Kälte, die sich in ihrer Seele eingeschlichen hatte. »Ich? Ich habe in meinem ganzen Leben noch keine schlechte Nacht gehabt, O'Halloran«, entgegnete sie mit einem erzwungenen Lächeln. »Und ich leide auch nicht unter prämenstruellen Syndromen. Was meinst du? Was ist deiner Ansicht nach mit dieser Frau passiert?«

O'Halloran zuckte mit den Schultern. »Keine Ahnung. Das soll uns der Gerichtsmediziner sagen.« Er blieb neben seinem Wagen stehen, einem verbeulten 67er Mustang, und kratzte sich am Nacken. »Aber dieser Fall ist anders, soviel kann ich dir schon sagen. Es hätte Blut dasein müssen, und wir haben keinen Tropfen gefunden. Kein Schlag auf den Kopf, keine sichtbaren Verletzungen außer diesen merkwürdigen Einstichen in der Kehle. Du solltest zum Venetian gehen und mit diesem Magier reden. Finde heraus, was er dir sagen kann.«

Daisy hatte gehofft, Valerian wiederzubegegnen, aber ganz gewiß nicht unter diesen Umständen. »Na schön, dann knöpfe ich mir jetzt den Zauberer vor«, sagte sie und ging auf ihren eigenen Wagen zu, ein blaues Kabriolett. »Wir sehen uns später in der Dienststelle.«

Als Daisy das Venetian erreichte, Las Vegas' neuestes Hotel-Casino, stellte sie ihren Wagen auf dem Parkplatz ab und blieb einen Moment vor dem Gebäude stehen. Es war ein Schauspiel in sich selbst, größer und protziger noch als das *Mirage, Excalibur* oder gar *Caesar's* – ein prächtiger Palast mit Säulen, Springbrunnen und Wasserkanälen vor der Vorderfront, die von schlanken Gondeln mit Gondolieri in venezianischer Tracht befahren wurden.

Kopfschüttelnd ging Daisy zum Kai und ließ sich zusammen mit einer Gruppe von Touristen in eins der Boote helfen. Die Sonne glitzerte auf dem Wasser und blendete, und Daisy setzte ihre Sonnenbrille auf und begann über den Zauberkünstler nachzudenken.

Ihre erste Reaktion, als sie von Valerians Verbindung mit der Toten gehört hatte, war die Frage gewesen, ob er etwas mit Jillie Fairfields Tod zu tun haben mochte. In Fällen wie diesem stellte sich oft heraus, daß der Mörder das Opfer gut gekannt hatte.

Die Gondel glitt durch die schmalen Kanäle auf den Eingang des Hotels zu, und Daisy stützte die Ellbogen auf die Knie und das Kinn auf die Hand. Wenn Valerian Jillie nicht getötet hatte – und es bestand kein Grund, zu glauben, er habe es getan –, hatte er mit ziemlicher Sicherheit noch nichts von ihrem Tod erfahren.

Daisy haßte es, die Überbringerin solch schlechter Nachrichten zu sein. Sie und O'Halloran wechselten sich gewöhnlich ab, und wenn sie sich nicht erinnern konnten, wer an der Reihe war, warfen sie eine Münze.

Sie murmelte eine Verwünschung, als die Gondel vor dem Hotel anlegte. O'Halloran wäre heute dran gewesen, verdammt. Sie hatte erst vor zwei Tagen einer Frau die Nachricht überbracht, daß ihr fünfzehnjähriger Sohn bei einem Bandenkrieg erschossen worden war.

Im Hotel gab es ein riesiges Casino voll lärmender Spielautomaten und Tischen, an denen Roulette und Black Jack gespielt wurde. Das Licht war gedämpft, die Temperatur angenehm kühl. Der dichte Zigarettenqualm jedoch machte das Atmen fast unmöglich.

Daisy eilte durch den riesigen Saal auf die Lifte zu. Sie haßte Casinos; sie erinnerten sie zu sehr an ihre Kindheit. Ihre geschiedene Mutter, Jeanine, war Kellnerin gewesen und eine leidenschaftliche Spielerin. Wann immer die Spielleidenschaft sie erfaßte, hatte Jeanine sie und ihre jüngere Schwester Nadine entweder allein zu Hause gelassen, manchmal sogar tagelang, oder sie von Casino zu Casino mitgeschleppt. In gewisser Weise war letzteres schlimmer gewesen, weil Jeanine sie dann meist mit einem Hamburger und einer Tüte Pommes frites draußen auf der Straße stehenließ und ihnen befahl, dort auf sie zu warten. Nur sehr selten hatte sie den Mädchen erlaubt, für kurze Zeit bei ihrer Großmutter zu bleiben.

Hör auf damit, befahl sich Daisy, als sie in einen prächtig ausgestatteten Aufzug trat und den Knopf zum dritten Stock drückte. Dort befanden sich die Büros, eine Reihe von Konferenzsälen und Suiten für die Bewirtung von Geschäftsfreunden.

Die Rezeptionistin musterte Daisy kühl, als sie fragte, wo sie den Zauberkünstler finden könne. Der Haupteingang zum

Theater war um diese Zeit bestimmt verschlossen, und es war anzunehmen, daß Sicherheitsbeamte vor den Türen wachten.

»Sind Sie ein Fan?« fragte die Empfangsdame, auf deren Namensschildchen ›Tiffany‹ stand.

Daisy fragte sich, wie Tiffany mit ihren falschen Wimpern, die dicht wie eine Nagelbürste waren, etwas sehen konnte. Statt einer Antwort auf ihre Frage zog Daisy ihre Dienstmarke aus der Handtasche und hielt sie Tiffany unter die Nase. »Wo finde ich ihn?«

Tiffany trommelte mit ihren grellrot lackierten Nägeln auf die Rezeption, während sie nachdachte. Ihrem Aussehen nach zu urteilen, konnte das keine geringe Leistung sein. »Woher soll ich das wissen?«

Daisy stützte die Hände auf die Theke und beugte sich vor. »Sehen Sie nach«, entgegnete sie ruhig.

Die Rezeptionistin errötete, und ihre vollen Lippen – vollgepumpt mit Collagen vermutlich – zitterten. Sie verließ die Rezeption, verschwand in einem nahen Büro, und kehrte kurz darauf schon mit sehr entschlossener Miene zurück.

»Wir dürfen es nicht bekanntgeben«, verkündete sie.

»Muß ich erst einen Durchsuchungsbefehl beantragen?« murmelte Daisy.

Wieder verschwand Tiffany, und als sie zurückkehrte, begleitete sie ein Mann in einem dreiteiligen Anzug. Lächelnd reichte er Daisy eine sorgfältig manikürte Hand.

»Mein Name ist Jerry Grover«, sagte er. »Ich bin stellvertretender Direktor des Hotels. Und Sie sind Detective …«

»Daisy Chandler«, sagte Daisy. »Hören Sie, ich sehe keinen Grund, die Sache unnötig zu komplizieren, Mr. Grover. Ich möchte Ihren Star sprechen –« sie tat, als ob ihr der Name für einen Moment entfallen wäre, »Valerian. Es handelt sich um eine polizeiliche Untersuchung.«

Grover lächelte hinterhältig. Er erinnerte Daisy an einen schlanken, gefräßigen Fisch, der flink und glatt durch das Wasser glitt, auf der Jagd nach schwächeren Artgenossen. »Wenn Sie so freundlich wären, für einen Moment in mein Büro zu kommen, Miss Chandler …«

Daisy zuckte mit den Schultern und folgte ihm. Obwohl Jillie Fairfield von Valerian engagiert worden war, bestand eine Verbindung zwischen ihr und dem Hotel, und vielleicht war es klüger, den Hotelmanager zu verhören, bevor er durch die Presse von Jillies Tod erfuhr.

Tiffany warf Daisy einen weiteren herablassenden Blick zu, als sie an ihr vorbeiging. Ein bloßer Blick vermochte Daisy jedoch nicht zu kränken – die Namen, mit denen Gangster, Herumtreiber und andere fehlgeleitete Subjekte sie beschimpften, hatten sie in dieser Hinsicht ziemlich abgehärtet.

»Wir haben heute morgen eine Leiche gefunden«, sagte Daisy, als sie und Grover in seinem Büro waren. »Das Opfer wurde als Jillie Fairfield identifiziert. Sie war eine der Assistentinnen Ihres Zauberkünstlers.«

Grover erblaßte und ließ sich fassungslos in den großen Ledersessel hinter dem Schreibtisch sinken. Er erholte sich jedoch schnell und bedeutete Daisy mit einer Geste, Platz zu nehmen. »Was ist geschehen?«

Daisy setzte sich in einen der ledernen Besuchersessel. »Das wissen wir noch nicht«, gab sie zu, obwohl sie nicht die Absicht hatte, irgendwelche Einzelheiten preiszugeben. »War Miss Fairfield nicht eine Angestellte des Venetian, bevor sie von Valerian engagiert wurde?«

Ein dünner Schweißfilm erschien auf Grovers Oberlippe. »Das kann ich Ihnen ohne weitere Nachprüfung nicht sagen, Miss Chandler. Wir beschäftigen sehr viele Leute, und wie Sie sicher wissen, ist das Venetian noch nicht sehr lange geöffnet. Aber ob Miss Fairfield nun hier beschäftigt war oder nicht, es dürfte in jedem Fall keine gute Publicity für das Venetian sein. Der geringste Hinweis auf ein Verbrechen könnte einen furchtbaren Skandal auslösen …«

Daisy spürte, wie sie ungeduldig wurde. Eine Frau war schließlich tot, verdammt. Jillie Fairfield würde nie wieder tanzen, lachen oder lieben; jemand hatte sie ausgelöscht wie eine Kerze. Und alles, woran Grover denken konnte, war Publicity.

»Dann kannten Sie Miss Fairfield also nicht persönlich? Sie sind ihr nie begegnet?« fragte sie gepreßt.

»Nein«, antwortete Grover und errötete. »Und ich kenne auch nicht den Zauberkünstler. Er ist ein Exzentriker – auf geradezu *makabre* Weise, wenn Sie mich fragen.«

Daisy beugte sich neugierig vor. »Wie soll ich das verstehen?«

Sichtlich beunruhigt, spreizte Grover die Hände. »Es gehen Gerüchte um ... Doch vielleicht ist dies alles nur ein schlauer Trick, um die Leute dazu zu bringen, in seine Shows zu gehen.«

»Was für Gerüchte?« beharrte Daisy. Da war es wieder, dieses eigenartige Prickeln in ihrem Magen; ihr Instinkt verriet ihr wie schon in der Nacht zuvor, daß etwas sehr Sonderbares an Valerian war. Etwas, das über die übliche Geheimniskrämerei eines Magiers weit hinausging.

»Wissen Sie, er zeigt sich nie bei Tageslicht«, erwiderte Grover zögernd. »Und er lehnt es strikt ab, sich fotografieren zu lassen ... Fragen Sie unsere Publicityleute, falls Sie mir nicht glauben.«

Daisy dachte an das Programm in ihrer Tasche. Der Text im Heft war begleitet von Zeichnungen und Gemälden, aber im ganzen Heft war nicht eine einzige Fotografie zu sehen.

»Ich glaube Ihnen«, sagte sie und fragte sich, ob sie Grover nicht lieber ein Glas Wasser holen sollte. Er war leichenblaß und schien sich äußerst unwohl zu fühlen.

Mit einem Papiertuch aus seiner Schreibtischschublade tupfte er den Schweiß von seiner Stirn. »Mord«, murmelte er betroffen. »O Gott ...«

Daisy holte einen tiefen Atemzug. »Gibt es sonst noch etwas, was Sie mir sagen können?«

»Ja«, meinte Grover nach kurzer Überlegung. »Selbst die Leute in Valerians unmittelbarer Umgebung haben keine Ahnung, wie er seine Tricks ausführt. Er hat niemals auch nur die kleinste Einzelheit verraten.«

Daisy war enttäuscht und eine Spur gereizt. »Natürlich verrät er es nicht. Er ist ein Magier – jeder weiß, wie sorgfältig diese Leute ihre Geheimnisse bewahren.« Sie erhob sich.

»Wenn Sie mir jetzt noch Valerians Adresse geben«, fügte sie mit einem Blick auf Grovers Computer hinzu, »werde ich Sie nicht länger stören.«

»Wir haben keine Adresse«, erwiderte Grover.

Daisy ließ nicht locker. »Was ist mit seiner Sozialversicherungsnummer?«

Wieder spreizte Grover seine Hände. »Das ist zu privat. Ich brauche Sie Ihnen nicht zu sagen, solange Sie keinen Durchsuchungsbefehl haben.«

Daisy verkniff sich eine boshafte Erwiderung. Grover hatte recht. »Dann sorgen Sie wenigstens dafür, daß einer Ihrer Sicherheitsbeamten mich hinter die Bühne läßt«, verlangte sie. Womöglich war Valerian ja in seiner Garderobe, meditierte und übte seine Levitation oder dergleichen. Oder vielleicht war er sogar auf der Bühne und probte seinen Auftritt.

»Also gut«, stimmte Grover widerstrebend zu, nachdem er nachgedacht hatte. »Kommen Sie. Ich begleite Sie.«

Valerian
Dunnett's Head, 1348

Heute werde ich sterben, dachte ich, als ein kalter Sonnenstrahl mein Gesicht berührte. Ich litt solche Schmerzen, körperlich wie seelisch, daß ich nicht umhin konnte, den Tod als eine Erlösung zu betrachten.

Doch da bewegte sich Brenna neben mir im Stroh, und mit Entsetzen und voller Liebe erinnerte ich mich an alles, was in der Nacht zuvor geschehen war. Sie war zu mir gekommen, hatte meine Wunden gereinigt, mir zu essen gegeben und schließlich sogar mein Lager mit mir geteilt …

Wir waren beide noch unberührt gewesen, und es war – zumindest, was mich selbst betraf – eine fast unerträglich schöne Erfahrung gewesen. Vor Brenna hatte ich nur die üblichen heimlichen Befriedigungen gekannt, die man sich als Junge hin und wieder selbst verschafft. Doch nun, nachdem ich von ihrem wunderschönen jungen Körper Besitz ergriffen hatte, mich im uralten Rhythmus der Liebe mit ihr bewegt und meine Leidenschaft in ihr verströmt hatte, war ich ein Mann. Und nie zuvor war mir so deutlich wie jetzt bewußt gewesen, wie kostbar das Leben ist.

»Valerian?« Sie richtete sich auf; ihr schönes Haar war zerzaust und voller Stroh, ihr Kleid zerknittert. Das gleiche schwache Licht, das mich geweckt hatte, erhellte ihr Gesicht. »Ich liebe dich. Und wenn du heute stirbst, mußt du auf der anderen Seite auf mich warten. Ich werde dir bald folgen.«

Ich spürte, wie mir die Tränen kamen. Meine körperlichen Schmerzen waren nichts im Vergleich zu der verzweifelten Liebe, die ich für sie empfand, und der qualvollen Gewißheit, daß wir uns schon bald unwiderruflich trennen mußten. Ich schloß meine Hände um ihr Gesicht und strich mit dem Daumen über die Lippen, die ich in der Nacht so leidenschaftlich geküßt hatte.

»Nein, Lady Brenna«, sagte ich heiser. »Du mußt leben.«

Sie schüttelte ungestüm den Kopf, aber ich hielt ihn sanft fest und schaute ihr beschwörend in die Augen.

»Hör mir zu«, flüsterte ich, als wir in der Ferne eine Tür knarren hörten. Wir wußten beide, daß der Tag gekommen war, an dem sie mich holen und ich das Schafott besteigen würde. »Du mußt dich dort drüben in den Schatten verstecken, bis sie mich hinausgebracht haben. Rühr dich nicht, bis du sicher sein kannst, daß alle fort sind. Und dann wirst du in deine Gemächer zurückkehren, dich hübsch machen und so tun, als hättest du nie etwas gehört vom Sohn des Schuhmachers ...«

Sie schluchzte, so heftig, daß sie unfähig war, zu antworten.

»Ich werde eine Möglichkeit finden, bei dir zu sein«, schwor ich aus tiefster Seele. »Ich werde mich in einem Winkel deines Herzens einnisten, und wenn du mich finden willst, brauchst du nur deine Gedanken nach innen zu kehren. Bitte, Brenna. Gib mir dieses letzte Geschenk – ein lebendes Herz, in dem ich mich verbergen kann.«

Brenna blieb stumm, und die Stimmen draußen wurden

lauter. Schließlich nickte sie und verbarg sich hinter einem Strohballen in der Zellenecke.

Zwei Männer des Barons erschienen nur wenige Momente später, um mich abzuholen. Sie tuschelten miteinander, aber ich konnte nicht verstehen, was sie sagten.

Schließlich erreichten sie die Zellentür.

»Komm, Schuhmacherssohn«, sagte Tom, der größere der beiden. Er war oft im Laden meines Vaters gewesen; sie waren gewissermaßen Freunde, und Tom, wie alle anderen Männer aus dem Dorf, hatte meine Mutter immer sehr bewundert. »Der Baron sagt, daß du freigelassen werden sollst. Oder zumindest behauptet sein Kammerdiener, daß er das angeordnet hat.«

Brenna bewegte sich und raschelte im Stroh, aber mit einer raschen Geste befahl ich ihr, sich leise zu verhalten. Es würde keine Freiheit geben, für keinen von uns, und keine Gnade, wenn ihr Vater erfuhr, was wir heute nacht getan hatten.

Unter Schmerzen richtete ich mich auf, denn obwohl meine Wunden nur oberflächlich waren, brannten sie wie Feuer.

»Falls das ein Scherz sein soll«, sagte ich, »ist es ein sehr grausamer.«

Tom öffnete die Zellentür, ohne zu bemerken, daß der Riegel nicht vorgeschoben war. »Es ist kein Scherz«, erwiderte er. »Der Baron ist vor zwei Stunden plötzlich krank geworden. Er ist schwarz wie ein Mohr und spuckt Blut. Und auch andere sind erkrankt.«

Es schauderte mich, trotz der ungestümen Erleichterung, die ich empfand. »Wer sind die anderen?«

»Unter anderem deine Mutter«, sagte Tom. »Du solltest heimgehen und dich um deine Familie kümmern. Noah und Seraphina haben beide hohes Fieber, hat dein Bruder mir berichtet.«

Meine Bestürzung vermischte sich mit der unfaßbar süßen Gewißheit, daß ich leben würde. Ich würde einen Weg finden, für immer mit Brenna zusammenzubleiben – nach den Ereignissen der Nacht zuvor waren wir wahrlich aneinander gebunden, vor den Augen Gottes so gut wie in unseren eigenen Herzen –, und zusammen würden wir Dunnett's Head verlassen.

Bis dahin jedoch mußte ich mich um meine Eltern kümmern.

Ich kehrte zum Laden zurück, so rasch ich konnte, während die Sonne mit ihrem goldenen Glanz meinen Weg erhellte. Das Dorf war unnatürlich still, selbst für eine so frühe Tageszeit, und ein widerlich fauler Geruch hing in der Luft. Keine Hunde kläfften auf den Straßen, keine Hausfrauen leerten ihre Nachttöpfe aus den Fenstern und Türen aus, keine Fischer stachen heute in See.

Es war unheimlich.

Als ich den Laden erreichte, betrat ich ihn durch die Hintertür und schaute als erstes in die kleine Kammer, die Krispin und ich uns unser Leben lang geteilt hatten. Ich hatte nicht damit gerechnet, diesen Raum je wiederzusehen, und so armselig er auch sein mochte, wurde mir doch ganz warm ums Herz beim Anblick meines Strohlagers, meiner Decken und meiner wenigen Kleidungsstücke.

Da mein Bruder nirgendwo zu sehen war, ging ich als nächstes in das Zimmer meiner Eltern. Es war kaum größer als Krispins und meine Kammer, und als ich über die Schwelle trat, wich ich unwillkürlich zurück, entsetzt über den Gestank, der mir entgegenschlug. Er war fast noch schlimmer als der faulige Geruch, der das ganze Dorf einhüllte.

»Mutter?« fragte ich in die Dunkelheit.

Ich hörte ein Stöhnen, und erkannte, daß es die Stimme meines Vaters war. Die Schultern straffend, zwang ich mich, das Zimmer zu betreten. »Vater?«

»Nein«, sagte er heiser. »Komm nicht ... näher. Wir ... Es ist die Pest. Rette dich. Rette ... Krispin.«

Ich begann zu weinen, und zum ersten Mal in meinem Leben gehorchte ich Noah Lazarus, dem Schuhmacher. »Was ist mit Mutter?«

»Sie ist tot«, antwortete mein Vater. »Dir selbst und ihr zuliebe darfst du sie nicht sehen. Bitte. Verlaß diesen Ort …«

Ich wandte mich ab, unfähig, den Gestank noch länger zu ertragen. Mein Vater war nicht mehr zu retten, das war mir klar, also würde ich Krispin suchen und dann Brenna. Wir würden uns Pferde aus den Ställen des Barons nehmen und weit, weit fort reiten … vielleicht nach London.

Blindlings stolperte ich aus dem Haus und begegnete auf der Straße Mistress Jane, der Frau des Böttchers. Ihr Gesicht war vor Schmerz verzerrt. »Gott möge sich unserer erbarmen!« schrie sie, als sie mich erblickte, ohne mich jedoch wirklich zu erkennen. »Mein Will und meine Kinder … alle tot …«

Ich hätte die arme Frau gern getröstet, aber nichts, was ich sagen oder tun konnte, hätte etwas an der grimmigen Wirklichkeit geändert. Und deshalb legte ich ihr nur sanft die Hände auf die Schultern. »Habt Ihr meinen Bruder gesehen?« fragte ich.

Sie richtete ihren wirren Blick auf mich. »Alle tot«, wiederholte sie. »Die kleine Mary, Sam und auch mein Will. Alle tot und schwarz wie Mohren …«

Ich umarmte sie ganz impulsiv, bevor ich weiterging.

Überall im Dorf erwartete mich der gleiche Anblick. Der Tod hatte in jeder Hütte, in jedem Haus gewütet, und unter den wenigen Überlebenden herrschte Chaos. Ich fand Krispin nicht, obwohl ich ihn überall suchte, und als ich schließlich einen Moment lang innehielt, sah ich zwei Ratten, die sich auf ihre Hinterbeine aufrichteten und eine grauenvolle, gespenstische Pirouette beschrieben, bevor sie tot umfielen. Dickes, schwarzes Blut strömte aus ihren Schnauzen.

Schließlich kehrte ich zur Burg zurück. Der Schock über alles, was ich gesehen hatte, veranlaßte mich zu ungewohnter Vorsicht, und deshalb betrat ich die Burg durch einen Dienstboteneingang im hinteren Teil der Mauer. Nach einer gründlichen Durchsuchung des Gebäudes fand ich Brenna im Zimmer ihres Vater, wo sie neben seinem Bett kniete und seine Hand hielt.

Er war schwarz wie eine im Feuer verkohlte Statue, sein Körper auf groteske Weise angeschwollen. Mit blicklosen Augen starrte er zu den dunklen Deckenbalken auf. Er, wie so viele andere, war tot, und der Gestank im Raum so unerträglich, daß sich mein Magen umdrehte und mir die Tränen in die Augen schossen.

Ich zögerte einen Moment, ergriff dann Brennas Hand und zog sie sanft auf die Füße. »Er lebt nicht mehr«, flüsterte ich, und sie wandte sich um und barg weinend ihr Gesicht an meiner Schulter.

Ich hielt sie, bis ihr Schluchzen nachließ. Erst dann sagte ich ruhig: »Wir müssen diesen Ort verlassen. Wie durch ein Wunder sind wir verschont geblieben, aber wenn wir bleiben, werden auch wir der Pest zum Opfer fallen.«

Sie nickte nur stumm.

»Wir brauchen Pferde, Proviant und Geld.«

Brenna löste sich aus meinen Armen und schaute zu mir auf. »Laß uns gehen, Valerian. Laß uns gehen, um nie wieder hierher zurückzukehren.«

Da küßte ich sie. Es war nur ein flüchtiger Kuß, doch wie teuer ist mir auch heute noch die Erinnerung an diese unschuldige Berührung! Damals hatte ich trotz allem noch nicht begriffen, wie unendlich kostbar selbst die kleinste Kundgebung von Zuneigung sein kann.

»Ich hole etwas Proviant aus der Speisekammer«, sagte Brenna. »Und seine Geldbörse braucht mein Vater nun nicht mehr.« Traurig schaute sie sich nach der Leiche um. »Beeil dich, Valerian. Ich werde am Dienstboteneingang auf dich warten.«

Ich nickte und hastete hinaus.

Um die Mittagszeit saßen Brenna und ich auf einem Hügel östlich des kleinen Dorfes, und während unsere Pferde grasten, nahmen wir Abschied von der einzigen Heimat, die wir je gekannt hatten. Mit trockenen Augen – denn wir hatten beide keine Tränen mehr – beobachteten wir, wie die wenigen Überlebenden Leichen auf den Marktplatz trugen und sie in ein loderndes Feuer warfen. *Später werden die verkohlten Kör-*

per bestimmt richtig bestattet werden, dachte ich, in der sicheren Überzeugung, daß sich meine Eltern und mein Bruder unter den Leichen befanden. Es würden Gebete gesprochen und Absolutionen erteilt werden, und alle Toten würden in den Himmel kommen …

Bitte, lieber Gott. Laß es so sein.

»Was mag aus Challes geworden sein?« fragte ich einige Stunden später, als Brenna und ich langsam über die Straße ritten, die landeinwärts führte. Es war das erste Mal, daß einer von uns sprach, seit wir die Verbrennung der Leichen mitangesehen hatten. »Hast du ihn gesehen?«

Brenna, die einen Umhang mit Kapuze trug, schüttelte den Kopf. »Nein. Er ist sicher tot. Ich frage mich, ob auch Moll an der Pest erkrankt sein mag.«

Ich wußte, daß Moll Brennas Kammerzofe war und sie die Frau aufrichtig geliebt hatte. »Es nützt uns nichts, zurückzuschauen«, sagte ich leise und berührte ihre Hand. »Wir haben nur noch uns, Brenna.«

Sie schaute mich aus großen Augen an, Augen, die ihre Unschuld und ihren mädchenhaften Überschwang verloren hatten. »Ja.«

Wieder streckte ich die Hand aus und ergriff die Zügel ihrer Stute – ich selbst ritt einen der Hengste ihres Vaters –, um beide Pferde anzuhalten. »Ich liebe dich, Lady Brenna«, sagte ich. Diese zärtliche Versicherung war alles, was ich ihr jetzt geben konnte. Wir wußten beide, wie leicht das Schicksal uns wieder trennen konnte, denn die Straßen waren unsicher und gefährlich in jenen Zeiten, und es gab keine Garantie dafür, daß einer von uns beiden nicht doch noch an der Pest erkrankte.

Tränen schimmerten in Brennas Wimpern. »Und ich liebe dich«, erwiderte sie. »Das muß genügen.«

Ich nickte, und wir ritten weiter, doch dunkle Wolken ballten sich am Horizont, und eine böse Vorahnung erfaßte mich. Tapfer versuchte ich, das Gefühl abzuschütteln, und redete mir ein, daß die E[illegible]gnisse des Tages für meine düstere Stimmung veran[illegible]lich sein mußten.

Aber d[illegible]hatte ich nur teilweise recht.

In [illegible] Nacht schliefen Brenna und ich in einer verlassen[illegible]uernkate, auf einem Lager aus weichem Heu. Wir lieb[illegible] uns, weniger aus körperlichem Verlangen heraus, als um einander Trost zu spenden. Aufstöhnend krümmte Brenna den Rücken, bog sich mir entgegen und schrie und seufzte vor Entzücken, als ich sie auf den Gipfel der Ekstase führte.

Auch ich stöhnte, als ich meine Leidenschaft in ihr verströmte, und kurz darauf versanken wir erschöpft in einen tiefen Schlaf. Es regnete, als wir erwachten, und Brenna kam mir nervös und gedankenverloren vor.

»Ich möchte ans Meer zurück«, sagte sie.

Ich fragte nicht, warum, denn ich wußte, daß die Wellen in der geschützten Bucht unter der Burg ihre Spielkameraden gewesen waren – sie liebte das Wasser und bezog Trost daraus. So nahmen wir unser karges Frühstück aus altbackenem Brot ein, wuschen uns, indem wir nackt wie Wilde durch den Regen rannten, und kehrten schließlich durch den strömenden Regen den Weg zurück, den wir gekommen waren.

Ich habe mich jahrhundertelang mit einer einzigen, immer wiederkehrenden Frage gemartert: Ob alles ganz anders verlaufen wäre, wenn wir an jenem Tag nach London weitergeritten wären.

4

Wir ritten den ganzen Tag lang, durch Nieselregen und Kälte, bis wir das Meer erreichten. Brenna stieß einen tiefen Seufzer aus, als die graue, aufgewühlte See das erste Mal in Sicht kam, und brachte ihr Pferd zum Stehen, ganz offensichtlich tief beeindruckt von der rauhen Schönheit dieses Anblicks.

Der Strand war schmal und mit Felsen übersät, und die Brandung schlug mit solcher Wucht ans Land, daß riesige Wasserfontänen in den grauen Himmel spritzten. Das Frösteln, das wie der eiskalte Finger eines Toten über meinen Rücken glitt, hatte nichts mit der Kälte zu tun; es war geboren aus einer schrecklichen, namenlosen Furcht, die mich bis auf den Grund meiner Seele erschütterte. Hätte ich die Macht besessen, die mir später verliehen wurde, dann hätte ich Brenna weit fortgebracht von jenem Ort, ob sie wollte oder nicht, doch das war mir damals leider noch nicht möglich.

Ganz unvermittelt trieb sie ihre Stute auf einen gefährlich steilen Pfad zu, der zum Meer hinunterführte, und obwohl ich nach ihren Zügeln griff, war es schon zu spät. Ich konnte nichts anderes mehr tun, als ihr zu folgen und ihren Namen zu schreien.

Falls Brenna diese Schreie über das Dröhnen der Brandung hörte, schenkte sie ihnen keine Beachtung, sie trieb die Stute zu einer noch schnelleren Gangart und lenkte das verängstigte Tier geschickt zwischen Felsbrocken und Wasserlöchern auf die Klippen zu. Mein eigenes Pferd bockte am Beginn des Pfads und ließ sich zu keinem weiteren Schritt bewegen.

Ich saß ab und rannte Brenna nach, stolpernd, stürzend und schreiend. Noch heute glaube ich diesen Schrei wie eine bittere Frucht in meiner Kehle zu verspüren. Brenna warf mir über die Schulter einen Blick zu, und ich sah eine wilde Freude in ihrem Gesicht, als sie ihre Stute in die aufschäumenden Wellen trieb. Sie warf den Kopf zurück und lachte, und obwohl ich das Geräusch nicht hören konnte, sah ich es und fühlte sein Echo in meiner Seele widerhallen.

Ich stürzte auf Brenna zu, mit der Absicht, die Zügel ihrer Stute zu ergreifen und beide in Sicherheit zu bringen, doch meine jähe Bewegung erschreckte das Pferd, es scheute und warf, von noch größerer Panik erfaßt, den Kopf zurück. Brenna bemühte sich, das Tier zu beruhigen, aber keine Furcht, sondern nur angestrengte Konzentration war in Myladys schönen Zügen zu erkennen. Ich glaube nicht, daß sie ihren Leichtsinn bereute; sie hatte ganz sicher nicht geahnt, was nun geschehen würde. Doch *ich* sah die Ereignisse voraus, mit qualvoller, brutaler Klarheit, die mich von jenem Moment an bis in alle Ewigkeit verfolgen sollte.

Bis auf die Haut durchnäßt, stand ich in der kalten Brandung, geblendet vom Salzwasser in meinen Augen und gelähmt von einem namenlosen Entsetzen. Es raubte mir den Atem, und als ich Brenna wieder sehen konnte, befand sie sich schon außerhalb meiner Reichweite. Ich sah, wie ihr Pferd sich aufbäumte und sie abwarf, und dann tauchte Brenna in den alles verschlingenden Wellen unter.

Ich versuchte, zu ihr hinüberzuwaten, doch die Kraft der Brandung schleuderte mich an den Strand zurück. Als ich es erneut versuchte, wurde ich fast zertrampelt von der entsetzten Stute, die sich durch die Wellen zum Strand zurückkämpfte. Zwischen den Schaumkronen sah ich Brennas rotgoldenes Haar, und irgendwie, durch reine Willenskraft, gelang es mir, sie zu erreichen und in die Arme zu schließen.

Ich weinte, als ich sie an Land trug, denn noch bevor ich sie in den Sand legte, weit weg von den mörderischen Wellen, war mir klar, daß sie nicht mehr lebte. Ich kniete neben ihr nieder und stieß ein tiefes, heiseres Schluchzen aus, das wie ihr Name klang. Dann wich alle Kraft aus meinem Körper, ich sank vor, legte meinen Kopf an Brennas Brust und ließ meiner Trauer freien Lauf. Meine herzzerreißenden, rauhen Schreie wollten kein Ende nehmen.

Irgendwann kam die Nacht, aber ich rührte mich nicht von Brennas Seite, nicht einmal, um nach den Pferden zu suchen, die schon vor langer Zeit davongelaufen waren. Statt dessen sammelte ich soviel Treibholz, wie ich finden konnte, und zündete ein kleines Feuer an – in meiner Verwirrung und Trauer glaubte ich noch immer, meiner Geliebten Trost und Schutz verleihen zu können.

Ich fühlte den viel zu raschen Schlag meines Herzens und den Schmerz in meiner wundgeschrienen Kehle, doch nichts davon berührte mich. Meine Tunika und meine Hosen klebten an meinem Körper, naß und kalt, doch auch das drang kaum in mein Bewußtsein vor. Körperlich war ich vollkommen empfindungslos.

Ich wachte während der gesamten Nacht, hielt Brennas kalte Hand in meiner, und mit der Morgendämmerung kam die niederschmetternde Einsicht, daß dies kein Alptraum sondern grausame Wirklichkeit war. Meine Brenna war tot und mußte begraben werden.

Wieder hob ich sie auf meine Arme und begann auf den Ort zuzugehen, wo ich am Tag zuvor zwischen den grünen Hügeln Rauch aufsteigen gesehen hatte. Nichts anderes beschäftigte mich in diesem Augenblick, als die Hoffnung, ein Dorf zu finden mit einem Friedhof, auf dem Brenna in geweihter Erd[illegible]ben werden konnte, und einen Priester, der di[illegible] Gebete für sie sprach.

[illegible]eiß nicht, wie lange ich über dieses karge, öde Land gestolpert bin, meinen geliebten Engel dicht am Herzen, und erinnere mich nicht an meine Ankunft in jenem kleinen Dorf, wo ich einige Tage später schreiend und um mich schlagend zu Besinnung kam.

Zu jener Zeit, den Berichten des alten Weibes nach, das mich, wie sie behauptete, von der Schwelle des Todes zurückgeholt hatte, war Brenna bereits bestattet worden. Sie habe Glück gehabt, sagte meine Retterin, nicht an der Pest gestorben zu sein wie so viele andere arme Seelen. *Sie* waren auf einem lodernden Scheiterhaufen gelandet, kaum daß sie den letzten Atemzug ausgehaucht hatten.

Als ich auf meinem Strohsack lag, schwitzend und fiebernd, wünschte ich mir aus tiefster Seele, daß die Pest auch mich dahingerafft hätte. Doch leider war mir klar, daß ich dazu verdammt war weiterzuleben, und zu meiner geheimen Scham war mir ebenfalls bewußt, daß ich nicht den Mut besaß, meinem Unglück ein Ende zu bereiten. Ich besaß zu wenig von dem grimmigen Glauben meines Vaters, um seine Diktate zu befolgen, und zuviel, um die Feuer der Hölle zu riskieren.

So wandte ich nur das Gesicht zur Wand der Lehmhütte und trauerte um meine Brenna.

Nach einer Weile kam ein Geistlicher. Ich weigerte mich, ihn anzusehen.

»Ich bin Bruder Timothy«, sagte er.

Ich erwiderte nichts.

»Du mußt dankbar sein und bußfertig«, beharrte er. »Der Herrgott hat dich in seiner unendlichen Weisheit verschont und dir das Leben geschenkt.«

Ich spuckte aus, obwohl mein Mund wie ausgetrocknet war.

Der Priester seufzte und überließ mich meiner eigenen privaten Hölle.

Vielleicht hätte ich für immer und ewig in dieser ärmlichen

Hütte gelegen, verfluchend, was mir einst heilig gewesen war, und in der Hoffnung, meine Verzweiflung möge mich dahinraffen, wenn das alte Weib nicht ungeduldig geworden wäre und mir eines Tages einen harten Tritt in die Rippen versetzt hätte.

»Steh auf«, befahl die Alte. »Ich kann deinen Gestank nicht mehr ertragen und bin es leid, dir wie einem kranken Säugling Ziegenmilch und Brühe einzuflößen. Los – mach, daß du hier fortkommst!«

Ich rappelte mich mühsam auf und schwankte bedrohlich, bevor es mir gelang, mein Gleichgewicht zu finden. Wortlos stolperte ich aus der Hütte in den kalten Glanz des Sonnenscheins. Im ersten Moment war ich geblendet und hob schützend eine Hand vor meine Augen.

Sterbliche können jedoch verdammt robust sein, selbst wenn sie es gar nicht sein wollen. Einen Moment später schon klärte sich meine Sicht, und mein geschwächter Körper hielt sich mit einer zitternden Entschlossenheit aufrecht, die aus irgendeinem noch unerforschten Teil meines Bewußtseins kam. Ich schaute mich um und sah andere Hütten – Schweine und Hunde liefen zwischen ihnen dahin – und einige wenige Menschen in armseligen Kleidern. Nicht weit vom Rand des Dorfes entfernt befand sich ein großer Scheiterhaufen, eingerahmt von rußgeschwärzten Steinen. Angezogen von einer unheimlichen Faszination, die mich ebenso abstieß wie beschämte, näherte ich mich diesem Ort und ging langsam, einen Schritt nach dem anderen, darauf zu.

Knochen und Schädel lagen in der Asche, und ich entdeckte auch einen verkohlten Arm, dessen Muskeln und Finger noch eindeutig zu erkennen waren. Mir wurde speiübel, und rasch wandte ich mich von dem schaurigen Anblick und den anderen Überresten des Todes ab. Ich konnte froh sein, daß Brennas sterbliche Reste nicht in das Loch geworfen worden waren und keine von diesen verkohlten Knochen und Gliedern ihr gehörten.

Fast stieß ich mit dem kleinen, dicken Mönch zusammen, der hinter mir erschienen war.

»Wie heißt du, Junge?« fragte er, und selbst in meiner Verwirrung und Qual war ich verblüfft über den Ernst in seinen Zügen. Ich wußte, daß dies Bruder Timothy war, der Geistliche, der mich in der Hütte der Alten besucht hatte.

Er trug eine Kutte aus ungefärbter Wolle, die von einer dünnen, zerfransten Kordel zusammengehalten wurde, und sein kahlgeschorener Kopf war umrahmt von braunem Haar. Die Haut seines Gesichts war straff, aber er hatte alte Augen, und ich hätte nicht sagen können, wie alt er war; er hätte siebzehn oder siebzig sein können.

»Valerian«, erwiderte ich rauh. Ich sagte nichts von meinem toten Vater und erwähnte auch nicht den Namen meines Dorfes, denn schließlich besaß ich kein Zuhause mehr und keine Angehörigen. Für mich gab es nur eine Frage, nur eine Sorge auf dieser Welt.

»Wo haben sie Mylady begraben?«

Bruder Timothy deutete auf ein kleines Birkenwäldchen auf der Kuppe eines nahen Hügels. Die nackten Zweige der Bäume dort sahen wie Risse im glatten, blauen Himmel aus. »Dort«, sagte er. »Auf dem Hügel.«

Ich drängte mich an ihm vorbei, obwohl ich dem Zusammenbruch nahe war in meiner Schwäche. Nur ein Gedanke beherrschte mich: Ich mußte Brennas Grab sehen.

»Wir kannten ihren Namen nicht«, teilte der Mönch mir hastig mit. »Aber wir haben ein Kreuz auf ihrem Grab errichtet. War sie deine Schwester? Oder deine Frau?«

Bei seinen Worten durchzuckte mich der Schmerz von neuem, frisch und scharf, aber ich straffte die Schultern und zwang mich, weiterzugehen. »Ich habe keine Schwester«, antwortete ich. »Und das Wort ›Frau‹ reicht nicht aus, um zu beschreiben, was Brenna mir bedeutet hat. Wenn ich an ihrer Stelle hätte sterben können, hätte ich es getan.«

»Diese Entscheidung liegt nicht in unserer Hand«, erwiderte Bruder Timothy. »Und das ist vielleicht sogar ein Segen. Im übrigen ist ein solcher Wunsch alles andere als selbstlos, weil er schlicht auf dem feigen Wunsch beruht, unserem eigenen Schmerz zu entfliehen.«

Eine Welle der Verachtung stieg in mir auf, und viel tiefer noch, wo ich nicht gern hinsah, verspürte ich eine leise Scham. »Sprecht mir nicht von Segen«, sagte ich, ohne den Mönch anzusehen. »Euer Gott kennt keine Gnade, und ich erwarte keine Wohltaten von ihm.«

Wie schnell war ich in jenen Tagen der Unschuld und des Leids zur Gotteslästerung bereit, und wie wenig wußte ich von Verdammung und Teufeln, von Gott und seinen Engeln! Aber schließlich war ich damals noch ein junger Bursche und glaubte mir, wie fast alle Kinder, sehr vieler Dinge sicher zu sein.

Bruder Timothy legte eine Hand auf meine Schulter, und obwohl er kleiner war als ich, war sein Griff kräftig genug, um mich aufzuhalten. »Dein Schmerz macht dich verbittert und zornig«, erwiderte er mit einer Zärtlichkeit, die mir die Tränen in die Augen trieb. »Diese Gefühle werden eines Tages vergehen, und die Wunden werden heilen. Bis das geschieht, solltest du jedoch den Blick zum Himmel richten, wo dich Trost und Absolution erwartet.«

Ich schüttelte seine Hand ab und ging beharrlich weiter, getrieben von trotziger Entschlossenheit. »Verschont mich mit Eurem Gerede über den Himmel«, knurrte ich und blinzelte, um die Tränen in meinen Augen zurückzudrängen. »Ich will nichts mehr davon hören.«

Noch bevor Bruder Timothy es mir zeigte, wußte ich, welches das Grab Brennas war.

Meine Geliebte ruhte unter einem kleinen Hügel aus frisch aufgeworfener Erde, ein grobes Kreuz bezeichnete ihren Todestag. Es war ein friedlicher Ort, obwohl in der Nähe das Dröhnen und Rauschen der wilden See zu hören war. Das Grab würde im Schatten liegen, wenn der Sommer kam, während in anderen Jahreszeiten Wind und Regen ihr Lied in den Blättern der Birken singen würden.

Ich legte meine Hände auf die feuchte Erde und vergrub meine Finger darin, als könne ich Brenna auf diese Weise finden, sie hervorzerren und wieder ins Leben zurückrufen. »Brenna«, wisperte ich. Was hätte ich nicht dafür gegeben, dort zu sein, wo sie jetzt war – ohne jegliches Bewußtsein, frei von Gefühlen und gegen jede Art von Schmerz immun. Verborgen vor den Blicken Gottes und der Menschen.

Ich zitterte, mir schwindelte vor Erschöpfung, und vielleicht wäre ich sogar gestürzt, wenn Bruder Timothy nicht meine Schultern ergriffen und mich auf die Beine gezogen hätte.

»Komm«, sagte er leise. »Hier kannst du nichts mehr ausrichten.«

Es war noch keine Stunde vergangen, seit ich von meinem Krankenlager aufgestanden war, und mir fehlte die Kraft, um mich zu wehren. Also erlaubte ich diesem beharrlichen, guten Mann, mich zu stützen, als wir uns vom Dorf entfernten und auf der gegenüberliegenden Seite des Hügels ins Tal hinabstiegen.

Unten lag ein uraltes Gemäuer, ein Kloster offenbar, mit niedrigen Steinmauern und einem einzigen, schon sehr verfallenen Turm. Vom Hügel aus konnte ich Gemüsegärten sehen, einen Brunnen und einen kleinen Hof. Als ich stolperte, verstärkte Bruder Timothy den Griff um meinen Arm und bewahrte mich erneut vor einem Sturz.

Ich erinnere mich nur schwach an das, was darauf folgte: Man brachte mich in eine Zelle, ausgestattet mit einem schmalen Bett und einem Kruzifix, und ich wurde von geschickten Händen ausgekleidet. Nachdem sie mich mit warmem Wasser gewaschen hatten, legten die Brüder mir eine grobgewirkte, aber saubere Kutte an und flößten mir Wein und heiße Brühe ein.

Und dann schlief ich ein und begann die Wanderung durch den dunklen Nebel meiner Träume, auf der unermüdlichen und doch so vergeblichen Suche nach meiner Brenna.

Als ich endlich wieder zu vollem Bewußtsein erwachte, körperlich wie geistig, mußte ich feststellen, daß ich nur noch die verdorrte, hohle Hülse eines Mannes war. Meine Trauer war zwar verschwunden, aber mit ihr auch mein Gewissen, meine guten Eigenschaften und meine Seele.

Ich war leer, vollkommen leer.

»Bleib bei uns, deinen Brüdern«, bat Timothy, als ich nach vielen Tagen quälend langsamer, schrittweiser Genesung wieder kräftig genug war, um mich erheben zu können. Wir standen an diesem Nachmittag im Hof, und das Wetter war kalt und stürmisch. »Es muß ein Zeichen des Himmels gewesen sein, daß wir dich gefunden haben …«

»Ich bin euch dankbar für alles, was ihr für mich getan habt«, sagte ich, obwohl ich nicht das geringste empfand, weder Dankbarkeit noch Haß, noch Schmerz oder Freude. »Ich bin nicht geschaffen für dieses Leben, Timothy. Ich wurde als Sünder geboren und werde mein Leben lang ein Sünder bleiben.«

Wie hätte ich ahnen können, wie prophetisch diese achtlos dahingesagten Worte waren! Andererseits jedoch bin ich ziemlich sicher, daß nichts – mit Ausnahme von Brennas Wiederauferstehung vielleicht – am Verlauf meines Lebens etwas hätte ändern können.

Timothy wirkte verletzt; Tränen füllten seine sanften Augen, und er spreizte in einer flehenden Geste die Hände. »Valerian …«

Ungerührt vom Schmerz des Mönchs, hob ich die Hand, um ihn zum Schweigen zu bringen, und schaute ärgerlich auf meine geborgte Kutte. »Habt ihr keine Hosen an diesem öden Ort? Keine Tuniken, Gürtel oder Stiefel?«

Timothy tat einen tiefen Atemzug. »Wir haben solche Sachen«, gab er zu. »Jeder von uns ist schließlich als gewöhnlicher Mensch hier eingetroffen. Persönlichen Besitz aufzugeben ist ein Teil des Opfers, und in der Regel erhalten die Armen diese Kleider.«

»Niemand ist ärmer als ich«, entgegnete ich prompt.

Timothy nickte traurig und verließ meine Zelle, um kurz darauf mit einem Stapel alter, aber sauberer und gefalteter Kleidungsstücke zurückzukehren. Er sagte nichts, als er sie mir überreichte, und ich muß gestehen, daß ich sie ihm buchstäblich aus den Händen riß.

Ich konnte es kaum erwarten, diesen Ort und diese frommen Menschen zu verlassen.

Am folgenden Tag schon brach ich auf, bekleidet mit den Lumpen, die Timothy mir gebracht hatte. Sie und zwei Münzen von geringem Wert, die er mir geschenkt hatte, waren alles, was ich auf dieser Welt besaß.

Und so begannen siebzehn Jahre der Suche, nicht etwa nach Brenna, sondern nach diesem verlorenen Teil von mir, der mich einst befähigt hatte, zu lieben, zu lachen, zu weinen und zu trauern.

Alle Hoffnung darauf erstarb jedoch schon bald, und alles, was ich jetzt noch suchte, war ein barmherziger Tod. Ich war – wie der verlorene Sohn – ein Wüstling, ein Lügner, ein Ketzer und ein Dieb. Ich wanderte ziellos durch das Land und beging jede Sünde, die ich mir ohne Gewissensbisse leisten konnte, und noch einige mehr, zu denen ich mich von anderen verleiten ließ. Ich trank allen Wein, den ich erbetteln oder stehlen konnte, ich erwachte in Schweineställen, Gefängniszellen und den Betten Fremder. Nichts und niemand bedeutete mir noch etwas; am allerwenigsten jedoch meine eigene Person.

Dann, eines Nachts, als ich fünfunddreißig war und körperlich wie seelisch vollkommen am Ende, stolperte Challes, mein früherer Lehrer, über mich – im wahrsten Sinne des Wortes, weil ich besinnungslos betrunken auf dem schmutzigen Boden eines Stalles lag.

Schon sehr bald darauf geschah das Wunder, das mich für immer verwandeln sollte.

Daisy
Las Vegas, 1995

Daisy hatte das Gefühl, als ob noch ein schwaches Echo von Magie in der Stille des leeren Vorführraumes zu spüren wäre. Als Jerry Grover einen der Scheinwerfer einschaltete, funkelte der bunte, mit Flitterwerk verzierte Bühnenvorhang, und Daisy fuhr zusammen.

Grover lächelte und schien ihr Unbehagen zu genießen.

»Hier werden Sie Valerian nicht finden«, sagte er in herablassendem Ton. »Wie ich Ihnen bereits sagte, tritt er tagsüber niemals in Erscheinung.« Er hielt inne, grinste und fügte dann hinzu: »Vielleicht ist er ja ein Vampir.«

Daisy dachte an Jillie Fairfield und deren blutleeren Körper, und ein Anflug von Furcht erfaßte sie, den sie jedoch rasch verdrängte. »Ja, so wird es sein«, erwiderte sie trocken. »Wahrscheinlich liegt er hier irgendwo in einem Sarg und schläft.«

Grover seufzte. »Im Hinblick auf Valerian gibt es nichts, was mich noch überraschen könnte«, meinte er mit einem vielsagenden Blick auf seine Uhr, eine Rolex.

Daisy verstand den Hinweis und verschränkte die Arme. »Ich will Sie nicht aufhalten, Mr. Grover – ich finde die Garderobe auch allein«, erklärte sie. »In der Zwischenzeit könnten Sie einen Blick in Ihre Computerarchive werfen. Ich möchte nämlich wissen, wohin Sie die Gage dieses Zauberkünstlers überweisen.«

Eine tiefe Röte stieg in Grovers gebräuntem Nacken auf, und er sprach langsam, als hätte er es mit einem Idioten zu tun. »Das ist nicht schwierig, Officer Chandler. Wie die meisten Künstler hat Valerian einen Agenten.«

»*Detective* Chandler«, korrigierte Daisy kühl. »Und wie heißt dieser Agent?«

Ein Puls zuckte an Grovers Schläfe. »Ich habe keine Ahnung.«

»Dann schlage ich vor, Sie finden es heraus«, antwortete Daisy knapp und wandte sich zum Gehen. »Ich komme später in Ihrem Büro vorbei, bevor ich das Hotel verlasse.«

Grover nickte ihr kurz zu, wandte sich auf dem Absatz um und ging.

Daisy verweilte noch einen Moment und rief sich die Vorstellung des Abends zuvor ins Gedächtnis. Sie hatte noch nie einen Trick gesehen, der sich auch nur im entferntesten mit jenem Kutschentrick hätte messen können, und das Geheimnisvolle daran reizte ihre Neugier und frustrierte sie. *Aber das ist längst nicht alles*, gestand sie sich, als sie auf eine Tür rechts von der Bühne zuging.

Valerian hatte sie berührt, aber nicht mit seinen Händen, sondern mit seinem Geist. Sie war gefesselt und fasziniert gewesen, und das war eine Erkenntnis, die sie irritierte. Aus diesem Grund allein schon wollte sie den Zauberkünstler wiedersehen – um sich und ihm zu beweisen, daß er keine Macht über sie besaß.

Nur wenig Licht drang bis hinter die Bühne, wo die prächtige Kutsche, die Valerian benutzt hatte, unheimlich und irgendwie ominös in den Schatten aufragte.

»Hallo?« rief Daisy. »Ist hier jemand?«

Keine Antwort.

Als sie die Kulissen verließ und den Bereich hinter der Bühne betrat, entdeckte sie einen jungen Mann mit Pferdeschwanz, der einen Ständer mit Kostümen über den Korridor schob.

»Hi«, sagte sie und zeigte ihm ihre Dienstmarke.

»Hi«, erwiderte er, unsicher und errötend. »Kann ich Ihnen behilflich sein?«

»Ich hoffe es«, erwiderte Daisy und lächelte beruhigend. »Wie heißen Sie?«

Wieder errötete er. »Joe Fitch. Ist ... etwas nicht in Ordnung?«

Joe hatte offensichtlich noch nichts von Jillie Fairfields Tod gehört. »Mein Gott«, sagte er erschüttert, als Daisy ihn informierte, und umklammerte haltsuchend den Kleiderständer.

Daisy legte eine Hand auf seinen Arm. »Möchten Sie sich setzen?« fragte sie.

»Es geht schon wieder«, erwiderte Joe, ließ sich jedoch auf einen Klappstuhl an der Wand sinken. »O Gott«, murmelte er noch einmal. »O Gott ... Ich kann es gar nicht glauben.«

Daisy zog einen zweiten Stuhl heran und setzte sich Joe gegenüber. »Haben Sie Miss Fairfield gut gekannt?« wollte sie wissen.

Zu ihrer Enttäuschung schüttelte er den Kopf. Er sah aus, als ob ihm übel wäre, und zitterte an allen Gliedern. »Nein. Wir sind alle noch ziemlich neu hier. Sie kennen ja Las Vegas – man kommt hier viel herum.«

Daisy nickte. In der Nähe befand sich ein Trinkwasserbehälter, und sie stand auf, um einen Pappbecher für Joe zu füllen. »Was wissen Sie über Valerian? Wie ist er?«

Joe nahm den Becher zwischen beide Hände und leerte ihn, bevor er antwortete: »Er ist sehr zurückhaltend.«

»Was ist mit den anderen Frauen in der Show? Kannten sie Miss Fairfield näher?«

»Ich glaube, mir wird schlecht«, murmelte Joe, sprang auf und stürzte, eine Hand vor den Mund gepreßt, den Gang hinunter.

Daisy folgte ihm zur Tür der Herrentoilette und wartete, bis er herauskam. Seine Haut, eben noch aschfahl, hatte jetzt einen grünlich-grauen Schimmer angenommen.

»Hier«, sagte Daisy und überreichte dem jungen Mann ihre Visitenkarte. »Rufen Sie mich an, falls Ihnen etwas einfällt.«

Joe nahm die Karte und starrte sie an wie ein Ausländer, der versucht, eine fremde Sprache zu entziffern. »Okay«, stimmte er zu, wandte sich dann ab und floh von neuem in die Herrentoilette.

Daisy hörte ihn würgen, als sie sich abwandte. Gut, daß Joe die Nachricht aus zweiter Hand erfahren hat, dachte sie. Denn wenn er die Leiche gesehen hätte, wäre er bestimmt in Ohnmacht gefallen.

Aus einem Impuls heraus klopfte sie an Valerians Garderobentür und drehte, als niemand antwortete, den Knauf um. Zu ihrem Erstaunen war die Tür nicht verschlossen. Langsam betrat sie den Raum, machte Licht und runzelte die Stirn.

Was hattest du denn erwartet, Chandler? schalt sie sich. Etwa einen offenen Sarg? Oder Spinnweben und Kerzenleuchter?

»Vampire!« höhnte sie, als ihr Grovers alberne Bemerkung einfiel. Doch obwohl sie nicht an Ungeheuer glaubte, war ihr Schritt ein wenig schneller als gewöhnlich, als sie den Raum verließ und über den Korridor zum Ausgang eilte.

Valerian
Las Vegas, 1995

Ich erwachte wie üblich bei Sonnenuntergang nach einem überaus unruhigen Schlaf. Träume von Brenna – die jetzt Daisy Chandler war – hatten mich während der Tagesstunden geplagt, und diese schrecklichen Bilder verfolgten mich sogar bis nach meinem Erwachen.

Ich richtete mich auf, seltsam überrascht, daß ich mich in meinem Wüstenversteck befand, obwohl ich mich noch schwach erinnerte, mich kurz vor Sonnenaufgang dorthin zurückgezogen zu haben.

Mein unterirdischer Palast war von einem paranoiden Multimillionär mit einer bizarren Phantasie und einem Hang zum Luxus erbaut worden. Ich hatte es immer sehr ironisch gefunden, daß dieser Lebemann nicht überlebt hatte, sondern einer relativ unbedeutenden Erkrankung zum Opfer gefallen war. Ich hatte den Palast von seiner Witwe erworben, die offensichtlich nicht den Wunsch verspürte, in einem Kaninchenloch zu leben, ganz gleich, wie luxuriös es auch sein mochte.

Die sanften Klänge Mozarts drangen in mein Schlafzimmer, als ich mich von meinen seidenen Laken erhob. Meine Geliebte war mir zurückgegeben worden, und obwohl ich überglücklich darüber war, verspürte ich auch Angst. Im Verlauf der Jahrhunderte seit Brennas Ertrinken in den verräterischen Gewässern an der Küste Cornwalls hatten wir einander nicht weniger als fünfmal wiedergefunden.

Bei jeder dieser Gelegenheiten, bei jeder ihrer Reinkarnationen war es Brenna gelungen, mein Herz zu gewinnen, ganz gleich, wie sehr ich mich dagegen wehrte. Und gewehrt *hatte* ich mich, mit aller Macht, die ich besaß, denn es lastete ein Fluch auf Mylady und mir, der uns gnadenlos und unerbittlich durch die Jahrhunderte verfolgte.

In jedem Leben hatte Brennas Seele sich an die Bindung zwischen uns erinnert, während ihr Bewußtsein mich als Fremden sah, als einen Wanderer, der sie nur des Nachts aufsuchen konnte. Unweigerlich verliebte ich mich in sie, immer und immer wieder, und jedesmal noch tiefer als zuvor, und sie erwiderte meine Gefühle – zum größten Teil zumindest. Welche Freude, sie zu halten, ihr Gesicht zu sehen und ihr in die Augen zu schauen – und welche Hölle zu wissen, daß sie mir bald wieder genommen werden würde!

Ganz gleich, wie sehr ich mich bemühte, meine Liebste zu beschützen; meine Macht war dieser Verwünschung – worin sie auch bestehen mochte – nicht gewachsen. Wir waren dazu verdammt, die Qual des Abschieds immer wieder von neuem zu durchleben, in alle Ewigkeit. Ich konnte nur vermuten, daß es sich um eine Strafe Gottes handelte, die mir auferlegt worden war, weil ich vor all diesen Challes' ruchloses Geschenk angenommen hatte und es ohne das geringste Zögern oder irgendwelche Gewissensbisse nutzte.

Aber welche Sünde konnte Brenna begangen haben, um ein solches Schicksal zu verdienen? Die Frage versetzte mich in Zorn, wie immer, wenn ich sie mir stellte.

Ich ging in mein prunkvolles Bad, und dann wählte ich ein gestärktes Hemd und einen maßgeschneiderten Anzug aus meinem Kleiderschrank. Ein schwaches Lächeln spielte um meine Lippen. Es verblüffte die Sterblichen unter meinen Bekannten immer wieder, daß ich nie unter der Wüstenhitze litt, ganz gleich, wie ich gekleidet war, und ihr Befremden amüsierte mich.

Meine Manschettenknöpfe befestigend, ging ich in das große Wohnzimmer, wo die Stereoanlage leise, harmonische Musik spielte. Mit einer Art geistigem Kopfnicken brachte ich den Apparat zum Verstummen und setzte auf die gleiche Weise einen anderen in Bewegung, einen riesigen Fernseher, der langsam aus einer Versenkung in der Zimmerdecke glitt.

Der Bildschirm erhellte sich, und eine Szene nahm Gestalt an. Die Bilder, die ich sah, stammten jedoch nicht von irgendeinem Sender, sondern aus den verborgenen Tiefen meines eigenen Unterbewußtseins.

Ich sah eine Leiche auf einem Teppich liegen. Der Körper gehörte einer jungen Frau, und ich wußte sofort, was sie getötet hatte, noch bevor ich den Blick auf die winzigen Einstiche an ihrer Kehle richtete. Vom ersten Augenblick an war mir klar, daß in ihren Adern kein Tropfen Blut mehr zu finden sein würde.

Jillie Fairfield. Eins der bezaubernden jungen Geschöpfe, die meinem Auftritt soviel Charme verliehen.

In einem Anfall plötzlicher Schwäche ließ ich mich in einen weichen Sessel sinken und starrte auf die entsetzliche Vision. Dies war kein gewöhnlicher Mord, kein Verbrechen aus Rachsucht oder Leidenschaft. Es war von einem Ungeheuer meiner eigenen Gattung verübt worden – einem Vampir. Und aufgrund von Jillies Verbindung zu mir konnte ich sicher sein, daß dieser Mord als eine Herausforderung gemeint war.

Ich schloß die Augen, um mich an den Schauplatz des Verbrechens zu versetzen. Sekunden später schon materialisierte ich mich in Jillies kleiner Wohnung. Sie lag im Dunkeln, was jedoch ohne Bedeutung für mich war, und die Leiche war natürlich bereits weggeschafft worden.

Obschon sie keinen Tropfen Blut mehr enthalten hatte, waren überall im Raum Spuren dieser kostbaren Flüssigkeit zu sehen, die in der Finsternis wie winzige blaue Lichter schimmerten. Ihr Geruch, schal und verdorben jetzt, stieg mir in die Nase.

»Wer bist du?« fragte ich laut. »Zeig dich!«

Nichts war zu hören außer den normalen Geräuschen naher Sterblicher, die durch Wände und Böden zu mir vordrangen. Und doch war noch etwas anderes zu spüren – eine Art tieferes Schweigen, das alles andere als leer war.

Ich versuchte, mich an den Zeitpunkt des Mordes zurückzuversetzen – Vampire reisen so mühelos durch die Zeit, wie Menschen von einem Raum in den anderen gehen –, aber etwas blockierte meinen Weg. Ich hörte den erstickten Schrei der armen Jillie, spürte ihr Entsetzen und dann die unselige Ekstase, die ein unverkennbares Zeichen für den tödlichen Kuß eines Vampirs ist, aber ich konnte ihren Mörder nicht sehen und war außerstande, ihr zu helfen.

Verzweiflung überwältigte mich, dann Zorn.

Der Tod der Frau war das Werk eines Nachtwandlers, eines mächtigen Unholds. Aber wer mochte dieses Ungeheuer sein? Natürlich kannte ich viele Vampire, doch von all jenen war nur Maeve noch mächtiger als ich. Sie war ein majestätisches Geschöpf und nährte sich nicht vom Blut unschuldiger Chormädchen – ihre Opfer fielen in zwei ganz andere Kategorien: jene, die Gefallen am Bösen fanden, und jene, die sich bereits am Rand des Todes befanden.

Lisette, die frühere Königin, hätte einen solchen Mord begangen, ohne auch nur einen Gedanken an die Jugend des Opfers und seine relative Unschuld zu verschwenden, doch Lisette war schon vor langer Zeit vernichtet worden. Die Hexe war tot – aber etwas anderes, mindestens ebenso Erbarmungsloses war noch sehr lebendig.

5

Valerian
England, 1363

Kräftige Hände packten mich an meiner Tunika und zerrten mich halb bewußtlos aus dem stinkenden Stroh, auf dem ich kurz zuvor zusammengebrochen war. Meiner trunkenen Benommenheit zum Trotz erkannte ich Challes, meinen früheren Schulmeister.

»Bei Gott, du *bist* es wirklich!« stieß er verblüfft hervor. »Was in aller …«

Ich schwankte, und er stützte mich. Eine Art trunkene Sentimentalität erfaßte mich, gefolgt von einem Gefühl, das ich mir lange nicht mehr eingestanden hatte – heiße, brennende Beschämung. Ich hatte meinen Lehrer immer gemocht und seine Anerkennung gesucht, und plötzlich merkte ich, daß mir noch immer daran lag. Meine sonst so freche Zunge ließ mich im Stich, ich brachte kein einziges Wort über meine Lippen.

Challes fluchte und stieß mich mit solcher Kraft von sich, daß ich an die Wand hinter mir geschleudert wurde. Der Schock klärte meinen Kopf ein wenig.

»Du warst der aufgeweckteste Schüler, den ich je gehabt habe!« rief er ärgerlich und machte eine Geste, die seine ganze Verachtung für mein zerlumptes Äußeres und meine Trunkenheit ausdrückte. »Sieh dich an – du bist ein Wrack, Valerian! Warum hast du es so weit kommen lassen?«

Ich schluckte und klammerte mich an die letzten Reste meines Stolzes. »Ich will nur noch sterben«, sagte ich in einem Ton, der sowohl Aufrichtigkeit wie Trotz verriet.

Challes verblüffte mich von neuem, indem er mich hart ins Gesicht schlug. »Schwächling!« rief er entrüstet, und als ich versuchte, ihm auszuweichen, ergriff er meine Schultern und stieß mich erneut gegen die Wand. »Jeden Tag und jede Nacht beten brave Männer und Frauen zu ihren Göttern und flehen sie an, sie leben zu lassen. Und du – du jämmerlicher, feiger Welpe, wagst es, deine Talente *wegzuwerfen*, als wären sie nichts als Abfall? O nein, das lasse ich nicht zu, hörst du? Bei Gott, *ich werde nicht zulassen, daß du dich zugrunde richtest!*«

Tränen brannten in meinen Augen und beschämten mich von neuem. In einem sinnlosen Versuch, sie zu verbergen, wandte ich den Kopf ab. »Es ist zu spät«, flüsterte ich. »Zu spät.«

Im ersten Moment dachte ich, daß Challes mich wieder schlagen würde. Doch er legte mir nur eine Hand auf die Schulter und fragte mit leiser, bewegter Stimme: »Wann hast du zum letzten Mal etwas Vernünftiges gegessen oder in einem richtigen Bett geschlafen?«

Ich hatte gegessen, was ich stehlen konnte, hatte in Straßengräben und in Ställen übernachtet und um Münzen für Wein gebettelt, so lange ich zurückdenken konnte. Meine Kindheit in Dunnett's Head erschien mir jetzt fast unwirklich und mein kurzes Glück mit Brenna wie ein hübsches Märchen.

Ich spreizte meine schmutzigen Hände. »Als ich bei den Mönchen war. Sie nahmen mich auf, als Mylady gestorben war.« An die alte Frau und ihre mürrische Pflege erinnerte ich mich nicht – bis sehr viel später – und erwähnte sie daher nicht, als ich Challes von jenen unglücklichen Tagen berichtete.

»Und seitdem irrst du umher wie ein Wilder, der seinen Stamm verloren hat?«

»Ja«, erwiderte ich leise, und zum ersten Mal kam mir zu Bewußtsein, wie überaus elegant Challes gekleidet war – viel zu elegant für einen armen Schulmeister. Noch viel merkwürdiger jedoch war, daß er in all den Jahren, in denen ich ihn nicht mehr gesehen hatte, überhaupt nicht gealtert war; er wirkte ungemein vital, und ihn umgab eine eigenartig bedrohliche Aura, die mich an hungrige Wölfe denken ließ, die nachts durch verschneite Lande streiften.

Challes legte eine Hand auf meine Schulter. »Komm«, forderte er mich auf. »Ich habe dir ein wundervolles Geschenk zu machen, mein irregeleiteter Freund. Aber zuerst muß du darauf vorbereitet werden, es zu empfangen.«

Das Seltsame an seiner Bemerkung vermochte nicht die trunkene Benommenheit zu durchdringen, die meinen Verstand verdrängt hatte. Ich glaubte, er böte mir Nahrung an, ein Dach über dem Kopf und vielleicht sogar ein bißchen Wein, und all das waren Dinge, nach denen es mich sehr verlangte. Vor allem nach letzterem, muß ich zu meiner Beschämung gestehen.

Challes führte mich zu einer Kutsche, die bis zur Achse im Schlamm der Straße steckte. Der Mond ging dahinter auf wie ein riesiger, silberner Heiligenschein, und mich schauderte bei dem Anblick, wenn auch mehr aus Erregung als aus Furcht. Ein Lakai öffnete uns die Wagentür, und obwohl ich es in der Finsternis nicht sehen konnte, spürte ich, daß er einen vielsagenden Blick mit seinem Herrn austauschte.

»Woher wußtet Ihr, wo Ihr mich finden würdet?« fragte ich, als ich Challes gegenüber auf den weichen Lederpolstern saß.

Er seufzte. »Das werde ich dir ein andermal erklären. Für den Augenblick sollte es dir genügen, daß du etwas zu essen bekommst, gesäubert wirst und dich einmal gründlich ausschläfst.«

Ich begann bereits Durst zu verspüren und hoffte, daß die beeindruckende Verbesserung von Challes' Lebensumständen auf einen ebenso imponierenden Weinkeller schließen ließ. Obwohl ich nicht gerade wachsam war zu diesem Zeitpunkt, verzichtete ich darauf, diesen Gedanken in Worte zu fassen, weil ich ahnte, daß er kein gutes Echo finden würde.

Challes hörte ihn trotzdem, denn er antwortete darauf, als hätte ich ihn laut geäußert. »Du dummer Bengel«, sagte er fast zärtlich. »Dich wird es bald nach einem anderen Nektar dürsten, aber das fragwürdige Vergnügen der Trunkenheit liegt für immer hinter dir.«

Ich verschränkte die Arme, noch immer zu benommen, um mir darüber klarzuwerden, daß Challes gerade meine Gedanken erraten hatte. *Klar* war mir in diesem Augenblick nur eins: daß ich ein Leben ohne Wein niemals ertragen würde. O nein, ein solches Opfer hätte meinen sicheren Tod bedeutet …

»Unsinn«, meinte Challes, obwohl ich auch diesmal meine Gedanken nicht laut geäußert hatte. »Du wirst nicht sterben, Valerian. Du bist im Begriff, zu einem ganz neuen, wundervollen Leben wiedergeboren zu werden.«

Ich runzelte die Stirn. »Ihr redet wie mein Vater, Gott erbarme sich seiner armen Seele. Falls es Religion ist, was Ihr predigt, gehe ich lieber wieder in den Stall zurück. Aber wie macht Ihr das?«

»Ich nehme an, du willst wissen, wie ich deine Gedanken erraten habe. Gedanken zu erraten, ist die unbedeutendste meiner Fähigkeiten. Das bereitet mir nicht die geringste Mühe.«

Wäre ich nüchtern gewesen, hätte seine Bemerkung mich gekränkt. Ich wollte ihn schon fragen, was er meinte, aber er hob gebieterisch die Hand, und ich verstummte. Mein ausschweifendes Leben hatte mich auf ein Nichts reduziert; ich besaß nicht viel mehr Würde und Selbstbeherrschung als ein ausgemergelter, im Unrat wühlender Straßenköter.

»Ich lebe ganz hier in der Nähe«, teilte Challes mir nach einer Weile mit. »Wir sind gleich da.«

Ich betrachtete ihn, verblüfft über die undefinierbare Veränderung, die ich an ihm bemerkte. »Was ist geschehen?« fragte ich. »Ihr seht irgendwie … anders aus.«

Zum ersten Mal lächelte mein Lehrmeister. »Du auch«, erwiderte er. »Zerbrich dir heute nacht nicht den Kopf mit Fragen, Valerian. Es genügt, daß ich dich gefunden habe.«

Den Rest des Weges legten wir schweigend zurück. Ich schloß die Augen und tat, als ob ich schliefe. Doch obwohl ich noch immer ziemlich betrunken war, spürte ich Challes' Blick und wußte, daß er nachdenklich war und ein ganz eigenartiger Hunger darin lag …

Sein Haus war ungemein prunkvoll für diesen gottverlassenen Teil Englands; eine kleine, rechteckige Burg aus grauem Stein, die innen hell erleuchtet war. An einem solchen Ort mußte es doch Wein geben …

Meine Stimmung hatte sich etwas gebessert, seit ich wußte, daß mich ein Bad erwartete und ich das Lager nicht mit Ungeziefer teilen mußte. Doch dann kam mir ein anderer, sehr beunruhigender Gedanke, und unwillkürlich warf ich Challes einen argwöhnischen Blick zu.

Mein früherer Lehrer stieg gerade aus der Kutsche aus und zupfte seine makellos weißen Handschuhe zurecht. »Ich möchte dich doch sehr bitten, auf solch lächerliche, beleidigende Überlegungen zu verzichten«, bemerkte er trocken. »Ich habe es nicht auf deine Unschuld abgesehen – falls dergleichen überhaupt noch existiert. Tatsächlich werde ich nichts weiter von dir verlangen, als Zeuge sein zu dürfen, wie du deine eigenen wundervollen Fähigkeiten erlangst und ausübst.«

Das war alles, was Challes dazu sagen wollte, und ich brachte weder die Energie noch den Willen auf, ihn zu bedrängen. Schweigend folgte ich ihm zu der mächtigen Eichentür, die prompt von einem Diener geöffnet wurde, der eine flackernde Talgkerze in der Hand hielt.

Er nickte Challes ehrerbietig zu, doch mich beachtete er kaum, als er zurücktrat, um uns einzulassen.

Ich war nicht ganz Herr meiner Sinne, sozusagen, aber mir fiel auf, daß das Haus sehr sauber war und überhaupt nicht düster. Helles Mondlicht strömte durch die hohen Fenster an der einen Wand und erfüllte die Eingangshalle mit seinem blassen Schein.

Es sah fast so aus, als wäre ich erwartet worden, denn man führte mich in ein geräumiges Gemach, in dem ein anheimelndes Feuer im Kamin brannte und ein Tisch zum Essen gedeckt war. Aus einer großen Zinkwanne vor dem Kamin stieg Wasserdampf auf, und der Überwurf des großen Federbetts war bereits zurückgeschlagen und gab den Blick auf weiße Bettücher aus feinstem Linnen frei.

Ich ging zum Tisch und schaute unter die Deckel der zahlreichen Platten. Brot, kaltes Fleisch, gekochte Rüben und sogar Obst ... Aber leider kein Wein.

Unwillkürlich seufzte ich.

Challes lachte. »Vergiß es«, sagte er und warf mir ein Stück parfümierter Seife zu. »Du wirst dort nichts finden, womit du deinen vortrefflichen Verstand betäuben kannst. Ich habe es dir ja gesagt – *es gibt keinen Wein mehr.*«

Ich würdigte ihn keiner Antwort und hielt die Seife an meine Nase; ihr Duft erinnerte mich an meine schöne Mutter, Seraphina, und einen Moment lang vermißte ich sie heftig. Ich wandte mich von Challes ab, um meine Emotionen zu verbergen – damals wußte ich noch nicht, daß ich nichts vor ihm verbergen konnte.

»Dann werde ich nicht lange bleiben«, antwortete ich.

»Wir werden sehen«, meinte Challes. Und dann ging er.

Ich verriegelte die Tür – in meiner jämmerlichen Existenz hatte ich gelernt, daß das, was wie ein Glücksfall aussehen mag, auch eine Falle sein kann –, zog meine zerlumpten Sachen aus und stieg in die Wanne. Ein Seufzer des Entzückens entrang sich mir, als ich in das warme, saubere Wasser eintauchte.

Ich blieb lange darin liegen, wusch mein strubbeliges, rotbraunes Haar und schrubbte den Schmutz von meiner Haut. Als ich endlich sauber war, stieg ich aus der Wanne und stellte mich nackt vor den Kamin, um mich im Schein des Feuers trocknen zu lassen.

Ein Nachthemd aus einem feinen, schimmernden Stoff – ich weiß heute, daß es seltene, kostbare Seide war – lag ausgebreitet auf dem Bett. Nachdem ich mich vor dem Feuer gewärmt hatte, zog ich das Hemd über den Kopf und ging zum Tisch. Ich aß mit bemerkenswertem Appetit angesichts des geschrumpften Zustands meines armen Magens, und danach war mir schwindlig vor Erschöpfung.

Gesättigt und seit langer Zeit zum ersten Mal wieder imstande, meine eigene Gesellschaft zu ertragen, legte ich mich zwischen die kühlen Laken und überließ mich dem Schlaf. Er war tief und traumlos; ich hatte keine Schwierigkeiten, einzuschlafen, und kein Traum störte meine Ruhe.

Heute muß ich lächeln, wenn ich daran zurückdenke, wie sicher und geborgen ich mich damals fühlte.

Daisy
Las Vegas, 1995

Daisy wartete in Valerians Garderobe, als sein Auftritt an jenem Abend endete, unter donnerndem Applaus und begeisterten Zurufen, und es schien ihn nicht im mindesten zu überraschen, sie dort anzutreffen.

Der Zauberkünstler war überaus attraktiv, nicht nur auf der Bühne, sondern auch aus unmittelbarer Nähe. Eine eigenartige Spannung baute sich in Daisy auf, als er ihr in die Augen sah.

Streng ermahnte sie sich, daß Leute aus dem Showbusiness ihr nicht im geringsten imponierten, und Valerian lächelte, als hätte er ihre Gedanken erraten.

Aber das war natürlich völlig ausgeschlossen.

Daisy spürte, wie sie errötete. »Ich bin Detective Chandler«, sagte sie.

»Ja, ich erinnere mich«, erwiderte Valerian. Er trug ein rotgefüttertes schwarzes Seidencape, das er jetzt ablegte und fast liebevoll über einen Stuhl hängte. Es war etwas Intimes, ja fast Sinnliches an der Art, wie er es tat, und Daisy spürte eine träge Hitze in sich aufsteigen, als sie ihn beobachtete.

»Ich würde mich gern über Jillie Fairfields Tod mit Ihnen unterhalten.«

Sie sah einen Anflug von Trauer über seine aristokratischen Züge huschen. Dieser Mann hat etwas Majestätisches an sich, dachte sie, etwas Altmodisches und fast Höfisches.

Valerian ließ sich mit der Antwort Zeit. »Was möchten Sie wissen?« fragte er schließlich geistesabwesend, den Blick auf eine Stelle über ihrem Kopf gerichtet.

»Verschiedene Dinge. Angefangen mit der Frage, ob Sie sie getötet haben.«

Da schaute er sie an, und in seinem Blick zeigten sich Qual und Ärger. »Nein«, antwortete er, und die Kälte in seiner Stimme ging Daisy durch und durch wie ein eisiger Winterwind. »Selbstverständlich nicht.«

Daisy war entnervt – Valerian verwirrte sie, obwohl sie nicht hätte sagen können, warum. Denn selbst wenn er den Mord begangen hatte – und ihr Instinkt sagte ihr, daß das nicht so war –, bestand kein Anlaß, ihn zu fürchten. Sie war eine gute Kriminalbeamtin und hatte gelernt, sich zu verteidigen.

»Wissen Sie, wer es war?«

Valerian zog eine Augenbraue hoch und warf seine goldenen Manschettenknöpfe auf den Frisiertisch. Die Wand darüber, wo ein beleuchteter Spiegel hätte hängen sollen, war kahl und leer. »Nein«, erwiderte er knapp. »Es ist Ihre Aufgabe, das herauszufinden, nicht?«

Daisy war gekränkt. »Ich bemühe mich, meinen Job zu tun, Mr. Valerian«, versetzte sie verärgert. »Doch leider ist das mit sehr viel mühevoller Vorarbeit verbunden.«

»Lassen Sie das *Mr.* weg«, sagte er, und angesichts der Gelassenheit, mit der er sprach, kam Daisy sich geradezu hysterisch vor. »Nehmen Sie doch bitte Platz«, fuhr er fort und deutete auf einen Sessel. Er selbst zog sich einen Stuhl heran. »Ich weiß nicht viel über Jillie«, gestand er, nachdem er sich gesetzt hatte. »Wir haben zusammen gearbeitet, aber das war auch schon alles. Wissen Sie, ich bin nicht sehr gesellig. Die anderen Assistentinnen könnten Ihnen sicher mehr erzählen.«

In Gedanken gab Daisy Valerian einen Punkt, weil er die Tänzerinnen als Assistentinnen und nicht als *Girls* bezeichnete. Und ihr fiel auf, daß er, obwohl er zwei Stunden lang in Frack und Cape im heißen Scheinwerferlicht gestanden hatte, überhaupt nicht schwitzte. Eigenartig, dachte sie.

»Mit einigen von ihnen habe ich bereits gesprochen. Diese Frauen haben eine gute Vorstellung geboten, obwohl sie alle sehr betroffen sind.«

Valerian lockerte seinen Hemdkragen. »Ich werde das Kompliment weitergeben«, versicherte er, und obwohl nicht die Spur von Spott in seiner Stimme mitklang, wußte Daisy, daß er sich über sie lustig machte.

Oder war sie bloß überempfindlich?

»Wo kann ich Sie tagsüber erreichen, für den Fall, daß ich Sie noch einmal brauchen sollte?«

Ein wehmütiger Zug erschien um seinen Mund, und müde ließ er die Schultern hängen, als er ihr aus dem Nichts heraus eine Visitenkarte überreichte.

»Rufen Sie meinen Auftragsdienst an«, sagte er. »Ich probe tagsüber für meine Auftritte, aber wenn Sie eine Nachricht hinterlassen, rufe ich sie an.«

Es bestand kein Grund für Daisy, noch länger zu bleiben, und doch hätte sie es sehr gern getan. Die Erinnerung an einen Traum, den sie einst gehabt hatte, regte sich wieder in ihr; sie hörte das beängstigende Klirren von Schwertern, die im Kampf geschwungen wurden.

Widerstrebend wandte sie sich zur Tür. »Vielen Dank«, sagte sie. »Und gute Nacht. Es war eine fabelhafte Vorstellung.«

Valerian verbeugte sich. »Schlafen Sie gut, Miss Chandler.«

Daisy fuhr heim zu ihrem Apartment am Stadtrand, wärmte sich eine tiefgekühlte Vorspeise auf und machte es sich damit auf der Couch bequem, um die Nachrichten zu sehen. Doch der Zustand der Welt deprimierte sie, wie immer, und sie ging in die Küche und warf die Reste ihres Essens in den Abfalleimer.

»Vielleicht sollte ich mich nach einem anderen Beruf umsehen«, sagte sie laut. In letzter Zeit führte sie immer häufiger Selbstgespräche, aber das war nicht schlimm, solange O'Halloran nichts davon merkte. Obwohl er ein netter Mann und ein erstklassiger Polizist war, schien er es als seine Aufgabe zu betrachten, ihr das Leben schwerzumachen. Dafür, so pflegte er zu sagen, seien Partner schließlich da.

Daisy streifte ihre Pantoffeln ab, bevor sie über den weichen Teppich zum Anrufbeantworter ging und feststellte, daß eine Nachricht auf dem Band war. Als sie die Hand ausstreckte, um auf *Play* zu drücken, stieg ein vages Gefühl der Bedrohung in ihr auf.

Das ist ja lächerlich, schalt sie sich. Die Nachricht war bestimmt von ihrer Schwester Nadine, die in Telluride lebte und ihr erstes Kind erwartete. Oder vielleicht hatte O'Halloran angerufen, um sie nach ihrem Gespräch mit dem Großen Valerian zu fragen …

Daisy drückte auf den Knopf, und ein einziges Wort stieg aus der Maschine auf wie ein böser Geist aus einer Flasche.

»Bald«, sagte eine Stimme, die Daisy weder als männliche noch als weibliche identifizieren konnte.

»Was zum Teufel …« murmelte sie und ließ die Nachricht noch einmal laufen.

Diesmal leierte das Band, was die Warnung – fall es tatsächlich eine Warnung war und kein dummer Streich – noch unheimlicher erscheinen ließ.

»Verdammt«, sagte Daisy mehr ärgerlich als ängstlich. Hatte sich jemand einen Scherz erlaubt – O'Halloran vielleicht? Doch noch während sie darüber nachdachte, wurde ihr klar, daß ihr Partner nie versuchen würde, ihr einen Schrecken einzujagen. Nein, O'Halloran mochte viele Fehler haben, aber er war nicht grausam.

Während Daisy noch dastand, an ihrer Unterlippe kaute und sich fragte, ob sie beunruhigt sein oder lieber zu Bett gehen sollte, klingelte das Telefon. Es war ein ganz gewöhnliches Geräusch, aber sie fuhr zusammen, und ihre Hand zitterte, als sie nach dem Hörer griff.

»Hallo!« sagte sie schroff.

»Bald«, sagte die gleiche geschlechtslose, roboterähnliche Stimme, die sie schon auf dem Band gehört hatte. »Bald ... wirst ... du wieder ... sterben. Und wieder ... und ...«

»Wer spricht da?« rief Daisy ärgerlich.

»... wieder und ...«

Wütend knallte sie den Hörer auf die Gabel und fuhr sich nervös durch das Haar. »Beruhige dich, Chandler«, ermahnte sie sich. »Es ist nur irgendein Irrer oder einer der Jungs aus dem Präsidium ...«

Sie schloß für einen Moment die Augen und löschte bewußt jeden Gedanken aus ihrem Bewußtsein, bis sie sich beruhigt hatte. Dann wählte sie O'Hallorans Nummer, brach jedoch nach den ersten drei Zahlen wieder ab. Sie hatte verdammt hart gearbeitet und eine Menge Risiken auf sich genommen, um dorthin zu gelangen, wo sie war. Sie wollte nicht, daß ihr Partner oder irgendein anderer Kollege auf den Gedanken kam, sie käme nicht mit ihrem Job zurecht.

Kopfschüttelnd ging sie zur Eingangstür und schaute nach, ob sie verriegelt und die Kette vorgelegt war. Dann überprüfte sie die Fenster, und aus einem Impuls heraus schaute sie sogar hinter den Duschvorhang und unter ihr Bett.

Schließlich entfernte sie ihr Make-up, putzte die Zähne, bürstete ihr Haar und ging zu Bett. Das Telefon auf ihrem Nachttisch klingelte einmal, doch als sie abnahm, war die Leitung bereits tot.

»Verdammt«, murmelte sie erneut, drehte sich auf die Seite, gähnte zweimal und schlief über der Überlegung ein, ob sie sich einen Hund anschaffen sollte.

Der Traum war verblüffend realistisch.

Sie trug schlichte, seltsame Kleider – wie sie im Mittelalter üblich waren, vielleicht – und ritt ein Pferd. Sie konnte das Dröhnen der Brandung hören und das Salz in der Luft schmecken, und eine jähe Freude erfaßte sie, ein wilder, ausgelassener Übermut. Lachend trieb sie ihr Pferd auf die schaumbedeckten Wellen zu.

Jemand schrie ihr zu zurückzukommen, doch sie hatte soviel gelitten in letzter Zeit und liebte das Meer, die See schien ihr zuzuwinken ... Es war wie der Ruf einer Sirene, dem sie nicht zu widerstehen vermochte.

Sie ritt einen steilen Pfad hinab, zwischen riesigen Felsbrocken hindurch, und drängte die kleine Stute unbarmherzig weiter, als das Tier verängstigt scheute.

Ein weiterer Schrei erklang über dem Dröhnen der Brandung und veranlaßte sie, sich lachend umzuschauen. Und da sah sie ihren Gefährten. Verrückt, wie Träume sind, erkannte sie ihn als Valerian, den Zauberkünstler. Aber irgendwie wirkte er erheblich jünger, war kaum mehr als ein junger Bursche, und seine Kleider waren zerlumpt und von eigenartigem Schnitt.

Sein Gesicht war eine Maske des Entsetzens, als er den steilen Pfad hinunterstürzte und auf das Wasser zurannte.

Mein armer, dummer Liebling, dachte sie nachsichtig. Er hat Angst um mich. Ich muß ihm sagen, daß ich schon oft ins Wasser geritten bin, ohne den geringsten Schaden zu erleiden.

Sie lächelte, schüttelte den Kopf und hob eine Hand, um ihm zurückzuwinken. Er konnte nicht schwimmen, und die See war heute noch stürmischer als sonst.

Wieder schrie er ihr etwas zu, watete durch die Brandung, und als sie sich von neuem nach ihm umschaute, verlor sie die Kontrolle über ihr Pferd. Wiehernd bäumte das Tier sich auf, sie flog aus dem Sattel und stieß mit der Schulter hart an einen Felsen.

Ein stechender Schmerz durchzuckte sie; sie versuchte zu schreien, Wasser drang in ihren Mund, zog sie hinab und hielt sie dort unten fest, obwohl sie mit aller Kraft aufzutauchen versuchte. Das Gewicht ihres langen Kleides und des Umhangs zog sie tiefer und tiefer in die Finsternis, ein Strudel erfaßte sie und wirbelte sie herum.

Ein weiterer harter Schlag, diesmal gegen ihren Kopf, und dann sah sie nichts mehr, spürte nichts mehr und wußte nichts mehr – außer dem Namen, den sie geschrien hatte, bevor sie starb.

Valerian.

Valerian
England, 1363

Als ich an jenem ersten Morgen erwachte, an dem Ort, von dem ich später erfahren würde, daß er Colefield Hall hieß, mußte ich mir zu meiner Beschämung eingestehen, daß mein erster bewußter Gedanke der Wunsch nach Wein war. Mein Mund war wie ausgedörrt, mein Magen fühlte sich an, als wäre er geschrumpft, und jeder Knochen und jeder Muskel schmerzte im Rhythmus meines Herzschlags.

Ich erhob mich von meinem Lager, erleichterte mich in einen bereitstehenden Nachttopf und öffnete die Tür, um einen Blick auf den Korridor zu werfen. Der schweigsame Diener vom Abend zuvor kam über den Gang, die Arme beladen mit gefalteten Kleidungsstücken feinster Qualität, wie ich sie mir als Sohn eines armen Schuhmachers selbst in meinen kühnsten Träumen niemals zu erhoffen gewagt hätte.

»Guten Morgen, Sir«, sagte der Man. »Mylord befahl mir, Euch mit allem zu versorgen, was Euer Herz begehrt.« Und diesmal lächelte er sogar, als sein Blick über mein Nachthemd glitt. »Wie ich sehe, ging ich richtig in der Annahme, daß korrekte Kleidung ein guter Anfang sein würde.«

Ich war so entzückt, daß ich mein Verlangen nach dem Saft der Reben vorübergehend vergaß. Mit einem dankbaren Nicken griff ich nach den Kleidern und hätte sie am liebsten sofort angelegt, gleich hier, mitten auf dem Korridor.

»Wo ist Challes?« fragte ich, mich abwendend. »Ich möchte ihm für seine Großzügigkeit persönlich danken.«

»Ich fürchte, Seine Lordschaft ist heute morgen beschäftigt und wird es auch für den Rest des Tages sein. In der Zwischenzeit werde ich mich um Euch kümmern – mein Name ist übrigens Abelard.«

Zu jeder anderen Zeit wäre ich vielleicht neugierig geworden auf Challes' ›Beschäftigung‹, aber ich war noch immer sehr geschwächt und halbverhungert, und die wundervollen, bestickten Tuniken und Beinkleider aus feinster Wolle verlockten mich. O ja, selbst damals schon war ich sehr eitel.

Abelard ging schließlich, und ich legte dunkelblaue Gamaschen und eine vielfarbige Tunika an. Als ich erneut den Gang hinaustrat, mit der Absicht, mich im Haus umzusehen – und um Challes' Weinkeller zu suchen –, erwartete mich ein Paar weicher Lederstiefel vor der Tür. Freudig nahm ich sie an mich und hielt nur kurz inne, um sie anzuziehen, bevor ich die Treppe hinunterstieg.

Mir erschien es, als herrschte eine merkwürdige erwartungsvolle Atmosphäre in diesem großen Haus – als erwarteten sogar Wände, Böden und Deckenbalken irgendein bedeutendes Ereignis. Ich fand die Küche und stibitzte mir einen gebratenen Hühnerschenkel, bevor ich weiterging, um mich mit der Domäne meines einstigen Lehrers bekanntzumachen.

Er besaß viele Schriften und sogar einige gebundene Bücher – Neid durchzuckte mich, als ich all diese Bände sah, die Geheimnisse und Magie in sich bargen. Ehrfurchtsvoll berührte ich einen der ledernen Buchrücken, aber nicht einmal ich hätte es gewagt, eins der Bücher aus dem Regal zu nehmen, um es zu betrachten. Diese Bände waren mir auf eine Weise heilig, wie Kruzifixe und Statuen es mir nie gewesen waren, und geheiligte Gegenstände berührt man nicht gedankenlos.

Außerdem waren meine Finger noch fettig von dem Hühnerschenkel.

Ich ließ die Bücher zurück, wenn auch widerstrebend, und machte mich auf die Suche nach dem Wein. Abelard schien irgendwo anders beschäftigt zu sein und kümmerte sich den ganzen Morgen nicht um mich.

Der Keller war leer, abgesehen von einer schweren Eisentür, die sich nicht öffnen ließ. Ich versuchte es mehrmals und trat sogar einmal dagegen – denn ich hatte eine angeborene

Abneigung gegen Dinge, die sich mir widersetzten –, doch ohne Erfolg.

Nach dieser kleinen Niederlage durchsuchte ich die Speisekammer, die Vorratsräume und sogar die Stallungen und das Kutscherhaus. Ich fand jedoch nichts außer den ordentlich aufgeräumten Besitztümern meines Freundes.

Abelard servierte mir ein Hirschgulasch zur Mittagszeit – außer Challes und mir schien er der einzige andere Bewohner dieses Hauses zu sein, – und setzte sich an den Tisch, um mir Gesellschaft zu leisten.

»Hat Mr. Challes – Seine Lordschaft – schon immer hier gelebt?« fragte ich ihn. Mir war nämlich der Gedanke gekommen, daß der feine Herr uns vielleicht getäuscht hatte – Brenna, den Baron, meinen Bruder, uns alle. Vielleicht war er nie ein armer Schulmeister gewesen, sondern ein reicher Gelehrter, der sich mit den Armen amüsiert hatte. Um herauszufinden, ob die einfachen Leute vom Land wirklich dumm wie Esel waren oder ob sie imstande wären, Lesen, Schreiben und Rechnen zu erlernen.

»Er hat erst kürzlich eine Erbschaft gemacht«, erwiderte Abelard mit offensichtlichem Unbehagen. »Wir leben seit etwa fünf Jahren hier.«

Meine Gedanken, die noch nie sehr beständig gewesen waren, kehrten zu Krispin zurück. Ich erlaubte mir nicht oft, an ihn zurückzudenken, denn immer, wenn ich es tat, stellte ich mir vor, wie die Pest ihn verändert haben mußte. Hatte auch seine Haut sich fast schwarz verfärbt, bevor er starb? War er von seinem Lager aufgestanden und in einem schaurigen Todestanz herumgewirbelt, wie ich es von anderen gehört hatte?

Ich schob meinen Teller fort; mein Appetit war verflogen.

»Wo ist Seine Lordschaft?« fragte ich mit einer Impertinenz, die mich noch heute beschämt, wenn ich daran zurückdenke. »Ich habe durch buchstäblich jedes Fenster in der Burg geschaut und draußen nichts weiter als ödes, leeres Moor gesehen.«

Abelards Geduld war nicht leicht zu strapazieren. »Es ist

nicht leer«, sagte er gleichmütig und brach sich ein Stück Brot ab. »Es streifen viele Wölfe dort herum. Magere, ausgehungerte Tiere, die nichts lieber täten, als sich an einem arroganten Narren sattzufressen, der mehr Mut als Verstand besitzt.«

Jeder in England fürchtet die Wölfe in jenen primitiven, harten Zeiten, als noch dichter Wald das ganze Land bedeckte. Es war bekannt, daß diese Kreaturen auf Kutschen sprangen, in Hütten und Ställe eindrangen und Haustiere und kleine Kinder davonschleppten. Unzählige gruselige Geschichten wurden über Wölfe erzählt, an jeder Wiege und an jedem Kamin, und dazu benutzt, jene zu beherrschen, die sonst vielleicht auf die Idee gekommen wären, im Land herumzustreifen.

Allein die Erwähnung der Bestien ließ mich vor Entsetzen erblassen. Im nächsten Augenblick jedoch errötete ich, beschämt über meine erste Reaktion.

»Wir haben gestern nacht keine Wölfe gesehen, als wir in der Kutsche fuhren«, wandte ich ein. Das unangenehme Bild meines sterbenden Bruders begann zu verblassen, und ich zog meinen halbleeren Teller wieder zu mir heran.

Abelard kaute sein Brot, schluckte und biß ein neues Stück ab. »Dann werden sie wohl woanders beschäftigt gewesen sein«, entgegnete er schließlich. »Sie sind aber dort draußen. Dessen könnt Ihr sicher sein, Sir.«

Ich vermochte ein Schaudern nicht zu unterdrücken. »Habt Ihr sie gesehen?«

»O ja«, gestand Abelard mit leiser Stimme. »Und jeder Mann, der Ohren hat, kann sie nachts heulen hören. Sie rufen und rufen, um die Unvorsichtigen hinauszulocken und ihre schrecklichen Spielchen mit ihnen zu treiben.«

Ich zog es vor, die Unterhaltung auf ein anderes Thema zu lenken. »Ist seine Lordschaft hier, in diesem Haus?«

»Schon möglich«, meinte Abelard nachdenklich, obwohl es offensichtlich war, selbst für mich, daß er genau wußte, wo sein Herr sich aufhielt und was er tat.

»Es ist verdammt unhöflich«, platzte ich heraus, »ein solches Geheimnis daraus zu machen und einen Gast sich selbst zu überlassen. Ich habe schließlich nicht darum gebeten, hierherzukommen.«

Abelard lächelte. »Nein?«

Seine Frage verwirrte mich. »Herrgott, Mann – ich war nicht so betrunken, daß ich mich nicht entsinnen könnte, was ich gesagt habe!«

Der Diener beendete seine Mahlzeit und erhob sich. »Du brauchst keine Angst zu haben, mein Junge«, sagte er freundlich. »Du gehörst hierher und bist willkommen und auch sicher, solange du dich anständig benimmst.«

Ich hätte ihm gern gesagt, daß ich nicht irgendein dummer Junge war, denn schließlich war ich schon fünfunddreißig Jahre alt, aber noch während ich mir einen Widerspruch zurechtlegte, begriff ich, wie albern er gewesen wäre.

»Habt Ihr Wein?« fragte ich statt dessen.

Abelard seufzte. »Nein«, sagte er. »Und wenn ich welchen hätte, würde ich Euch keinen geben. Der Alkohol wäre Euer Ruin gewesen, wenn Seine Lordschaft Euch nicht gefunden hätte.«

Ich war zu beschäftigt mit meinen Gedanken an den Wein, denn sonst hätte ich mich bestimmt gefragt, woher Challes gewußt hatte, wo er nach mir suchen mußte, oder warum er es überhaupt getan hatte.

Bei Gott, ich war nicht nur sterblich damals, sondern auch noch ein kompletter Narr. Ich hätte blind und taub sein können, denn nichts nahm ich von dem schrecklichen und wundervollen Drama wahr, das sich um mich herum entfaltete!

Abelard brachte mir an jenem Nachmittag eins der kostbaren Bücher, und ich las begierig Abenteuer aus der griechischen Antike und merkte kaum, als es dunkel wurde und Kerzen angezündet wurden. Ich war so vertieft in meine Lektüre, daß ich nicht einmal Challes eintreten hörte.

»Das«, sagte er mit schroffer Zärtlichkeit, »ist der Valerian, den ich in Erinnerung habe.«

»Sagt es mir«, verlangte ich ruhig, während ich das Buch mit größter Sorgfalt schloß. »Sagt mir, warum Ihr mich gesucht und hierhergebracht habt. Ich will es wissen.«

Er lächelte. »Ich *habe* es dir bereits gesagt, mein Freund. Ich habe dir ein ungewöhnliches Geschenk zu bieten. Wenn du meine Gabe annimmst, wirst du Fähigkeiten besitzen, wie du sie dir nicht einmal in deinen kühnsten Träumen ausmalen würdest.«

Seine Worte erregten meine Neugier. »Und was ist diese geheimnisvolle Gabe?«

Challes streckte die Hand aus und berührte meine Schulter. Liebe verriet sich in der Geste, und Bewunderung. Seine Augen glühten vor Zuneigung, als er auf mich herabschaute. »Ewiges Leben«, sagte er. »Endloses, grenzenloses, schrankenloses *Leben*. Trink aus dem Pokal, den ich dir reiche, mein arroganter Valerian – der du so schön wie Luzifer bist, als er noch die himmlische Gunst genoß –, und du wirst niemals sterben.«

6

Der Schein des Kaminfeuers spiegelte sich auf Challes blassen Zügen wider, als er in jener bedeutungsvollen Nacht an meiner Seite saß und schweigend in die Flammen starrte. Hinter den Fenstern, im mondbeschienenen Moor, hörte ich die Wölfe heulen, klagend wie arme Seelen, die in der Hölle schmorten, und erschauderte ganz unwillkürlich.

So unmerklich die Bewegung auch gewesen sein muß, mein einstiger Lehrer spürte sie. Er wandte mir das Gesicht zu und lächelte, und ich erinnere mich noch, daß ich dachte, wie weiß und ebenmäßig seine Zähne waren. Noch nie zuvor war mir so stark bewußt gewesen wie in diesem Augenblick, welch schreckliche Gefahren die Welt erfüllten.

»Die Zeit ist gekommen, Valerian«, begann Challes, »das Geschenk ausführlicher zu besprechen. Natürlich müssen gewisse Vorbereitungen getroffen werden, bevor ich es dir erteilen kann. Dennoch würde ich dich gern über alles aufklären, was es beinhaltet, denn du wirst eine Wahl treffen müssen, vor die die meisten Sterblichen nie gestellt werden.«

Ich vermochte meinen Eifer und meine Neugier kaum noch zu bezwingen; tatsächlich befand ich mich in einem Zustand heftigster Erregung, seit er die verblüffende Behauptung aufgestellt hatte, mir ewiges Leben schenken zu können. Heute empfinde ich meine damalige Erregung eher ironisch, angesichts der Tatsache, daß ich seit fünfzehn Jahren darauf hingearbeitet hatte, wenn auch auf feige und indirekte Art und Weise, mich um dieses Leben zu bringen.

»Sagt es mir«, bat ich und hätte fast seinen Arm ergriffen wie ein Bettler, der sich von einem Heiligen einen Segensspruch erhofft.

»Hab Geduld, mein Schöner«, erwiderte Challes liebevoll. »Wenn du erst deine sterblichen Beschränkungen abgelegt hast, wirst du über die gesamte Ewigkeit verfügen, um zu feiern, was du bist.«

Ich wartete und schwieg, aber es war das Schwierigste, was ich seit meinem fehlgeschlagenen Versuch, Brenna aus der gnadenlosen See zu retten, je unternommen hatte. Ich zitterte vor Begierde zu verstehen, was Challes mir anbot; ihm das Wissen zu entreißen und es in meinem Herzen zu verbergen.

Er lehnte sich zurück im Sessel und richtete den Blick wieder auf das lodernde Feuer im Kamin. Als ich schon glaubte, es nicht mehr zu ertragen und ihm das Geheimnis auf gewaltsame Weise entreißen zu müssen, begann er endlich zu sprechen.

»Ich ging zur See, nachdem ich Dunnett's Head verlassen hatte«, sagte er, den Blick noch immer auf die Flammen gerichtet. »Ich weiß nicht, wie ich der entsetzlichen Plage entgangen bin – die Pest war und ist überall. Ich habe viele Menschen auf furchtbare Weise sterben sehen, Valerian. Ich wanderte damals durch das Land, genau wie du, bis ich mich schließlich auf dem Kontinent niederließ, in einer Stadt namens Florenz. Dort lernte ich Künstler kennen, Barden, Philosophen und Gelehrte …« Er hielt inne und lächelte, doch nicht für mich, sondern über irgendeine Vision, die er wohl im flackernden Feuerschein gesehen hatte.

»Ich begegnete Huren, Tanzmädchen, Zigeunern, Prinzen und Vagabunden wie mir selbst. Einige von ihnen waren Trunkenbolde –«, er war barmherzig genug, mich bei dieser letzten Bemerkung nicht anzusehen, – »während andere Heilige waren, und wieder andere stellten eine merkwürdige und faszinierende Mischung aus beiden dar. Mir fehlen die Worte, um den ganzen Reichtum und die Fülle meines Lebens in jener herrlichen Stadt zu beschreiben – und doch war ich trotz allem nicht wirklich glücklich. Oft fühlte ich mich sogar auf unerträgliche Weise einsam.«

Ich biß mir auf die Lippen. Auch ich hatte eine solche Einsamkeit gekannt, und genau das, mehr als alles andere, war es gewesen, was mich veranlaßt hatte, Vergessen im Alkohol zu suchen.

»Eines Nachts, auf einer der kleinen Piazzas, von denen es in Florenz so viele gibt, begegnete mir ein wundervolles Wesen. Wir wurden Freunde, und dann noch etwas mehr als das. Man könnte sagen, Liebende, obwohl unsere Verbindung eher geistiger als körperlicher Natur war. Viele unsagbar schöne Nächte vergingen, bevor Christoph mir anvertraute, was er war. Was er *ist* und immer sein wird …« Wieder zögerte Challes und betrachtete mit besorgter Miene mein Gesicht, und ich hatte schon das Gefühl, vor Ungeduld zu explodieren, als er endlich fortfuhr: »Christoph ist ein Unhold, Valerian, genau wie ich … Ein Vampir.«

Mein Herz schien einen Schlag auszusetzen, um dann wild und heftig weiterzuklopfen. Ich wich zurück, glaube ich, obwohl das sicher keine bewußte Reaktion war. »Ein *Vampir*? Du meinst, ein Bluttrinker?«

»Ja«, antwortete Challes, und es klang fast wie ein Seufzer, obwohl es das ganz gewiß nicht war.

Ich sprang auf und stieß meinen Stuhl um, aus größerer Angst plötzlich vor meinem alten Freund und Schulmeister als vor den Wölfen, die draußen in der Dunkelheit lauerten.

»Warte«, befahl Challes ruhig, sanft sogar, und stand gelassen auf. Ich hätte dem Befehl keine Folge geleistet, doch da war etwas in seinen Augen, was mich erschütterte und lähmte. »Ich werde dir nichts antun, Lieber. Es ist nichts als Vergnügen, was ich dir schenken will, nichts als reine Freude.« Er schwieg einen Moment, schaute mich an, und als er wieder sprach, klang ein schulmeisterlicher Ton in seiner Stimme mit. »Setz dich jetzt wieder hin und hör mir zu.«

Obwohl ich noch sehr eingeschüchtert war, richtete ich meinen Stuhl auf und ließ mich erneut darauf nieder, stumm und ohne jede Anmut, weil ich an allen Gliedern zitterte. Ich schlug das Kreuz und war fassungslos, als Challes nicht davor zurückwich, ja nicht einmal zusammenzuckte. Nur der Anflug eines Lächelns huschte um seine Lippen wie ein flüchtiger Schatten, und ein tiefes, aufrichtiges Bedauern erschien in seinem Blick.

»Solche Gesten besitzen Macht«, sagte er, »wenn wahrer Glaube dahintersteckt. Aber den besitzt du nicht, nicht wahr?«

Ich versuchte zu sprechen, stammelte etwas Unverständliches, und begann von neuem: »Ich glaube, daß es einen Gott gibt ... Ich glaube an die Heilige Jungfrau und Jesus Christus, an alle Heiligen und die Engel ...«

Challes lachte schallend, und das Echo seines rauhen Gelächters hallte durch den hohen Raum. »Welch hastiges, bequemes Glaubensbekenntnis!« rief er schließlich mit grimmiger Belustigung. »Selbst die Dämonen zweifeln nicht an Gottes Existenz, Valerian – sie schon gar nicht. Glaubst du, du könntest mich täuschen – mich, der ich dich so gut kenne? Du glaubst jetzt, in diesem Augenblick, daß es die Wahrheit ist, aber nur, weil du um deine sündige Haut zu fürchten scheinst. Sag mir, mein Schöner, warst du auch so fromm, als die guten Brüder dich baten, in ihren Orden einzutreten und einer der ihren zu werden?« Er schüttelte den Kopf, als hätte ich darauf geantwortet, obwohl ich viel zu erschüttert war, um etwas einzuwenden. »Laß ruhen, was vergangen ist, du junger Narr, und wende dich lieber der glanzvollen Zukunft zu, die dich erwartet.«

Ich konnte mich weder bewegen noch etwas sagen, hörte die Wölfe, schon viel näher jetzt, und wünschte, ich könnte ihr Opfer sein, allein und ungeschützt dort draußen in den Mooren; wünschte mich weit fort von diesem warmen, behaglich eingerichteten Salon und der Gesellschaft des Teufels.

Challes begann wieder zu sprechen, jetzt im sanften, gemessenen Ton des Vaters, der ein unruhiges Kind beruhigt. Er erklärte mir, was es bedeutete, ein Vampir zu sein – beschrieb mir die Fähigkeiten, über die er verfügte, und die Macht, die *ich* besitzen würde, falls ich den Pokal an meine Lippen hob und daraus trank. Ich würde mich von einem Ort an den anderen und – irgendwann – von einem Jahrhundert ins andere versetzen können, würde imstande sein, meine äußere Erscheinung zu verändern und den Menschen in einer endlosen Variation von Formen zu erscheinen. Ich würde weder Nahrung noch Wasser benötigen und über alles verfügen, was mein Herz begehrte – Gold, Schlösser, edle Pferde und kostbare Kleidung würde ich mir durch einen schlichten Trick verschaffen können. Und da waren noch viele andere, erheblich bedeutendere Gaben und Fähigkeiten, die ich mit der Zeit und mit zunehmender Übung meiner Kunst erwerben würde.

»Aber ich muß Blut trinken?« fragte ich schaudernd, als Challes seinen Vortrag beendet hatte.

Sein Lächeln war von unverfälschter Zärtlichkeit. »Nicht so, wie du denkst«, sagte er und erklärte mir, daß das Blut durch die Fänge aufgesaugt wurde und der Vampir dem Opfer Ekstase statt Furcht und Schmerz vermitteln konnte, falls er es so wünschte, daß Unschuldige niemals angerührt zu werden brauchten, weil es so viele durch und durch böse Sterbliche unter den Menschen gab.

Ich war trotz meiner Angst sehr neugierig und wollte dieses furchtbare Wunder an mir selbst erfahren, ganz wie Challes es sich bereits gedacht hatte. Ich wollte fliegen lernen und die Geheimnisse der Welt erforschen, wollte immer kostbare Kleider tragen und der Musik von tausend Chören lauschen, wollte Meere und Kontinente bereisen und Geheimnisse ergründen, die gewöhnlichen Sterblichen verboten waren.

»Wirst du das Geschenk annehmen?« fragte er, obwohl er die Antwort bereits kannte. Wir beide kannten sie.

Ich errötete. »Ja«, hörte ich mich sagen. Mein altes Leben war unhaltbar geworden; ich hätte mich jetzt lieber den Wölfen vorgeworfen, als zu dem Bettlerdasein zurückzukehren, das ich noch am Tag zuvor geführt hatte. »Ja. Heute nacht noch.«

Wieder lachte Challes und schüttelte den Kopf. »Du lieber, teurer Narr! Wenn ich dich jetzt verwandeln würde, wärst du für immer, wie du jetzt bist – hager, ungezogen und ohne die geringste Eleganz. Nein, Valerian – du mußt zuerst gepflegt und vorbereitet werden, bevor ich dich verwandeln kann.«

Ich war bestürzt. Jetzt, wo ich wußte, was es bedeutete, ein Unsterblicher zu sein, konnte ich den Gedanken nicht ertragen, mein Lehrmeister könnte es sich vielleicht noch anders überlegen und mir verweigern, was er mir versprochen hatte. »Wie lange wird die Vorbereitung dauern?«

»Einen Monat, vielleicht zwei«, meinte Challes. »Ich werde dich langsam und liebevoll einweisen, wie es mein dunkler Engel Christoph auch bei mir getan hat. Auf diese Weise, wenn du dem Bund beitrittst, wird es aus freiem Willen geschehen und im vollen Bewußtsein dessen, was du auf dich nimmst. Alles andere wäre eine Travestie, sowohl im Angesicht der Hölle wie auch im Angesicht des Himmels.«

»Ich will es *jetzt*«, murmelte ich und bedeckte das Gesicht mit meinen Händen. »Ich ertrage das Warten nicht!« Das wunderbare Geschenk würde mir wieder genommen werden, würde für alle Zeiten meinen Fingern entrissen werden – ich wußte ganz einfach, daß es so kommen würde. Ich würde das Schlimmste aller Schicksale erleiden und ein ganz gewöhnlicher Sterblicher bleiben.

Challes legte eine Hand auf mein wirres, ungekämmtes Haar. »Reg dich nicht auf«, schalt er mit schroffer Zuneigung. »Ich kann den Prozeß nicht beschleunigen, denn er ist zu wichtig. Aber ich werde dir einige der Freuden zeigen, die dich erwarten, wenn du willst.«

Ich erhob den Blick zu ihm und nickte zustimmend.

Weder Brenna noch meine arme Mutter hatten mich je mit einer solchen Art von Liebe angesehen, wie sie sich in jener Nacht auf Challes' blassen Züge abmalte. Dabei waren es keine unschicklichen Gefühle, die er mir entgegenbrachte – das wußte sogar ich, trotz meiner Unschuld und Naivität –, sondern etwas, das viel tiefer ging und sehr viel komplexer war. Sein Gesicht spiegelte Emotionen wider, die weit über das Geschlechtliche hinausgingen …

Ich konnte damals natürlich nicht ahnen, daß auch ich eines Tages einen Mann auf die gleiche Weise verehren und dann endlich verstehen würde, was Challes für mich empfand.

Nein, ich wußte damals überhaupt nichts. Mich dürstete nur nach Challes' Geschenk, nach dieser namenlosen, wundervollen Gemeinsamkeit, und das mit einer Heftigkeit, die sogar noch ungestümer war als mein Verlangen nach Wein.

Doch er entließ mich, zu meiner unendlichen Enttäuschung, und schickte mich in meine Kammer wie ein kleines Kind. Es war offensichtlich, selbst damals schon, daß er große Macht über mich besaß, und dennoch gehorchte ich nur äußerst widerstrebend.

Etwa eine Stunde vor Morgendämmerung kam Challes in mein Zimmer – ich lag wach im Bett, betrachtete den Mond durchs Fenster und lauschte dem Geheul der Wölfe –, und plötzlich war er da. Ich wußte, daß er nicht auf natürliche Weise den Raum betreten hatte, aber ich stellte ihm keine Fragen. Ich sah ihn nur an, in einer stummen Bitte um etwas, das ich nicht beschreiben konnte, überzeugt, daß ich sterben würde, falls er es mir verweigerte.

Challes kniete neben meinem Bett nieder und strich mir über das Haar, murmelte Worte, die ich nicht verstand, und senkte seinen Kopf auf meine Kehle. Das Gefühl war unendlich sinnlich, aber wieder war es eine mehr geistige als körperliche Erfahrung.

Und ich, der ich *wissentlich* nie intim mit einem Mann gewesen war – ich muß gestehen, daß es in jenen düsteren Jahren nach Brennas Tod Momente gegeben hatte, in denen ich zu betrunken gewesen war, um zu wissen, mit wem ich das Lager teilte –, war bereit Challes meine ganze Seele auszuliefern.

Ich zuckte zusammen, als zwei scharfe Spitzen durch die Haut an meinem Nacken drangen, und ich stieß vielleicht ein leises Wimmern aus, doch im nächsten Augenblick schon, als mein Blut in Challes' Fänge floß, erfaßte mich eine köstliche Ekstase. Ich stöhnte, als er trank, und mir war nur vage bewußt, daß er mich überhaupt nicht berührte, außer dort, wo er die Lippen an die pulsierende Ader an meiner Kehle preßte. Es war, als würde jede sinnliche Stelle meines Körpers gleichzeitig stimuliert.

Sie war mysteriös, süß und ungestüm, meine erste Kommunion mit Challes; ich empfand sie ähnlich wie die Lust, die ich erfahren hatte, wenn ich in Brennas Armen den Gipfel der Ekstase erlebte, mit dem einen Unterschied, daß diese Ekstase mein ganzes Sein erfaßte und kein Ende mehr zu nehmen schien. Irgendwann verlor ich vor Wonne und Erschöpfung das Bewußtsein, und als ich am nächsten Morgen erwachte, glaubte ich im ersten Augenblick, den ganzen Vorfall nur geträumt zu haben.

Als ich dann jedoch meine Kehle berührte und die beiden winzigen, rasch heilenden Bißwunden ertastete, wußte ich, daß alles, was Challes gesagt hatte, der Wahrheit entsprach, und alles, woran ich mich erinnerte, sich tatsächlich zugetragen hatte. Ein wahrhaft grenzenloses Entzücken – und Entsetzen – erfaßte mich bei dieser Erkenntnis.

Ich sah Challes den ganzen Tag nicht und trauerte, bis der Abend dämmerte. Es war kurz nach Sonnenuntergang, als er zurückkehrte und mich, kunstvoll und routiniert, in das Ungeheuer eines Ungeheuers zu verwandeln begann.

Daisy
Las Vegas, 1995

»Warum, zum Teufel, hast du mich nicht angerufen?« schimpfte O'Halloran am nächsten Morgen, als Daisy ihm von dem seltsamen Anruf erzählte, den sie am Abend zuvor erhalten hatte. Sie befanden sich auf dem Wege zu Jillie Fairfields nächster Angehöriger, ihrer geschiedenen Mutter.

»Wozu? Was hättest du schon tun können?« entgegnete sie schroff. »Etwa zu mir herüberkommen, um mich zu bewachen?«

Ihre Gereiztheit war jedoch weder auf den Anruf noch auf O'Hallorans übertriebene Besorgnis zurückzuführen. Mrs. Fairfields lebte in einem Wohnmobil auf demselben Campingplatz, auf dem Daisy und ihre Schwester Nadine einst sechs glückliche Monate verbracht hatten, als sie die Grundschule besuchten und bei ihrer Großmutter gelebt hatten. Doch irgendwann war Jeanine, ihre Mutter, zurückgekehrt, zerknittert, ein wenig angetrunken und einen sauren Geruch ausströmend nach der langen Busfahrt nach Las Vegas, wo auch immer sie vorher gewesen sein mochte. Grans heftigen, aber sinnlosen Protesten zum Trotz hatte sie ihre Töchter zurückgefordert, um unverzüglich mit ihnen das nächste Sozialamt aufzusuchen. Denn mit Kindern war es schließlich erheblich leichter, Sozialhilfe zu beziehen, und deshalb hatte Jeanine, kaum daß sie von ihrem neuesten Freund, einem Motorradfahrer, verlassen worden war, ganz plötzlich wieder mütterliche Gefühle entwickelt.

»Beruhige dich, Chandler«, sagte O'Halloran. »Ich habe nicht die Absicht, dir deine gottverdammten weiblichen Rechte zu beschneiden oder so. Ich will nur sichergehen, daß dieser Irre dir nicht zu nahe kommt, okay?«

Daisy hätte ihren Partner gern beruhigt, doch sie kämpfte noch immer mit ihrem Widerwillen, auf diesen Campingplatz zurückzukehren. Sie und Nadine hatten ihre Großmutter nie wieder besuchen dürfen, und knapp zwei Jahre später war die alte Dame tot. Jeanines damaliger Freund – Daisy erinnerte sich nicht einmal an seinen Namen – hatte ihr die Todesanzeige in der Zeitung gezeigt und gesagt, daß nun vielleicht ein Wohnmobil für sie heraussprände – »jetzt, wo Granny abgetreten ist«.

»Chandler?« fragte O'Halloran. Sie bogen an einer Ampel ab, und die Klappe des Handschuhfachs sprang auf und prallte gegen Daisys Knie. Kassetten, leere Plätzchentüten, alte Parkscheine und unbezahlte Anzeigen wegen falschen Parkens fielen ihr in den Schoß.

Sie stopfte alles wieder zurück und schloß die Klappe. »Was ist?« murmelte sie gereizt.

»Leidest du eigentlich das ganze Jahr über unter prämenstruellen Schwierigkeiten?«

Daisy seufzte und strich sich mit der Hand durchs Haar. »Warum müssen Männer die Stimmung einer Frau immer mit ihrem Hormonspiegel in Verbindung bringen?«

O'Halloran zuckte mit den Schultern und bog mit quietschenden Reifen um die Kurve. »Nach zehn- oder zwanzigtausend Jahren häufen sich die Beweise«, sagte er. »Aber wichtiger ist, daß wir diesen unheimlichen Fall zu lösen haben – du kennst ja die Ergebnisse der Autopsie –, und das wird unsere ungeteilte Aufmerksamkeit erfordern. Sieh also zu, daß du deine Hormone unter Kontrolle bringst, Chandler, denn ich brauche deine Unterstützung.«

Daisy hob in einem spöttischen Salut die Hand. »Kein Problem, O'Halloran. Meine Stimmung hat nichts mit Hormonschwankungen zu tun. Und fahr ein bißchen langsamer, ja? Denn wenn du noch eine Kurve auf zwei Rädern nimmst, werde ich dich anzeigen müssen wegen Fahrens unter Einfluß von Zucker und Konservierungsstoffen.«

Er grinste, doch im nächsten Augenblick schon wurde seine Miene wieder ernst. »Es gefällt mir nicht, Chandler«, gab er zu. »Die Fairfieldsache, meine ich. Als wir die Frau fanden, hatte sie keinen Tropfen Blut mehr in den Adern. Was, zum Teufel, mag dort bloß *geschehen* sein? Und wie erklärst du dir die Bißwunden an ihrem Hals?«

Daisy begann nervös auf ihrem Sitz herumzurutschen, als

die Einfahrt zum Campingplatz vor ihnen auftauchte. »Die Gerichtsmediziner haben Blut am Tatort gefunden, als sie ihn später überprüften«, gab sie zu bedenken. »Es war nur nicht für das bloße Auge sichtbar.«

»Na schön, dann war da also ein bißchen Blut. Aber ganz sicher nicht genug. Was ist mit dem Rest davon passiert?«

Daisy erschauderte. Jillies Leiche, dieser merkwürdige Anruf, der Traum und der Zauberkünstler – all das ließ ihr keine Ruhe mehr. »Ich weiß es nicht, O'Halloran«, erwiderte sie schließlich irritiert. »Vielleicht hattest du ja von Anfang an recht, und wir haben es tatsächlich mit einem Vampir zu tun.«

O'Halloran warf ihr einen herablassenden Blick zu und bremste ab, um in den Lucky Dollar Trailer Park einzubiegen. »Schön wär's«, erwiderte er. »Ein echter Vampir wäre mir jedenfalls lieber als irgendein Psychopath, der sich einbildet, ewiges Leben zu erlangen, indem er seinen Opfern das Blut aussaugt.«

Daisy antwortete nicht, denn in Gedanken war sie bei Valerian und verglich sein aktuelles Aussehen mit dieser jüngeren Version, ob er homosexuell, normal oder bisexuell sein mochte und wo er seine Zauberkünste gelernt hatte. Irgend etwas sagte ihr, daß er die subtileren Formen von Magie ebensogut beherrschte wie die spektakuläreren, die er auf der Bühne zeigte.

»Chandler?« knurrte O'Halloran. »Hörst mir überhaupt zu?«

Daisy nickte geistesabwesend. »Klar, O'Halloran. Laß uns die Welt von menschlichem Ungeziefer reinigen.«

Nachdem sie sich bei einem Gärtner erkundigt hatten, fanden sie mühelos Mrs. Fairfields Wohnmobil. Es war ein heruntergekommenes Gefährt mit durchhängenden Eingangsstufen und einem kiesbestreuten Zugangsweg, der mit Zigarettenkippen übersät war.

Mrs. Fairfield kam auf die verwahrloste Terrasse, als sie vorfuhren, eine zierliche Blondine in knappen weißen Shorts und hautengem rotem Oberteil. Sie trug hochhackige Sandalen, ihre Zehennägel waren rot lackiert, und ihr Make-up gab Anlaß zu Spekulationen darüber, wie sie sich wohl ihren Lebensunterhalt verdiente.

»Sie sind die Polizei?« fragte sie und hob eine lippenstiftbeschmierte Zigarette an den Mund.

Nur zwei davon, dachte Daisy, sprach es jedoch nicht aus, weil schließlich die Tochter dieser Frau gerade einem Mord zum Opfer gefallen war.

»Ich bin Detective Chandler«, stellte Daisy sich vor, »und das ist Detective O'Halloran. Wir führen die Ermittlungen im Mordfall Ihrer Tochter und müssen Ihnen einige Fragen stellen.«

»Sie haben lange genug gebraucht, um vorbeizukommen«, entgegnete Mrs. Fairfield, ohne sie hereinzubitten.

Daisy war insgeheim erleichtert. Der Caravan roch bestimmt nach kaltem Rauch und sah dem ihrer Großmutter auch von außen schon bestürzend ähnlich ...

O'Halloran zog sein allgegenwärtiges Notizbuch, und aus dem Augenwinkel bemerkte Daisy, daß die erste Seite eine Einkaufsliste enthielt. »Meinen Eintragungen nach habe ich Sie vom Präsidium aus angerufen, etwa eine Stunde, nachdem wir die ... den Tatort verlassen hatten.«

Mrs. Fairfield setzte sich auf die oberste Eingangsstufe, schlug ihre noch immer wohlgeformten Beine übereinander und schnippte die Asche ihrer Zigarette in einen Blumentopf mit einer verdorrten Pflanze. Ihre Stimme klang gelangweilt, als sie wieder sprach. »Falls Sie wissen wollen, mit wem Jillie ausging oder wer ihre Freunde waren, kann ich Ihnen leider nicht behilflich sein. Wir haben uns nicht sonderlich gut verstanden. Ich weiß nur, daß sie im Venetian arbeitete – für diesen Zauberkünstler, Valerian *Wie-auch-immer*. Es ist ein phantastisches Hotel, dieses Venetian, nicht?«

Eine jähe Wut erfaßte Daisy. Jemand war ermordet worden, und die Mutter – die Mutter des *Opfers* – interessierte sich bloß für den neuesten Beitrag zu Vegas' glitzerndem Phantasiegebilde! Sie setzte schon zu einer Entgegnung an, doch O'Halloran, der erstaunlich einfühlsam sein konnte, wenn er sich bemühte, brachte sie mit einem Blick zum Schweigen.

»Ja«, sagte er. »Es ist schon beeindruckend, das Venetian. Waren Sie je dort bei einem Auftritt Ihrer Tochter?«

Mrs. Fairfield lachte, tief und kehlig, aber es lag mehr Verzweiflung in diesem Lachen als Humor. »Bei den Eintrittspreisen? Das kann ich mir nicht leisten mit dem, was ich in einem viertklassigen Casino als Kellnerin verdiene. Und Jillie hat es nie für nötig befunden, mir eine Freikarte zu besorgen. Ich habe allerdings gehört, daß es eine tolle Show sein soll. Sie sollte vor einigen Wochen sogar im Fernsehen übertragen werden, aber dieser Valerian weigert sich offenbar, sich filmen zu lassen.« Wieder schnippte sie Asche in den Blumentopf. »Alles bloß Wichtigtuerei, wenn Sie mich fragen – all dieses Gerede, daß er sich tagsüber nie sehen läßt und so. Nichts als Effekthascherei. Man muß wissen, wie man sich in dieser Stadt verkauft, und dieser Kerl scheint ein wahrer Meister dieser Kunst zu sein.«

Daisy fragte sich, ob Mrs. Fairfield wirklich so kalt und gefühllos sein mochte, wie sie sich gab. Die Menschen reagierten sehr unterschiedlich auf Verluste; einige brachen zusammen, während andere ihren Schmerz hinter einer gleichgültigen Fassade verbargen. »Wir müssen wissen, ob Ihre Tochter Feinde hatte, Mrs. Fairfield«, beharrte sie. »In Fällen wie diesem hier ist der Mörder oft jemand, den das Opfer kannte.«

Die alternde Kellnerin zog eine sorgfältig gezupfte Augenbraue hoch. Es lag etwas Spöttisches in dieser Geste, und Daisys Mitgefühl verflog.

»Tatsächlich? Wie lange sind Sie schon Polizistin, meine Liebe?«

Daisy holte tief Atem und stieß ihn langsam wieder aus. »Wir sind nicht hier, um über mich zu reden, Mrs. Fairfield. Bitte sagen Sie uns alles, was Sie über Ihre Tochter wissen.«

»Ich sagte doch schon, daß wir uns nicht gut verstanden haben«, kam die leise, ein wenig heisere Antwort. »Wir haben in den letzten beiden Jahren kein Wort zusammen gesprochen.«

»Warum nicht?« fragte O'Halloran mitfühlend.

Mrs. Fairfields Augen schimmerten vor Tränen, als sie den Blick zu ihm erhob. »Aus einem ziemlich dummen Anlaß eigentlich – sie hatte ein Verhältnis mit einem verheirateten Mann, und ich sagte ihr, er würde niemals seine Frau für sie verlassen, denn das tun sie ja nie ... Eines Nachts, als Jillie und ich ein bißchen zuviel getrunken hatten, fingen wir an zu streiten. Wir fielen übereinander her wie Raubkatzen, direkt hier vor dem Wagen, und es entwickelte sich ein Kampf, wie Sie ihn noch nie gesehen haben.« Sie hielt inne und lächelte bei der Erinnerung, als sei sie stolz darauf, sich mit ihrer Tochter geprügelt zu haben. »Sogar die Bullen waren da. Sehen Sie in ihrem Computer nach, wenn Sie mir nicht glauben. Jillie und ich, wir waren beide zu starrköpfig, um später zuzugeben, daß wir den Streit bereuten.

Wir dachten, wir hätten noch ein ganzes Leben Zeit, die Sache in Ordnung zu bringen ...«

Und da, endlich, zerbrach ihre Fassade, und Mrs. Fairfield stieß ein leises, rauhes Schluchzen aus, das Daisy sehr zu Herzen ging.

»Es tut mir leid«, sagte sie leise.

Mrs. Fairfield erhob sich abrupt und warf ihre Zigarettenkippe in den Kies. Dann wischte sie mit dem Handrücken über ihre von Wimperntusche verschmierte Wange. »Ja, klar. Natürlich.«

Und damit wandte sich Jillies Mutter ab, betrat den Wohnwagen und schloß die Tür.

»Es gibt heutzutage keine engen Familienbindungen mehr«, bemerkte O'Halloran philosophisch.

Später an jenem Nachmittag überfuhr eine Frau ihren geschiedenen Mann auf dem Parkplatz eines Supermarkts, und ein fünfzehnjähriges Bandenmitglied wurde von seinem älteren Bruder erstochen, der zwei Wochen zuvor aus dem Gefängnis entlassen worden war. All das schien O'Hallorans Theorie über Familienzusammenhalt zu untermauern, und Daisy war ziemlich deprimiert, als sie um halb sieben an jenem Abend in ihre Wohnung zurückkehrte.

Es waren keine Nachrichten auf dem Anrufbeantworter. Das war immerhin etwas.

Um sich von ihrer Niedergeschlagenheit abzulenken, zog Daisy ihre Rudermaschine unter dem Bett hervor. Im allgemeinen trainierte sie in einem Fitneßclub nicht weit entfernt von ihrer Wohnung, doch heute abend verspürte sie nicht den Wunsch nach menschlicher Gesellschaft.

Sie zog Shorts und ein T-Shirt an, schaltete den Fernseher ein und wärmte sich mit einigen Gymnastikübungen auf, bevor sie sich an die Ruder setzte. Die Anstrengung entspannte sie, wie erwartet, und schließlich duschte sie und zog ihren Morgenrock an. Sie hatte gerade einige kalorienarme Fischstäbchen in den Mikrowellenherd geschoben, als das Telefon klingelte.

Daisy zögerte nicht, abzuheben. Vielleicht war Nadine ihr zuvorgekommen, bevor sie selbst anrufen konnte.

»Chandler«, meldete sie sich.

»Wir haben noch eine«, sagte O'Halloran müde.

Daisys Magen zog sich zusammen. Ganz gleich, wie viele Mordfälle sie auch untersuchte, sie war nach wie vor schockiert, wenn sie erfuhr, daß schon wieder ein Mord begangen worden war.

»Was soll das heißen, ›noch eine‹?« entgegnete sie scharf, obwohl sie wußte, was er meinte. Nur zu gut sogar.

»Ihr Name war Susann Cantrell«, sagte O'Halloran. »Miss Cantrells Freundin, mit der sie ihre Wohnung teilte, kam heute nachmittag von einem langen Wochenende wieder und fand sie tot in der Badewanne. Kein Blut, Chandler, und sie hat die gleichen komischen kleinen Einstiche am Hals wie Jillie Fairfield. Die Gerichtsmediziner glauben, daß es irgendwann gestern nacht geschehen ist … Gott, wie ich diese Arbeit hasse!«

»Was noch?« beharrte Daisy, weil sie O'Halloran kannte und spürte, daß er noch mehr zu sagen hatte.

Er stieß einen tiefempfundenen Seufzer aus, und Daisy glaubte zu sehen, wie er sich mit der Hand durch sein schütteres Haar fuhr. »Sie hat auch für diesen Zauberer gearbeitet.

Du weißt schon – der aus dem Venetian ...« Daisy hörte Papier rascheln. »Moment«, fuhr ihr Partner fort. »Sein Name ist ...«

»Valerian«, sagte Daisy, ließ sich gegen die Wand sinken und schloß die Augen, so fest sie konnte.

7

Valerian
Las Vegas, 1995

Zum zweiten Mal in ebensovielen Nächten erwachte ich bei Sonnenuntergang mit der bitteren Erkenntnis, daß ein weiterer Mord geschehen war. Ich sah den Tod der armen Susan, bevor ich die Augen öffnete – die schrecklichen Bilder waren auf der Innenseite meiner Lider eingeprägt –, und ich sah auch den Vampir, der den Mord begangen hatte. Ich konnte ihn nicht erkennen, weil die Kapuze seines Umhangs sein Gesicht verbarg, aber meine Intuition verriet mir, daß das Ungeheuer männlichen Geschlechts war, und aus einem mir unerfindlichen Grund hatte ich das Gefühl, als müßte ich wissen, wer er war.

Obwohl ich Miss Cantrell nicht gut gekannt hatte, weinte ich vor Schmerz und hilfloser Enttäuschung, als ich mich von meinem prunkvollen Lager erhob, um mich anzukleiden. Heute abend würde ich den Auftritt im Venetian ausfallen lassen und mich statt dessen auf die Jagd begeben: ich war bereit, Jahrhunderte und Kontinente zu durchqueren, falls es nötig war, um dieses Ungeheuer aufzuspüren und zu bestrafen!

Bevor ich den Vampir jedoch vernichtete, würde ich ihn büßen lassen für das Leid, das er meinen Freunden zugefügt hatte. Ich war empört, daß das Wesen nicht die persönliche Konfrontation mit mir gesucht hatte, denn der wahre Gegenstand seines Hasses war doch offensichtlich ich. Diese Kreatur mußte ebenso feige wie bösartig sein und schien genau zu wissen, daß ich nach Maeve Tremayne, deren Macht durch die Heirat mit einem Neuling namens Calder Holbrook nicht geschwächt worden war, der mächtigste Bluttrinker auf unserem Planeten war. Und deshalb quälte sie mich lieber durch jene hilflosen Geschöpfe, die mir nahegestanden, die ich schätzen und die ich in gewisser Weise sogar liebte.

Ich mußte das Ungeheuer finden, bevor ihm ein weiterer Unschuldiger zum Opfer fiel.

Bevor es Brenna – Daisy Chandler jetzt – der großen Liebe meines unsterblichen Lebens, etwas antun konnte.

Bevor der Rubinring auftauchte.

Etwas zog mich ins Wohnzimmer meines Verstecks, und als ich eintrat, glitt das Fernsehgerät von der Zimmerdecke herab. Ich hatte es nicht selbst veranlaßt und spürte ein geistiges Frösteln, als ich den Bildschirm flackern sah. Mein Versteck war bis dahin mein Heiligtum gewesen, doch nun schien irgendein anderes Geschöpf gewagt zu haben, seine Magie innerhalb meiner eigenen vier Wände auszuüben.

Vielleicht brauchte ich meinen Widersacher ja gar nicht zu suchen, dachte ich. Vielleicht war er ja zu mir gekommen.

Das Flackern auf dem Fernseher verdichtete sich zu einem Bild von Brenna, wie sie kühn in die Brandung ritt, lachend und ohne zu ahnen, daß sie dem Tode nahe war. Dann veränderte sich die Szene; Brenna war fort, und die wütende See machte einer schäbigen Taverne namens *Horse and Horn* aus dem fünfzehnten Jahrhundert Platz. Und nun erschien auch Brenna wieder, klar zu erkennen durch ihre grünen Augen und ihr kupferfarbenes Haar, obwohl ihr Name diesmal Elisabeth Saxon war. Eine verwegene, temperamentvolle kleine Schankmagd in einem billigen Kleid, das viel zuviel von ihren Brüsten freigab, die schamlos mit den Rüpeln flirtete, die sie bediente, und ihnen gar erlaubte, sie zu berühren. Es mitanzusehen, machte mich fast wahnsinnig vor Eifersucht und Frustration. Doch dann verblaßte Elisabeth, und ich erblickte Jenny Wade, meine schöne Jenny, eine weitere Reinkarnation von Brenna, obwohl sie das üppige, rotblonde Haar zu einem strengen Chignon frisiert trug und ihre grünen Augen blind waren. Sie hatte ich ganz besonders verehrt, weil sie mich so vollkommen und so selbstlos geliebt hatte, ohne jemals auch nur mein Gesicht zu sehen.

Jenny und ich waren Ende des sechzehnten Jahrhunderts zusammengewesen, für eine viel zu kurze Zeit. Ich hörte diesen sanften Engel meinen Namen wispern, und als der Bildschirm sich verdunkelte, stellte ich verwundert fest, daß ich vor dem Apparat stand und beide Hände an das Glas preßte.

»Hör auf«, wisperte ich, denn ich ertrug es nicht, auch noch die andere Verkörperung zu sehen, die meine Geliebte im Laufe der Jahrhunderte angenommen hatte wie hübsche Kleider. Es war schlimm genug, an Brenna, Elisabeth und Jenny erinnert zu werden, an meine tiefe und hoffnungslose Liebe zu jeder einzelnen von ihnen.

Plötzlich erschien ein anderes Bild auf dem Bildschirm, und entsetzt wich ich zurück. Die Hauptdarstellerin in dieser Szene war Daisy Chandler – Lady Brenna Afton-St. Claires letzte Reinkarnation. Ich sah, daß sie in einem jener phantasielosen, anonymen Apartments wohnte, die im zwanzigsten Jahrhundert so weit verbreitet waren und einander ähnelten wie die Zellen eines Bienenstocks.

»Daisy«, murmelte ich, doch natürlich konnte sie mich nicht hören. Sie war nur ein Bild, eine moderne Version von Brenna, aus den dunklen Tiefen meines Bewußtseins projiziert – oder besser gesagt, aus dem Bewußtsein meines Feindes, wer oder was das auch immer sein mochte.

Ich beobachtete, wie Daisy in ihre kleine Küche ging und sich eine tiefgekühlte Mahlzeit zubereitete – eine weitere

Kuriosität moderner Zeiten –, und ich hörte das schrille Läuten ihres Telefons. Als sie sich mit ›Chandler‹ meldete, war ich gerührt von der erzwungenen Tapferkeit in ihrer Stimme.

Ich konnte nicht verstehen, was der Anrufer sagte, aber ich sah, wie Daisys schönes Gesicht vor Angst und Zorn erblaßte. Hilflos schaute ich zu, wie sie den Hörer auf die Gabel legte und dann zitternd an die Wand sank.

Ich hätte mich jetzt gern an ihre Seite versetzt, um sie in die Arme zu nehmen und zu trösten, doch meine Vernunft unterdrückte dieses Verlangen. Was ich gesehen hatte, ereignete sich nicht in diesem Augenblick, sondern war eine Szene aus der nahen Zukunft. Wenn ich mich jetzt zu Daisy begeben würde, hätte ich sie vielleicht unter der Dusche angetroffen, in ihrem Wagen oder bei irgendeiner anderen der Millionen wundervoller Beschäftigungen, denen sterbliche Menschen nachgingen. Es wäre weder rücksichtsvoll noch klug gewesen, wenn ich ihr meine einzigartigen Talente auf solch abrupte Weise enthüllt hätte.

Aber ich fürchtete um sie, wie ich noch nie um ein anderes lebendes Geschöpf gefürchtet hatte. Mein unbekannter Feind hatte mir all diese Bilder vorgeführt, vor allem die letzten, um mir klarzumachen, daß er hinter Daisy her war und vorhatte, sie zu ermorden, wie er bereits die arme Jillie und Susan ermordet hatte.

Ich schloß die Augen. *Wer war dieses Ungeheuer*?

Ich erhielt natürlich keine Antwort – noch nicht. Der Bildschirm erlosch, und der Fernseher kehrte mit einem leisen Summen in seine Versenkung in der Zimmerdecke zurück.

Sofort erfaßte mich eine außerordentliche Müdigkeit, eine solch überwältigende Erschöpfung, als hätte meine Unsterblichkeit sich plötzlich als Illusion oder Scherz erwiesen – als sei meine Vampirmacht mir entrissen und ich in ein schwaches, sterbliches Geschöpf zurückverwandelt worden. Von einem solch jämmerlichen Körper zu verlangen, das Gewicht von sechshundert Jahren abenteuerlichen Lebens zu schleppen, wäre nicht viel anders gewesen, als von einem Spinnennetz zu erwarten, daß es eine Kathedrale trug.

Ich nahm mich zusammen, unterdrückte die Panik, die in mir aufstieg, und konzentrierte meine Gedanken auf das einzige unsterbliche Wesen, dem ich blind vertraute, auf den einzigen Vampir, den ich um Hilfe und Rat zu bitten wagte.

Ich dachte an Maeve Tremayne, meine einstige Schülerin und heute meine Königin und Freundin – sie, die unsere Gattung unregierbar wußte und dennoch über sie regierte. Sie, die uns vor unseren Feinden beschützte – mochten sie nun Engel, Dämonen oder fehlgeleitete Vampire sein – und uns für unsere Verbrechen strafte.

Ich fand sie im oberen Stockwerk ihres Londoner Stadthauses, das sie mit ihrem Gatten Holbrock teilte, der in seinem menschlichen Leben ein brillanter Arzt und Chirurg gewesen war. Kristina, ihre außergewöhnliche Tochter, war inzwischen längst erwachsen und lebte weit entfernt von ihnen.

Maeve webte gerade, als ich eintrat, und daß sie allein war, erleichterte mich sehr. Holbrock Calder und ich waren nicht gerade gute Freunde – während ich der Ansicht bin, daß er zu sehr mit seinen ewigen Experimenten beschäftigt ist, scheint er mir meine überlegene Intelligenz übelzunehmen.

Maeve täuschte einen kleinen Seufzer vor, als sie mich erblickte. »Ah, Valerian. Was gibt's?«

Daisy
Las Vegas, 1995

Abgesehen von einigen wenigen Details, war Susan Cantrell auf gleiche Art gestorben wie Jillie Fairfield. Der schlanke Körper der Tänzerin war blutleer und wies, mit Ausnahme der beiden kleinen Einstichwunden an der Kehle, keinerlei Spuren von Gewaltanwendung auf.

Die Unterschiede waren minimal – Jillie war in ihrem Wohnzimmer ermordet worden und teilweise bekleidet gewesen, während Susans Körper nackt und in der Badewanne gefunden wurde.

Zwei Tage nach dem Mord verließ Daisy bestürzt die städtische Leichenhalle. Obwohl sie schon viele Leichen gesehen hatte – eine Menge davon in erheblich schlimmeren Zustand als Miss Cantrells –, war dieser Fall auf unheimliche Weise *anders*. Selbst O'Halloran schien bedrückt, und *er* hielt sich normalerweise nicht mit gefühlvollen Betrachtungen der tieferen Geheimnisse des Lebens auf.

»Alles in Ordnung, Chandler?« fragte er, als er und Daisy zwischen ihren Wagen auf dem Parkplatz stehenblieben.

Sie dachte an die Anrufe, die sie in den letzten Tagen erhalten hatte, und ihr war, als striche eine eisige Hand über ihren Rücken.

»Klar«, antwortete sie. »Aber sobald wir diesen Psychopathen schnappen, wird es mir wieder besser gehen.«

O'Halloran nickte, öffnete die Wagentür und setzte sich ans Steuer. »Paß auf dich auf«, riet er. »Und wenn du auf irgendwelche verrückten Ideen kommst, dann ruf mich an. Unternimm nichts allein, hörst du?«

Daisy seufzte und hob grüßend eine Hand.

O'Halloran schlug die Wagentür zu. »Und iß etwas Vernünftiges! Etwas anderes als dieses tiefgefrorene Zeug mit mehr Kalorien im Karton als im ganzen Essen.«

Sie lächelte. »Ein Vortrag über Ernährungslehre? Aus deinem Mund?« Sie schüttelte den Kopf. »Dann *muß* ich wirklich schlecht aussehen.«

»Verschwinde«, sagte O`Halloran, startete seinen Wagen und schoß mit quietschenden Reifen aus der Parklücke.

Daisy stieg in ihren Wagen und verriegelte beide Türen. Später, auf dem Heimweg, hielt sie an einem Supermarkt und kaufte frisches Gemüse und Obst, Huhn und Fisch, Brot und Müsli. Ein guternährter Polizist, dachte sie, ist ein klügerer Polizist. Als sie an der Kasse stand, um die Einkäufe zu bezahlen, erfuhr ihre Persönlichkeit ganz unversehens eine Spaltung.

Plötzlich war sie nicht mehr Daisy – obwohl sie es gleichzeitig doch noch war – und stand nicht länger in einem überfüllten Supermarkt in Las Vegas.

Ihr Name war Elisabeth Saxon, es war das Jahr 1457, und

sie servierte Bier in einer Taverne mit dem idyllischen Namen *Horse and Horn*. Alles um sie herum erschien ihr völlig real, obwohl ihr klar war, daß es nur eine Illusion war – von den mit Spucke besudelten Dielenbrettern bis hin zu den rüden Männern, die um sie herum an den groben Tischen hockten. Sie sangen freche Lieder in einem Englisch, das sie kaum verstehen konnte, und schluckten literweise Bier zwischen dem Gegröle.

Einer von ihnen kniff sie in den Po, und sie war noch immer Daisy genug, um empört zu sein. Auf dem Absatz ihres weichen Lederschuhs wirbelte sie herum und schlug dem Missetäter eine Zinntafel über den Kopf.

Zinntafel? dachte sie und starrte verblüfft auf die Waffe in ihrer Hand, während ihr Opfer noch unter dem Hieb schwankte. Seit wann nannte sie einen Teller »Tafel«?

Dröhnender Beifall erklang aus der Menge ungewaschener Zuschauer, und Daisy – denn das war doch ihr wirklicher Name, nicht? – schaute sich wild nach einem Fluchtweg um. Als sie eine offene Tür erblickte, stürzte sie blindlings darauf zu.

Auf der Schwelle prallte sie mit einer großen Gestalt zusammen und schaute in die dunkelblauen Augen des Zauberkünstlers Valerian. »Hab keine Angst. Ich bringe dich heim.«

Seine Kleider waren seltsam – er trug eine Weste mit einem Gürtel um die Taille, sein seidenes Hemd war bauschig an den Schultern und enganliegend an den Handgelenken. Wollene Beinkleider betonten seine muskulösen Schenkel, hohe Stulpenstiefel bedeckten seine Waden.

Diesem seltsamen Aufzug zum Trotz war dies der Mann, den sie aus ihren Träumen kannte – und aus dem Venetian Hotel in jener fernen Welt, die sie bereits zu vergessen begann.

Sie sank in eine Ohnmacht, und er fing sie in seinen Armen auf. Als Daisy zu sich kam, war sie wieder im Supermarkt, und auch Valerian war unfaßbarerweise da. Und hielt sie in den Armen.

Daisy starrte ihn an. Sein Blick verriet Verstehen und

Bedauern, und da kam ihr schlagartig zu Bewußtsein, daß er genau wußte, was gerade mit ihr vorgegangen war, und die Erfahrung sogar geteilt hatte.

»Lassen Sie mich los«, sagte sie, beschämt über die neugierigen Blicke der anderen Kunden und die Blinklichter auf dem Parkplatz. Anscheinend war die Ambulanz gerufen worden. »Es geht mir *gut*, verdammt!«

Valerian gab sie frei, ohne ein Wort zu sagen, obwohl ein schwaches Lächeln um seine Mundwinkel spielte. Sie warf ihm einen verstohlenen Blick zu, in der stillen Erwartung, eine gegürtete Weste und Stulpenstiefel an ihm zu erblicken, doch seine Kleidung war, wenn auch offensichtlich teuer, ganz normal und durchaus passend für das zwanzigste Jahrhundert. Schwarze Hosen, ein graues Seidenhemd, italienische Schuhe.

Sanitäter stürmten herein, und Daisys Verlegenheit wuchs. Sie kannte die meisten von ihnen und wollte nicht, daß sie glaubten, sie hätte einen Zusammenbruch erlitten.

»Was ist passiert?« fragte Charlie Cook sie und schaute sich nach dem vermeintlichen Patienten um.

»Nichts«, erwiderte Daisy, ohne Valerian anzusehen.

»Nichts?« warf eine Kassiererin entrüstet ein. »Diese junge Frau ist ohnmächtig geworden, direkt hier vor der Kasse! Sie ist einfach umgekippt. Sehen Sie sie an – sie ist leichenblaß!«

Charlie maß Daisy mit einem strengen Blick. »Wir untersuchen Sie jetzt besser, Chandler. Schließlich ist es nicht normal, in einem Supermarkt in Ohnmacht zu fallen, *bevor* man die Rechnung gesehen hat.«

Daisy grinste, obwohl sie sich schwach und krank fühlte und nichts so sehr wünschte, wie mit Valerian allein zu sein, um ihn fragen zu können, was mit ihr geschehen war. Denn sie war überzeugt, daß er es wußte. »Na schön«, sagte sie. »Aber lassen Sie mich erst bezahlen. Ich möchte nicht meinen Platz in der Schlange verlieren.«

»Sehr witzig«, meinte Charlie und sah Valerian an.

Der Zauberkünstler nickte. »Ich kümmere mich um sie.«

Charlie schien zufrieden. »Also gut, wir warten draußen.«

Während Daisy ihre Einkäufe bezahlte, blieb Valerian neben ihr stehen und begann dann den Wagen hinauszurollen.

»Haben Sie mich eben verzaubert?« flüsterte sie ihm zu. »Oder verliere ich allmählich den Verstand?«

»Weder noch«, erwiderte er mit einem schwachen Lächeln, das sie irgendwo tief in ihrem Innersten berührte. »Was Sie gerade erlebt haben, wird *spontane Regression* genannt. Sie sind sekundenlang in eins Ihrer früheren Leben zurückgekehrt.«

»Ach so«, versetzte Daisy spöttisch. Sie hatte plötzlich Kopfschmerzen – streßbedingt, ganz ohne Zweifel.

»Ihr Name war Elisabeth Saxon«, fuhr Valerian fort. »Sie lebte Mitte des fünfzehnten Jahrhunderts und war eine – etwas leichtfertige – Dienstmagd in einer Londoner Taverne.«

Daisy starrte zu ihm auf. »Woher ...«

»Ich war schließlich da, nicht wahr?«

Allerdings.

»Es ist ein Nervenzusammenbruch«, erklärte Daisy.

Valerian zog gebieterisch eine Augenbraue hoch. Im Schein der Straßenbeleuchtung und der Neonschilder wirkte seine Haut fast durchsichtig. »Ach ja?« entgegnete er und ging auf ihren Wagen zu, ohne gefragt zu haben, welcher ihrer war. »Wenn das stimmt, wie erklären Sie sich dann meine Anwesenheit? Ich stand auf der Schwelle jener Taverne, Daisy, als Sie sich gegen meine Brust warfen wie ein Kaninchen auf der Flucht vor einem Rudel Füchse.«

»Was geht hier vor?« murmelte Daisy. »Haben Sie mich etwa hypnotisiert?«

»Ich erkläre es Ihnen später«, antwortete er und richtete den Blick auf ihren Kofferraum, der augenblicklich aufsprang, obwohl weder Valerian noch Daisy das Schloß berührt hatten. »Lassen Sie Ihren Freund lieber Ihr Herz abhorchen und Ihre Reflexe testen«, riet er und deutete auf den Krankenwagen, der in der Nähe parkte. »Denn sonst wird er Ihnen nach Hause folgen.«

»Werden Sie solange warten?« fragte Daisy. Eigentlich hätte sie sich vor diesem Mann fürchten müssen, doch statt dessen war sie begierig, ihm Fragen zu stellen, die nur er zu beantworten vermochte.

»Ich bleibe hier«, versicherte er.

Stirnrunzelnd richtete Daisy den Blick auf ihren Kofferraum. »Wie haben Sie ihn ohne Schlüssel aufgekriegt?«

Valerian zuckte die Schultern. »Ich bin Zauberer, haben Sie das vergessen?«

Kopfschüttelnd wandte sie sich ab.

Nachdem sie die kurze Untersuchung ertragen hatte, kehrte sie zu Valerian zurück, der wie versprochen gewartet hatte und nun darauf bestand, das Steuer zu übernehmen.

Daisy schaute sich um. »Wo steht Ihr Wagen?«

»Ich habe keinen«, sagte er ohne jede weiter Erklärung.

Daisy gab ihm die Schlüssel, weil sie heute abend das ungewöhnliche Bedürfnis hatte, sich an eine starke Schulter anzulehnen. Daß Valerian ein Fremder war – und möglicherweise bis zum Hals in zwei unheimliche Mordfälle verwickelt – schien ihr dabei nicht das geringste auszumachen.

»Wo wohnen Sie?« fragte er, obwohl sein Ton verriet, daß er es bereits wußte.

»Sind Sie der Irre, der mich dauernd anruft?« erkundigte sie sich, als sie sich auf dem Weg zu ihrer Wohnung befanden.

»Nein«, erwiderte Valerian und lenkte so geschickt den Wagen durch den zähflüssigen Verkehr, daß Daisy sich die Frage stellte, wieso er keinen eigenen besaß. Es war ja schließlich nicht so, als könnte er sich keinen leisten – jemand wie er mußte eine Menge Geld verdienen.

Vielleicht hat er seinen Führerschein verloren, überlegte sie, um beängstigende Erklärungen noch eine Weile aufzuschieben.

»Ich hatte keinen Führerschein, den ich verlieren konnte«, sagte er, als hätte sie ihre Gedanken laut ausgesprochen. »Und ich besitze keinen Wagen, weil ich keinen brauche. Im übrigen beschreibt ›Geld verdienen‹ nicht einmal annähernd die Höhe meines Einkommens. Aber könnten wir jetzt vielleicht über wichtigere Dinge sprechen?«

Sprachlos vor Erstaunen starrte Daisy Valerian an. »Ich

wünschte, Sie würden mir den Trick verraten«, meinte sie nach einigen Minuten turbulenten Schweigens. »Gedankenlesen könnte ungeheuer nützlich sein, wenn ich Verdächtige verhöre«.

Er warf ihr einen Blick zu und richtete ihn dann wieder auf die Straße. »Kommen Sie in tausend Jahren wieder. Bis dahin wird diese Fähigkeit sich soweit entwickelt haben, daß auch gewöhnliche Sterbliche sie nutzen können.«

Daß er ›gewöhnliche Sterbliche‹ sagte, ärgerte Daisy, und im übrigen klang es fast, als zählte er sich selbst nicht zu dieser Kategorie. »Vielen Dank«, fauchte sie, um sich nicht anmerken zu lassen, wie unheimlich ihr zumute war. »Die meisten meiner Fälle werden ohnehin bis dahin aufgeklärt sein. Und im übrigen – was interessiert es mich? Ich werde dann längst jemand anderer sein.«

»Sie glauben mir also nicht?«

»Warum sollte ich?«

Er lächelte. »Ja, warum?« entgegnete er und bog in ihre Straße ein. »Vielleicht ändert unsere Unterhaltung Ihre Einstellung – falls der Zwischenfall im Supermarkt Ihnen noch nicht reicht.«

»Ich habe Ihnen einige Fragen zu stellen«, erklärte Daisy, als er den Wagen parkte. »Zum Beispiel wüßte ich gern, warum Ihre Assistentinnen ermordet werden?«

»Ich weiß es nicht«, erwiderte er leise. »Vielleicht könnten wir beide das zusammen herausfinden, wenn Sie erst die Wahrheit kennen.« Er reichte ihr die Schlüssel, öffnete den Kofferraum – auch diesmal wieder, ohne ihn zu berühren – und nahm die Einkaufstüten heraus.

Kopfschüttelnd ging Daisy voraus in ihre Wohnung.

Dort trug Valerian die Tüten in die Küche und stellte sie auf die Anrichte. »Setzen Sie sich«, sagte er, als Daisy die Sachen einräumen wollte. »Sie stehen noch unter Schock.«

Er nahm ihr einen Kopfsalat und eine Tüte Tomaten aus der Hand und legte beides in den Kühlschrank. Daisy setzte sich auf einen Hocker an der Frühstücksbar und stützte das Kinn auf eine Hand.

»Ihr Wunsch«, sagte sie, »ist mir Befehl.«

Da grinste er sie an, und wieder verspürte sie ein eigenartiges Ziehen, so tief in ihrer Erinnerung, daß ihr für einen Moment die Tränen kamen. Valerian nahm eine halbleere Dose mit kalorienarmer Suppe aus dem Kühlschrank und leerte sie angewidert in der Spüle aus. »Gräßliches Zeug«, murmelte er.

Daisy war gekränkt. »Sie essen wohl nur Feinschmeckerkost?«

Er lachte und beschäftigte sich wieder mit den Einkaufstüten. »*Au contraire*«, entgegnete er. »Ich ernähre mich mit einer sehr einfachen, flüssigen Diät. Es ist das Geheimnis meines langen Lebens – zusammen mit einem gewissen Talent, mich den Konsequenzen meiner eigenen Handlungen zu entziehen.«

Daisy ließ den Blick über Valerians fabelhaften Körper gleiten. Niemand sah *so* aus, nur weil er von Frucht- oder Gemüsesäften lebte. »Das Letztere glaube ich Ihnen – daß Sie sich den Konsequenzen Ihrer Handlungen entziehen, meine ich. Aber ich warne Sie: Wenn Sie diese Frauen ermordet haben, kriege ich Sie!«

»Ja, ganz sicher«, erwiderte er nachdenklich. »Ich glaube, Sie sind sehr gut in Ihrem Job.«

»Und Sie auch«, erwiderte Daisy und dachte an seinen Auftritt im Venetian, an die Art, wie er ihren Kofferraum geöffnet hatte, und daran, wie er sich immer wieder in ihre Träume drängte. An diesem Abend war es ihm sogar gelungen, an einer psychotischen Erfahrung teilzunehmen.

Wirklich imponierend.

Er brühte Tee für sie auf – ihre Lieblingsmarke, ohne sie danach gefragt zu haben. Und er fragte auch nicht, wo die Tassen standen oder ob sie überhaupt Tee wollte. Er bereitete ihn einfach zu und servierte ihn.

Sie trank einen Schluck, und etwas von ihrer Kraft kehrte zurück. »Kann es sein, daß ich verrückt werde?« murmelte sie.

Valerian lehnte sich auf der anderen Seite an die Frühstücksbar. »Nein«, versicherte er ihr, »aber es gibt etwas, was ich Ihnen erzählen muß. Sie haben, um einen Ihrer besseren Poeten zu zitieren, *noch Meilen zu gehen, bevor Sie schlafen.*«

»Reden Sie«, sagte Daisy.

Valerian
Colefield Hall, 1365

»Jetzt bist du bereit«, verkündete Challes eines Winterabends, etwa drei Monate, nachdem er mich bewußtlos in einem Pferdestall gefunden hatte. Wir hatten viel erreicht in der Zeit, die seither verstrichen war, aber ich war jung, ungeduldig und begierig nach dem Geschenk, das mir versprochen worden war, und mir schien, als hätte mein Lehrer die versprochenen Freuden vorsätzlich hinausgezögert. Als hätte er mich quälen und auf die Folter spannen wollen.

Er hatte dafür gesorgt, daß ich genügend aß, so daß ich nun wieder mein altes Gewicht besaß; hatte mich das Fechten gelehrt, um mir Anmut zu verleihen, mich mit der exquisitesten Musik bekannt gemacht und mit Poesie und Zahlen überhäuft, mich Philosophie gelehrt und Wissenschaften, fremde Sprachen und Etikette.

Ich war ein gelehriger Schüler, vielleicht, weil ich so begierig war, wie Challes zu sein und zu tun, was er tat, und ich sah großartig aus mit meinen neuen Kleidern, dem kurzgeschnittenen Haar und den sauber rasierten Wangen. Ich verfügte über eine schier grenzenlose Vitalität, die selbst die Energie meiner frühesten Jugendtage übertraf – außer während jener köstlich trägen Intervalle, die auf Challes' nächtliche Besuche in meinem Zimmer folgten.

»Heute nacht also?« rief ich und stieß vor Erregung fast den Sessel um, als ich aufsprang.

»Heute nacht«, bestätigte Challes mit Zärtlichkeit und Trauer in der Stimme.

Ich wunderte mich über diese Trauer, war jedoch viel zu aufgeregt, viel zu begierig, die versprochene Verwandlung zu erfahren, um zu fragen, was ihn beunruhigte.

Eine römische Liege stand unter dem von einer glitzernden Eisschicht bedeckten Fenster, und dorthin führte mich mein Lehrer und befahl mir, mich hinzulegen.

In jenem Moment hätte ich buchstäblich alles getan, was er von mir verlangte, denn ich verehrte ihn wie einen Gott. Meine Zuneigung zu ihm war jedoch von reiner, keuscher Art, eine Liebe, die unsere Seelen verband statt unsere Körper und nicht das geringste mit geschlechtlichen Empfindungen zu tun hatte.

Ich tat, worum Challes mich gebeten hatte, schloß die Augen, als er den Kragen meines Hemds öffnete, und lauschte dem fernen Geheul der Wölfe. Ich fühlte ihren Hunger in meinen eigenen Eingeweiden; mein ganzes Sein, Körper und Seele, vibrierten in Erwartung unvergleichlicher Ekstase.

Meine Wonne war geradezu beängstigend, überstieg alles, was ich je zuvor empfunden hatte – mit Ausnahme der Seligkeit vielleicht, die ich in Brenna Afton-St. Claires Armen erfahren hatte. Nichts vorher oder nachher, im Himmel oder auf Erden hätte sich mit der Berührung ihrer Hand vergleichen können. Dennoch war die Freude, die Challes mir schenkte, fast ebenso intensiv und überwältigend.

Er hatte mir gesagt, daß ich als Mensch während dieser erhabensten unserer Vereinigungen sterben würde, aber als ich spürte, wie mein Leben mir entglitt, geriet ich in Panik und versuchte aufzuschreien. Inzwischen war ich jedoch bereits viel zu sehr geschwächt, um einen Ton von mir zu geben, und erst recht, um mich zu wehren, und Challes' leise, zärtliche Worte trösteten und beruhigten mich. Still glitt ich in den Tod hinüber, und jegliches Bewußtsein war plötzlich ausgelöscht, aufgesogen von allumfassender Dunkelheit.

Als ich erwachte, sah ich, daß ich in einer Art Krypta tief unter der Erdoberfläche war. Ich lag auf einem kalten Grabstein, und Challes schlummerte auf einem anderen in meiner Nähe. Als ich Ratten in den Ecken scharren hörte, erschauderte ich.

Ein leises Lachen ertönte, und als ich mich umwandte, sah ich, daß Challes erwacht war und mich anblickte.

8

Daisy
Las Vegas, 1995

Was Daisy am meisten an Valerians Erzählung überraschte – einer unglaublichen Geschichte, die sich über sechshundert Jahre erstreckte –, war die Tatsache, daß sie versucht war, die Geschichte zu glauben. Wahrscheinlich hatte sie sogar in jener ersten Nacht schon, im Vorführsaal des Venetian, die Wahrheit geahnt, als Valerian eine Kutsche samt Pferden hatte aufsteigen und über die Köpfe des Publikums hinwegschweben lassen. Und obwohl Daisy sich noch immer nicht bewußt an jene Frauen entsann, von denen er mit solcher Leidenschaft und Liebe sprach – Brenna Afton-St. Claire, Elisabeth Saxon, Jenny Wade – löste die bloße Erwähnung dieser Namen eine unverkennbare Reaktion in ihrem Bewußtsein aus. Vielleicht waren die Träume, die sie ihr Leben lang gehabt hatte, gar keine Träume gewesen, sondern Erinnerungen an jene anderen Leben.

»Habe ich immer gleich ausgesehen, in allen Reinkarnationen?« fragte sie. »Hast du mich deshalb wiedererkannt?«

»Ja«, erwiderte Valerian lächelnd. »Du warst immer gleich schön, zumindest, als ich dich kannte – nur deine Kleidung und die Frisuren wechselten. Aber ich glaube, ich würde dich selbst dann erkennen, wenn dein Aussehen eine drastische Veränderung erführe. Im Venetian spürte ich deine Anwesenheit schon lange, bevor ich dich gesehen hatte.«

Sie nickte gedankenvoll. »Ich habe über Reinkarnation gelesen«, sagte sie. »Aber ich dachte, die Menschen würden in anderen Körper wiedergeboren, manchmal als Männer und manchmal als Frauen.«

»So ist es normalerweise auch«, bestätigte Valerian. »Aber du bist eine Ausnahme, und frag mich nicht, warum, denn ich weiß es nicht. Ich kann dir nur sagen, daß Seelen dazu neigen, zu jenen zurückzukehren, die sie in der Vergangenheit gekannt, geliebt oder gehaßt haben.«

»Du hast gesagt, du könntest durch die Zeit reisen – bis hin zum Moment deines eigenen Tods als Sterblicher. Wenn das so ist, bin ich dann gleichzeitig an all jenen anderen Orten – als all jene andere Frauen? Kannst du dich dorthin zurückversetzen und mich als Jenny sehen? Oder als Elisabeth?«

Ein tiefempfundener Schmerz huschte über Valerians aristokratisch schönes Gesicht. »Ich weiß es nicht«, erwiderte er. »Einige Vampire können den Verlauf der Geschehnisse ändern und jene, die sie lieben, sehen und beeinflussen. Wann immer ich jedoch versucht habe, dich zu finden, ist es mir nicht gelungen.«

Daisy dachte darüber nach. »Das nennt man Informationsüberlastung«, murmelte sie. »Wenn du also wirklich Graf Dracula bist«, erklärte sie schließlich spöttisch, »warum hast du dann nicht versucht, mich in den Hals zu beißen? Und warum sollte ich dir glauben, daß du die Fairfield- und Cantrellmorde nicht begangen hast? Denn da war ja wohl ganz eindeutig ein Vampir am Werk – falls ich je einen bei der Arbeit gesehen habe!«

Valerian lächelte, eine Spur Herablassung lag darin.

»Und?« fragte er. »*Hast* du je einen Vampir bei der Arbeit gesehen?«

Daisy seufzte. »Das war nur so dahergeredet«, erwiderte sie ungeduldig. »Beantworte meine Frage bitte.«

»Ich habe nicht versucht, *dich in den Hals zu beißen*, wie du es bezeichnest, weil ich dich liebe – ganz gleich, in welchem deiner Leben ich dir begegnet bin. Das ist mein Fluch. Was deine Frage betrifft, warum du mir glauben solltest, daß ich nicht die Schuld am Tod jener unschuldigen Frauen trage ...« Er hielt inne und zuckte mit den Schultern. »Weil ich es dir gesagt habe. Ich habe gewiß schon Menschen getötet im Laufe der Jahrhunderte, aber solch bemitleidenswerte Kreaturen? Nein. Ich hatte diese Mädchen gern.«

Daisy musterte ihn zweifelnd. Obwohl er ihr gerade das schlimmste Verbrechen gestanden hatte, das ein Mensch begehen konnte, fiel es ihr schwer, sich vorzustellen, daß er jemanden ermorden würde ...

»Na schön«, sagte Valerian mit einer ungeduldigen Handbewegung. »Dann glaub mir eben nicht. Sperr mich ruhig in eins eurer albernen Gefängnisse. Aber mach dich darauf gefaßt –«, drohend hob er einen Zeigefinger – »daß jeder Versuch, mich festzuhalten, sinnlos wäre. Denn wenn du es versuchst, werde ich mich wie Rauch in Luft auflösen!«

Daisy starrte in ihre leere Tasse und runzelte die Stirn. Sie fühlte sich noch immer leicht benommen, und es war auch schon recht spät. Vielleicht war das der Grund, warum sie alles glaubte, was Valerian ihr sagte: weil sie müde und verwundbar war. Oder vielleicht hatte er ihr auch eine Droge gegeben ... »Hast du mir etwas in den Tee getan?«

Valerian richtete sich auf und straffte in wahrhaft majestätischer Empörung seine Schultern. »*Selbstverständlich* nicht. Ich habe es nicht nötig, zu solchen Mitteln zu greifen – schließlich bin ich ein Vampir!«

Daisy seufzte. »Habe ich etwas verpaßt? Kann es sein, daß heute Halloween ist?«

Valerian beugte sich über die Frühstücksbar und bleckte mit einem theatralischen Zischen seine Zähne.

Mit weitaufgerissenen Augen und wild pochendem Herzen sprang Daisy auf. Valerians Eckzähne waren länger als die übrigen Schneidezähne und spitz wie die Fänge eines Wolfs!

»Verdammt!« stieß sie hervor, bevor sie genügend Mut aufbrachte, zu ihrem Stuhl zurückzukehren und sich zu setzen.

»Echt oder unecht?« fragte er.

Daisy errötete und schämte sich ihrer Furcht. »Das hättest du bei jedem guten Zahnarzt machen lassen können«, wandte sie hastig ein. »Es gibt Tausende von Leuten mit maßgearbeiteten Zähnen in dieser Stadt. Und einige von ihnen sind wahrscheinlich sogar verrückt genug, sich einzubilden, sie wären Vampire!«

Valerian betrachtete sie nachdenklich. »Was willst du, Daisy? Wie kann ich dir beweisen, daß ich die Wahrheit sage?«

Wieder beugte sie sich vor und betrachtete ihn lange. Sie war fasziniert von diesem Irren – oder *Vampir* –, doch eigenartigerweise fürchtete sie ihn nicht. Trotz ihrer Zweifel und Bedenken verspürte sie eine merkwürdige Vertrautheit und die unerschütterliche Überzeugung, daß sie bei ihm sicher war. »Ich habe nicht gesagt, daß ich dir nicht glaube«, entgegnete sie. »Aber etwas Unheimliches geht hier vor, und das muß ich erst verarbeiten.«

Sie hielt inne und dachte an ihren unverhofften Besuch im Jahre 1457, via Supermarkt. Es bestand kein Zweifel, daß die Episode mehr als bloß ein Traum oder eine Halluzination gewesen war. »Ich sah dich«, sagte sie zögernd. »In meiner … Vision. Aber da trugst du ganz andere Kleider … Wenn du also wirklich dort warst, wie hast du dich dann so schnell umgezogen?« Valerian gab einen Ton von sich, der wie ein Seufzer klang, doch irgendwie auch anders war. »Ich habe mich in die Szene projiziert«, erklärte er geduldig. »Einschließlich Kostüm. Du hast mich gesehen, weil ich wollte, daß du mich sahst.«

Daisy strich mit der Zunge über ihre Zähne, was sie häufig tat, wenn sie versuchte, ein Rätsel zu lösen. Ihre Kopfschmerzen hatten wieder angefangen, und wenn sie keinen Schlaf bekam, würde sie den ganzen nächsten Tag wie ein Zombie herumlaufen. »Vorhin, als du mir die Geschichte deines Lebens erzählt hast, sagtest du, du könntest dich in der Zeit zurückversetzen, bis hin zum Augenblick deines Todes als Sterblicher.«

Wieder seufzte er. »Ja.«

»Was hindert dich daran, dir selbst irgendwann zwischen jetzt und damals zu begegnen?«

»Nichts. Manchmal kommt es vor. Es ist ein Paradoxon, genau wie Zeitreisen.«

»Ich verstehe nicht ...«

»Das überrascht mich nicht. Ich verstehe es auch nicht. Ich schätze, daß niemand es begreift – zumindest nicht richtig. Es ist ein Universum von Besonderheiten – Vampire sind Vampire, Rosen sind Rosen, und Quallen Quallen. Wer von uns ist schon imstande, die Wirklichkeit in ihrer ganzen komplexen Vielfalt zu erfassen?«

Darauf konnte Daisy nichts erwidern.

Valerian kam zu ihr und strich zärtlich mit dem Daumen über ihre Wange. »Mein armer Liebling«, sagte er. »Du warst schon immer so, wolltest schon immer Antworten auf Fragen haben, auf die es keine Antwort gibt. Genauso, wie du schon immer kupferfarbenes Haar hattest, grüne Augen und diese entzückenden Sommersprossen auf der Nase.«

Ein wohliges Erschauern durchzuckte Daisy plötzlich, und eine Flut erotischer Bilder durchflutete ihr Bewußtsein. Obwohl Valerian ein Fremder war und vielleicht sogar gefährlich, wich sie nicht vor ihm zurück. Anstatt Angst vor ihm zu haben, verspürte sie das unwiderstehliche Verlangen, von ihm geliebt zu werden – sie, die in ihrem ganzen Leben erst mit drei Männern ins Bett gegangen war ...

Auf sehr sinnliche Weise strich er mit dem Daumen über ihre Lippen. »Bald«, murmelte er, weil er offenbar wieder ihre Gedanken erraten hatte. Ein nachdenklicher Ausdruck trat in seine Augen. »Aber vielleicht wäre eine kleine Kostprobe dessen, was uns einst verbunden hat, gar nicht mal so unangebracht.«

Er ist ein exzellenter Schauspieler, dachte Daisy verwirrt. So viele seltsame Dinge gingen in ihr vor, und so viele Empfindungen durchzuckten wie Laserstrahlen ihren Körper, daß ihr die Energie zum Sprechen fehlte.

Valerian lächelte, beugte den Kopf und küßte sie.

Obwohl es nur ein flüchtiger Kontakt war, ein bloßes Streifen ihrer Lippen, erschütterte es Daisy bis ins Innerste. Der Boden schien unter ihren Füßen zu schwanken, ins All hinauszuschießen und sie im leeren Raum zurückzulassen. Es fehlte Sauerstoff in diesem Zimmer, und ihr Herz preßte sich fast schmerzhaft gegen ihren Brustkasten.

Sie schnappte nach Luft und starrte in Valerians weise Augen – ganz plötzlich fiel es ihr nicht schwer zu glauben, daß er sechshundert Jahre alt war, denn sie sah so unendlich viele Emotionen in ihren unergründlichen Tiefen reflektieren – Myriaden von Erinnerungen, die sich in einer normalen Lebzeit dort niemals angesammelt haben könnten.

»Warum habe ich keine Angst vor dir?« wisperte sie.

Er strich ihr übers Haar, und selbst diese harmlose Geste löste neue Risse in ihrer ohnehin schon schwachen Abwehr aus, brachte die letzten Mauern zum Einstürzen und öffnete die geheimsten Türen. »Weil du im Grunde deines Herzens weißt, daß ich für dich durch die Hölle gehen würde.« Er schaute zum Fenster hinüber. »Es wird bald hell. Ich muß gehen.«

Daisy war enttäuscht. Hatte er nicht zu bleiben versprochen?

Wieder erriet er, was sie dachte. »Ich hatte dir eine kleine Kostprobe dessen versprochen, was uns einst verbunden hat«, erklärte er lächelnd. »Doch zunächst ein weiteres meiner beeindruckenden Kunststücke …«

Sagte er und verschwand. Von einer Sekunde auf die andere war er einfach *nicht mehr da*.

Daisy fluchte und sprang auf, als wollte sie den Zauberer ins Nichts hinein verfolgen. In der Ferne glaubte sie das schwache Echo eines Lachens zu hören.

Einen Moment blieb sie betroffen stehen, überzeugt, unter

Wahnvorstellungen zu leiden, bis ihre praktische Natur die Oberhand gewann. Nachdem Daisy sich gewaschen, ihre Zähne geputzt und zwei Aspirin geschluckt hatte, ging sie zu Bett und schlief wie eine Tote.

Traumlos.

Mit dem Morgen jedoch kehrten auch die Erinnerungen zurück – an ihre ›spontane Regression‹ ins fünfzehnte Jahrhundert; Valerians verrückte, doch unleugbar faszinierende Geschichte seines sechshundertjährigen Vampirlebens; seinen seelenerschütternden Kuß und spektakulären Abgang.

Er ist ein Magier, rief Daisy sich in Erinnerung. Aber das allein erklärte längst nicht alles, was sie gesehen und empfunden hatte. Es mußte mehr dahinterstecken – erheblich mehr.

Na schön, argumentierte Daisys Verstand, dann ist er vielleicht auch Hypnotiseur. Denn immerhin hatte er selbst behauptet, er könne willkürlich sein Bild in ihr Bewußtsein projizieren. Auf diese Weise mußte er im *Horse and Horn* zu ihr gekommen sein – oder vielmehr zu der Tavernenmagd Elisabeth Saxon.

Doch irgendwie genügte auch das nicht als Erklärung.

Daisy schlug die Decke zurück und stand auf. Über diesen Grübeleien würde sie noch ein Magengeschwür entwickeln – es war sicher besser, die Sache eine Weile ruhen zu lassen und sich mit anderen Dingen zu beschäftigen. Sie hatte schon viele komplizierte Fälle auf diese Art gelöst – indem sie das anwandte, was O'Halloran als weibliche Intuition zu bezeichnen pflegte.

Sie lächelte. Er war wirklich nicht sehr originell.

Nachdem sie sich angezogen hatte, holte sie die Tageszeitung herein, die draußen auf der Matte lag. Die Schlagzeile auf dem Titelblatt ließ ihr Lächeln verblassen.

Die Polizei bezeichnet die letzten Verbrechen als ›Vampirmorde‹.

»Welche Polizei?« knurrte Daisy, während sie in die Küche zurückkehrte. »*Mich* hat jedenfalls niemand nach dem Fall gefragt.«

Der Artikel war gespickt mit Zitaten eines gewissen John P.

O'Halloran, der nach Aussage des Reporters ›die Ermittlungen leitete‹. Daisy hätte sein Golfjunge sein können, was die Erwähnung ihrer Person anging, aber das kümmerte sie nicht. Was sie beunruhigte, war die Art, wie die Presse die Verbrechen *verherrlichte*.

Als das Telefon klingelte, hatte Daisy bereits nach dem Hörer gegriffen, um das Präsidium anzurufen. Fast hoffte sie, daß es der Spinner war, der sie nach dem Mord an Jillie Fairfield mit seinen Anrufen belästigt hatte; es gab da ein oder zwei Dinge, die sie ihm gern gesagt hätte.

Doch leider war es O'Halloran, der sich auf ihr knappes »Hallo« meldete.

»Dein Partner«, sagte er mit der für ihn typischen Bescheidenheit.

Daisy zog sich einen Stuhl heran. »Ach ja – und der Liebling unserer Presse. Sag mal, O'Halloran, bist du die ganze Nacht für das Interview aufgeblieben, oder hast du es in einer deiner Pausen erledigt?«

»Lästermaul«, sagte O'Halloran zärtlich. »Hast du mir etwas Neues über den Fall zu sagen, oder werden wir den ganzen Morgen Liebenswürdigkeiten austauschen?«

Er räusperte sich und nahm einen geräuschvollen Schluck – wahrscheinlich von seinem Morgenkaffee. Er versuchte, Zeit zu schinden, was ein schlechtes Zeichen war.

»O'Halloran!« mahnte Daisy.

»Na schön.« Ihr Partner seufzte. »Der Chef hat den Bericht der Sanitäter über deinen gestrigen Zusammenbruch im Supermarkt gesehen. Er will, daß du dir ein paar Tage freinimmst und dich gründlich untersuchen läßt.«

»Soll das heißen, daß ich vom Dienst suspendiert bin?«

»Ich sagte nur, daß du dich ein paar Tage ausruhen und einen Arzt aufsuchen sollst. Beklag dich nicht bei mir, Chandler, es war nicht meine Idee. Der Befehl kam aus der Chefetage.«

»Verdammte Schei …« murmelte Daisy.

»So solltest du nicht reden. Es gehört sich nicht.«

Daisy kämpfte um Selbstbeherrschung. Es war sinnlos,

sich noch tiefer hineinzureiten. »Was, zum Teufel, hat Charlie dem Chef erzählt?«

»Daß du ohnmächtig geworden bist.«

»Und?«

O'Halloran seufzte. »Und gestern abend kam ein Anruf von der Kassiererin – Marvella Soundso. Sie war beunruhigt und sagte, du hättest eine Menge dummes Zeug geredet, als du bewußtlos warst.«

Daisy schloß die Augen. »Sie wollen, daß ich mich einer Drogenanalyse unterziehe, nicht wahr, O'Halloran?«

»Hör mal, es ist reine Routine, das weißt du selbst. Das kann jedem von uns passieren. Jederzeit.«

Daisy seufzte. »Ich nehme keine Drogen«, erwiderte sie und wäre plötzlich am liebsten ins Bett zurückgekrochen, um mindestens zwei Wochen lang zu schlafen. »Das weißt du doch?«

»Klar«, antwortete O'Halloran schroff. »Natürlich weiß ich das. Aber du kannst dich dem System nicht widersetzen, Partner. Ruh dich ein, zwei Tage aus, laß dich untersuchen und komm dann wieder arbeiten. Wenn du zu lange zu Hause bleibst, könnte jemand auf die Idee kommen, daß du der Superbulle bist und ich bloß dein Gehilfe. Ich muß mein Image schützen.«

Daisy lachte, obwohl Tränen an ihren Wimpern glitzerten. »Keine Angst, mein Junge – dein guter Ruf ist bei mir sicher.«

Sie legte den Hörer auf und wanderte eine Weile wie benommen durch die Wohnung, bevor sie in die Küche ging und sich ein Frühstück zubereitete. Als sie gegessen hatte, stieg sie in ihren Wagen und fuhr in die Innenstadt.

Nach einer gründlichen Untersuchung verkündete der Arzt, sie litte unter Erschöpfung, und empfahl ihr zwei Wochen Urlaub. Ihr erster Impuls war, sich zu widersetzen, doch dann besann sie sich. Denn schließlich waren bei ihr alle Anzeichen eines Burn-out-Syndroms vorhanden, und wenn sie so weitermachte, würde sie vielleicht eines Morgens erwachen, um festzustellen, daß ihre Karriere als Kriminalbeamtin unwiderruflich zu Ende war.

Angesichts dieser niederschmetternden Aussicht füllte Daisy alle nötigen Papiere aus, rief O'Halloran an, um ihn zu informieren, und machte sich auf den Weg nach Hause.

Sie blieb nur lange genug in ihrer Wohnung, um zu packen und Nadine, ihre Schwester, anzurufen, von der sie erfuhr, daß die Wehen bereits eingesetzt hatten. Eine knappe halbe Stunde später schon befand sich Daisy auf dem Weg nach Telluride.

Valerian
Las Vegas, 1995

Ich wußte, daß Daisy fort war, als ich an jenem Abend aufstand, ausgeruht, hungrig, und bereit, die Jagd nach meinen Widersacher fortzusetzen. Daisys Abwesenheit löste ein hohles Gefühl in jenem verdorrten und verkümmerten Organ aus, das einst mein Herz gewesen war, und dennoch wußte ich, daß es besser war, wenn Daisy sich nicht mehr in meiner Nähe aufhielt. Je weiter entfernt sie war, desto geringer war die Gefahr für sie.

Lächelnd schloß ich meine Manschettenknöpfe. In der Hoffnung, daß sie mir Glück brachten, hatte ich mir heute abend ein ganz besonderes Paar ausgesucht – aus antikem Gold und ein Geschenk eines besonders lieben Freundes. Aber es war weniger der Schmuck, der mich erfreute, sondern vielmehr der Gedanke, das Versprechen einzulösen, das ich Daisy gegeben hatte.

Heute nacht würde sie meine Magie auf völlig neue Weise erfahren, und ich hoffte, daß es Erinnerungen in ihr wecken würde an alles, was uns einst verbunden hatte. Sie war ein Irrlicht gewesen, von einer Identität zur anderen schwirrend, mit dem gleichen Gesicht und Körper zwar, jedoch anderen Namen und ohne nur die geringste Erinnerung an mich.

Ich hingegen war stets Valerian gewesen – mein eigenes, nie endendes, unsterbliches Ich.

Ich gebe zu, daß meine eigene Gesellschaft mich manchmal

langweilt, so faszinierend ich sonst auch sein mag. Man lernt sich schließlich kennen im Laufe der Jahrhunderte, und ein absoluter Mangel an Überraschung kann das Gemüt belasten.

»Wie typisch für dich, philosophische Selbstgespräche zu führen«, bemerkte eine heitere, weibliche Stimme, die mich vollkommen überrumpelte.

Meine unerwartete Besucherin war Maeve, bezaubernd schön in ihrem schillernden Gewand, mit dem langen, dunklen Haar, das ihr offen über die Schultern fiel, und den strahlend blauen Augen, in denen sich alle Weisheit des Universums zu vereinen schien. Sie besaß einen Hang zur Dramatik, unsere Maeve, liebte spektakuläre Auftritte und wirkungsvolle Abgänge.

Aber so erging es mir ja schließlich auch. Vielleicht ist es eine typische Vampireigenschaft – wir alle neigen stark zur Theatralik.

»Du ehrst mich – mit deinem Besuch und deinen Worten«, erwiderte ich mit einer angedeuteten Verneigung.

Sie lachte. »Charmant wie eh und je«, meinte sie und stützte die Hände in die Hüften. »Was für ein Schmeichler du bist!« Wieder hielt sie inne, um mich nachdenklich zu betrachten. »Ich kam her, um zu fragen, ob dieser unbekannte Vampir, von dem du mir kürzlich erzähltest, noch immer Schwierigkeiten macht.«

»Es ist mir noch nicht gelungen, ihn aufzuspüren«, gestand ich. »Aber ich schwöre dir, daß ich seinen Schandtaten ein Ende bereiten werde, ganz gleich, wer er auch sein mag.«

Maeve hob eins der Glasgefäße auf, die auf der Kommode standen, und betrachtete es versonnen. »Überstürze nichts, mein Freund«, warnte sie, als sie es wieder zurückstellte. »Vielleicht ist es gar kein Vampir, sondern ein Hexer, der sich nur als einen von uns ausgibt. Es könnte sich um eine Falle handeln.«

Meine nächsten Worte flüsterte ich nur. »Wäre es möglich, daß Lisette zurückgekehrt ist?«

»Nein«, antwortete Maeve mit ruhiger Entschiedenheit. »Sie ist tot. Du hast sie sterben gesehen – wir alle sahen es.«

»Trotzdem ...«

»Wenn es Lisette gelungen sein würde, wiederaufzuerstehen, wäre ich darüber informiert. Wir haben noch andere Feinde, Valerian. Es gibt so viele Ungeheuer, die diese Welt verunsichern – Wesen, über die uns praktisch nichts bekannt ist. Calder, der seit seiner Verwandlung einige interessante Experimente durchgeführt hat, ist der Ansicht, daß es noch andere Gattungen von Vampiren geben könnte, die über völlig andere Fähigkeiten als wir verfügen. Er hat sogar Beweise entdeckt, daß gewisse Verbindungswege zwischen den einzelnen Dimensionen existieren – Gänge, die in andere Reiche und Wirklichkeiten führen.«

Der bloße Gedanke war so überwältigend, daß ich nichts darauf zu erwidern wußte. Die Ungeheuer, die ich kannte, waren horrend genug – ohne zusätzliche Heerscharen anderer Monstren, die zwischen den Welten herumstreunten.

Maeve verschränkte ihre Arme und schaute mich mit schwesterlicher Besorgnis an. »Was verschweigst du mir, Valerian?«

Ich lächelte traurig, gerührt und auch ein wenig getröstet von diesem Beweis ihrer Zuneigung für mich. »Ich habe sie wiedergefunden.«

»Doch nicht ...?«

Ich nickte und griff nach meiner seidenen Krawatte. Ich kleidete mich gern elegant, um auf die Jagd zu gehen – Cape, Frack, gerüschtes Leinenhemd und Kummerbund, Hosen mit seidenen Streifen an den Außennähten –, was wohl auf meine Neigung zu dramatischen Auftritten zurückzuführen ist, die ich vorhin erwähnte. Und weil meine Opfer erwarten, daß ich den klassischen Hollywoodvampiren ähnlich sehe.

Wer gab mir das Recht, diese armen Kreaturen zu enttäuschen?

»Ja«, sagte ich. »Das gleiche Gesicht und die gleiche Figur. Diesmal ist ihr Name Daisy Chandler, und sie ist Detective bei der hiesigen Mordkommission.«

Maeve schien beunruhigt. »Du weißt doch, was jedesmal geschieht, Valerian – der Rubinring erscheint, sie stirbt, und dein Herz zerbricht. Du mußt dieser Frau unter allen Umständen aus dem Weg gehen, ebensosehr dir selbst wie ihr zuliebe.«

Fast hätte ich geweint über die Ausweglosigkeit der Lage, über ihre Ungerechtigkeit und Ironie. »Dazu ist es zu spät«, bekannte ich. »Und im übrigen könnte ich Daisy gar nicht meiden. Es ist ein Teil des Fluchs.«

»Des Fluchs«, spottete Maeve. Erstaunlicherweise ist meine verehrte Königin überhaupt nicht abergläubisch. »Das ist eine mittelalterliche Vorstellung. Hier ist keine schwarze Magie am Werk, Valerian – jemand oder etwas *verursacht* diese Dinge. Finde die Wurzel des Problems, und du wirst wissen, wie es zu lösen ist.«

»Nüchtern wie eh und je«, sagte ich mit einem traurigen Lächeln. Maeve ist noch jung nach Vampirmaßstäben; sie war erst im turbulenten achtzehnten Jahrhundert verwandelt worden. »Glaubst du etwa, ich hätte mich nie bemüht, der Sache auf den Grund zu gehen? Ich versuche es schon seit Jahrhunderten, doch ohne Erfolg, und in jeder Generation wiederholt sich die Tragödie.«

Maeve berührte meinen Arm. »Vielleicht kann Calder in der Wissenschaft ein Mittel finden«, sagte sie tröstend.

Ich lachte, aber es klang humorlos. »Du scheinst großes Vertrauen in deinen Mann zu setzen.«

Maeve nickte. »Allerdings. Und es ist gerechtfertigt. Aber jetzt komm mit, Valerian. Wir werden zusammen auf die Jagd gehen und danach deinen mysteriösen Gegenspieler suchen.«

»Ich bin der Ansicht, daß unserer Sache besser gedient wäre, wenn wir über meine restlichen vier Assistentinnen wachen würden. Ich werde natürlich jede Verbindung zu ihnen abbrechen und das nächste Mal allein auftreten – aber im Moment sieht es so aus, als könnten sie die nächsten Opfer sein.«

»Was ist mit dieser Daisy? Ich würde sagen, daß die Gefahr für sie am größten ist.«

Das war nicht abzustreiten, aber ich hegte den Verdacht, daß dieses mysteriöse Wesen mich bestrafen wollte, indem es mich einer langen, qualvollen Prüfung unterzog. Logischerweise würde es Daisys Tod also bis zuletzt aufschieben – und ihn zum schrecklichsten von allen machen.

Ich teilte Maeve diese Überlegungen mit, und sie nickte. »Trotzdem solltest du sie nicht lange unbewacht lassen«, riet sie.

Ich bot ihr den Arm, als seien wir im Begriff, einen Ballsaal zu betreten. »Ich würde Daisy gern hier in mein Versteck bringen, wo sie sicher wäre, aber Sterbliche lieben diese Art von Schutzmaßnahmen nicht. Weißt du noch, wie Calder es haßte, als du versucht hast, ihn aus der Gefahr herauszuhalten?«

Maeve lächelte schuldbewußt. »Er war ziemlich unerträglich als Sterblicher. Er gefällt mir besser als Vampir.«

Und damit versetzten wir uns an einen anderen Ort.

Nahrung zu beschaffen, war kein Problem – obwohl wir beide keinen Geschmack am Blut Unschuldiger fanden, gab es immer noch genügend schlechte Menschen. Die Gefängnisse quollen nur so von ihnen über, nicht anders als die Kongreßsäle und Regierungspaläste dieser Welt.

Als wir die lebensnotwendige Substanz aufgenommen hatten, brachen Maeve und ich auf, um den Dämon zu suchen, der Jillie und Susan ermordet hatte.

Unseren Bemühungen war jedoch kein Erfolg beschieden.

Daisy hielt an jenem Abend an, um in einem Motel die Nacht zu verbringen. Nachdem sie sich in einem Laden auf der anderen Straßenseite ein Truthahnsandwich und eine Dose Tomatensaft gekauft hatte, schloß sie sich in ihrem Zimmer ein und setzte sich mit gekreuzten Beinen auf das Bett, um zu essen und sich die Nachrichten anzusehen.

Es wurde nichts über die sogenannten ›Vampirmorde‹ in Las Vegas gesagt, doch Daisy vermutete, daß es nur eine Frage der Zeit war, bis auch die Radiosender und nationalen Kanäle darüber berichten würden. Was die Presse aus der Geschichte machen würde, war gar nicht auszudenken.

»Vergiß die Arbeit, Chandler, und denk an etwas Erfreuliches«, murmelte Daisy. »Oder willst du etwa einen Nervenzusammenbruch riskieren?«

Nachdenklich betrachtete sie sich im Spiegel über dem Waschbecken. »Du bist nicht verrückt«, sagte sie sich entschieden, »sondern intelligent, stark, mutig und eine verdammt gute Polizistin. Und du bist auch *nicht* im Begriff, den Verstand zu verlieren. Du bist bloß erschöpft, mehr nicht. Eine Woche bei Nadine, und du wirst *begeistert* sein, zu deinen Mördern und Psychopathen zurückkehren zu dürfen!«

Sie lachte, aber der Ton erstarb in ihrer Kehle, als das Telefon klingelte.

»Hallo!« knurrte sie unfreundlich in den Hörer.

Ein vertrautes Lachen erklang. »Ich habe dich gefunden«, sagte Valerian. »Es gibt Momente, da frage ich mich, ob meine Zaubertalente wohl ein Vorteil oder ein Nachteil sind.«

Daisy war begeistert, seine Stimme zu hören. Das Nachdenken darüber, wie er sie in einem Motel gefunden hatte, in dem sie rein zufällig abgestiegen war, verschob sie auf später. Für den Moment genügte es ihr, seine Stimme zu hören.

»Ein ganz entschiedener Vorteil, würde ich sagen«, erwiderte sie. »Wenn ich dich jetzt fragen würde, wie du mich gefunden hast, würdest du es mir dann verraten?«

»Klar«, erwiderte er prompt. »Aber du wirst nicht fragen … Weil du bereits die Antwort kennst, die ich dir geben würde.«

Daisy wickelte das Telefonkabel um den Finger, nervös und glücklich wie ein Teenager vor dem ersten Rendezvous. »Du würdest sagen, es sei Vampirzauber.«

»Richtig.« Das klang jetzt ernst, fast traurig. »Alles in Ordnung, Daisy? Habe ich dich erschreckt?«

Sie überlegte kurz. »Allerdings, aber in anderer Hinsicht, als du vielleicht glaubst. Ich bin bloß wahnsinnig aufgeregt – fast so wie früher, wenn meine Freundinnen und ich uns einen Horrorfilm angesehen hatten und dann die halbe Nacht aufgeblieben sind, um uns gegenseitig Angst zu machen.«

»Ich weiß nicht, ob ich jetzt geschmeichelt oder gekränkt

sein soll«, entgegnete er, und seine Stimme klang wieder, als ob er lächelte.

Daisy seufzte. »Das mußt du selbst entscheiden. Du bist mir wirklich ein bißchen unheimlich, aber ich muß gestehen, daß ich dich mag. Vielleicht ist es so etwas wie das Schlangenbeschwörer-Syndrom.«

»Mag sein«, stimmte er zu. »Ich muß jetzt auflegen, Liebes. Aber vorher möchte ich dich noch etwas fragen.«

»Frag«, ermunterte ihn Daisy.

»Erinnerst du dich an das Versprechen, das ich dir gestern abend gab?«

Ein wohliges Prickeln erfaßte ihren ganzen Körper. »Ja«, sagte sie. »Natürlich.«

»Ich werde mein Wort halten«, fuhr Valerian fort. »Heute nacht – vorausgesetzt, daß du damit einverstanden bist.«

Daisy begann vor Erwartung zu zittern. Falls es sich hier um eine sexuelle Phantasie handelte, war es eine ungemein erregende, und sie hatte nicht vor, sich den Spaß entgehen zu lassen. »Einverstanden«, sagte sie.

»Wenn du willst, daß ich aufhöre, brauchst du es nur zu denken, und alles ist vorbei.«

Daisy war froh, daß er sie nicht sehen konnte – zumindest *glaubte* sie, daß er es nicht konnte –, weil sie über und über errötete. »Das klingt fair.«

Er lachte. »Gute Nacht, Daisy.«

»Gute Nacht«, flüsterte sie, aber die Leitung war schon tot.

Verwirrt, aber glücklicher, als sie je gewesen war, ging Daisy ins Bett und schaltete das Licht aus. Das Nachthemd, das sie mitgebracht hatte, blieb im Koffer.

Lange blieb sie reglos liegen, in stiller Erwartung, daß Valerian auf die gleiche Weise in ihrem Motelzimmer erscheinen würde, wie er aus ihrer Wohnung verschwunden war.

Zweiundvierzig Minuten waren auf der Uhr neben ihrem Bett verstrichen, als ihr plötzlich so heiß zumute wurde, daß sie Decken und Laken zurückschlug. Dann fröstelte sie, als die kühle Nachtluft ihre bloße Haut berührte und ihre Brustspitzen sich verhärteten.

Im nächsten Augenblick spürte sie Hände auf ihrem Körper und wußte, daß es Valerians Hände waren, obwohl sie nach wie vor allein war. Dann fühlte sie seine Lippen, warm und weich, auf ihren Brüsten, ihrem Bauch, an ihrem Nacken und auf ihren Schenkeln. Es war, als würde jeder Zentimeter ihrer Haut geküßt, gestreichelt, liebkost und stimuliert.

Aufstöhnend krümmte sie den Rücken und überließ sich der Leidenschaft, die sie wie ein Sturm erfaßte. Inmitten der wilden Ekstase, die nun folgte, wurde sie an einen Traum erinnert. In diesem Traum war sie eine andere gewesen, hatte vor langer Zeit an einem weit entfernten Ort gelebt und ein Pferd in die aufschäumende Meeresbrandung hineingetrieben. Im Traum hatten die Wellen sie verschlungen; nun würde es die Lust sein – diese fast unerträgliche, unvergleichliche Lust.

9

Valerian
England, 1457

Seinem Wort getreu hatte Challes mich verlassen, nachdem er mich das Jagen gelehrt und mir beigebracht hatte, mich vor gewissen Gefahren zu schützen, die uns Vampiren drohten. Ich gab mich den wildesten Ausschweifungen hin in jenen Jahren; es gab kaum Freuden, die ich mir nicht leistete, und sogar noch weniger Sünden, die ich nicht beging. Im Nachhinein betrachtet, sieht es fast so aus, als wäre meine Vorliebe für Wein einem ähnlich starken Hang nach den sogar noch kapriziöseren Forderungen der Sinne gewichen.

Ich war schön wie ein Engel, egozentrisch wie ein verwöhntes Kind und nahm es meinem einstigen Lehrer bitter übel, daß er mich mir selbst überlassen hatte. Ich steigerte Zynismus zu völlig neuen Dimensionen und hätte diesen gefährlichen, unseligen Kurs wohl fortgesetzt, wenn ich nicht 1457 eines Nachts zufällig ein heruntergekommenes Landgasthaus betreten hätte. Ich war gerade in meiner Kutsche unterwegs und spielte den ganz gewöhnlichen Menschen, wie ich es sehr häufig tat, wenn ich mich langweilte.

Es wird niemanden überraschen, zu erfahren, daß das Lokal das *Horse and Horn* war und ich dort Brenna fand – in einem billigen Kleid, das viel zu viel von ihren Reizen enthüllte, und mit schweren, biergefüllten Zinnkrügen in der Hand, die sie an die Tische mit gaffenden Tölpeln schleppte.

Man stelle sich mein Erstaunen vor, meine Freude und Empörung! Ich hatte sie für tot gehalten, *wußte*, daß sie in den Gewässern vor der Küste von Cornwall gestorben war, und doch war sie hier und sah aus wie immer – abgesehen von diesem ordinären Kleid – und lachte und scherzte mit einem Haufen verlauster Seeleute und Bauernlümmel!

Abgrundtiefes Schweigen entstand, als man mich, einen elegant gekleideten und offensichtlich reichen Herrn, endlich bemerkte. Ich hörte, was die Kerle dachten – einige spielten mit dem Gedanken, mich auszurauben, und die meisten hätten für das geringste meiner Besitztümer einen Mord begangen – doch mein Interesse galt nur Brenna.

Sie wandte sich um, und der berechnende Blick in ihren grünen Augen kränkte mich, denn es lag kein Erkennen darin und erst recht nicht Liebe. Sie, nicht anders als die Hafenratten und die Taschendiebe an den groben Holztischen, kalkulierte meinen Wert und überlegte, daß ich für eine Stunde im Stroh vermutlich gut bezahlen und zudem noch ein angenehmer Partner sein würde.

Das war nicht meine Brenna, und doch war sie es. Das lange, kupferfarbene Haar, die blassen Sommersprossen auf der ansonsten makellosen Haut, die üppige Figur und die atemberaubend schönen grünen Augen ... all das gehörte zu meiner Geliebten. Es war nur ihr Charakter, den ich nicht erkannte.

Sie kam hüftschwenkend auf mich zu, strich mit der Hand über die feine Seide meiner Tunika und lächelte kokett.

»Na, Ihr seid aber ein Hübscher«, sagte sie.

Derbes Grölen erklang im Raum, doch diese Männer

bedeuteten mir nicht mehr als das Ungeziefer, das unter ihren zerlumpten Kleidern krabbelte.

Obwohl mich einerseits Verzweiflung überwältigte, erfaßte mich gleichzeitig auch eine wilde Freude. In welcher Form ich sie auch gefunden haben mochte, diese Frau hier war meine geliebte Brenna. Ich würde sie von hier fortbringen und – irgendwann – das Geschenk mit ihr teilen, das ich von Challes erhalten hatte. Zusammen würden wir die Ewigkeit erforschen.

»Brenna«, flüsterte ich und ergriff ihre Hände.

»Ihr könnt mich nennen, wie Ihr wollt, mein Schöner«, entgegnete sie, klimperte mit den Wimpern und errötete sogar ein wenig. »Aber für meine Freunde bin ich Betsy.«

Am liebsten hätte ich Brenna über die Schulter geworfen und aus diesem gräßlichen Lokal getragen, doch statt dessen fragte ich nur töricht: »Betsy?«

Selbstbewußt straffte sie die Schultern, und fast hätte ich gelacht, denn sie hätte nicht schmutziger sein können, wenn jemand sie an den Füßen durch den Schweinestall geschleift hätte. »Elisabeth Saxon ist mein voller Name«, verkündete sie stolz.

Wieder grölten die Männer und rissen derbe Witze, doch ich ignorierte sie wie schon zuvor. Ich würde mich später um jene kümmern, die es wagten, mich – oder Elisabeth – zu belästigen.

Ich legte einen kleinen Lederbeutel mit Goldmünzen in ihre Hand und beobachtete in einer Mischung aus Belustigung und Qual, wie ihre Augen vor Habgier leuchteten.

»Komm mit«, sagte ich ruhig.

Elisabeth zögerte nicht; sie legte ihre fleckige Schürze ab und schleuderte sie beiseite, ohne zu bemerken, daß sie sich wie ein grober Schleier über den Kopf eines Mannes legte. Dann reichte sie mir ihre Hand, und ich ergriff sie und drängte Brenna in den dunklen Hof hinaus.

Ihre Gäste sprangen von Bänken und Stühlen auf, und ihre Gesichter wirkten im flackernden Licht der Kerzen und des Feuerscheins plötzlich wie die Gesichter von Ungeheuern. Es war jedoch geradezu jämmerlich einfach, die Kerle einzuschüchtern; es war nicht einmal Magie dazu erforderlich. Ich maß sie alle, jeden einzelnen von ihnen, mit einem Blick, der sie bis in die Seele erschaudern ließ, und keiner von ihnen folgte uns, als ich mich abwandte und hinausging, Elisabeths Ellbogen ergriff und sie zu meiner wartenden Kutsche zog.

»Ihr gehört doch hoffentlich nicht zu jenen, die grob zu einem Mädchen sind?« fragte sie, als ich sie in die Kutsche hob.

»Du brauchst keine Angst vor mir zu haben«, sagte ich, erfüllt von Gefühlen, die ich selbst kaum begreifen konnte – Leidenschaft, Zorn, Bewunderung und Abscheu. »Beim großen Zeus«, murmelte ich schließlich, als der Kutscher auf mein Zeichen anfuhr. »Was ist nur aus dir geworden?«

In der Dunkelheit waren ihre Augen riesengroß, und sie hielt den Beutel mit dem Gold so fest an ihre Brust gepreßt, als befürchtete sie, ich könnte ihn ihr jeden Augenblick entreißen. »Was wollt Ihr damit sagen, Sir? Ich versuche nur, mir einen Platz zu schaffen in der Welt, wie es jedes andere Mädchen an meiner Stelle getan ...«

»Wann hast du zum letztenmal gebadet?«

Zorn und Empörung flackerten in ihren Augen auf, und ich war erleichtert, es zu sehen. »Bäder sind ungesund für Frauen«, entgegnete sie mit Überzeugung.

Ich verschränkte die Arme und betrachtete sie lange. »Erinnerst du dich wirklich nicht an mich?« fragte ich schließlich, außerstande, meine ärgste Enttäuschung noch länger zu verschweigen.

Elisabeth schüttelte den Kopf. »Nein«, erwiderte sie entschieden. »Und an einen so feinen, eleganten Herrn wie Euch würde ich mich doch bestimmt erinnern, nicht?« Sie hielt inne, um mich zu betrachten, und ihre schönen Augen wurden schmal. »Warum habt Ihr mich Brenna genannt, selbst nachdem ich Euch schon gesagt hatte, daß ich nicht so heiße?«

Ich täuschte einen Seufzer vor und fragte mich, was dieses

arme Geschöpf wohl denken würde, wenn es wüßte, daß ich kein Mensch war, sondern ein Vampir. Ein Wesen, das nur nachts aus seinem Versteck kam, die Finsternis liebte und seine Nahrung aus den Adern unglücklicher Sterblicher bezog.

»Du erinnerst mich an jemanden, den ich vor langer Zeit gekannt habe«, antwortete ich zu guter Letzt. Ich glaube, selbst damals war mir schon bewußt, daß es mir nicht gelingen würde, Elisabeth in Brenna zurückzuverwandeln, doch zu jenem Zeitpunkt war ich noch nicht bereit, mich damit abzufinden.

Sie hielt den Beutel hoch und schüttelte ihn, daß die Münzen klirrten. »Ich schätze, dafür werdet Ihr viel verlangen«, sagte sie, und ich staunte über ihren Mut. Denn wie hätte sie unter den gegebenen Umständen auch sicher sein können, daß ich sie nicht töten würde, nachdem ich sie benutzt hatte, um mein Gold wieder an mich zu nehmen? Woher hätte sie ahnen sollen, daß ich nichts anderes wollte, als bei ihr zu sein, und daß sie bei mir sicher war?

»Ja«, erwiderte ich und verschränkte die Arme. »Ich erwarte viel von dir. Du kannst damit beginnen, deine Knie zu schließen – es ist obszön, wie du mit gespreizten Beinen dasitzt.«

Elisabeth errötete, was vampirischen Hunger in mir reizte, den ich jedoch sofort unterdrückte. Denn selbst ich besaß Prinzipien, obwohl niemand auf diese Idee gekommen wäre in all den Jahren vor jener schicksalhaften Nacht. Ich hatte nicht die geringste Absicht, mich an Brenna zu nähren.

Was nicht heißen soll, daß diese Verlockung nicht eine der schlimmsten Qualen gewesen wäre, die ich jemals zu ertragen gehabt hatte.

Ich brachte Elisabeth nach Colefield Hall, das prächtige, burgähnliche Gebäude, das einst Challes gehört hatte und nach seinem Verschwinden in meinen Besitz übergegangen war.

Der Mond stand schon hoch am Himmel, als wir eintrafen, und Elisabeth war auf der Bank mir gegenüber eingeschlafen.

Sie erwachte nicht, als ich sie ins Haus trug, und auch dann nicht, als ich sie sanft auf das bequemste Bett legte und behutsam zudeckte.

Ich stand vor ihr und betrachtete sie, bezaubert von ihrer schlampigen Schönheit und verwirrt über ihr unerwartetes Wiedererscheinen in meinem Leben. Ich hatte mich bisher nie bemüht, derartige Phänomene zu erforschen, da ich mich fast ausschließlich der Verfolgung meines unbeschränkten Vergnügens gewidmet hatte, und konnte nun nur vermuten, daß Brenna in Gestalt dieser schmutzigen, zerzausten Schankmagd wiedergeboren worden war.

Aus welchem Grund – wenn nicht, um mich, ihren wahren und einzigen Geliebten, wiederzufinden? Das würde auch erklären, warum sie genauso aussah wie vor hundert Jahren, in jener anderen, viel zu kurzen Existenz.

Sie bewegte sich im Schlaf, und ich lächelte, bevor ich sie verließ, um mich auf Nahrungssuche zu begeben. Zu diesem Zweck kehrte ich ins *Horse and Horn* zurück, doch noch bevor der Morgen dämmerte, war ich wieder in Colefield Hall und lag, als Elisabeth erwachte, tief unter der Erde in meinem sicheren Versteck, wo das versengende Licht der Sonne mir nicht gefährlich werden konnte.

Daisy
Zwischen Las Vegas und Telluride, 1995

Der Höhepunkt war überwältigend. Daisy hatte das Gefühl, an die Decke geschleudert und gleichzeitig in die Matratze hineingepreßt zu werden. Sie stöhnte und murmelte etwas Unverständliches; ihr fehlte der Atem für die lustvollen Schreie, die in ihrer Kehle aufstiegen, und sie umklammerte das Laken, als ihr Körper von Wellen unglaublicher Ekstase geschüttelt wurde. Sie sehnte sich nach Ruhe, aus Angst, daß ihr Herz jeden Augenblick explodieren würde, so schnell klopfte es, und betete zugleich darum, daß dieser wundervolle Moment nie enden möge.

Doch unweigerlich begann der Sturm abzuebben wie eine

sich zurückziehende Flutwelle, die Daisy zitternd und erschöpft zurückließ. Sie fühlte, wie der Schweiß auf ihrer Haut erkaltete und wie ihr Haar feucht an Wangen, Schläfen und Nacken klebte. Zitternd lag sie auf jenem fremden Bett und lauschte auf ihr Herz, das noch immer viel zu schnell schlug und trommelte wie die Hufe eines galoppierenden Pferds auf harter Erde.

Sie weinte, weil ihre mystische Vereinigung mit Valerian so unerträglich schön gewesen war und er nicht da war, um sie in die Arme zu nehmen und festzuhalten. Dann, zutiefst erschöpft und unendlich beglückt, körperlich so gut wie seelisch, schlief Daisy ein.

Ein lautes Klopfen an ihrer Zimmertür ließ sie aus dem Schlaf auffahren, und sie blinzelte im hellen Sonnenlicht, das durch die Jalousien ihrer Fenster drang.

»Was ist?« rief sie und strich ihr wirres Haar zurück.

»Noch fünf Minuten, um das Zimmer zu verlassen«, warnte eine muntere Frauenstimme.

Fluchend rappelte sich Daisy auf, um ihr Gesicht zu waschen und ihre Zähne zu putzen. Rasch zog sie sich an, nahm Koffer und Handtasche und stürzte aus dem Zimmer. Erst später, als sie ihre Rechnung bezahlt hatte und wieder unterwegs war, erlaubte sie sich, über die Ereignisse der Nacht nachzudenken.

Die wohlige Trägheit war noch nicht aus ihren Gliedern gewichen; eine angenehme Wärme, die sich tief in ihr festgesetzt hatte, beruhigte ihre Nerven und entspannte ihre Glieder. So verrückt es war, es war nicht abzustreiten, daß Valerian – oder wer auch immer – in diesem Motelzimmer mit ihr geschlafen hatte.

Ohne wirklich da zu sein.

Daisy biß ein Stück von dem Sandwich ab, das sie vor der Abfahrt gekauft hatte. Es war Hypnose, beschloß sie kauend. Valerian hatte gewußt, daß sie sich zu ihm hingezogen fühlte, und die Saat für diese Sitzung einsamer Leidenschaft durch Dinge gelegt, die er zu ihr gesagt hatte, zuerst in ihrer Wohnung und dann am Telefon. Oder vielleicht war das Ganze auch nichts weiter als eine Art hysterischer Wahnvorstellung, die sie ganz allein bewirkt hatte …

Sie verwarf diese Idee jedoch sehr schnell, denn für diese Art von wundervoller *Fernerotik* konnte es genausowenig eine simple Erklärung geben wie für Valerian selbst.

Mit einem resignierten Seufzen stellte Daisy das Autoradio ein.

Nadine, sonst eher schmal und zierlich, war fast so breit wie das kleine Reihenhaus, das sie mit ihrem ernsten, stillen Gatten teilte, einem Grußkartenzeichner namens Freddy. Beide wirkten verschlafen und ein wenig benommen, was ein leises Schuldbewußtsein in Daisy weckte, sie um ein Uhr morgens aus dem Schlaf geweckt zu haben. Natürlich hätte sie auch in einem Motel absteigen können, doch Tatsache war, daß sie Zeit benötigte, um sich zu erholen. Denn eine weitere Nacht mit telepathischem Sex hätte sie wahrscheinlich umgebracht.

Sie küßte Nadine und nickte Freddy zu. »Es tut mir leid«, sagte sie. »Ich hätte euch schlafen lassen sollen.«

Nadine, in einen Morgenmantel aus Flanell gehüllt, lachte und schüttelte den Kopf. Sie war zweiundzwanzig, hatte kinnlanges, schwarzes Haar und braune Augen und arbeitete als Kassiererin in einem Supermarkt. »Sei nicht albern. Wir sind froh, daß du hier bist, und ich hätte mir Sorgen gemacht, wenn du nicht erschienen wärst.«

Sie standen im Wohnzimmer, und Freddy ging, um das zusammenklappbare Gästebett zu holen, während Nadine Daisy aus dem Mantel half.

»Ich dachte, die Wehen hätten schon begonnen«, sagte Daisy, während sie ihre kalten Hände rieb. Die Bergluft war kühl und das Feuer im Holzofen offenbar schon vor langer Zeit erloschen.

»Falscher Alarm«, meinte Nadine achselzuckend. »Möchtest du einen heißen Kakao oder so etwas? Hast du Hunger?«

Ihre Frage versetzte Daisy einen leisen Stich. Sie und Nadine hatten sich immer gegenseitig bemuttert, mit Ausnahme jener kurzen Zeit, als sie bei ihrer Großmutter gelebt hatten. »Nein, Liebes«, antwortete sie, blinzelte und wandte für einen Moment den Blick ab. »Wenn ich Hunger bekomme, stehe ich auf und plündere den Kühlschrank. Geh wieder ins Bett. Du brauchst deinen Schlaf.«

Freddy, der das Bett inzwischen aufgeklappt hatte, legte ein paar Holzscheite in den Ofen, der in einem altmodischen Kamin stand. »Das Badezimmer ist am Ende des Flurs«, sagte er zu Daisy, bevor er eine Hand auf Nadines Rücken legte und sie sanft aus dem Zimmer schob. »Gute Nacht, Daisy.«

»Gute Nacht«, erwiderte sie.

Sie fand das Bad, in dem es so kalt war, daß man hier Fleisch hätte aufbewahren können, ohne befürchten zu müssen, daß es verdarb, wusch sich rasch und putzte die Zähne. Im Wohnzimmer war es etwas wärmer, aber sie war ziemlich sicher, daß sie ihren Atem in der Luft gesehen hätte, wenn es ein wenig heller im Raum gewesen wäre.

Nachdem sie sich den Zeh an einem der Metallfüße des Klappbetts gestoßen hatte, schlug Daisy die Decken zurück und schlüpfte fröstelnd zwischen die Laken.

Sie wechselte mehrmals die Stellung, bevor sie endlich in einen unruhigen Schlaf versank. Ein Geräusch weckte sie kurze Zeit später, und sie richtete sich auf und strich ihr Haar zurück. Im ersten Moment erinnerte sie sich nicht mehr, wo sie war, und dann dachte sie, daß bei ihrer Schwester die Wehen eingesetzt haben mußten.

»Nadine?«

Schweigen.

Daisy streckte die Hand nach der Lampe aus, doch bevor sie den Schalter fand, hatten sich ihre Augen an die Dunkelheit gewöhnt, und sie sah ihn am Fußende der Liege stehen.

»Valerian«, sagte sie leise.

»Verzeih mir, Liebling.« In seiner Stimme klang ein Lächeln mit. »Habe ich dich erschreckt?«

»Nein. Bist du wirklich hier, oder ist es nur wieder einer deiner Tricks?«

Er kam zu ihr, setzte sich auf das Bett und reichte ihr seine Hand. »Ich bin wirklich hier.«

»Es wäre mir sehr unangenehm, meiner Schwester und meinem Schwager deine Anwesenheit erklären zu müssen.«

Valerian lachte. »Das brauchst du nicht. Ich habe dafür gesorgt, daß beide schlafen und etwas Schönes träumen.«

Daisy lehnte sich an den Couchrücken. Statt eines Pyjamas trug sie lange Unterwäsche, um sich warmzuhalten. »Die gestrige Nacht war phänomenal«, sagte sie. »War ich die einzige, die Spaß hatte?«

Er berührte ihr Gesicht, und im schwachen Licht sah sie, daß er lächelte. »Ich wußte, was du fühltest«, sagte er, »und das hat auch mir Vergnügen verschafft.«

»Warum hast du mich aus der Ferne geliebt?«

»Weil es anders zu gefährlich gewesen wäre.«

»Du hast eine seltsame Auffassung von *safer sex*. Die meisten Leute würden einfach ein Kondom benutzen.«

Valerian lachte und küßte sie flüchtig auf die Lippen. »Ich sprach von einer völlig anderen Art Gefahr«, meinte er.

»Du hattest Angst, du könntest dich im Taumel der Leidenschaft auf mich stürzen und in den Hals beißen?«

Valerian schüttelte den Kopf, und sie sah ein mutwilliges Funkeln in seinen Augen. »Nein, mein Liebling, ich bin durchaus in der Lage, eine Sterbliche zu lieben. Aber es ist besser, wenn ich mich von dir fernhalte – ich dürfte eigentlich nicht einmal hier sein.«

»Wieso das?«

Er strich sein dichtes, glänzendes Haar zurück. »Weil derjenige, der Jillie und Susan ermordet hat, dich möglicherweise zum nächsten Opfer ausersehen hat.«

Daisy erschauderte und erinnerte sich so lebhaft des Tatorts und der Leichen jener beiden unglücklichen Frauen, als hätte sie sie eben erst gesehen. Sie wollte etwas entgegnen, doch Valerian legte einen Finger an ihre Lippen und brachte sie zum Schweigen.

»Es ist wichtig, daß du mir zuhörst, Daisy«, sagte er ruhig, »und vor allem, daß du *glaubst*, was ich dir sage. Du bist in großer Gefahr, aber es gibt einen Ort, wo du wenigstens annähernd sicher wärst.«

Sanft ergriff sie seine Hand und sagte leise: »Ich bin Polizeibeamtin, Valerian, und daher niemals wirklich sicher – weder annähernd noch überhaupt. Im übrigen *will* ich diese Art von Sicherheit auch gar nicht. Der einzig risikofreie Ort auf Erden ist das Grab, und dazu bin ich noch lange nicht bereit.«

Selbst im Dunkeln sah sie, wie sein schönes Gesicht sich unter einem mächtigen Gefühl verzog – Ärger? Enttäuschung? Furcht?

Sie vermochte es nicht zu deuten.

»Du verstehst nicht«, sagte er.

»Aber ja«, beharrte Daisy. »Du willst mich beschützen, und das ist sehr lieb von dir. Aber ich bin eine erwachsene Frau, und ich habe eine Plakette und einen Achtunddreißiger. Ich kann mich selbst beschützen, und deshalb werde ich mich vor nichts und niemandem verstecken.«

»Was könnten dir ein Stückchen Metall und eine primitive Waffe gegen einen Vampir nützen?« gab Valerian zu bedenken. »Begreifst du nicht, daß ich – ein anderes Wesen der Nacht – deine einzige Hoffnung bin?« Er hielt inne und kämpfte mit den Emotionen, die trotz der Dunkelheit deutlich auf seinen Zügen zu erkennen waren. »*Verdammt*, Daisy«, flüsterte er, »wenn du es schon nicht dir selbst zuliebe tun willst, dann tu es wenigstens für deine Schwester und ihre Familie. Oder willst du diese Kreatur herlocken – hier in dieses Haus?«

Daisy spürte, wie das Blut aus ihren Wangen wich, und schlug entsetzt eine Hand vor ihren Mund. »O Gott«, murmelte sie. »Nadine – Freddy – das arme kleine Baby …«

Valerian ergriff ihre Schultern und schüttelte sie sanft. »Sie haben Schutzengel, Daisy«, sagte er rasch, um ihre Panik zu besänftigen. »Vor allem das Kind. Aber Engel sind recht einseitige Wesen, die sich fast ausschließlich der Anbetung ihres Schöpfers widmen und viele Dinge oft einfach übersehen.«

»Na großartig«, murmelte Daisy.

»Du mußt noch heute nacht von hier verschwinden«, erklärte Valerian.

Daisy schaute zur Korridortür hinüber. Direkt dahinter schlummerte Nadine und Freddy friedlich in ihrem Bett. »Ich kann Nadine nicht im Stich lassen«, wandte Daisy ein. »Was soll sie denken, wenn sie aufwacht und sieht, daß ich nicht mehr da bin? Sie verläßt sich darauf, daß ich ihr beistehen werde – sie ist schließlich im Begriff, *ein Kind auf die Welt zu bringen!*«

»Kein Problem«, versicherte Valerian, zog sie auf die Füße und sammelte im Dunkeln ihre verstreuten Kleider ein, die er ihr dann, als wäre sie ein kleines Kind, über die lange Unterwäsche zog. »Ich werde jede Erinnerung an deinen Besuch aus ihrem Bewußtsein auslöschen.«

»Das ist doch verrückt!« wandte Daisy ein, doch er schloß bereits ihren Koffer. »Das kannst du doch nicht wirklich, oder?«

»Natürlich kann ich es«, entgegnete Valerian, »und ich tue es auch nicht zum erstenmal. Heute nacht hat deine Schwester geträumt, du wärst zu Besuch gekommen. Morgen früh wird sie ein bißchen wehmütig sein und sich fragen, wie es dir geht und ob sie dich bald wiedersehen wird.«

Mit diesen Worten schob er sie aus dem Haus, schloß leise die Tür und zog Daisy zu ihrem Wagen.

»Und was ist mit Freddy?«

»Ihm wird es genauso ergehen. ›Komisch‹, werden sie sagen, ›daß wir beide von Daisy geträumt haben. Glaubst du, daß es etwas zu bedeuten hat?‹«

Daisy wurde auf den Fahrersitz gedrückt. »Werden Sie den Motor nicht hören?«

»Das ist möglich«, sagte Valerian, der sich jetzt endlich ein wenig zu entspannen schien. »Aber sie werden glauben, daß es der Wagen ihrer Nachbarn ist.«

»Aber ...«

»Fahr los, Daisy.«

»Großartig. Nach all dem werde ich also nicht einmal die Erfahrung machen, per Besenstiel zu reisen?«

Sie konnte sein Gesicht im Mondschein klar erkennen – eindeutige Mißbilligung zeichnete sich darin ab. »Das war unter deiner Würde, Daisy«, sagte er streng. »Fahr jetzt endlich heim, bevor ich die Geduld verliere.«

»Na schön. Es ist ja schließlich nicht so, als würde Supermonster mich ausgerechnet *dort* suchen. Und was passiert, wenn du die Geduld verlierst?«

»Fahr los«, wiederholte Valerian, »bevor du es herausfindest.«

Seufzend startete Daisy den Wagen, lenkte ihn aus Freddys und Nadines Einfahrt und bog auf die Straße ein, die nach Las Vegas führte.

Valerian
Colefield Hall, 1457

Elisabeth stieß einen markerschütternden Schrei aus, aber nicht vor Angst, sondern vor Empörung, als ich ihr den Rest ihrer Kleider – es waren ohnehin nur noch Lumpen – vom Leibe riß, sie dann aufhob und in die Kupferwanne vor dem Kamin setzte.

»Was fällt Euch ein, Sir!« kreischte sie, während sie mit ihren kleinen Fäusten gegen meine Brust trommelte und genügend Wasser verspritzte, um den leeren Burggraben draußen wieder aufzufüllen. »Das war nicht abgemacht! Wißt Ihr nicht, daß ich mir den Tod holen könnte? Aber das kümmert Euch wohl nicht, Ihr verfluchter …«

»Hör auf, ein solches Theater zu veranstalten, Elisabeth«, sagte ich mit zusammengebissenen Zähnen, »denn sonst schwöre ich dir, daß ich dich ins nächste Kloster bringen und dort verrotten lassen werde!«

Sie verstummte, und ich empfand Mitleid mit ihr, als ich den Blick in ihren Augen sah, war jedoch nicht dumm genug, es ihr zu zeigen, weil sie sonst wieder zu krakeelen angefangen hätte.

»Siehst du, so ist es schon viel besser«, sagte ich mit einem Ton, der ein leidgeprüfter Seufzer hätte sein können, wenn ich ein sterblicher Mensch gewesen wäre. »Du befindest dich im Irrtum, meine Liebe. Sauberkeit ist ein äußerst begehrenswerter Zustand.«

Elisabeths Gesichtsausdruck verriet Verblüffung, und mir wurde klar, mit zärtlicher Belustigung und leiser Ungeduld, daß sie nichts begriffen hatte.

Also versuchte ich es noch einmal. »Niemand ist je an einem Bad gestorben«, versicherte ich ihr und schrubbte sie ab, von Kopf bis Fuß, weil sie nicht die leiseste Ahnung zu haben schien, wie man sich wusch. Dann wickelte ich sie in eine warme Decke.

In gehorsamem Schweigen kauerte sie neben dem Feuer, während ich in meinem Lehnstuhl saß und ihr kupferfarbenes Haar ausbürstete.

Als das geschehen war, wandte sie sich endlich um und schaute zu mir auf, ließ die Decke fallen und entblößte in einer Mischung aus Scheu und Stolz ihren exquisiten, makellosen Körper.

»Werdet Ihr mich jetzt nehmen?« fragte sie.

Ich konnte mir nicht helfen; ich streckte die Hand aus, um ihr feuchtes Haar zu berühren und dann ihre glatte, vom Feuerschein erhitzte Wange. »Noch nicht, mein Liebling.«

»Aber ich bin … eine Dirne. Ihr habt für mich bezahlt.«

»Du bist keine Dirne, sondern eine Prinzessin. Und wenn ich für dich bezahlt habe, besitze ich das Recht, zu entscheiden, wann ich dich in meinem Bett will. So ist es doch, nicht wahr?«

Sie schluckte. Aber kein Ton kam über ihre Lippen.

Ich hüllte sie zärtlich wieder in die Decke ein und zog sie auf die Beine. »Hast du Angst?« fragte ich und zog sie in die Arme, weil ich dem Wunsch einfach nicht mehr widerstehen konnte. Nicht, nachdem ich sie so viele lange, einsame, leere Jahre lang geliebt und begehrt hatte.

Elisabeth nickte.

»Das brauchst du nicht«, flüsterte ich. »Denn ich würde eher mich selbst zerstören, als irgend etwas zu tun, was dir schaden könnte. Ich möchte nichts weiter, als für dich zu sorgen …«

»Ich bin keine feine Dame, wie jene, an die Ihr gewöhnt seid«, murmelte sie. »Ist das der Grund, warum Ihr mich nicht begehrt?«

Ich legte den Zeigefinger an ihre Nasenspitze und dachte an all das, was wir zusammen getan hatten, Dinge, an die sie sich nicht erinnern konnte. »Aber ich begehre dich doch«, sagte ich leise. »Ich begehre dich mehr als alles andere auf der Welt.«

»Ja, aber … warum …«

Ich bückte mich, um sie zu küssen, doch nur ganz leicht und flüchtig. »Wir haben Zeit«, erwiderte ich.

Sie zitterte in meinen Armen. »Ich kann nicht ewig aus dem *Horse and Horn* wegbleiben«, protestierte sie und versuchte, sich meiner Umarmung zu entziehen. »Es gibt Männer, die nach mir verlangen werden. Ich muß mich um sie kümmern, sonst übernimmt ein anderes Mädchen meine Kunden …«

Ein unseliger Zorn erwachte in mir bei dem Gedanken, daß sie sich einem anderen Mann hingab, ganz gleich, ob aus Liebe oder um des Geldes willen.

Ich schloß meine Hand um ihr Kinn, eine Spur zu grob anfangs, und sofort lockerte ich meinen Griff wieder. Dennoch erkannte ich an der Angst, die in ihren Augen aufstieg, daß ich ihr weh getan hatte und daß ihr mein wütender Blick nicht entgangen war.

Für einen Moment schloß ich die Augen und schimpfte mich einen unbedachten, unbeherrschten Narren.

»Es tut mir leid«, sagte ich rauh. »Ich wollte dir nicht weh tun.«

Ihre Unterlippe zitterte, als sie zu mir aufschaute. »Ich bin nicht jenes andere Mädchen – die Frau, für die Ihr mich zu halten scheint. Ich bin bloß Betsy Saxon, die ihre Röcke für jeden hebt, der dafür bezahlen kann.«

Ich hätte auf sie hören sollen. Wahrscheinlich hätte es uns beiden sehr viel Leid erspart.

Statt dessen wandte ich mich zornig ab. »Sag das nie wieder!« zischte ich, und für den Rest der Nacht unternahm sie keinen Versuch mehr, mich zur Vernunft zu bringen.

10

Elisabeth Saxon
Colefield Hall, 1457

Elisabeth lag allein und verwirrt in Valerians riesigem Bett und beobachtete das Flackern des Feuerscheins an der Zimmerdecke. Sie war sehr beunruhigt, denn es war unerhört, daß ein Mann für eine Frau bezahlte und sich dann nicht sein Vergnügen nahm. Womöglich gefiel sie diesem vornehmen Gentleman nicht – der Gedanke schmerzte –, oder sie war ganz einfach nicht fein genug für jemanden wie ihn.

Nun, wenn es so war, dann würde sie eben morgen früh ihren Beutel Gold nehmen – er lag sicher unter ihrem Kopfkissen verborgen – und ins *Horse and Horn* zurückkehren. Dort gab es Männer, die eine entgegenkommende Frau zu schätzen wußten und weder versuchen würden, sie in heißem Wasser zu ertränken, noch ihr die Augen mit Seife zu verbrennen.

Sich wohlig räkelnd, kostete sie das Gefühl der glatten,

sauberen Laken an ihrer nackten Haut aus und seufzte dann. Als Valerian die Taverne betrat, hatte sie im ersten Moment das vage Gefühl gehabt, ihn zu erkennen – und inzwischen war ihr klar geworden, warum er ihr so vertraut erschienen war. Er war das lebende Abbild eines Mannes, den sie als kleines Mädchen in London auf einem Gemälde abgebildet gesehen hatte.

Ihr Vater lebte damals noch, und sie waren in die Stadt gefahren in der Hoffnung, eine Karrenladung Kohl auf einem der Marktplätze zu verkaufen. Es war ihnen auch gelungen, und zur Feier des Tages hatten sie sich eine Aalpastete geteilt, doch als sie den Heimweg antraten, war ein Sturm aufgekommen, und heftige Regengüsse hatten die Straße überschwemmt.

Nachdem sie Karren und Pferd untergestellt hatten, flüchteten sie sich vor dem Regen in eine große Kirche, die mit prachtvollen Gemälden, Statuen und Tausenden von Kerzen ausgeschmückt war. Der riesige Raum war leer, abgesehen von einem Priester und zwei, drei alten Frauen, die kniend beteten, und als Elisabeth sich umschaute, staunte sie über die Pracht, die sie umgab.

Das größte Gemälde hing an der hinteren Wand der Kirche, und Elisabeths Vater hatte ihr flüsternd mitgeteilt, daß es die große Schlacht zwischen Gottes Engeln und den Anhängern Luzifers darstelle.

Das Unheimliche des Gemäldes faszinierte Elisabeth. Der Himmel war voll wunderschöner Engel, die zu fliegen schienen, während unter ihnen – inmitten lodernder Flammen – überaus häßliche Dämonen grinsend ihre Mistgabeln erhoben.

Auf einem Felsen – tief unterhalb des Himmels, jedoch noch nicht ganz in der Hölle – stand eine eindrucksvolle männliche Gestalt, die mit einem solchen Ausdruck abgrundtiefer Trauer und Sehnsucht zu den Engeln aufsah, daß Elisabeth vor Mitleid die Tränen kamen. »Wer ist das?« hatte sie geflüstert und hätte das Bild wohl mit ihrem schmutzigen Finger berührt, wenn ihr Vater sie nicht daran gehindert hätte.

Ein Mönch war lautlos hinter sie getreten, und er war es, der Elisabeths Frage beantwortete. »Das, mein Kind, ist Luzifer – einst Gottes liebster Engel.«

»Warum sieht er so traurig aus?« hatte sie gefragt.

Der Mönch sprach ohne das geringste Mitgefühl. »Er weiß, daß er auf ewig verdammt ist«, erklärte er. »Wie alle, die Gott den Gehorsam verweigern. Laß also nicht dein Seelenheil außer acht, denn sonst wirst auch du den Zorn des Himmels kennenlernen.«

Ein Schaudern hatte Elisabeth erfaßt, und sie drängte sich unwillkürlich näher an ihren Vater, der einen Arm um ihre Schultern legte. Er hatte schon oft gesagt – in der Abgeschiedenheit ihrer ärmlichen Hütte im Dorf von Lower Bilby –, daß einst gütigere Götter England regiert hatten, bevor die Christen kamen und ihren Teufel mitbrachten.

Jetzt, im warmen Bett und den Bauch voll gutem Essen, kam Elisabeth nur allzu deutlich zu Bewußtsein, warum der Herr dieses prachtvollen Hauses ihr so vertraut erschienen war.

Er sah genauso aus wie jenes schöne, ernste Wesen auf dem Gemälde in der Kirche.

Schaudernd zog sie die Decken unters Kinn.

»Sei nicht albern, Betsy Saxon«, ermahnte sie sich dann. »Der Herr ist schon etwas seltsam, das gebe ich ja zu, aber er ist auch nur ein ganz normaler Mensch.«

Ein Schatten bewegte sich am Fenster, nahm Form und Gestalt an. »Ah«, sagte die gebildete, klangvolle Stimme, die sie inzwischen kannte, »ich bin erheblich mehr als nur ein ›ganz normaler Mensch‹, Elisabeth. Sehr, sehr viel mehr sogar.«

Valerian.

Elisabeths Herz pochte so heftig, daß sie dachte, es müßte zerspringen, und trotz allem hätte sie nicht behaupten können, daß sie sich fürchtete. »Woher kommt Ihr?« fragte sie. »Vor einer Minute wart Ihr noch nicht da.«

Er lachte, und der tiefe, männliche Ton umfing Elisabeth wie ein unsichtbares Streicheln. »Das ist wahr«, stimmte er zu, nahm die Kerze aus ihrem Wandhalter, trug sie zum Kamin und kniete dort nieder, um ihren Docht an die Holzkohle zu halten.

Schwaches, goldenes Licht beschien sein Gesicht, sein Haar und seine eleganten, wenn auch etwas seltsamen Kleider, als er durch das Zimmer ging. Am Fußende des Bettes blieb er stehen, hielt die Kerze hoch und schien nicht zu bemerken, daß der heiße Talg auf seine Finger tropfte. Im Kerzenlicht und im silbernen Schein des Mondes sah er aus wie aus Alabaster oder Elfenbein geschnitzt, genau wie die Statuen in jener Londoner Kathedrale.

»Ich wünschte nur, Ihr würdet Euch entscheiden«, sagte Elisabeth. »Ob ich die Beine nun für Euch spreizen soll oder nicht, meine ich.«

Etwas regte sich bei ihren Worten in seinem Gesicht, irgendein flüchtiges Gefühl, das Elisabeth lieber nicht näher ergründete.

»Mußt du reden wie ein Freudenmädchen?« fragte er nach kurzem Schweigen.

Elisabeth richtete sich abrupt auf, ohne auch nur den geringsten Versuch zu machen, ihre Brüste zu bedecken. Befangenheit hatte keinen Platz in ihrem Leben; immerhin überlebte sie dadurch, daß sie Männer verlockte, die bereit waren, Geld für ihre Dienste zu bezahlen. Und darüber war sie weder unglücklich noch beschämt; sie hatte nur getan, was sie als ihre Pflicht betrachtete.

»Das bin ich nun einmal«, entgegnete sie empört. »Wie sollte ich also *sonst* reden? Ich bin, was ich bin, und so rede ich auch.«

Valerian machte ein Gesicht, als ob sie ihn geschlagen hätte, dann drehte er sich plötzlich um und schleuderte die Kerze in den Kamin. Der Talg schmolz und fing Feuer. Valerian wandte sich wieder Elisabeth zu.

»Ich ertrage es nicht«, murmelte er und rieb sich mit Daumen und Zeigefinger die Schläfen. »Das ist fast noch schlimmer, als wenn ich dich überhaupt nicht gefunden hätte!«

Elisabeth verspürte ein jähes Mitgefühl für ihn, genau wie für jenen einsamen Mann auf dem Gemälde so dicht am Abgrund zur Hölle. Sie rutschte langsam zum Fußende des Betts. »Für heute nacht«, sagte sie leise, »kann ich so tun, als ob ich sie wäre. Ich weiß zwar nicht, wie eine feine Dame sich verhält, aber ich glaube, wenn ich ganz still bin und schweige ...«

Er gab ein seltsam ersticktes Geräusch von sich, das ein Seufzen oder ein Schluchzen gewesen sein mochte. Dann kam er zu ihr, legte seine Hände an ihre Wangen und zog ihren Kopf an seine Brust.

»Nein«, sagte er gebrochen. »Nein, mein Liebling. Du brauchst dich nicht zu verstellen, um mir zu gefallen. Ich bete dich an – und so wird es immer sein, ganz gleich, was du auch tust. Du bist großzügig und tapfer, und die Wahrheit ist, daß du viel besser bist als jede andere Frau ...«

Sie legte ihre Hände auf seine Schultern und schaute zu seinem männlich schönen Gesicht auf. Sie verstand nicht viel von dem, was er sagte, doch sie wußte, wie sie einen Mann aufheitern konnte. »Laßt Euch ein bißchen trösten«, sagte sie. »Ich verspreche Euch, daß es gar nicht so unangenehm sein wird.«

Er schaute ihr in die Augen und strich mit den Daumen über ihre Wangenknochen. »So entgegenkommend«, murmelte er, und an der stillen Verzweiflung in seiner Stimme merkte sie, daß er sie nicht verspottete. »Hast du überhaupt keine Skrupel?«

»Ich weiß nicht«, erwiderte sie, »aber wenn Ihr mir erklärt, wie es gemacht wird ...«

Valerian warf den Kopf zurück und lachte, und als er sie wieder anschaute, sah es fast so aus, als schimmerten Tränen in seinen Augen.

Elisabeth errötete und ballte ganz unbewußt die Fäuste. »Was ist daran so lustig?« fragte sie verärgert.

Er hob sie auf, bis ihre Füße in dem weichen Federbett einsanken. »Bleib bei mir«, bat er sie leise. »Ich gebe dir alles, was du verlangst – Kleider, Schmuck, soviel du dir nur wünschen kannst – und einen Eimer Gold, um jeden Sonnenuntergang zu feiern ... Alles, was dein Herz begehrt.«

Elisabeth entspannte sich ein wenig. Kein Mann hatte je so zu ihr gesprochen – als besäße sie die Macht, seinen Wunsch zu erfüllen oder abzulehnen, wenn er bereit war, so teuer für ihre Gesellschaft zu bezahlen! »Und ich brauche nicht sie zu sein – diese andere Frau, meine ich?«

Valerian richtete den Blick einen Moment zur Zimmerdecke, als flehte er den Himmel stumm um Hilfe an, und dann zog er Elisabeth in seine Arme. »Du brauchst nur Elisabeth zu sein«, sagte er mit heiserer Stimme. »Morgen, wenn die Sonne untergeht, werden wir nach London fahren und dir soviel Tand und Kleider kaufen, wie dein Herz begehrt.«

»Ihr würdet mir doch nicht ein solches Versprechen machen und es Euch dann wieder anders überlegen?«

Lächelnd schüttelte er den Kopf. »Nein, mein Liebling. Ein Versprechen ist ein Versprechen.«

Sie dachte, jetzt würde er sich endlich zu ihr legen, weil er sie sanft auf das Bett zurücksinken ließ, doch statt dessen blieb er stehen und schaute nur nachdenklich auf sie herab.

Elisabeth ergriff seine Hand, weil ihr plötzlich zu Bewußtsein kam, wie sehr sie wünschte, er möge bei ihr bleiben. Eine eigenartige Scheu erfaßte sie jedoch und hinderte sie daran, ihm zu gestehen, was sie dachte.

»Könnten wir nicht morgen früh schon fahren?« fragte sie. »Nach London, meine ich.«

»Morgen früh habe ich zu tun«, antwortete er kurz, und es klang sogar ein wenig gereizt. »Nimm früh dein Abendessen ein. Wir werden aufbrechen, sobald der Mond aufgeht.«

Etwas drängte sie zu widersprechen, um Zeit zu gewinnen, damit er länger blieb. »Aber nachts streifen Wölfe dort draußen herum!«

»Ich habe keine Angst vor diesen armen Kreaturen«, entgegnete Valerian. »Auch du solltest sie nicht fürchten. Sie werden uns nichts anhaben.«

Trotz des sanften Tons, in dem er sprach, war Elisabeth klar, daß er nicht umzustimmen war. Aus einem ganz bestimmten Grund – der Himmel mochte wissen, aus welchem – wollte er sich tagsüber nicht auf der Straße sehen lassen.

Elisabeth war der Ansicht, daß es höchst unvernünftig sei, ein derartiges Risiko einzugehen, denn nachts lagen nicht nur Wölfe auf der Lauer, auch Straßenräuber machten diese Gegend unsicher. Sie sagte sich jedoch, sie tue es für die Kleider und das Gold, das er ihr versprochen hatte – einen Eimer voll für jeden Sonnenuntergang, hatte er gesagt! Aber das war vermutlich maßlos übertrieben.

Sie seufzte. London war eine große Stadt, wo es leicht sein dürfte, Valerian zu entkommen. Wenn irgend etwas nicht nach ihrem Geschmack verlief, würde sie dort einen neuen Anfang wagen – was mit neuen Kleidern und etwas erspartem Geld nicht allzu schwer sein dürfte.

»Möchtet Ihr nicht bleiben?« fragte sie und hielt noch immer seine Hand, die seltsam kühl war.

Valerian senkte den Kopf und streifte mit den Lippen ihre Fingerknöchel. »Ein andermal, mein Liebling. Wenn du gelernt hast, mir zu vertrauen. Und vergiß die Idee, mir in London davonzulaufen – es gibt Wesen in dieser Stadt, die noch viel gefährlicher sind als Wölfe.«

Elisabeth riß verblüfft die Augen auf, denn sie hatte nur daran *gedacht*, sich in der Großstadt auf und davon zu machen. »Du bist ein Hexenmeister!« beschuldigte sie ihn und wollte sich schon aufrichten, um aus dem Zimmer und von der Burg zu fliehen, ganz gleich, wie vielen wilden Tieren und Räubern sie auf der Straße auch begegnen mochte.

Doch sie konnte sich nicht rühren. Valerian hielt sie mit nichts anderem als seinem Blick gebannt, und sie hockte wie gelähmt in ihrem Bett.

»Ich bitte dich«, sagte er ruhig, »mich nicht noch einmal zu beleidigen. Ich bin keine solche Kreatur.«

Elisabeth war so verblüfft, daß ihr die Tränen kamen, und sie gab es auf, sich gegen seinen unsichtbaren Griff zu wehren, weil sie merkte, wie sinnlos ihr Widerstand war. »Was seid Ihr dann?« beharrte sie. »Ihr habt selbst behauptet, mehr als ein ganz normaler Mensch zu sein, als Ihr eben aus den Schatten am Fenster erschienen seid!«

»Meine tapfere, törichte Elisabeth«, sagte er und zog sich tiefer in die Dunkelheit zurück. »Das war auch früher schon dein schlimmster Fehler. Du warst nicht klug genug, um Angst zu kennen, und deshalb hat die See dich mir geraubt.«

»Was soll das heißen?« Elisabeth hätte mit unsichtbaren Ketten gefesselt sein können, so stark war der Bann, der sie gefangenhielt. »Was seid Ihr, wenn Ihr kein Mensch und auch kein Hexer seid? Was meint Ihr damit, die See hätte mich Euch geraubt? Was habt Ihr mit mir gemacht?«

Valerian antwortete nicht, trat nur stumm einen weiteren Schritt zurück und dann noch einen. Im nächsten Augenblick schon war er verschwunden, ohne auch nur einen Luftzug zu verursachen.

Der Bann war gebrochen. Befreit von der geheimnisvollen Macht, die sie ans Bett gefesselt hatte, sprang Elisabeth auf und eilte zu der Stelle, wo Valerian wenige Sekunden zuvor noch gestanden hatte.

Wütend, weil sie seinen Trick nicht zu durchschauen vermochte, stampfte sie mit dem Fuß auf und stieß eine Reihe von Flüchen aus, die selbst den hartgesottensten Seemann vor Scham hätten erröten lassen.

Valerian kehrte nicht zurück in jener Nacht, obwohl Elisabeth lange wach blieb und auf ihn wartete.

Daisy
Las Vegas, 1995

Die Fahrt zurück nach Las Vegas blieb Daisy nur verschwommen in Erinnerung. Eben noch war sie in der Abenddämmerung auf den Highway eingebogen, und im nächsten Augenblick schon durchquerte sie – bei hellem Sonnenschein und keine zehn Meilen mehr von ihrer Heimatstadt entfernt – die Wüste von Nevada.

Entweder verlor sie allmählich den Verstand, oder Valerian

hatte ihr letztendlich doch noch eine Art Besenstielreise beschert.

Daisy lenkte den Wagen an den Straßenrand, bremste und stellte den Motor ab. Dann blieb sie einfach sitzen, zitternd und die Stirn gegen das Lenkrad gelehnt, bis sie sicher sein konnte, weder Herzrasen noch einen hysterischen Anfall zu erleiden.

Nach einigen Minuten Erholungspause schaute sie in den Rückspiegel und sah, wie blaß sie war und welch tiefe Schatten unter ihren Augen lagen.

»Du bist nicht verrückt, Chandler«, sagte sie entschieden. »Ist das klar? Wenn du einen Mann hast verschwinden sehen, dann *ist* er auch verschwunden! Und falls du glaubst, die Reise von Telluride nach Vegas in der Dauer eines Herzschlags zurückgelegt zu haben, dann war es auch so!«

Ein rotierendes Blaulicht blitzte im Spiegel auf, und seufzend lehnte sie den Kopf an die Nackenstütze, holte tief Atem und zählte bis fünf, bevor sie wieder ausatmete. Es war eine Antistreßtechnik, über die sie in einer Zeitung im Wartezimmer eines Zahnarztes gelesen hatte.

Der Streifenpolizist näherte sich dem Wagen auf der Fahrerseite und klopfte an das Fenster.

»Alles in Ordnung, Ma'am?« fragte er durch das Glas.

Daisy öffnete das Fenster. Der Polizist war jung und vermutlich noch überzeugt, die Welt verändern zu können. Nach dem Plastikabzeichen an seinem Hemd zu schließen, war sein Name Wilson.

Sie nickte lächelnd. »Ja. Ich bin nur ein bißchen müde – ich komme gerade aus Telluride.«

Na schön, gestand sie sich, das mochte eine kleine Lüge sein oder zumindest stark untertrieben. Doch wie hätte sie dem jungen Polizisten sagen sollen, daß sie von Colorado nach Vegas *versetzt* worden war, ohne auch nur Utah zu berühren? Dienstabzeichen oder nicht – sie würde in einem Raum mit gepolsterten Wänden enden, wenn sie ihm die Wahrheit sagte. »Ich würde gern Ihre Papiere sehen«, sagte Wilson.

Daisy griff nach ihrer Handtasche, langsam und vorsichtig, denn sie war schließlich selbst bei der Polizei und wußte daher nur zu gut, wie eine zu schnelle Bewegung aus der Perspektive eines Streifenpolizisten wirken mußte. Sie reichte ihm die verlangten Papiere zusammen mit ihrer Dienstmarke.

Er räusperte sich verlegen. »Entschuldigen Sie, Detective«, sagte er und gab ihr die Papiere zurück. »Sie wissen ja, wie es ist.«

»Ja«, meinte Daisy gutmütig. »Allerdings.«

»Ich könnte Sie in die Stadt bringen, wenn Sie zu müde sind, um weiterzufahren.«

Daisy schüttelte den Kopf. »Nein, vielen Dank, es geht schon. Ich mußte mich nur einen Moment ausruhen.«

Der Polizist nickte, tippte sich an die Mütze und schlenderte zurück zu seinem Wagen. Daisy sah ihm im Spiegel nach und dachte grinsend, daß es nichts Imponierenderes gab als einen Mann in Uniform.

Außer einem gewissen Vampir und Zauberkünstler in Frack und Cape vielleicht, dachte sie, als sie den Motor anließ und den Wagen zurück auf die Straße lenkte.

Der junge Streifenpolizist war galant genug, sie bis an die Stadtgrenze zu begleiten.

Wieder daheim, kam es Daisy zuerst so vor, als hätte sich seit ihrer Abreise in ihrer Wohnung nichts verändert. Sie rief sofort Nadine an, ohne das Blinklicht auf ihrem Anrufbeantworter zu beachten, und hörte das fröhliche »Hallo?« ihrer Schwester.

Daisy schloß die Augen. Würde Nadine sich an ihren Besuch erinnern, oder hatte Valerian ihn tatsächlich aus ihrem und Freddys Bewußtsein ausgelöscht, wie er versprochen hatte? »Hi, Schwesterherz«, sagte sie atemlos. »Wie geht es dir?«

»Daisy! Hi! Freddy und ich haben heute morgen erst von dir gesprochen! Stell dir vor, wir haben *beide* geträumt, du wärst gestern nacht zu Besuch gekommen und hättest auf unserem Klappbett übernachtet! Ist das nicht verrückt – daß wir beide den gleichen Traum hatten, meine ich?«

»Allerdings«, stimmte Daisy traurig zu. Inzwischen kam es ihr nämlich schon fast so vor, als hätte auch sie das Erlebnis nur geträumt. »Wann will dieses Baby auf die Welt kommen? Wenn die Zinsraten gesenkt werden? Wenn wieder ein Republikaner im Weißen Haus regiert?«

Nadine lachte. »Ich würde sie ja fragen, aber ich glaube, sie turnt gerade. Dieses Kind schläft nie.«

Daisy seufzte. Es schmerzte sie, daß sie Nadine zu dieser wichtigen Zeit nicht beistehen konnte. »Habt ihr euch schon auf einen Namen geeinigt?«

»Nein«, gestand Nadine. »Freddy will sie Carmen Miranda nennen. Aber glaub mir, Daisy, kein Kind von mir wird mit Bananen- oder Orangennamen herumlaufen.«

Daisy mußte lachen. »Wie willst du sie denn nennen?«

»Whitney«, erwiderte Nadine prompt. »Es ist ein so seltener Name, nicht? Aber Freddy findet ihn zu großspurig.«

»Ich bin sicher, daß ihr euch noch einigen werdet.«

Kurzes Schweigen. »Wann kommst du?« fragte Nadine schließlich.

Daisys Augen brannten. *Wenn wir diese Kreatur, dieses mörderische Ungeheuer gefunden und ihm einen Holzpfahl ins Herz getrieben oder es mit einer silbernen Kugel erschossen haben.*

»Bald«, versicherte sie. »Wirst du mich anrufen? Wenn das Baby kommt, meine ich?«

»Worauf du dich verlassen kannst«, erwiderte Nadine. »Denn schließlich haben wir dich zu Carmen Mirandas Lieblingstante ausersehen. Im übrigen erwarte ich ein richtig schönes Geschenk von dir.«

Daisy lächelte. »Keine Sorge, ich suche schon seit Wochen in Katalogen und in allen Kaufhäusern. Ich werde dir etwas schicken, was Miss *Whitney* Donaldson den Neid der gesamten Säuglingsstation eintragen wird.«

»Warum bringst du das Geschenk nicht selbst?«

Daisys Lächeln verblaßte. »Ich kann jetzt nicht weg, Liebes«, sagte sie. »Glaub mir, wenn ich dir sage, daß hier einiges los ist im Moment.«

Nadine stieß einen leidgeprüften Seufzer aus. »Ich mache

mir Sorgen um dich, Daisy. Du gehst zu viele Risiken ein. Und fast jedesmal, wenn ich eine dieser Realityshows im Fernsehen sehe, wird irgendein Polizeibeamter umgebracht.«

»Dagegen gibt es ein einfaches Mittel, Nadine. Hör auf, die Realityshows anzusehen.«

»Versprich mir, daß du vorsichtig sein wirst. Gott weiß, wo Mom steckt – wahrscheinlich ist es besser, wenn wir es nicht wissen. Aber du bist alles, was ich habe, Daisy, und ich würde es nicht ertragen, dich zu verlieren.«

Eine Träne rollte über Daisys Wange. »Ich bin nicht alles, was du hast«, erinnerte sie ihre Schwester. »Du hast Freddy und dein Baby.« Bilder von Jillies und Susans blutleeren Körpern schlichen sich in ihr Bewußtsein und verursachten ihr Übelkeit. Sie würde sich die größte Mühe geben, schwor sie sich, nicht wie sie zu enden. »Hör zu, Nadine, mach dir bitte keine Sorgen, ja? Mir wird schon nichts passieren.«

Nadine schien nicht überzeugt, aber sie verabschiedeten sich und legten auf. Sofort danach rief Daisy O'Halloran auf seinem Handy an, in der Annahme, daß er bestimmt nicht im Büro sein würde, wenn er es vermeiden konnte.

Sie hatte recht.

»O'Halloran«, bellte er. »Sag bloß nicht, daß es einen weiteren Mord gegeben hat«, fuhr er fort, bevor Daisy sich melden konnte, »denn ich will nichts darüber hören!«

»*Hat* es einen weiteren Mord gegeben?« fragte sie.

»Verdammt«, fluchte O'Halloran. »Du bist es, Chandler, nicht? Du bist schon wieder in der Stadt!«

Manchmal frage ich mich, ob ich sie überhaupt je verlassen habe, dachte Daisy ironisch. »Es liegt an deiner charmanten Persönlichkeit und deinem verführerischen Körper, O'Halloran«, antwortete sie. »Du machst mich wild vor Leidenschaft. Wie könnte ich dir da fernbleiben?«

Wieder fluchte er, noch einfallsreicher diesmal und noch giftiger. »Du hast Urlaub, verdammt«, knurrte er, als er die lange Liste farbenfroher Vergleiche und anderer Beleidigungen aufgesagt hatte, die er sich in dreißig Jahren Polizeidienst angeeignet hatte.

Daisy lächelte. »Sprich nicht so«, sagte sie freundlich. »Es paßt nicht zu dir.«

O'Halloran seufzte schwer. Es ist nicht leicht, schien dieser Seufzer zu besagen, sich ganz ohne Partner all der Bösewichte und Verbrecher dieser Welt zu erwehren.

»Na schön«, meinte er. »Du würdest es sowieso in den Zeitungen lesen oder im Fernsehen sehen. Jemand ist gestern nacht ermordet worden.«

Daisy lehnte sich an die Wand und schloß die Augen. »Wer?«

»Keine der Assistentinnen dieses Zauberkünstlers, falls du das glaubst«, sagte O'Halloran, und seine Stimme klang schroff. »Aber die Vorgehensweise war die gleiche. Die Tote hieß Janet Hurly.«

Daisy kannte ihren Partner. »Aber es besteht eine Verbindung zu den anderen Mordfällen?« beharrte sie.

»Ja, verdammt, obwohl es dich eigentlich nichts angeht, solange du in Urlaub bist. Halt dich da raus, Chandler, oder ich schwöre dir hoch und heilig, daß ich persönlich zum Chef gehen und ihm sagen werde, daß du dir einbildest, schon zweimal mit einer Raumfähre auf dem Mars gewesen zu sein. Und er wird mir glauben, nach allem, was du dir im Supermarkt geleistet hast.«

»*O'Halloran!*«

»Na ja, sie war die Agentin und Managerin dieses Valerian«, gab er schließlich zu. »Das Opfer, meine ich.«

Nun fluchte auch Daisy und rieb sich mit zwei Fingern ihre rechte Schläfe. »Dir Informationen zu entlocken ist genauso schwer, wie einen Kongreßabgeordneten zu dem Eingeständnis zu bewegen, daß er Spitzenunterwäsche trägt. Ich komme mir vor, als hätte ich gerade den Lake Tahoe mit einem Haarnetz abgesucht.«

»Warum sollte ich es dir leichtmachen? Dieser Mord ist schließlich mein Problem.«

»Das glaubst du, O'Halloran!«

Er legte auf.

»O'Halloran!« schrie Daisy wütend, und dann, etwas verspätet, knallte sie den Hörer auf die Gabel, weil sie wußte, daß es sinnlos war, mit O'Halloran zu diskutieren. Er glaubte, daß er sie schützte.

Im nächsten Augenblick schrillte das Telefon erneut.

»Was ist?« rief sie, in der Annahme, es sei O'Halloran mit einer weiteren Erklärung, warum sie ihren Job nicht tun konnte. Er bildete sich vielleicht ein, ihr Ritter in glänzender Rüstung zu sein, aber sie würde verdammt sein, wenn sie ihn ihre Karriere unter den Hufen seines feurigen Streitrosses zertrampeln ließ.

»Dai-sy.« Es war die gleiche mechanische, geschlechtslose Stimme, die sie schon zuvor vernommen hatte. »Zeit … zu … sterben … Bald …«

»Warum haben Sie Janet Hurly umgebracht?« unterbrach Daisy die Stimme. Sie war zu wütend, um Furcht zu empfinden; das würde später kommen, wenn sie Zeit hatte nachzudenken. »Ich dachte, ich sollte die nächste sein«, sagte sie und sprach die letzten Worte ganz bewußt gedehnt, um den monotonen Ton des Anrufers zu imitieren.

»Ich … habe … eine … Nachricht … für … Sie … hinterlassen«, sagte das *Ding*, dessen Stimme nicht die geringste Emotion anhaftete. »Ich werde … ein Geschenk … schicken. Bald.«

Ein vertrautes Frösteln erfaßte Daisy. »Na, vielen Dank«, erwiderte sie, um nichts von der lähmenden Furcht zu verraten, die in ihr aufgestiegen war. »Ich dachte schon, es wäre vorbei zwischen uns.«

»Auf Wiedersehen, Dai-sy … Bren-na … Eli-sa-beth … Jenny. Bis … bald.«

Daisy legte auf und stürzte ins Badezimmer, um sich zu erbrechen. Von Krämpfen geschüttelt, stand sie über die Toilette gebeugt, als sie plötzlich aus dem Augenwinkel eine reglose Gestalt hinter dem Duschvorhang wahrnahm.

Mit einem Schrei wirbelte Daisy herum und wollte rein instinktiv nach ihrem Dienstrevolver greifen – der unter dem Vordersitz ihres Wagens lag. Im Schrank befand sich jedoch ein Baseballschläger, den sie sich schnappte, um sich notfalls zu verteidigen.

Die Silhouette hinter dem Duschvorhang bewegte sich jedoch nicht und gab auch kein Geräusch von sich.

Mut war alles, was Daisy außer dem Baseballschläger zur Verfügung hatte. Ihre Vernunft und Erfahrung sagten ihr, daß der Eindringling, falls sie zu fliehen versuchte, sie erwischen würde, noch bevor sie die Tür erreichte. Und falls er größer und stärker war als sie, besaß sie nicht die geringste Chance.

»Wenn Sie eine Waffe haben«, sagte sie scharf, »dann lassen Sie sie fallen. Auf der Stelle.«

Nichts.

Daisy atmete tief ein und wieder aus, und dann – aus einem jener unbedachten Impulse heraus, die Polizisten so häufig in die Schlagzeilen bringen – streckte sie eine Hand aus und zog den Duschvorhang beiseite.

Eine lebensgroße Gummipuppe von der Art, wie man sie in Sexshops kaufen konnte, baumelte an Daisys Bademantelgürtel von der Brause. Um die Szene noch dramatischer zu gestalten, hatte jemand zwei kleine rote Punkte auf den Hals der Puppe gemalt.

Daisy drehte sich zur Toilette um und übergab sich noch heftiger als zuvor.

Als die Krämpfe endlich nachließen, spülte sie ihren Mund aus, wusch ihr Gesicht und rief O'Halloran erneut in seinem Wagen an. »Komm her«, sagte sie ruhig. »Auf der Stelle.«

Danach legte sie auf und ging hinunter zu ihrem Wagen, um ihren Achtunddreißiger zu holen. Während sie auf die Ankunft ihres Partners wartete, inspizierte sie den Rest der Wohnung. Keins der Fenster war gewaltsam geöffnet worden, und sie erinnerte sich genau, daß die Eingangstür abgeschlossen gewesen war, als sie von ihrer Reise heimgekehrt war.

Als sie, den entsicherten Revolver in der Hand, auf der Couch im Wohnzimmer wartete, glaubte sie wieder die Roboterstimme ihres Anrufers zu vernehmen.

Ich habe eine Nachricht für Sie hinterlassen …

O'Halloran klopfte nicht einmal, er kam einfach herein, und Daisy war froh, daß er die Tür nicht aufgetreten hatte und mit gezogener Waffe hereingestürmt war. Denn dann hätte sie ihn in ihrer Angst bestimmt erschossen.

»Was ist los, Chandler?« Es sprach für ihren Partner, daß er ehrlich besorgt wirkte. »Warst du wieder ohnmächtig?«

»Geh und schau hinter meinen Duschvorhang«, sagte sie nur.

Ich habe eine Nachricht hinterlassen …

Als O'Halloran es tat, brüllte er einen Fluch. Als er ins Wohnzimmer zurückkehrte, sah er so aus, als stünde er kurz vor einem Herzinfarkt, und Schweißtröpfchen glitzerten auf seiner Stirn und Oberlippe.

»Jesus, Maria, Josef!« keuchte er und fuhr sich mit einer Hand durch sein schütteres Haar. »Das ist ja gräßlich!«

Daisy wußte, daß das längst nicht alles war. »Und?«

O'Halloran ließ sich auf einen Sessel fallen und zog sein Handy aus der Jackentasche. »Janet Hurlys Leiche hing am Duschkopf«, sagte er, während er die Nummer des Präsidiums eintippte. »Der Mörder hat sie am Gürtel eines Bademantels aufgehängt. Was wir hier haben, Chandler, ist eine wirklichkeitsgetreue Nachahmung.«

11

Valerian
Außerhalb von Las Vegas, 1995

Die Schlußlichter von Daisys Wagen, rot wie die Augen eines Dämons auf einem schlechten Gemälde, verblaßten in der frühmorgendlichen Finsternis. Ich wandte einen geistigen Trick an, der ihre Reise im Handumdrehen für sie beenden würde, und widerstand der Versuchung, meine Geliebte an irgendeinen anderen Ort zu versetzen als nach Las Vegas.

Am liebsten hätte ich sie in irgendeinen verzauberten Turm eingeschlossen – falls ein solcher existierte – oder sie in meinem Unterschlupf in der Wüste verborgen. Der Rubinring, der Vorbote ihres Todes, würde schon bald erscheinen, das wußte ich, und der Gedanke erfüllte mich mit Entsetzen.

Ich wagte jedoch nicht, Daisy unter meinen Schutz zu stellen, denn ganz gleich, wie edel meine Absichten auch waren, sie schätzte ihre Freiheit in diesem Leben genauso wie in allen anderen zuvor. Aus bitterer Erfahrung hatte ich gelernt, daß sie mich hassen würde, falls ich sie zu meiner Gefangenen machte.

Zu jenem Zeitpunkt war ich abgrundtief verzweifelt. Ich hatte meinen skrupellosen Feind schon überall gesucht, zusammen mit Maeve, doch ohne jeden Erfolg. Ich glaube, selbst damals ahnte ich schon, daß ich mit diesem Ungeheuer gleichzeitig auch jenes finden würde, das meine Geliebte und mich über die Jahrhunderte hinweg verfolgt und ihr den todbringenden, blutroten Rubin gebracht hatte, den zu hassen und zu fürchten ich gelernt hatte.

Meiner Ansicht nach blieb mir keine andere Wahl mehr, als Tobias, den Schlafenden, aufzuwecken, der einer der ersten Vampire auf der Welt gewesen war. Die anderen aus jenem seltsamen Bund waren aus eigenem Entschluß gestorben, tief im Innersten der Erde, mit Ausnahme von Lisette natürlich, der ersten Königin. *Sie* war durch Maeves Hand umgekommen, und das zu Recht, in einem fernen, mondbeschienenen Moor.*

Aber das ist eine andere Geschichte, für andere Vampire.

Ich versetzte mich in Tobias' Unterschlupf, ein tiefes, grabähnliches Loch, das ich kurz vor Sonnenaufgang erreichte, und streckte mich neben dem Älteren aus. Bevor ich auch nur versuchen konnte, ihn zu wecken, übermannte mich ein tiefer Schlummer, der mich in die Welt der Dunkelheit entführte.

Gefangen in meinen Träumen, sah ich, wie Janet Hurly, meine Managerin und gute Freundin, auf brutale Weise in ihrer Wohnung ermordet wurde. Ich war unfähig, ihr beizustehen, erstarrt, wie ich war in meinem Vampirschlaf, und es verursachte mir unfaßbare Qualen, hilflos zuzusehen. Als es endlich vorbei war, als es Janet erwürgt hatte, dieses Wesen, das ich nicht richtig erkennen konnte, und dann ihre Leiche an einem Stück Stoff am Duschkopf aufhängte, kam es mir so

* vgl. Band 18 142 Linda Lael Miller, »Ein heller Stern brennt in der Nacht«

vor, als sei der starre Blick ihrer toten Augen anklagend auf mich gerichtet.

Ich kämpfte ums Erwachen, um diesem furchtbaren Alptraum zu entfliehen, doch es war sinnlos. Manchmal blieb ich während der Tagesstunden wach, obwohl ich das Sonnenlicht nicht ertrug, aber das war etwas, was ich nicht willkürlich bestimmen konnte. Das Phänomen ereignete sich von selbst, meist dann, wenn ich lange Zeit mit ungewöhnlichem Appetit Nahrung aufgenommen hatte.

Endlich streifte mich das erste Zwielicht, streckte seine hellen Finger durch die Erde nach mir aus, und ich war wieder in der Lage, meinen Körper und meinen Geist zu dominieren. Hastig richtete ich mich in Tobias' engem Grab auf.

»Tobias!« Ich schüttelte ihn an der Schulter. Er sah aus wie ein Jüngling, da er schon in frühester Jugend verwandelt worden war, obwohl er in Wirklichkeit der älteste Vampir auf Erden war.

Er murmelte etwas, bewegte sich und gab mir mit einer Geste zu verstehen, ich solle gehen.

Ich kniete mich über ihn, packte ihn an den Schultern, und der verfaulte Stoff seiner Tunika zerriß in meinen Händen.

»Verdammt, wach auf, Tobias! Ich brauche deine Hilfe!«

Selbst in der Erstarrung war er mächtig, und ohne die geringste Anstrengung, mit nicht mehr als einem halbgeformten Gedanken, schleuderte er mich von sich. Hart prallte ich gegen die Wand unseres gemeinsamen Grabs und war gezwungen, meine frühere Annahme zu revidieren, daß nur Maeve Tremayne noch stärker war als ich.

»Geh ... weg«, murmelte Tobias.

Daisy zuliebe würde ich Tobias' seltenen, aber bemerkenswerten Zorn riskieren. Ich würde bitten, handeln, lügen.

Alles, um Daisy vor diesem unbekannten Scheusal zu beschützen.

Ich kniete neben Tobias nieder. »Bitte, Ältester, hör mich an. Es gibt ein Ungeheuer – einen Vampir, glaube ich – aber er könnte auch ein Hexenmeister sein ...«

Als Tobias mich unterbrach, klang es so ausdruckslos wie

ein Mensch in Trance. »Kehr nach Dunnett's Head zurück«, sagte er langsam und ohne die Augen zu öffnen. »Die Antwort ist dort – und doch nicht dort. Das ist das Rätsel.«

Dann rollte er sich noch enger in seinem Grab zusammen, und ich sah ein, daß ich keine weiteren Antworten von ihm erhalten würde, ganz gleich, wie hartnäckig ich auch sein mochte.

Dunnett's Head. Meine einstige Heimat.

Ich war nicht wieder an jenem verfluchten Ort gewesen, seit dem Tag, an dem Brenna und ich ihn verlassen hatten. Als ich jetzt in Tobias' Grab hockte, bezweifelte ich, daß irgend etwas von dem Dorf die folgenden Jahrhunderte überlebt hatte, obwohl es möglich war, daß von Baron Afton-St. Claires solider Burg noch Ruinen existierten.

Einen Moment lang schlug ich beide Hände vors Gesicht, weil mir der bloße Gedanke verhaßt war, an den Ort zurückzukehren, der für mich mit solch großer Tragödie und Qual verbunden war. Aber ich wußte auch, daß ich mich sofort dorthin begeben mußte. Tobias hatte den Namen klar und deutlich ausgesprochen.

Dunnett's Head. Ich wagte nicht einmal, mir Zeit zum Jagen zu nehmen, denn jede Verzögerung hätte mich meiner Entschlossenheit beraubt, meinen Widersacher zu finden, bevor er seinen rachsüchtigen Plan ausführen konnte. Und niemand brauchte mir zu sagen, daß er es auf Daisy abgesehen hatte.

Daisy. Sie war ohnehin verloren, genau wie Brenna, Elisabeth, Jenny und all die anderen vor ihr. Es gab kein Entkommen vor dem Fluch, egal, was ich auch sagte, tat und dachte. Aber meine verzweifelten Versuche waren ebenfalls ein Teil des geheimnisvollen Fluchs, der uns beide nun schon seit sechshundert Jahren marterte. Jedesmal, wenn ich meiner Geliebten wiederbegegnete, in jeder neuen Wiedergeburt, bildete ich mir ein, sie retten zu können. Ich *mußte* mich einfach an diesen leeren Glauben klammern, weil ich angesichts der Aussicht, sie von neuem zu verlieren, den Verstand verloren hätte.

Ich richtete die Kraft meiner Gedanken auf Dunnett's

Head, und einen Herzschlag später war ich dort, stand zwischen den monderhellten Steinen, die einst die trutzige Burg des Barons gebildet hatten. Ich fröstelte im Nachtwind, der von der See heraufwehte, obwohl ein Vampir eigentlich keine Kälte spürt, und begann mich langsam umzuschauen.

Einige wenige Schritte, und ich stand, wo einst der Burghof gewesen war, genau an der Stelle, wo Brennas Vater mich im Schwertkampf besiegt hatte. Noch heute trage ich die Spuren dieses Zweikampfs, eine schmale Narbe, die quer über meinen Bauch verläuft.

Bald fand ich auch die Überreste der großen Halle und der Kapelle, und es gab noch immer den Burggraben, obwohl er heute so flach war, daß er kaum zu erkennen war.

Erinnerungen überfielen mich, trafen meinen Geist wie mit Wucht geschleuderte Steine, und ich stellte fest, daß ich es nicht ertrug, an diesem Ort zu stehen, wo Brenna einst gelebt hatte.

Langsam stieg ich den Hügel zum Dorf hinunter, legte die kurze Entfernung zurück, wie es ein normaler Sterblicher getan hätte, statt mich im Geiste an das gewünschte Ziel zu versetzen. Ich hatte keine Eile anzukommen.

Nicht einmal Steine waren von den ärmlichen Hütten und Läden des einstigen Dorfs zurückgeblieben, aber das machte nichts. Ich fand die Stelle, wo unser Haus gestanden hatte, wo meine Mutter mich an ihrer Brust genährt und ich den Groll meines Vaters zu spüren bekommen hatte, als ich größer wurde. Ich erkannte die Orte, wo Krispin und ich als Kinder gespielt hatten, die Stellen, wo fliegende Händler ihre Waren verkauft und Vagabunden ihr Lager aufgeschlagen hatten. Ich schaute auf die dunkle See hinaus, betrachtete die sich nie verändernden Muster, die das Mondlicht schuf, und fragte mich, warum Tobias mich hierhergeschickt haben mochte.

Erinnerungen hatte ich gefunden, ja. Aber was war mit den Antworten, die ich suchte? Was hatte ich durch meine Rückkehr gewonnen – außer daß ich meine Erinnerungen als noch schmerzhafter empfand?

Vielleicht hätte ich mich jetzt entfernt, verbittert und enttäuscht, wenn mir nicht plötzlich meine arme Mutter in den Sinn gekommen wäre. Ich wußte, daß sie, nicht anders als mein Vater, Krispin und fast alle anderen Dorfbewohner, an der Pest gestorben war. Brenna und ich hatten vom Hügel aus zugesehen, wie die schwarzverfärbten Leichen auf einen riesigen Scheiterhaufen geworfen worden waren.

Jemand muß die Knochen später begraben haben, dachte ich, denn die meisten unserer Nachbarn waren Christen gewesen, und die nahmen die größten Mühen auf sich, um ihre Toten anständig zu begraben.

Obwohl ich nicht um meinen Vater trauerte, hatte ich meine Mutter und meinen Bruder auf meine Weise sehr geliebt. Gern hätte ich ihre letzte Ruhestätte gesehen, um ihrer zu gedenken und ihnen zu wünschen, daß es ihnen im nächsten Leben besser ging.

Denn das verdienten sie nach all dem Leid, das sie erfahren hatten.

Nach langem Suchen begann ich das Vorhandensein eines Massengrabs zu spüren, weit entfernt von jenem Ort, wo einst das Dorf gewesen war, und lautlos, durch das Gras gleitend wie ein Gespenst, eilte ich darauf zu.

Als ich neben diesem unsichtbaren Grab stand, mit seinen unzähligen, vermoderten Skeletten, schloß ich die Augen und versetzte mich in Gedanken in eine Zeit, die schon so lange vergangen war, daß nur Unsterbliche sich an sie erinnern konnten. Nach einer Weile begannen Bilder von den Toten vor mir zu erstehen, wie sie einst gewesen waren, bevor die furchtbare Seuche sie dahingerafft hatte.

Ich sah den Alten Tom, den Gerber unseres Dorfes, und Ben Willy, der das Korn gemahlen hatte. Ich sah ihre Frauen, ihre Kinder und so viele andere – Fischer, Handwerker und gar den Baron. Sie waren Geister, einige fröhlich, andere still und bedrückt, und sie warfen tanzende Schatten in meinem Geist.

Ich sah meine Mutter, die ungewöhnlich schöne Seraphina, und wußte, daß ihre sterblichen Überreste verstreut und vermodert in der Grube lagen. Auch die Knochen meines Vaters waren da, weit entfernt von ihren und selbst im Tod noch nach ihr greifend, doch ich spürte nichts von Krispin, kein Echo seines Lachens oder seines rasch entflammbaren Zorns.

Verwundert runzelte ich die Stirn. Wenn er nicht hier bei den anderen lag, wo dann? War er doch zur See gefahren, an Bord eines jener Schiffe, denen er damals stets so aufgeregt entgegengesehen hatte? War er nach London gegangen oder einem christlichen Orden beigetreten, wie die guten Brüder es vor so langer Zeit von mir gefordert hatten?

Ich glaubte Tobias' Stimme in meinem Kopf zu hören: *Kehr nach Dunnett's Head zurück. Die Antwort ist dort – und doch nicht dort.*

Ich runzelte die Stirn, und wieder erfaßte mich ein Frösteln, das nichts mit dem kalten Wind zu tun hatte, sondern aus mir selbst aufstieg.

War es möglich? Konnte es sein, daß *er* mein Feind war – Krispin, mein eigener Bruder?

Nein, nein, beharrte ich entsetzt. Er hat mich geliebt und ich ihn.

Krispin hätte seine Existenz niemals so lange vor mir verbergen können. Außerdem waren wir nicht nur Brüder, sondern auch Freunde gewesen. Er war mir überallhin gefolgt, hatte zu mir aufgesehen und mit mir gelacht …

Und alles getan, was ich getan hatte.

Alles.

Mich schauderte, und ich legte den Kopf zurück, um mit brennenden Augen zum sternenübersäten Himmel aufzuschauen. »Nein«, flüsterte ich. »Nicht Krispin.«

Aber selbst da war mir schon klar, daß mein Bruder nicht zu Staub zerfallen war wie unser Vater und unsere Mutter. Er existierte noch und war mein Gegner. Irgendein Vampir, vermutlich Challes, hatte Krispin in einen Bluttrinker verwandelt.

Meine Verzweiflung war vollkommen. Sie zwang mich in die Knie dort neben jenem Massengrab, und ich weinte mit neuerwachter Trauer.

»Krispin«, sagte ich. »Warum?«

Ich erhielt natürlich keine Antwort – denn mein Bruder, wie es schien, war irgendwo anders stark beschäftigt.

Elisabeth
London, 1457

Es war ein prachtvolles Haus, mit Kaminfeuern in jedem Raum und herrlichen Gemälden an den Wänden. Elisabeth hatte ihr eigenes Gemach – so nannte der Herr es, ein *Gemach* – und sogar eine Dienerin, deren Aufgabe es war, für ihr Wohl zu sorgen. Das junge Mädchen, das Kate Crown hieß, schien Elisabeth und ihre unfeinen Manieren zu mißbilligen, doch da sie ein kluges Ding war, zeigte sie ihre Verachtung nur dann, wenn Valerian nicht in der Nähe war.

Elisabeth sah tagsüber keine Spur von ihrem Herrn, und selbst nachts hatte er oft außerhalb zu tun. Es machte ihr nichts aus, mit Kate und den anderen allein zu sein, weil sie sich gegen die Dienerschaft behaupten konnte, aber sie hatte sich an Valerian gewöhnt und erwartete stets ungeduldig seine Rückkehr.

An den meisten Abenden leistete er ihr beim Essen Gesellschaft, doch obwohl stets Unmengen von gebratenem Fleisch und gekochtem Gemüse aufgetischt wurden, reichlich Kartoffeln und auch frisches Obst, sah Elisabeth ihn nie auch nur einen einzigen Bissen zu sich nehmen. Sie hatte ihn einmal gefragt, warum er nie sein Essen anrührte, und er hatte erwidert, er habe alles, was er brauche, schon woanders zu sich genommen. Danach schnitt sie das Thema nicht mehr an, doch da sie in ihrem kurzen und schwierigen Leben schon oft gehungert hatte, kam es ihr ausgesprochen seltsam vor, daß jemand in seinem eigenen Haus keinen Löffel und kein Messer in die Hand nahm.

Es gab noch andere merkwürdige Dinge, was dieses Haus und seinen Herrn betraf.

Erstens wurde Valerian nie als Mister Soundso angeredet – die Dienstboten nannten ihn *Sir* oder *Herr* und hielten dabei den Blick gesenkt. Seine Freunde, von denen es sehr viele gab und die immer nachts erschienen, waren mindestens so schrullig wie er und begrüßten ihn auf sonderbare Weise. Sie bezeichneten ihn als verwöhnt, als hätten sie ein kleines Kind vor sich, und dennoch begegneten sie ihm mit Ehrfurcht und schienen ihn sogar zu fürchten.

Elisabeth war unverkennbar eifersüchtig und nahm seinen Freunden ihre Vertrautheit übel. Vor allem die Frauen mißfielen ihr, diese schönen Damen in den prächtigen Kleidern und juwelenbesetzten Capes, denn für sie war er ihr ›Liebling‹ und ihr ›Schöner‹, und sie küßten ihn und strichen ihm übers Haar.

Wenn er manchmal den ganzen Abend zu Hause blieb, las er Elisabeth aus Schriften und gebundenen Büchern vor. Einmal ging er sogar mit ihr in ein Marionettentheater, und jeden Abend, wenn sie ins Bett ging, fand sie eine Handvoll schimmernder Goldmünzen auf ihren Kissen vor.

Sie hortete das Gold für eine womöglich geizigere Zukunft und verbarg es unter einer losen Diele in einer Ecke ihres Zimmers. Sie hatte die Erfahrung gemacht, daß das Glück nicht viel beständiger war als Frühlingswetter, doch was den Augenblick betraf, so konnte sie sich durchaus glücklich schätzen.

Nicht, daß sie *richtig* glücklich gewesen wäre, das war sie wirklich nicht. Sie hatte angefangen, Valerian zu begehren, doch so großzügig er sonst auch war, hatte er bisher noch nicht ihr Bett geteilt. Tatsächlich hatte er nicht einmal mehr ihr Zimmer betreten seit jener zweiten Nacht, als er aus dem Nichts heraus erschienen war und sie gebeten hatte, bei ihm zu bleiben.

Eines Abends, nach einem Monat in London, saß Elisabeth allein im Salon. Sie streifte ihre Pantoffeln ab, um ihre Zehen am Kamin zu wärmen, und wünschte, es wäre genauso leicht gewesen, die Kälte aus ihrem Herzen zu vertreiben. Sie war eine Frau, kein Kind, wie der Herr zu glauben schien, und sehnte sich danach, von einem Mann berührt zu werden und zärtliche Worte von ihm zu hören.

Ihre Arbeit im *Horse and Horn* hatte Elisabeth gefallen, sowohl unten in der Gaststube wie auch oben in ihrer Kammer. Es war es wert gewesen, eine gelegentliche schlechte Nacht zu ertragen, wenn man bedachte, wie oft die warme Gegenwart eines anderen Menschen ihr Trost vermittelt hatte.

Und genau das wünschte sie sich jetzt wieder.

Der Besucher kam am frühen Abend, als der Herr ausgegangen war, und fragte ausdrücklich nach Elisabeth. Er war blond und ziemlich gutaussehend, obwohl er ein wenig feminin wirkte, und weigerte sich, seinen Namen zu nennen. Er habe ein Päckchen abzugeben, sagte er, mit einem Geschenk für sie.

Das Päckchen war klein, ein Pergament nur, das mit einem schmalen blauen Band verschnürt war. Erfreut öffnete Elisabeth das Bündel und entdeckte einen goldenen Ring darin, der mit einem wundervollen, glitzernden roten Stein besetzt war.

Elisabeth schloß die Finger um das Schmuckstück, weil sie es gern für sich behalten hätte, obwohl es ihr gleichzeitig eine eigenartige Furcht einflößte. »Was wollt Ihr?« fragte sie, weil sie sich nur allzu gut in der Welt auskannte.

Der Fremde streifte den Ring über ihren Finger, und der rechteckige Stein glitzerte so rot wie Ochsenblut im Feuerschein. »Nur, daß Ihr ihn tragt«, erwiderte der Besucher.

Mit leichten, kühlen Fingern berührte er ihre Stirn, und dann war er verschwunden. Fünf Minuten später schon erinnerte Elisabeth sich nicht mehr an die Begegnung und hätte weder sich noch irgend jemand anderem erklären können, wie sie an den Ring gekommen war.

Als Valerian heimkehrte, kam er in Begleitung zweier schöner, elegant gekleideter junger Männer, deren Augen auf eigenartige Weise glitzerten. Jedem anderen wären sie vielleicht beschwipst erschienen, doch Elisabeth, die eine Expertin in diesen Dingen war, wußte, daß beide vollkommen nüchtern waren.

Der Hausherr blieb auf der Schwelle stehen, als er Elisabeth erblickte, und sie merkte, daß er überrascht war, sie zu sehen. Das war an sich sehr merkwürdig, da er gewöhnlich nicht nur wußte, wo sie war, sondern auch, was sie gerade dachte.

Die beiden Jünglinge drängten sich hinter Valerian zur Tür und spähten über seine Schulter, um einen Blick auf Elisabeth zu werfen. »Die Gerüchte stimmen also«, sagte einer von ihnen. »Welch zauberhafter Anblick!«

»Wie kannst du ihr nur widerstehen?« fragte der andere.

Valerians Blick ruhte auf dem glitzernden Juwel an Elisabeths Finger, und eine schmale Falte bildete sich zwischen seinen Brauen. Das beendete Elisabeths Theorie, daß das teure Schmuckstück ein Geschenk von ihm gewesen war.

Jetzt konnte sie nur noch hoffen, daß sie nicht angefangen hatte, im Schlaf zu stehlen.

Mit einer Würde, die sie den weiblichen Gästen des Hausherrn abgeschaut hatte, erhob sie sich und stützte die Hände in die Hüften. »Ich wäre den Herren dankbar, wenn sie nicht über mich reden würden, als ob ich weder Ohren noch Verstand besäße!«

Um Valerians Mund zuckte es, doch Elisabeth hätte nicht sagen können, ob er ein Lächeln unterdrückte oder Ärger. Doch es hätte sie auch nicht gekümmert, so oder so.

»Geh schlafen, Elisabeth. Es ist spät«, sagte er ruhig, und ihr fiel auf, daß er sich nicht von der Schwelle rührte, sondern seinen Freunden geschickt den Zugang in den Salon versperrte.

»Ich bin kein kleines Kind und lasse mich nicht fortschicken«, entgegnete Elisabeth verärgert.

Valerian hob eine Augenbraue. »Ah, aber dies ist mein Haus«, entgegnete er. »Hier wird getan, was ich befehle.«

»Tatsächlich?« beharrte Elisabeth spöttisch. Sie war sich gar nicht sicher, ob es klug war, ihm zu widersprechen, doch es gelang ihr nicht, sich zu beherrschen. Trotzig verschränkte sie die Arme. »Von mir aus könnt Ihr Eure lächerlichen Befehle nehmen und sie Euch ... *sonstwohin* stecken, einen nach dem anderen.«

Die jungen Herren lachten, aber Valerian schien alles andere als belustigt.

»Laßt uns allein«, sagte er, ohne seinen Gästen auch nur einen Blick zu gönnen, aber sie wußten, daß er mit ihnen sprach. Elisabeth erkannte es daran, wie sie fast miteinander zusammenstießen in ihrer Eile zurückzuweichen.

»Wartet!« rief Elisabeth ihnen zu. »Ich begleite Euch, meine Herren. Es ist mir zu langweilig in diesem Haus ...«

Sie begann an Valerian vorbeizugehen, als ob sie ihnen folgen wollte, und er packte ihren Arm und hielt sie auf. Es kostete sie Mühe, nicht zu lächeln; wie dumm von ihm zu glauben, sie würde ohne ihren Goldvorrat und wenigstens einen wollenen Umhang das Haus verlassen!

»Du bleibst hier«, erklärte er. »Und über diesen Ring da werden wir uns später unterhalten.«

Elisabeth verbarg ihren Triumph – und die leise Angst, die sie erfaßte – ebenso wie ihre Belustigung. Er hatte oft genug ihre Gedanken erraten, der Herr, doch irgendwie schien diese Gabe ihm abhanden gekommen zu sein.

Noch immer ihren Arm umklammernd, warf Valerian seinen Gästen einen Blick zu.

»Hinaus!«

Sie gehorchten augenblicklich.

»Was hatte das zu bedeuten?« fragte der Hausherr Elisabeth, als sie allein waren.

Ihr Kinn zitterte, und ihr war, als müßte sie in Tränen ausbrechen. Kommt nicht in Frage, schwor sie sich im nächsten Augenblick, denn schließlich hatte sie keine Träne mehr vergossen, seit ihr Vater am Fieber gestorben war, als sie erst knapp vierzehn Jahre alt gewesen war.

»Ich möchte ins *Horse and Horn* zurück«, sagte sie und schlang schützend die Arme um den Oberkörper.

Valerian ließ sie erst los, nachdem er sie zu einem Sessel geschoben hatte. »Du willst *was*?« entgegnete er schroff. »Aber aus welchem Grund denn? War ich etwa nicht gut zu dir? Habe ich dich nicht behandelt, wie es sonst nur einer Prinzessin zustehen würde?«

»Ihr behandelt mich, als wäre ich Eure Schwester«, entgegnete Elisabeth, bevor ihr letzter Mut sie verlassen konnte.

Valerian starrte sie verwundert an. »Mein Benehmen war tadellos!«

»Was immer das auch heißen mag!« rief Elisabeth verärgert. »Sprecht doch ausnahmsweise einmal wie ein ganz normaler Mann statt wie ein wandelndes Buch, verdammt!«

Er schloß für einen Moment die Augen. »Was würdest du gern von mir hören?«

Elisabeth schluckte. »Nichts«, erwiderte sie kühn. »Ihr redet nicht nur zu geschwollen, Sir – Ihr redet auch *zuviel*!«

Er schaute sie in vielsagendem Schweigen und mit verschränkten Armen an.

Ein schrecklicher Gedanke kam Elisabeth; das mochte der Grund sein, warum er sie vielleicht noch nie intim berührt hatte!

»Nein«, sagte Valerian, bevor sie ihren Zweifel in Worte fassen konnte. »Ich bevorzuge keine Männer.«

Es war fast eine Erleichterung, daß er wieder ihre Gedanken lesen konnte; zumindest schenkte er ihr jetzt Beachtung.

Elisabeth errötete unter seinem Blick. »Ich brauche jemanden, der mein Bett teilt«, sagte sie. »Jemanden, der mich ganz fest in die Arme nimmt.« Und dann begann sie zu weinen, sehr geräuschvoll.

Valerian zögerte, trat dann vor und zog sie wortlos in die Arme. Sie schluchzte in seine Tunika und umklammerte den teuren Stoff mit ihren Fäusten.

Irgendwann, als ihr Schluchzen abebbte, hob er sie auf und trug sie die Treppe hinauf zu ihrem Zimmer. Sie war sicher, es nicht zu ertragen, wenn er sie in diesem Gemütszustand allein ließ, doch zu ihrem Erstaunen blieb er bei ihr.

Langsam und fast ehrfürchtig begann er sie zu entkleiden, bewunderte und liebkoste ihre Brüste, als er sie entblößte, und berührte ihren glatten weißen Bauch und das seidenweiche Haar zwischen ihren Schenkeln.

Elisabeth zog seinen Kopf zu sich herab. Als ihre Lippen sich berührten, stöhnte er auf, irgendwo tief in seinem Innersten, und Elisabeth war, als ob sich betäubend süßer Wein mit ihrem Blut vermischte.

Nach einer Weile löste er sich von ihr, um ihr in die Augen zu sehen. Seine Hände schienen ihren Körper zu versengen.

»Ist es das, was du willst?« fragte er. »Die Entscheidung liegt bei dir, Liebste, nicht bei mir.«

Sie nickte fieberhaft und preßte sich an seinen Körper. *Liebste*. Das Wort fand seinen Weg in ihre Seele und klingelte dort wie eine Glocke. »Ja«, flüsterte sie. »O ja.«

Sehr sanft legte er sie auf das Bett und zog ohne Eile seine Kleider aus. Mondschein strömte durch die Fenster und ließ seinen Körper wie polierten Marmor aussehen, und während Elisabeth ihn betrachtete, kam ihr der Gedanke, daß er zu schön, zu perfekt war, um ein Mensch zu sein.

Valerian war allerdings – wie er ihr schon einmal gesagt hatte – viel mehr als ein ganz gewöhnlicher Mann.

»Faß mich an«, sagte Elisabeth, und er legte sich neben sie auf die weiche Matratze und nahm sie in die Arme. Ein einziger, unbedeutender Makel haftete seinem Körper an, das sah sie, als er sich über sie beugte: eine lange, dünne Narbe, die quer über seinen Bauch verlief.

»Ich begehre dich schon so lange«, murmelte er, und sie glaubte es ihm.

Elisabeth hatte noch nie ein solch überwältigendes Verlangen gekannt und Gefühle gehegt, wie sie sie in jener Nacht erfuhr. Unfähig, stillzuliegen, schlang sie ihre Arme um Valerians Nacken und ließ ihre Hüften unter seinen kreisen.

Ihre viel zu lange hinausgeschobene Vereinigung war alles andere als sanft. Eben noch getrennt, waren sie im nächsten Augenblick schon eins – ein Wesen, ein Herzschlag, ein Geist und eine Seele.

Es war, als könnten sie ihrem Schicksal nicht entgehen, als ob es unvermeidlich gewesen wäre, daß sie zusammenfänden.

Elisabeth bog sich Valerian entgegen, wie im Fieber glitten ihre Hände über seine Schultern, seinen Rücken und seinen Po, als wollte sie ihn so vollkommen in sich aufnehmen, wie sie seine Männlichkeit in sich aufgenommen hatte. Bei anderen Männern hatte sie Leidenschaft vorgetäuscht, doch bei

Valerian war das nicht nötig; ihre heiseren Schreie waren aus tiefster Lust geboren.

Valerian versuchte nicht, sie zu beruhigen, sondern drang statt dessen immer tiefer und härter in sie ein. Obwohl kein Laut von seinen Lippen kam, sah Elisabeth die Ekstase in seinen Zügen und spürte sie im Zittern seines Körpers.

Sie erreichte als erste den Gipfel der Gefühle; schluchzend, atemlos und glühend wie im Fieber entschwebte sie in ungeahnte Sphären körperlicher Lust.

Als Valerian ihr in die Flammen folgte, nur Momente später, stieß er einen heiseren Schrei aus und verströmte seine Leidenschaft in ihr. Dann ging ein heftiges Zucken durch seine Glieder, er schloß die Augen, warf den Kopf zurück und stieß einen rauhen, triumphierenden Schrei aus.

Der Name, den er rief, war jedoch nicht ihrer. Es war Brennas.

Elisabeth kümmerte es nicht, denn er hatte ihr gegeben, was sie wollte, und sie hätte nie gewagt, darauf zu hoffen, seine Liebe zu erringen. Sie umschlang ihn mit ihren Armen und beruhigte ihn mit sanften Händen und geflüsterten Worten, während er unter den Nachwirkungen des Höhepunkts erschauerte.

Als der Sturm abebbte, glitt Valerian an ihrem warmen Körper hinab, bettete den Kopf zwischen ihre Brüste, und sie streichelte sein Haar. Zögernd zunächst, dann immer hungriger, schloß er seine Lippen um eine ihrer Brustspitzen, und Elisabeth spürte, wie etwas in ihr erwachte und eine immer stärkere Spannung in ihr wachsen ließ.

Stöhnend krümmte sie den Rücken und bog sich Valerian entgegen, und er nahm sie – eifrig, dankbar – ließ seine Hände über ihre Hüften gleiten und dann wieder über ihre Brüste.

Als er sie zum zweitenmal in Besitz nahm, wurde Elisabeth von einer Ekstase überwältigt, die sich wie eine feurige Spirale in ihr auflöste und immer weitere Kreise zog, bis sie auch jene Teile ihrer Seele wärmte, die sie bis dahin sogar vor sich selbst verborgen hatte. Valerian liebte sie wieder und wieder in jener Nacht, erfüllte ihre geheimsten Wünsche und führte sie auf ungeahnte Höhen sinnlicher Befriedigung. Irgendwann, kurz vor der Morgendämmerung, ließ er sie endlich einschlafen, und als sie einige Stunden später erwachte, war er fort.

Sie stand auf, wusch sich, zog ein frisches Kleid an und forderte Kate, die ihr das Frühstück brachte, im stillen dazu heraus, auch nur ein einziges Wort zu äußern.

Kate nahm die Herausforderung nicht an, doch der kostbare Ring an Elisabeths Hand erregte ihre Neugier, und es war klar, daß später in der Küche darüber geklatscht werden würde.

Elisabeth aß Obst, Brot und ein wenig kaltes Fleisch, bevor sie mit dem Messer die lockere Bodendiele löste. Als sie den Beutel mit dem Gold herausnahm, wunderte sie sich, wie schwer er war.

Es war genug für etliche Jahre, wenn sie sparsam war, und sie brauchte weder ins *Horse and Horn* zurückzukehren noch in ein anderes Etablissement von dieser Sorte. Die vergangene Nacht hatte Elisabeth auf eine Art und Weise verändert, die sie selbst nicht ganz begriff. Sie wußte nur, daß sie für den Rest ihres Lebens mit keinem anderen Mann das Lager teilen würde. Es war ein schwerer Fehler gewesen, den Herrn des Hauses in ihr Bett zu locken, denn während ihrer gemeinsamen Nacht hatte sie sich in ihn verliebt, obwohl sie wußte, daß er ihre Gefühle nicht erwidern konnte.

Valerian liebte jemanden namens Brenna, und Elisabeth, die sich mit Männern auskannte, wußte, daß er unwiderruflich an diese Frau gebunden war. Im Herzen Valerians war kein Platz für jemanden wie Betsy Saxon.

Eine Träne tropfte auf Elisabeths Hand, als sie die Bodendiele zurücklegte. Sie hätte bleiben können, wenn sie sich zurückgehalten und mit dem beschieden hätte, was ihr geboten wurde. Dann hätte sie vielleicht nie entdeckt, was Liebe war, und nie gelernt, das Unmögliche zu begehren und zu fordern.

Doch jetzt war alles anders.

Die Dienstboten waren beschäftigt, niemand bemerkte, daß Elisabeth das Haus verließ.

Sie wußte nicht, wohin sie sich wenden sollte, doch das kümmerte sie nicht, solange ihr nur die Flucht gelang.

Sie wanderte den ganzen Tag, und ihre Angst und Verwirrung steigerten sich von Minute zu Minute, bis sie sich schließlich ein Zimmer über einer schäbigen Hafentaverne nahm. Dort lag sie auf dem schmutzigen Bett, den Beutel mit dem Gold umklammernd, und starrte in den dichten Nebel vor dem Fenster.

Nach einer Weile versank sie in eine seltsame Benommenheit, auf die ein Fieber folgte und dann schreckliche Krämpfe in ihrem Unterleib.

Valerian fand sie kurz nach Sonnenuntergang und brachte sie heim. In der Kutsche spürte sie seine Tränen auf ihrem Gesicht und ihrem Haar.

Er badete sie zärtlich und schickte nach einem Arzt, doch Elisabeth lag bereits im Sterben. Das wußte sie so gut wie Valerian.

Er fragte sie nach dem Ring, als sie bei Bewußtsein war, doch sie erinnerte sich nicht, woher er stammte, und sagte, es täte ihr leid, wenn sie ihn gestohlen habe. Valerian weinte leise und erwähnte den Rubin nicht mehr, bis zur darauffolgenden Nacht, als er ihr heiße Brühe einflößte.

»Kate sagte, ein Herr hätte ihn gebracht, an dem Abend, bevor du davongelaufen bist«, sagte Valerian. »Das war vor etwa vierzehn Tagen. Erinnerst du dich an einen Besucher, Liebes?«

Sie spürte, daß der Ring eine Bedeutung besaß und in gewisser Weise vielleicht sogar schrecklich wichtig war, aber sie erinnerte sich an keinen männlichen Besucher.

»Nein«, erwiderte sie und sah an Valerians Blick, daß er ihr glaubte.

Kurz vor Morgendämmerung erwachte sie und sah einen dunklen Engel vor ihrem Bett stehen. Er war wunderschön, und eine Träne glitzerte an seiner Wange.

Trotz ihrer Schwäche merkte Elisabeth, daß der Engel sie

prüfend betrachtete und versuchte, ihre Gedanken zu lesen. »Wir können für immer zusammen sein«, sagte er. »Laß mich dir das Geschenk machen …«

Elisabeth war ihrem Körper schon entglitten und sah nun, wo ihre irdischen Augen geschlossen waren, alles mit ungeheurer Klarheit. Sie wußte, was Valerian war, daß er verflucht war wie Luzifer und seine gefallenen Engel. Sie liebte ihn bedingungslos und ohne Reue, doch der Preis für diese Liebe – ihre Seele – war zu hoch.

Für einen kurzen Moment kehrte sie mit übermenschlicher Anstrengung in ihren Körper zurück. »Nein«, sagte sie. »Ich kann es nicht.«

Valerian hielt sie in den Armen, und müde legte sie den Kopf an seine Schulter. Sie spürte seine Trauer und hätte ihn gern getröstet oder ihm wenigstens Adieu gesagt, doch ihr Bewußtsein entglitt ihr wieder, trieb davon wie dünner Rauch, bis es sich schließlich mit dem Nebel vermischte, der mit dünnen, blassen Fingern über das Glas des Fensters strich.

Sterben, dachte sie, ist gar nicht schwer. Man braucht sich nur fallenzulassen …

12

Valerian
Las Vegas, 1995

Als ich am Tag darauf in der Abenddämmerung zu Daisy zurückkehrte, dachte ich an Elisabeth Saxon und erinnerte mich mit geradezu schmerzhafter Klarheit, daß ich nicht gut genug auf sie aufgepaßt und sie nicht ausreichend beschützt hatte. Vielleicht hatte ich sie mit meiner körperlichen Liebe gar gestraft. Ich hatte sehr gelitten, als sie starb, überzeugt, daß sie nicht erkrankt und gestorben wäre, wenn ich mich von ihr ferngehalten hätte, anstatt sie aus dieser schäbigen Taverne in eine Stadt zu bringen, wo es von Krankheiten nur so wimmelte. In meiner Trauer vergaß ich den unglückseligen Ring und merkte nicht, daß er verschwunden war, bis der Totengräber und seine Helfer kamen, um Elisabeth fortzubringen.

Ihr Tod war meine Schuld gewesen, dessen war ich mir ganz sicher. Und nun war Daisy dazu verdammt zu sterben, falls Krispins Wille geschah.

Zu dieser schrecklichen Überzeugung kam ein weiterer Schmerz, der sich in meinem Geist festsetzte und dort bohrte – mein zarter, engelhafter Bruder, den ich liebte, haßte mich und wollte mir Schaden zufügen. Dieser Welpe, der sich in unserer Kindheit wie ein treues Hündchen an meine Fersen geheftet, der jedes meiner Worte begierig aufgenommen und mich bei allen dummen Streichen unterstützt hatte, war irgendwie zu einem reißenden Wolf geworden, der nichts anderes im Sinn hatte, als mir das Herz aus der Brust zu reißen.

Auf diese Weise abgelenkt, vergaß ich, mich zu konzentrieren, und landete polternd mitten in Daisys Wohnung – in der Duschkabine, um genau zu sein.

Das herabströmende Wasser durchnäßte sofort mein Haar und mein staubbedecktes Cape, und ich stieß einen Schrei des Zorns und der Überraschung aus, als ich nach dem Plastikvorhang griff, um ihn aufzureißen. Im selben Augenblick ertönte auch von draußen ein Schrei.

In einem viel zu weiten Pyjama, einen Baseballschläger in den erhobenen Händen, stand Daisy vor mir auf der Badematte.

»Oh, verdammt, du bist's bloß!« rief sie, was mich im ersten Moment befürchten ließ, daß sie mir trotz allem einen Hieb versetzen würde. Obwohl es nicht geschmerzt hätte, war ich doch erleichtert, als sie den Schläger sinken ließ.

Etwas verspätet, das gebe ich zu, stellt ich die Dusche ab und trat aus der Kabine. »Wen hattest du denn erwartet?« fragte ich, eine Spur gereizt. »Norman Bates?«

Daisy entspannte sich ein wenig, und ich glaubte, einen schwachen Glanz von Tränen in ihren Augen wahrzunehmen. Sie erholte sich jedoch schnell, wie stets, denn zu den vielen guten Eigenschaften, die sie sich von einem Leben ins nächste bewahrte, gehörte eine erstaunliche Unerschütterlichkeit. Es hatte zahlreiche Gelegenheiten gegeben, wo Feigheit ihr wahrscheinlich besser gedient hätte. Als sie als Brenna in die aufgewühlte See hineinritt, zum Beispiel, und später, als sie als Elisabeth aus meinem Haus geflohen war.

Ihr Mund verzog sich zu einem schwachen Grinsen. »Verlierst du deine Fähigkeiten?« fragte sie und musterte mich mit einem frechen Blick, den ich bei niemand anderem geduldet hätte. »Offen gestanden war ich inzwischen soweit, etwas mehr Diskretion und Anmut von dir zu erwarten.«

Ich bezweifle nicht, daß die bloße Kraft meines Ärgers meine durchnäßten Kleider hätte trocknen können, doch statt dessen entschied ich mich für einen neuen Anzug, den ich mit bloßer Willenskraft herbeizauberte. Im Bruchteil einer Sekunde waren Frack und Umhang verschwunden, und an ihrer Stelle trug ich nun maßgeschneiderte Hosen und einen Rollkragenpullover aus Kaschmir, beides schwarz. Meine Füße ruhten statt in wasserbespritzten Gamaschen jetzt in schlanken Stiefeln, die ich mir in Mailand hatte anfertigen lassen.

Ich muß gestehen, daß Daisys Verblüffung über meine Verwandlung mir diebisches Vergnügen bereitete.

»Ich werde nicht fragen, wie du das gemacht hast«, sagte sie, als sie sich von ihrer Verblüffung erholt hatte. »Denn es ist doch ganz bestimmt kein Trick, den wir armen Sterblichen erlernen könnten?«

Lächelnd berührte ich ihre Nasenspitze. »Tut mir leid, mein Schatz, aber ich glaube, auch diese Fähigkeit wird noch einige tausend Jahre Evolution erfordern. Aber mach dir nichts daraus; das Talent ist bereits vorhanden – es ruht in einem leider noch ziemlich unerforschten Teil eurer Gehirnmasse.«

Daisy lächelte humorlos. »Danke, daß du mich darüber aufgeklärt hast«, entgegnete sie und wandte sich ab, um hinauszugehen. »Ab und zu vergesse ich nämlich, daß ich nur ein ganz normaler Mensch bin.«

Mir blieb nichts anderes übrig, als ihr zu folgen, was mich sehr verstimmte, wie ich zugeben muß, denn ich liebte es nicht, wenn andere meine Handlungen bestimmten.

»Ist es wegen der armen Janet?« fragte ich Daisy auf dem engen kleinen Korridor. »Bist du deshalb heute so reizbar?«

Daisy drehte sich abrupt um, so daß ich in der Tür zum

Wohnzimmer fast mit ihr zusammenstieß. »Ich bin nicht reizbar!« erklärte sie und verschränkte ihre Arme. »Ich habe *Angst*, Valerian? Ich mach' mir fast in die Hosen vor Angst, verdammt!«

Ich haßte es, wenn sie oder irgendeine andere Frau so redete. Nennt mich ruhig einen Chauvinisten, aber ich vermisse diese altmodischen weiblichen Eigenschaften, wie anmutige Rede zum Beispiel. Irgendwann, dachte ich, werde ich Daisy von ihrer Reinkarnation als Jenny Wade erzählen, als sie so liebreizend sanft und damenhaft gewesen war.

Aber dies war nicht der richtige Augenblick dafür. Ich legte meine Hände auf ihre Schultern, um sie zu stützen, und wieder verblüffte es mich, wie feingliedrig und zartknochig sie war. *Asche zu Asche*, dachte ich bedrückt, *und Staub zu Staub.*

»Ich kann es nicht noch einmal durchmachen«, murmelte ich, obwohl mir klar war, daß ich gar keine andere Wahl besaß, als auszuharren, durch die Feuer der Hölle zu gehen und – was am allerschlimmsten war – weiterzuleben.

Daisy hob die Hand und berührte meinen Mund. »Was willst du damit sagen?« fragte sie so sanft, daß es mir fast das Herz zerriß. »Du hast in jener Nacht, als du mir über unsere vergangenen Leben erzählt hast, etwas ausgelassen, nicht?«

»Nicht ›unsere‹ vergangenen Leben, Liebling«, erwiderte ich und zog ihre Hand an meine Lippen. »Deine. Ich bin immer geblieben, was ich war – Valerian Lazarus, der Sohn des Schuhmachers – seit meiner Geburt im vierzehnten Jahrhundert.«

»Was hast du mir verschwiegen?« beharrte sie. In diesem Moment hätte sie auch Elisabeth sein können, Brenna oder irgendeine dieser anderen temperamentvollen und furchtlosen Frauen, die sie im Laufe der Jahrhunderte zwischen unserer ersten Begegnung und dieser hier verkörpert hatte. Bei jeder dieser Begegnungen hatte ich sie noch mehr geliebt als bei der vorherigen. »Sag es mir bitte.«

Ich hatte ihr natürlich nichts von dem Fluch erzählt. Und auch nichts von dem Rubinring, der bei jeder weiteren bittersüßen Episode so geheimnisvoll auftauchte. Und ich beabsichtigte auch nicht, sie jetzt damit zu belasten, denn es gab nichts, was sie hätte tun können, um den Lauf der Dinge zu verändern.

»Frag nicht«, sagte ich mit ungewöhnlich rauher Stimme. »Ich kann und will es nicht beantworten.«

Einen langen Moment starrte Daisy mich schweigend an und ließ ihren höchsteigenen Zauber wirken. Sie sah unfaßbar zart und zerbrechlich aus in diesem viel zu weiten Pyjama, und doch strahlte sie eine geheimnisvolle Macht aus, die ich weder verstand, noch je besitzen würde.

»Er war hier«, sagte sie. »Der Mörder.«

Ich hätte nicht entsetzter sein können, wenn Daisys Baseballschläger, den sie im Bad zurückgelassen hatte, sich plötzlich in ihren Händen materialisiert und mir einen Schlag in die Magengrube versetzt hätte. Wie hatte ich eine derartige Gefahr nur übersehen können?

»Wann?« stieß ich rauh hervor und packte Daisy wieder an den Schultern.

Sie entzog sich meinem Griff und ging in die Küche, wo sie irgendeinen modernen Horror aus dem Tiefkühlfach nahm und in den Mikrowellenherd schob, bevor sie sich zu mir umwandte, um meine Frage zu beantworten.

»Während ich meine Schwester in Telluride besuchte – oder besser gesagt, sie *nicht* besuchte. Als ich heimkam, fand ich eine lebensgroße Puppe in der Dusche. Sie hing an einer improvisierten Schlinge an der Brause und hatte zwei kleine rote Flecken an der Kehle – um die Wirkung noch dramatischer zu gestalten, schätze ich. Und das schlug dem Faß den Boden aus, wenn du mir den Ausdruck verzeihen willst.«

Ich beherrschte mich gerade noch rechtzeitig, um nicht mit der Faust die billige Gipswand zu ihrem Wohnzimmer einzuschlagen. »Hier? Krispin war *hier*?«

Der Mikrowellenherd klingelte, Daisy öffnete ihn und nahm etwas heraus, das offensichtlich eine Pizza darstellte. »Ah, Super-Monster hat also inzwischen einen Namen! Interessant.«

Ich rang um mein inneres und äußeres Gleichgewicht. Der

Geruch dieses verflixten Dings, das sie sich zubereitet hatte, raubte mir fast den Atem.

»Ich habe es erst gestern nacht herausgefunden«, sagte ich angewidert und suchte Abstand zu bringen zwischen mich und dieser kulinarischen Monstrosität, die Daisy jetzt auf eine Serviette legte. »Mein Bruder Krispin lebt.«

Daisy nahm einen Bissen und besaß die Frechheit, zu kauen, während sie sprach. »Meine Schwester Nadine auch.«

Ich ging zur anderen Seite des Wohnzimmers und öffnete ein Fenster. »Mit dem kleinen Unterschied«, entgegnete ich kalt, »daß Krispin wie ich im vierzehnten Jahrhundert geboren wurde und ein Vampir ist.«

»Ich vermute, daß ihr keinen Kontakt zueinander hattet«, stellte Daisy fest.

Nervös strich ich mir mit einer Hand durchs Haar. »Ich glaubte all diese Jahre, er sei tot, und er hat sich nie die Mühe gemacht, meinen Irrtum zu berichtigen.«

Daisy zuckte mit den Schultern und schaute mich über den Rand der halbgegessenen Pizza an. »Vielleicht wußte er nichts von dir«, gab sie zu bedenken.

Ich runzelte ärgerlich die Stirn. »Er hat sich ganz bewußt vor mir verborgen gehalten und dies ganz sicher nicht mit ehrbaren Absichten. Denn immerhin waren wir Brüder und wurden blutig aus demselben Schoß gezogen.«

Daisy verzog das Gesicht und warf den Rest der Pizza in den Abfalleimer. »Vielleicht mag er dich ganz einfach nicht. Hast du diese Möglichkeit schon einmal in Betracht gezogen?«

Sie begann ihre Finger abzulecken – eine Angewohnheit, die ich sehr mißbillige –, hörte jedoch damit auf, als sie meinen vorwurfsvollen Blick sah.

»Zu behaupten, daß Krispin ›mich nicht mag‹, dürfte eine enorme Untertreibung sein. So dumm es auch erscheint, ich war mir früher immer sicher, daß er mich genauso liebte wie ich ihn.«

Daisy zog eine Augenbraue hoch und wischte sich, sehr zu meiner Erleichterung, die Hände an einem Küchentuch ab.

»Es war bestimmt nicht leicht, dein Bruder zu sein«, meinte sie. »Du mußt zugeben, daß du ziemlich ungewöhnlich bist. Es ist sehr schwer, mit dir zu konkurrieren, in mehr als einer Hinsicht.«

»Wie auch immer«, entgegnete ich mit neuerwachter Ungeduld. »Ich bin mir jedenfalls sicher, daß Krispin der Mörder ist. Ich muß ihn finden.«

Daisy, die blaß geworden war, trat einen Schritt näher. »Und dann?«

Die Trauer, die mich erfaßte, war kaum noch zu ertragen. »Dann werde ich ihn vernichten.«

»Wie?«

In Gedanken sah ich meinen Bruder, als kleinen Jungen mit weizenblondem Haar und hellen Augen, in denen der Mutwille funkelte. Ich glaubte, ihn wieder hinter mir herlaufen zu hören und seine flehenden Bitten, auf ihn zu warten …

Die Erinnerung löste eine unsägliche Qual in mir aus und ließ Bilder erstehen von dem, was Krispin und mich erwartete. Bilder, die so schrecklich waren, daß ich sie schnellstens aus meinem Gehirn verbannte.

Ich schwieg, weil ich unfähig war, etwas zu sagen.

»Ist es wie in Büchern und Filmen?« fragte Daisy mit einer Zärtlichkeit, die mich wünschen ließ, mich für eine Weile in ihrer Umarmung verlieren zu dürfen, mich an ihr warmes Herz zu schmiegen und vor all dem, was auf mich zukam, zu verbergen. »Mußt du ihm einen hölzernen Pfahl ins Herz treiben?«

»Mehr oder weniger«, murmelte ich. »Ich würde lieber mich selbst vernichten als meinen Bruder Krispin. Großer Gott, Daisy, du hättest ihn als Kind sehen müssen – er war so schön!«

»Wie du«, sagte sie. »Aber etwas kleiner, denke ich, und vielleicht nicht ganz so intelligent und kühn wie du.«

Verblüfft über ihre korrekte Einschätzung, sah ich sie an. »Mein Vater pflegte zu sagen, ich hätte das Beste von der Muttermilch meiner Mutter abbekommen – daß meine Gier meine Brüder geschwächt und den Kindern, die nach mir kamen, das Mark aus den Knochen und die Kraft aus ihrem Blut geraubt hätte.«

»Der Vater des Jahres«, meinte Daisy mit sanftem Spott und legte ihre Hände auf meine Schultern.

Am liebsten wäre ich dahingeschmolzen unter diesen warmen, weichen Händen, doch für solch süßen Aufschub blieb mir leider keine Zeit.

»Du bist hier nicht sicher, Daisy …« begann ich.

»Was du nichts sagst«, unterbrach sie mich. »Ich bin Kriminalbeamtin, wie du weißt, und wir führen diese Unterhaltung nicht zum erstenmal. Es gibt keinen sicheren Ort, Valerian – für niemanden von uns.«

»Mein Bruder wird bald wiederkommen. Was du in der Dusche gefunden hast, war nur seine Visitenkarte.«

Sie senkte kurz den Blick, um dann wieder zu mir aufzuschauen. »Wo soll ich mich denn verbergen, Valerian? Nenn mir einen Ort, den du und deinesgleichen nicht betreten könnt.«

Darauf wußte ich nichts zu erwidern, denn außer dem Himmel selbst gab es nichts, was mir verschlossen war, keinen Ort, den ich nicht betreten konnte, wenn ich es so wünschte. Das gleiche galt natürlich auch für Krispin.

Hilflose, lähmende Verzweiflung beherrschte mich in jenen Augenblicken, doch dann kam mir ein unerwarteter Gedanke. »Diese Puppe, die er hier zurückgelassen hat – wo ist sie?«

Daisy trat einen Schritt zurück. »O'Halloran – das ist mein Partner – hat sie als Beweisstück mitgenommen. Er glaubt, wir hätten es mit einem ganz gewöhnlichen Mann zu tun, und deshalb wollte er die Puppe auf Fingerabdrücke untersuchen.«

Ich würde mir das Ding holen, wenn es sein mußte – ich brauchte etwas, das Krispin berührt hatte – doch ich zog es vor, den Kontakt zur Polizei so lange wie möglich zu vermeiden. Jetzt, wo auch Janet ermordet worden war, würden sie mich dieser Verbrechen ganz bestimmt verdächtigen, und es wäre peinlich gewesen, aus ihrer Mitte zu verschwinden, wenn sie versuchten, mir Handschellen anzulegen.

»Der Gürtel deines Bademantels«, sagte ich. »Den Krispin als Schlinge benutzte, um die Puppe aufzuhängen … Hat dein Partner den auch mitgenommen?«

Sie runzelte die Stirn und schüttelte den Kopf. »Nein. Ich hatte Angst, ihn nicht zurückzubekommen.«

Unter anderen Umständen hätte ich jetzt vielleicht gelacht, denn ihre Weigerung, sich von etwas so Banalem wie einem Bademantelgürtel zu trennen, amüsierte mich. Ganz abgesehen davon, daß das Ding als Galgenstrick gedient hatte.

»Wo ist er?« fragte ich und ging ins Bad, ohne ihre Antwort abzuwarten.

Ich nahm den Mantel vom Haken, zog den Gürtel aus den Schlaufen und hielt ihn in den Händen, wie ich vielleicht eine zahme Schlange gehalten hätte. Sogleich erhielt ich einen Eindruck von Krispin und erkannte, in einer Mischung aus Erleichterung und Verzweiflung, daß meine Theorie korrekt war.

In jenem schmalen Streifen Stoff spürte ich Krispins Haß auf mich, seine Eifersucht, seinen Wahn und seinen Zorn, und ich fürchtete mehr als je zuvor um Daisys Leben. Mein Bruder würde nicht zögern, sie zu töten – tatsächlich kostete er bereits die Vorstellung aus und hob sich das eigentliche Verbrechen bis ganz zum Schluß auf, so wie Kinder Süßigkeiten horteten.

»Warum?« flüsterte ich, für den Fall, daß er seinen Geist mit meinem verbunden hatte und mich hörte. »Warum?«

Krispin zog es vor, nicht zu antworten.

Damals jedenfalls noch nicht.

Ich sah ein, daß ich mich schleunigst auf Nahrungssuche begeben mußte, da ich in der Nacht zuvor, wegen meines Besuchs in Dunnett's Head keine aufgenommen hatte. Aber ich ertrug es nicht, Daisy allein in dieser Wohnung zurückzulassen, wie einen Köder, um Krispin zu verlocken, mich mit ihrem Tod zu strafen.

Selbst in diesem lächerlichen, viel zu großen Pyjama, den vielleicht ein früherer Liebhaber bei ihr zurückgelassen hatte, sah Daisy ganz bezaubernd aus. Ihr rotgoldenes Haar fiel ihr in weichen Wellen auf die Schultern, ihre Augen waren wie kostbare Edelsteine, die ich einmal in einer Schaufensterauslage bewundert hatte – unfaßbar grün, doch dunkel vor innerer Anspannung. Die Sommersprossen hoben sich auffallend von ihrer blassen Haut ab.

»Wie kann ich dich hier zurücklassen?« fragte ich bedrückt.

Sie trat einen Schritt näher, und ich sah eine Erinnerung in ihren Augen aufblitzen: die Erinnerung an jene einseitige Liebesnacht in dem schäbigen Motel an der Straße nach Telluride. Daisys Verlangen nach mir brannte wie Feuer in ihren Augen, und eine überwältigende Sehnsucht erfaßte mich, daß ich einen erstickten Schrei ausstieß.

»Nimm mich mit«, sagte sie. »Laß mich schlafen, wo du schläfst.«

Ich hatte Daisy nicht bewußt verzaubert; es zu tun, wäre abscheulich gewesen und beinahe so verabscheuungswürdig wie eine Vergewaltigung. Nein, es war keine Magie, sondern pure Angst, was Daisy nach dem Trost verlangen ließ, den nur ich ihr geben konnte. »Aber als wir darüber sprachen, sagtest du ...«

»Ich würde nicht deine Gefangene sein«, unterbrach sie mich sanft und schlang ihren Arm um meinen Nacken. »Dafür jedoch deine Geliebte.«

Alles in mir drängte danach, sie zu besitzen, ja sogar, sie zu meiner wahren Gefährtin zu machen, doch natürlich konnte ich weder das eine noch das andere tun. Die Erinnerung an Elisabeths Tod, so kurz nach unserer intimen Vereinigung, plagte mein Gewissen. Außerdem brauchte ich dringend Nahrung – falls ich Krispin oder irgendeinem anderen Feind vorher begegnete, wäre ich zu schwach, um Daisy oder mich schützen zu können. Und sobald ich die für mich lebenswichtige Substanz aufgenommen hatte, mußte ich mich unverzüglich auf die Suche nach meinem Bruder machen.

»Nicht heute«, erwiderte ich leise und überzeugt, daß meine Enttäuschung sogar noch größer war als ihre.

»Dann nimm mich mit«, beharrte Daisy und strich mit dem

Zeigefinger über meine kalten, bleichen Wangen. »Bitte. Ich möchte diesem Mörder, diesem Ungeheuer nicht ausgerechnet heute nacht begegnen.«

Ich küßte ihre Stirn und schlang die Arme um sie, und sie schmiegte sich an mich wie ein Vogel, der unter den Schwingen eines größeren Schutz sucht. »Also gut«, gab ich nach und richtete meine Gedanken auf meinen geheimen Zufluchtsort mitten in der Wüste.

Sekunden später standen wir in meinem eleganten Wohnzimmer. Daisy schwankte ein wenig, wegen des Schocks vermutlich, und ich stützte sie.

»Hier bist du sicher, zumindest für den Augenblick«, sagte ich, im unerfreulichen Bewußtsein, wie schnell und gnadenlos die Zeit verstrich. »Vampire sind keine geselligen Geschöpfe und fühlen sich deshalb äußerst unbehaglich im Hause eines Fremden«, erklärte ich und machte eine weitausholende Geste, die meine gesamte prachtvolle Behausung einschloß. »Ich muß jetzt gehen, Daisy. Schau dich ruhig um. Eine Stunde vor der Morgendämmerung werde ich zurückkehren.«

Damit verschwand ich und lächelte über den Ausdruck unverfälschter Überraschung, den ich auf ihrem Gesicht gesehen hatte. Sterblichen fällt es erstaunlich schwer, sich mit neuen Gegebenheiten abzufinden.

Daisy
Im Unterschlupf des Vampirs
Außerhalb von Las Vegas, 1995

Anfangs war Daisy so überwältigt von Valerians spektakulärem Abgang und ihrer eigenen Einführung in Blitztransport, daß sie sich auf eine Ledercouch sinken ließ und blicklos vor sich hinstarrte. Ihr erster bewußter Gedanke dann war der Wunsch, sich die Zeit genommen zu haben, etwas anderes anzuziehen.

Wie typisch für sie, zur aufregendsten Erfahrung ihres Lebens in dem Pyjama zu erscheinen, den O'Halloran ihr im

Jahr zuvor zu Weihnachten geschenkt hatte. Er hatte damals irgend etwas über die Gleichberechtigung der Geschlechter geschwafelt, aber Daisy erinnerte sich nicht mehr, was es gewesen war.

Sie erhob sich von dem teuren Ledersofa, als ihre Knie nicht mehr so zitterten. Valerian mochte ihren Verführungsversuch verschmäht haben, doch er hatte sie eingeladen, sich nach Herzenslust in seinem Haus umzuschauen, und diese Gelegenheit würde sie sich nicht entgehen lassen.

Daisy merkte bald, daß das Haus so etwas wie ein gigantischer und überaus luxuriöser Luftschutzbunker war. Das Licht war künstlich, doch so hell und klar, daß es von der Sonne hätte stammen können. Neben dem Wohnzimmer, das mit allen nur erdenklichen elektronischen Spielzeugen ausgerüstet war, gab es einen riesigen Swimming-pool und einen Whirlpool, umgeben von einem wahren Dschungel exotischer Pflanzen, sowie eine Küche, die alle nur vorstellbaren elektrischen Geräte enthielt, jedoch weder Geschirr, Besteck, Töpfe noch Lebensmittel aufwies. In dem riesigen Kühlschrank herrschte gähnende Leere.

Daisy überlegte, ob sie sich telefonisch eine Pizza bestellen sollte, und wenn auch nur, um festzustellen, ob der Ausliefe-rer das Haus fand.

Valerians Schlafzimmer war eine Suite, eingerichtet mit Antiquitäten, Gemälden und Skulpturen von unschätzbarem Wert. Neben einem riesigen Bett mit Baldachin und Samtvorhängen befand sich eine im Boden versenkte Marmorwanne von wahrhaft dekadenten Ausmaßen. Die Armaturen waren aus purem Gold, die prachtvollen Kacheln handbemalt und sehr, sehr alt.

Daisy entdeckte noch sechs weitere Schlafzimmer, die ohne Ausnahme ungemein luxuriös eingerichtet waren und selbst die anspruchsvollsten Gäste zufriedengestellt hätten. Vielleicht gab es hier etwas zum Anziehen – die Überlegung, wer hier Kleider zurückgelassen haben mochte, verdrängte Daisy, und nicht nur, weil sie eifersüchtig auf Valerians Gäste war –, aber sie fand nichts.

Schließlich kehrte sie in sein Zimmer zurück und nahm sich eins seiner gerüschten Smokinghemden. Es reichte ihr fast bis an die Knie, und sie verlieh dem Modell den letzten Pfiff, indem sie eine Krawatte aus einer beachtlichen Sammlung nahm und als Gürtel locker um die Taille schlang.

Sie hatte gerade wieder das Wohnzimmer betreten, mit der Absicht, sich auf dem Ledersofa auszustrecken, als der größte Fernsehschirm, den sie je gesehen hatte – und es gab enorm große in den Casinos von Las Vegas – mit einem leisen Surren aus einer Vertiefung in der Zimmerdecke glitt.

Daisy schaute sich um, überzeugt, daß sie unabsichtlich einen Schalter betätigt hatte, aber nichts dergleichen war zu sehen. Als sie auf den Bildschirm starrte, erwachte ein seltsames Gefühl von Angst und Erregung in ihrer Magengrube.

Während der riesige Monitor aufflackerte und dann heller wurde, eilte sie zum Sofa und ließ sich in die Kissen sinken.

Eine blühende Wiese erschien auf dem Bildschirm, und während Daisy noch auf Überschriften wartete, auf irgendeine Erklärung dessen, was hier vorging, hatte sie im Unterbewußtsein längst die Wahrheit erkannt.

Das Bild, das sie sah, wurde nicht von irgendeinem Kanal gesendet; es war Vampirzauber, aber nicht Valerians Magie. Er hätte sie niemals so erschreckt.

Sie betrachtete die Blumen auf der Wiese, Margeriten, die sich in der kühlen Abendbrise unter einem lavendelfarbenen Himmel wiegten und in den rotgoldenen Schein der untergehenden Sonne getaucht waren. Als Daisy in der oberen rechten Ecke jemanden sah, verkrampfte sich ihr Magen, und als die Gestalt nahe genug war, um sie zu erkennen, stieß Daisy einen leisen Schrei aus.

Die Frau war eine Fremde, eine große Blondine mit braunen Augen, und doch wußte Daisy, daß sie sich selbst vor Augen hatte. Valerian hatte ihr von dieser Reinkarnation nichts erzählt, weshalb sie vermutete, daß er selbst nichts davon wußte. Durch irgendeinen kosmischen Fehler mußte sie ihn in jenem Leben verpaßt haben.

Während ihr Blick wie gebannt auf dem Bildschirm ruhte,

versuchte Daisy, sich an ihr Leben als jene Frau zu erinnern, aber es gelang ihr nicht einmal ansatzweise.

Blinzelnd stand sie auf, und erst da merkte sie, daß das Wohnzimmer, das eben noch hell erleuchtet gewesen war, jetzt nur noch vom flackernden Licht des Bildschirms erhellt wurde. Eine kalte Hand strich über ihren Rücken, und fröstelnd richtete sie den Blick auf das Gesicht ihres anderen Ichs.

Sie zwang sich, ruhig zu bleiben und zu beobachten. Ihr war klar, daß sie in Gefahr war, doch all die Jahre harter Ausbildung und des Polizeidienstes kamen ihr nun sehr zugute. Sie wußte, wenn sie in Panik geriet und nicht scharf aufpaßte, würde sie nicht überleben.

Prüfend betrachtete sie das Bild auf dem Monitor und achtete auf jede Einzelheit. Die Kleider ihrer Doppelgängerin waren alt und schäbig, Kleider, wie sie eine Bäuerin in irgendeinem früheren Jahrhundert getragen haben würde.

Die Frau auf dem Bildschirm legte beide Hände um den Mund und begann nach jemandem zu rufen, während sie sich gleichzeitig besorgt umschaute. Obwohl außer dem leisen Surren des Fernsehers kein Geräusch zu vernehmen war, erkannte Daisy den Namen auf diesen Lippen, die ihren so täuschend ähnlich waren.

Ein Schock durchzuckte sie, ihr Herz begann zu rasen, und sie war versucht, entsetzt die Hände vors Gesicht zu schlagen.

Die Blumen verwelkten, ein grelles Licht erschien im Hintergrund.

Das Feuer rückte näher.

Daisy sah sich losrennen und erkannte, daß die Blumen und das Gras, die unter einer lodernden Feuersbrunst verschwunden waren, nun auf einem Friedhof wuchsen.

Plötzlich saß Daisy nicht mehr auf Valerians Couch und beobachtete die Szene – sie spielte darin mit. *Sie* war die hübsche junge Frau, die zwischen verfallenen Grabsteinen herumirrte, und *sie* fühlte die Hitze des nahenden Feuers ihren Rücken versengen. Der Boden unter ihren Füßen war uneben und steinig, ihre Lungen drohten zu bersten, und sie hatte entsetzliche Angst.

Von einem Augenblick zum anderen vergaß sie, daß sie Daisy Chandler war.

»Krispin!« schrie sie – stolpernd, stürzend und sich erhebend, während das Feuer brüllend Hütten, Felder und Kirchen hinter ihr verschlang und Boden gewann wie der schnellste aller Läufer.

Sie rannte weiter, bis ihre Beine ein zweites Mal den Dienst versagten. Da stürzte sie und kroch hinter ein riesiges Grabmal, das eine französische Inschrift trug.

Es wurde allmählich dunkel – oder war es nur der Rauch? Wo war ihr Geliebter? Er hatte doch versprochen, sie hier zu treffen und weit fortzubringen von London – nach Paris, hatte er gesagt, nach Rom oder sogar Istanbul.

»Mach dir nichts vor, Maddie Goodtree«, wisperte sie. »Entweder ist er wie eine Vogelscheuche in den Flammen aufgegangen, dein feiner Herr, oder er hat dich zum Narren gehalten.«

Maddie lehnte sich gegen das Grabmal und starrte auf die Feuersbrunst am Horizont. London war in Flammen aufgegangen, unwiederbringlich. Und bei der Geschwindigkeit, mit der das Feuer sich ausbreitete, würde es bald ganz England verschlungen haben.

Sie versuchte aufzustehen, doch aus ihren Beinen war jegliche Kraft gewichen. Andere Leute, die auf der Flucht vor dem Feuer waren, hasteten vorbei, Karren, heulende Kinder und jammernde Alte mitschleppend.

Niemand blieb stehen, um zu helfen.

Das Feuer kam näher, das Atmen fiel Maddie immer schwerer. Als es ihr endlich gelang, sich aufzurichten, begann sie hinter den anderen herzustolpern. Die Sonne war untergegangen, was niemand vermutet hätte, so gleißend hell, wie der Himmel war.

Dann, ganz plötzlich, war er neben ihr. Lächelnd nahm er ihre Hand, ihr schöner Geliebter, und sagte, sie brauche keine Angst zu haben.

Schreie gellten durch die Finsternis, Schreie der Angst und des Entsetzens, und Maddie hätte sich mitten in der Hölle geglaubt, wenn ihr schöner, blonder Engel nicht neben ihr gegangen wäre und ihr den Weg gezeigt hätte.

Krispin hatte sie schließlich doch gefunden.

Sie entkamen dem Feuer innerhalb von Sekunden, erschien es Maddie, und flüchteten sich in ein kühles Gemäuer, in dem absolute Finsternis herrschte. Er zog sie an sich, und ihre Münder und Körper verschmolzen …

Langsam, ganz langsam, kehrte Daisy in sich selbst zurück.

Der Bildschirm war verschwunden, alle Lampen im Raum brannten, und sie hörte eine leise, verführerische Stimme, die aus ihrem eigenen Kopf zu kommen schien.

»In jenem Leben hast du mir gehört. Nicht Valerian. *Mir.*« Eine kurze Pause, nicht länger als ein Herzschlag, gefolgt von einem kehligen Lachen. »Er wußte nicht, daß du lebtest, und du gehörtest mir. Und bald wird es wieder so sein.«

13

Valerian
Außerhalb von Las Vegas, 1995

Über alle Maßen erschöpft und enttäuscht, kehrte ich kurz vor Morgendämmerung in mein unterirdisches Versteck zurück. Ich hatte in den vergangenen Nächten die gesamte Erde abgekämmt, von einem Pol zum anderen, ohne auch nur die geringste Spur von Krispin zu entdecken. Mein Bruder hatte sich in der Tat sehr schlau versteckt.

Daisy lag auf der Couch, als ich zurückkehrte, in einem meiner maßgeschneiderten Smokinghemden und mit einer Krawatte als Gürtel, und sie war weiß wie Schnee.

Ich streckte eine Hand aus und schwankte ein wenig, denn der Vampirschlaf begann bereits seinen Tribut zu fordern. Daisy stand auf und kam zu mir, und in einem Anfall von Schwäche lehnte ich mich an sie. Sie stützte mich mit erstaunlicher Kraft, während sie hastig auf mich einsprach, doch ihre Worte waren nur noch unverständliches Gemurmel für mich.

Das letzte, was ich merkte, war das Sofa unter meinem Rücken, das noch warm von Daisys Körper war.

Daisy
Im Unterschlupf des Vampirs, 1995

Daisy kniete auf dem Boden neben Valerian und hielt seine kalte Hand in ihren. Seine Haut, die immer ungewöhnlich blaß war, war nun weiß wie Alabaster, und er war so still, so unbeweglich, daß er hätte tot sein können.

Sie legte die Hand auf seine Brust und nahm keinen Herzschlag wahr, kein Heben und Senken seiner Rippen. Hätte sie Valerians Magie nicht selbst erlebt, dann hätte sie jetzt um ihn getrauert und geglaubt, ihn für immer verloren zu haben. Sie verharrte lange in dieser Stellung, ihr Ohr an seiner Brust, und kämpfte mit der Einsicht, daß sie nicht nur einen Vampir persönlich kannte, sondern sich darüber hinaus in ihn verliebt hatte.

Leise weinte sie, ihre Tränen benetzten die feine Seide seines Hemds. Viele Frauen, selbst Polizistinnen, verloren ihr Herz an Alkoholiker, Schürzenjäger, Spieler und andere Verlierer – aber sich in einen Vampir zu verlieben, hieß, gewisse Funktionsstörungen des Gehirns entschieden zu weit zu treiben.

Daisy biß sich auf die Lippen. Sie mußte Valerian von Krispin und der Episode mit dem Fernseher erzählen, fürchtete sich jedoch so sehr davor, daß sie fast froh war über den Aufschub, den der Sonnenaufgang ihr gewährte.

In der Zwischenzeit würde sie relativ sicher sein, denn wenn Valerian während der Tagesstunden bewegungsunfähig war, lag bestimmt auch Krispin irgendwo und ruhte, reglos wie eine Leiche und vorübergehend außer Gefecht gesetzt.

Zumindest hoffte sie es.

Daisy wachte neben Valerian, bis ihre Knie schmerzten, und dann zwang sie sich, aufzustehen und in die Küche zu gehen. Es gab jedoch nicht das geringste zu essen in diesem Haus, und um sich von ihrem Hunger abzulenken, ging sie zum Pool hinaus, der, wie alles andere hier, tief unter der Erde lag. Dieses Haus zu erbauen, mußte eine architektonische Meisterleistung gewesen sein, und dennoch hatte Daisy, obwohl sie ihr ganzes Leben in Las Vegas verbracht hatte, nicht einmal gerüchteweise von seiner Existenz gehört.

Sie legte Valerians Hemd ab und stieg in das warme, saphirblaue Wasser. Der große Raum mit dem Pool und dem Whirlpool war wie eine Höhle, doch die Luft hier war eher schwül statt klamm und kühl.

Das Wasser umschmeichelte Daisys Körper, als sie sich auf den Rücken legte; ihre Brustspitzen richteten sich auf und erinnerten sie daran, wie verzweifelt sie Valerian begehrt hatte – und immer noch begehrte. Das Verlangen war instinktiv und tief verwurzelt, eine verzehrende Sehnsucht, für die es keine Erklärung gab, so machtvoll, daß sie Daisy erschreckte, und so zwingend, daß sie sich ihr nicht widersetzen konnte.

Es war, als sollte sich irgendein uralter Schwur durch den Akt erfüllen, ein Versprechen aus einer Zeit, bevor die Sterne erschaffen worden waren. Ob zum Guten oder Schlechten, sie würden vereint werden, und wenn auch nur für eine Nacht.

Daisy dachte an die Szene zurück, die sie auf dem Bildschirm mitverfolgt hatte. Sowohl die Hitze der Feuersbrunst wie auch die grobe Erde unter ihren Füßen hatte sie gespürt, und mit ihnen das Entsetzen, ihr eigenes so gut wie Maddie Goodtrees. Sie hatte beim Anblick Krispins die gleiche Erleichterung empfunden wie Maddie und jede Nuance ihrer leidenschaftlichen Umarmung ausgekostet.

Errötend erinnerte sie sich an die unglaubliche Intensität ihrer körperlichen Befriedigung. Ja – sie konnte nicht anders, als diese wundervolle, verbotene Leidenschaft als ihre eigene zu bezeichnen, weil sie Maddie Goodtree *gewesen* war. Ebenso wie Brenna Afton-St. Claire und Elisabeth Saxon. Sie hatte vage, verschwommene Erinnerungen an jene Leben und wußte, daß sie schon oft davon geträumt hatte.

Daisy seufzte. So angenehm Krispins intime Zärtlichkeiten auch gewesen waren, verblaßten sie doch im Vergleich zu dem, was Valerian mit ihr getan hatte.

Wenn Valerian mich mit seinem Körper statt mit seinem Geist liebt, werde ich vor Lust vermutlich sterben.

Aber vielleicht lohnt es sich ja sogar, dafür so jung zu sterben, entschied sie lächelnd, als sie auf den Rand des Pools zuschwamm.

Auf einem bronzenen Ständer an der Wand fand sie blütenweiße Handtücher, was sie auf die Frage brachte, wer dieses seltsame, unterirdische Haus wohl reinigen mochte – Valerian, legendärer Vampir und berühmter Bühnenstar, doch wohl ganz sicher nicht.

»Es wird immer merkwürdiger«, murmelte Daisy, als sie ein großes Badetuch wie einen Sarong um ihren Körper schlang. Ihre Umgebung vermittelte ihr ein eigenartiges Gefühl der Freiheit, obwohl dieses Haus im Grunde nichts weiter als ein luxuriöses Grab war. Sie konnte hier splitternackt herumlaufen, und niemand, einschließlich Valerian, würde sie so sehen.

An der Tür zum Wohnzimmer ließ sie das Handtuch fallen und trat vor den hinreißend gutaussehenden Vampir, der auf dem Sofa schlief. Er war ganz ohne Zweifel das schönste Geschöpf, das sie je gesehen hatte.

Wie lange, fragte sie sich, liebst du ihn schon? Tausend Jahre? Zehntausend?

Kopfschüttelnd wandte sie sich ab und ging, noch immer hungrig, in die Küche. Vielleicht hatte sie ja eine Tüte Kekse oder eine Dose Sardinen übersehen.

Das Telefon fiel ihr auf, als sie das Licht einschaltete, und mit einem schwachen Lächeln nahm sie den Hörer ab, um O'Halloran anzurufen. Er würde wütend über ihr Verschwinden sein – aber was konnte sie ihm schon sagen? Daß sie nackt in der Küche eines Vampirs stand? Bloß das nicht, denn dann wäre er vermutlich schnurstracks zu ihrem Chef gelaufen, um sie suspendieren zu lassen – unwiderruflich.

»Ja!« brüllte er über das Rauschen des Verkehrs. O'Halloran besaß ein Handy, aber keineswegs aus Statusgründen. Er haßte die Dinger und tolerierte sie nur, weil sie ihm halfen, mit seinen Informanten Kontakt zu halten.

»O'Halloran?«

Der Verkehrslärm verblaßte, als O'Halloran sein Wagenfenster schloß. »Chandler? Bist du das?« Es klang besorgt. »Wo, zum Teufel, steckst du?«

»Ich halte mich ein paar Tage verborgen«, erwiderte sie ruhig. »Mach dir keine Sorgen um mich. Ich bin okay.«

»Zwingt dich jemand, das zu sagen?«

»Nein, O'Halloran. Niemand zwingt mich zu nichts. Ich brauche nur ein bißchen Zeit, um meine Gedanken zu ordnen. Das hast du mir schließlich selbst geraten, nicht?«

»Ist wirklich alles in Ordnung mit dir?«

Eine Welle der Zuneigung erfaßte Daisy; O'Halloran und seine Frau, Eleanor, waren für sie wie ihre Familie. »Ja«, antwortete sie und spürte, wie ihr die Tränen kamen, weil sie ihm so viel verschweigen mußte. »Wie laufen die Ermittlungen?«

»Im Kreis«, meinte O'Halloran seufzend. »Wir können diesen Valerian nicht finden. Er hat seine Mitarbeiter entlassen und die Show im Venetian abgesagt, aber die Hotelleitung meint, er käme bald zurück, und deshalb haben sie niemand anderen engagiert. Seine Plakate hängen noch, und die Presse feiert ihn. Wenn ich ein Zyniker wäre, würde ich die ganze Sache als Reklamegag bezeichnen.«

»Du glaubst, er hätte diese Frauen aus Publicitygründen umgebracht?« fragte Daisy, die plötzlich fröstelte. »Das kann nicht dein Ernst sein, O'Halloran! Er muß doch wissen, daß er automatisch die Nummer eins auf der Liste der Verdächtigen wäre.« Sie warf einen Blick zum Wohnzimmer, wo Valerian schlief. »Niemand, der seine fünf Sinne beisammen hat, würde ein solches Verbrechen begehen, in der Erwartung, seine Karriere danach ungehindert fortsetzen zu können!«

»Das ist es ja, Chandler. Du hast die Leichen selbst gesehen. Der Mörder muß ein Psychopath sein.«

Daisy hätte ihm gern gesagt, daß Krispin und nicht Valerian die Morde begangen hatte, doch wie hätte sie ihm die ganze Sache erklären sollen? »Das stimmt«, gab sie etwas unwillig zu. »Aber versuch doch einmal, über das Offensichtliche hinauszudenken. Ich glaube, du übersiehst etwas.«

»Ich wünschte, du wärst hier, um mich zu unterstützen«, gestand er. »Du hast einen guten Instinkt, Chandler.«

»Heißt das, daß ich suspendiert bin?« fragte Daisy bestürzt. Ihr Job war ein solch wichtiger Bestandteil ihrer Identität, daß sie nicht sicher war, wer sie *ohne* ihre Arbeit war. »Der Chef hat also nicht gebrüllt: ›Bringt mir Chandler – die mit dem guten Instinkt und dem negativen Drogentest?‹«

O'Halloran blieb still. Zu still.

»Rede«, befahl sie, als sie es nicht mehr ertrug.

»Sie wollen, daß du mit einem Psychiater redest.«

»Sie halten mich also für verrückt.«

»Sie glauben, daß du unter starkem Streß stehst, wie jeder andere Cop in diesem Land.«

»Ja, aber sie schicken nicht ›jeden anderen Cop‹ zu einem Seelenklempner, oder?«

»Chandler, tu dir selbst einen Gefallen und nimm einen guten Rat von einem Veteranen an. Wehr dich nicht. Tu, was sie verlangen. Es ist nicht viel – der Arzt wird dich ein paar Tintenkleckser und Wörter deuten lassen, mehr nicht.«

Daisy fluchte.

»Noch ein guter Rat«, sagte O'Halloran. »Benutz dieses Wort niemals vor jemandem, der einen höheren Rang als ein Lieutenant einnimmt.«

»Ich werde es mir merken«, versprach Daisy. Es war nicht einfach, stellte sie fest, nackt und wütend zugleich zu sein.

»Okay, Chandler, gib mir eine Nummer, wo ich dich erreichen kann. Ich bin auf dem Weg zum Venetian, um zu sehen, ob ich diesen Magier finde. Eins muß man diesem Valerian lassen – er versteht es, sich unsichtbar zu machen.«

Daisy dachte blitzschnell nach. »Im Moment bin ich in einer Hütte an einem See«, log sie, »und kann nur aus einer Kabine anrufen. Ich melde mich in ein, zwei Tagen wieder bei dir.«

»Dann gib mir den Namen dieser Ferienanlage!«

»Tut mir leid, Partner, aber der ist geheim. Bis bald«, erwiderte Daisy und legte auf.

Als nächstes rief sie ihre Wohnung an, lauschte geduldig ihrer eigenen Stimme und hörte dann ihren Anrufbeantworter ab.

Die erste Nachricht war von Nadine, die inzwischen im Krankenhaus war.

Der zweite war von Freddy. Nadines Wehen hätten eingesetzt, und sie schreie vor Schmerzen, sagte er aufgeregt. Ob Daisy bitte so schnell wie möglich nach Telluride käme?

Wieder füllten ihre Augen sich mit Tränen. Wie gern wäre sie jetzt bei ihrer Schwester gewesen, um ihr beizustehen – aber es war zu gefährlich für Nadine, Freddy und ihr Baby. Sie wagte sich gar nicht auszudenken, was Krispin ihnen antun könnte, aus welchem Grund auch immer.

Dann kam die quälend langsame, seelenlose Stimme, die sie schon öfter gehört hatte, doch jetzt wußte sie, daß es ein Trick von Krispin war – ein Roboter vielleicht, ein Computer oder sein höchst privater Zauber. »Komm heraus, Daisy. Du kannst dich nicht ewig vor mir verbergen. Wenn du nicht erscheinst, werde ich wieder jemand anderen töten.«

Galle stieg in Daisys Kehle auf; sie schloß die Augen und kämpfte, um sich nicht zu erbrechen. »Lieber Gott«, flüsterte sie. »Hilf mir.«

Die Leitung verstummte, und dann hörte sie wieder Nadines Stimme, die erschöpft, aber glücklich klang. »Daisy? Das Baby kam heute morgen, und Mutter und Tochter sind wohlauf. Freddy hat solche Angst ausgestanden während der Geburt, daß er jetzt nachgiebiger ist, was den Namen betrifft. Wir werden unsere Tochter Whitney Miranda nennen. Wie findest du das, Tantchen? Ruf mich an – dann werde ich dir mehr über Geburten erzählen, als jede vernünftige Frau erfahren möchte.«

Das war das Ende das Bands, und Daisy weinte, als sie auflegte. Sie hatte eine Nichte – ihre einzige Blutsverwandte außer Nadine und der ewig abwesenden Jeanine – und konnte nicht einmal nach Telluride fahren, um sie zu sehen.

Es war nicht fair.

»Das Leben ist nur selten fair«, bemerkte eine weibliche Stimme.

Daisy war so erschrocken, daß sie herumwirbelte und sich an die Wand preßte. Sie hatte einen Vampir erwartet, doch statt dessen stand sie einer attraktiven Frau in ihrem eigenen Alter gegenüber. Die Besucherin hatte kurzes, dunkles Haar und graue Augen, war sehr schlank und trug schwarze Kordhosen, eine weiße Bluse und darüber eine Weste aus schwarzem Samt.

»Wer sind Sie?« fragte das elfenhafte Wesen mit einem mißbilligenden Blick auf Daisys nackten Körper.

Daisy schluckte. »Das wollte ich Sie auch gerade fragen«, erwiderte sie. »Sind Sie ein Vampir?«

»Natürlich nicht«, erwiderte das Mädchen kühl. »Wenn ich es wäre, könnte ich nicht bei hellem Tageslicht erscheinen. Ich bin Kristina Holbrook.«

Der Familienname kam Daisy irgendwie bekannt vor. »Daisy Chandler«, stellte sie sich vor. »Ich bin Detective beim Police Department von Las Vegas.«

Ein schwaches Lächeln spielte um Miss Holbrooks Lippen. »Vielleicht sollten Sie Verstärkung rufen, Detective Chandler. Es sieht aus, als hätte jemand Ihre Kleider gestohlen.«

Daisy errötete. »Ich trug einen Pyjama, als ich herkam«, erklärte sie rasch. »Und dann bin ich schwimmen gegangen, und da Valerian schlief und sonst niemand ...«

»Schon gut«, warf Kristina lächelnd ein. »Ich hole Ihnen etwas zum Anziehen.« Noch einmal betrachtete sie Daisy nachdenklich und sagte dann: »Ich glaube, Blau ist Ihre Farbe.«

Damit schloß sie die Augen, und eine Sekunde später fühlte Daisy Stoff an ihrer Haut. Sprachlos vor Verblüffung sah sie an sich herab und stellte fest, daß sie einen Overall aus indigoblauer Seide und einen goldenen Gürtel trug.

»Ich hatte recht«, bestätigte Kristina. »Blau steht Ihnen.«

»Wer sind Sie?« fragte Daisy fassungslos.

»Das sagte ich doch schon. Kristina Holbrook.«

»Und Sie sind kein Vampir?«

Kristina runzelte die Stirn. »Nein. Aber meine Eltern. Es ist etwas kompliziert – mein Vater war noch ein Mensch, als ich gezeugt wurde, und deshalb bin auch ich ein Mensch. Größtenteils zumindest.«

Daisy schluckte. *»Größtenteils?«*

Kristina lachte. »Grundsätzlich bin ich sterblich. Aber ich weiß nicht, wann ich altern werde, falls überhaupt, und ich besitze auch gewisse Talente – wie Sie eben selbst gesehen haben.« Sie hielt einen Moment inne. »Möchten Sie etwas essen?«

Daisy war sprachlos – und überrascht, daß sie noch immer hungrig war. »Ja … gern.«

Mit einer theatralischen Geste deutete Kristina auf den Küchenblock in der Mitte des Raums, und aus dem Nichts heraus erschien ein Picknickkorb, begleitet vom verlockenden Aroma gebratenen Hühnchens und frischgebackenen Apfelkuchens.

»Kommen Sie«, sagte Kristina freundlich und zog sich einen Stuhl heran. »Sie sagten doch, Sie wären hungrig, nicht?«

Daisy zögerte noch einen Moment, bevor sie sich dem Essen näherte. Die Seide ihres Anzugs raschelte bei jedem Schritt.

»Möchten Sie ein bißchen Schmuck dazu?« fragte Kristina, bevor sie in einen knusprigen Hähnchenschenkel biß.

»Nein, danke«, erwiderte Daisy, die auf der anderen Seite des Küchenblocks stehengeblieben war. Im Korb befanden sich Teller aus feinstem Porzellan, Silberbesteck, Weingläser und ein sehr guter Bordeaux. »Der Anzug genügt. Wird er um Mitternacht wieder verschwinden?«

Kristina lachte. »Wollen Sie mich schlampiger Magie beschuldigen?«

Darauf erwiderte Daisy nichts. »Warum sind Sie hier?« fragte sie zwischen zwei Bissen.

»Meine Mutter sorgte sich um Valerian und bat mich, nach ihm zu sehen.«

In Daisys Kopf drehte sich inzwischen alles. *Vielleicht hat mein Chef ja recht,* dachte sie in einem Anfall von Hysterie. *Vielleicht brauche ich tatsächlich einen Psychiater.*

»Ist er mit Ihnen verwandt? Valerian, meine ich?«

»Er ist so etwas wie ein Patenonkel, schätze ich«, antwortete Kristina. »Wir beide stehen uns sehr nahe. Er hat mich sehr verwöhnt als Kind – ich brauche bloß an das Puppenhaus zu denken, das er mir geschenkt hat. Es ist eine perfekte Kopie des Palasts von Versailles.«

Daisy hatte bisher gestanden, doch jetzt ließ sie sich auf den nächsten Stuhl sinken. Seit sie wußte, daß keine romantische Verbindung zwischen Valerian und Kristina bestand, hatte sie keine Eile mehr, weitere Einzelheiten über deren Beziehung zu erfahren. »Sie haben sich also einfach von irgendeinem anderen Ort hierherversetzt?«

»Aus Seattle«, bestätigte Kristina. »Ich besitze dort einen kleinen Antiquitätenladen.« Stirnrunzelnd schaute sie Daisy an. »Entschuldigen Sie. Wir müssen ziemlich ungewöhnlich auf Sie wirken, Valerian und ich. Haben Sie schon einige der anderen kennengelernt?« Sie hielt inne und erschauderte. »Canaan und Benecia Havermail zum Beispiel? Sie sind kleine Mädchen, schön wie Puppen, und kaum größer als vor fünfhundert Jahren, als sie in Vampire verwandelt wurden. Was für boshafte kleine Kreaturen sie doch sind ... Aber machen Sie sich ihretwegen keine Sorgen. Sie würden es nicht wagen, Valerians Freunde zu belästigen.«

Daisy runzelte die Stirn. »Fünfhundert Jahre ...«

Kristina zuckte die Schultern. »Das ist nichts Ungewöhnliches«, sagte sie. »Meine Mutter wurde im achtzehnten Jahrhundert geboren, und mein Vater betreute als Arzt die Truppen im amerikanischen Bürgerkrieg, als er noch sterblich war. Und was mich betrifft ...«

Daisy hielt den Atem an und machte sich auf eine weitere verblüffende Enthüllung gefaßt.

»Nun ja, wissen Sie, ich bin auch schon eine ganze Weile auf der Welt. Wie alt schätzen Sie mich eigentlich?«

Daisy überlegte kurz. »Neunundzwanzig oder dreißig.«

»Danke.« Kristina strahlte, dann beugte sie sich vor und flüsterte: »Lincoln war Präsident, als ich geboren wurde.«

»Nein«, sagte Daisy, obwohl das komische Gefühl in ihrem Magen ihr verriet, daß es die Wahrheit war.

»Doch«, beharrte Kristina und seufzte dann betrübt. »Es ist schwer, wenn alle guten Freunde älter werden und man selbst sich im Laufe der Jahre und Jahrzehnte überhaupt nicht verändert. Da fragen sie sich natürlich, warum das so sein mag.«

»Natürlich«, krächzte Daisy, weil ihr nichts Vernünftigeres dazu einfiel.

»Aber Sie sind vollkommen menschlich, vermute ich?«

»Vollkommen«, sagte Daisy.

»Ich beneide Sie. Wissen Sie, ich würde all meine magischen Fähigkeiten jederzeit für ein richtiges Heim und eine eigene Familie opfern. Wie schön wäre es, zu heiraten und mit einem Mann zu altern, den man liebt und respektiert ...«

Daisy schob ihren Teller zurück. »Beneiden Sie mich lieber nicht«, antwortete sie und gestand das Unausdenkbare. »Ich bin in einen Vampir verliebt. Und das ist noch nicht das Schlimmste. Anscheinend waren wir schon in anderen Leben zusammen ...«

»O nein!« fiel Kristina ihr entsetzt ins Wort. »Sie sind also Valerians große Liebe – die Frau, die er immer wiederfindet, nur um sie dann von neuem zu verlieren!«

Daisy nickte düster. »Ja, ich glaube, das bin ich.« Tränen des Mitleids glitzerten in Kristinas dunklen Wimpern. »Dann ist es also wahr, daß ein Fluch auf Ihnen lastet.«

Valerian hatte Daisy von ihren früheren Begegnungen in den verschiedenen Jahrhunderten erzählt, jedoch nie etwas von einem Fluch erwähnt.

»Sagen Sie mir, was Sie darüber wissen«, bat sie.

Kristina schüttelte den Kopf. »Fragen Sie Valerian, Daisy. Das ist eine private Angelegenheit, und ich habe kein Recht, mich einzumischen. Außerdem weiß ich gar nicht viel darüber. Ich habe nur Gerüchte gehört.«

Daisy nickte. »Das verstehe ich«, meinte sie. »Trotzdem vielen Dank für das Essen und den Overall.«

Kristina stand auf und ging zur Küchentür, und Daisy folgte ihr ins Wohnzimmer. Vor der Couch blieb die dunkelhaarige Frau stehen und berührte Valerians Stirn mit einer solchen Zärtlichkeit, daß es Daisy einen Stich der Eifersucht versetzte.

»Ist alles in Ordnung mit ihm?« fragte sie besorgt.

»Valerian ist stark und eigensinnig«, erwiderte Kristina, und eine steile Falte erschien zwischen ihren Brauen. »Wir alle, ob sterblich oder unsterblich, haben Krisen durchzumachen, und mir scheint, daß seine Zeit gekommen ist.«

»Wie meinen Sie das?« fragte Daisy bestürzt.

Kristina zog ihre Hand zurück, ohne den Blick von Valerian zu wenden. Ihr Gesicht verriet Trauer, Hoffnung, Angst und Zuversicht. »Alles verändert sich. Der Fluch könnte seine Wirkung verlieren ... Vielleicht gibt es ja doch noch eine Lösung.«

Daisy dachte an Krispin und die ermordeten Frauen, an die Puppe in ihrer Dusche und die Szenen auf Valerians Fernsehbildschirm. Sie hatte all diese seltsamen Bilder beobachtet und war gleichzeitig ein Teil von ihnen gewesen.

Ja, dachte sie, Kristina hat recht. Die Ereignisse steigerten sich zu einer Art Crescendo, und sie war mittendrin gefangen, nicht nur aufgrund ihrer vergangenen Leben, sondern auch wegen ihrer Liebe zu Valerian.

Sie schwieg, weil es nichts zu sagen gab.

Kristina bückte sich und küßte Valerians Stirn, bevor sie sich wieder aufrichtete und an Daisy wandte. »Hier«, sagte sie und nahm ihren Anhänger ab, um ihn Daisy umzulegen. Es war eine wunderschöne, goldene Rosenknospe, die an einer kostbaren Kette befestigt war. »Dieses Schmuckstück befindet sich im Besitz unserer Familie, seit meine Mutter und ihr Zwillingsbruder Aidan sterbliche Kinder waren. Im Laufe der Jahrhunderte hat es Macht erlangt durch die Liebe derer, die es an ihrem Herzen trugen. Sie werden all Ihre Intelligenz und Liebe brauchen, Daisy, um die vor Ihnen liegenden Kämpfe zu überstehen, und dieser Talisman wird Ihnen Kraft verleihen.«

Die Kette fühlte sich warm an unter Daisys Fingerspitzen. »Danke«, sagte sie, denn ihr war bewußt, daß Kristina ein großes Opfer brachte, indem sie ihr die Kette schenkte.

Kristina lächelte ein wenig traurig. »Möchten Sie fort?« fragte sie. »Oder halten Sie freiwillig Wache bei Valerian?«

»Ich möchte bleiben«, erwiderte Daisy.

Kristina nickte. »Bitte sagen Sie Valerian, daß ich hier war, um nach ihm zu sehen.« Dann hob sie beide Hände und verschwand in einer Rauchwolke.

»Wow!« rief Daisy unwillkürlich. Dann streckte sie sich neben Valerians reglosem Körper aus, schmiegte sich an ihn, schloß die Augen und schlief fast augenblicklich ein.

Sie träumte, daß sie in einer verfallenen Burg schlief, deren Mauern, Türme und Zinnen von wildem Wein und dornigem Gestrüpp überwuchert waren.

Nur der Kuß eines gewissen Prinzen vermochte sie aus ihrem Schlaf zu erwecken.

Valerian
Im Unterschlupf des Vampirs, 1995

Bei Einbruch der Dunkelheit öffnete ich die Augen und stellte fest, daß Daisy schlafend an meiner Seite lag. Ich fühlte mich zunehmend schwächer, obwohl ich am Abend zuvor in der *Last Ditch Tavern*, einem meiner bevorzugten Jagdgründe, Nahrung aufgenommen hatte. Aber ich konnte Daisy jetzt nicht alleinlassen.

Vorsichtig bewegte ich mich und streifte ihre Lippen mit den meinen. Überrascht öffnete sie die Augen, und sie waren so grün, daß ihr Anblick mir einen schmerzhaften Stich versetzte.

Lächelnd schlang sie die Arme um meinen Nacken. Sie brauchte nichts zu sagen; eine unausgesprochene Einladung lag in ihrem warmen Körper und durchzuckte mich wie ein Blitzschlag.

»Du verstehst nicht«, begann ich. Meine Vampirsinne, tausendmal schärfer als die eines gewöhnlichen Mannes, erwachten zum Leben, pulsierten unter meiner Haut und versprachen mir Höllenqualen für den Fall, daß ich mich ihnen widersetzte, und Ekstase, falls ich ihnen nachgab.

Ich war eben ein ausgesprochen sinnlicher Vampir.

Dennoch unternahm ich einen letzten Versuch. »Daisy ...«

Sie legte einen Finger an meine Lippen und bewegte sich einladend unter mir. »Ich will dich«, murmelte sie. »Ganz egal, was auch danach passieren mag.«

Stöhnend erwiderte ich ihren Kuß, bereit, in der Hölle für sie zu schmoren und mich selbst als lebendes Opfer darzubringen – alles, solange ich nur noch einmal die Freude erlebte, die mir seit so vielen Jahrzehnten, seit ich sie zum letztenmal gesehen hatte, versagt wurde. Noch heftiger jedoch ersehnte ich die Vereinigung unserer Seelen, weil ich mich nur dann komplett fühlte, wenn ihre Seele und meine durch das Feuer unserer Umarmung vereint wurden.

Daisy stöhnte auf, als ich ihre Bluse aufknöpfte und ihre schönen Brüste liebkoste. Ihre Finger, die sie in meinem Haar verschränkt hatte, zogen mich näher, und ich spürte, wie sie mir die Hüften entgegenbog, um mich auf uralte Weise zu verlocken, zu becircen und zu quälen mit der Verheißung sinnlicher Freuden, von einer solchen Intensität, daß kein gewöhnlicher Sterblicher sie ertragen hätte.

»Nimm mich«, flehte sie, und es war nicht nur ihre Stimme, die da sprach, sondern ein ganzer Chor von Stimmen – ihre eigene natürlich, aber auch Brennas, Elisabeths und Jennys. Und noch so viele andere mehr.

Ich dachte jedoch nicht daran, ihr so rasch Befriedigung zu verschaffen, und meine Hände glitten von ihren Brüsten hinab zu ihrem Bauch. Es gab so vieles, was ich Daisy vor unserer Vereinigung in Erinnerung bringen wollte; so vieles, was ich sie noch lehren wollte ...

14

Daisy
Im Unterschlupf des Vampirs, 1995

Daisy krümmte und wand sich unter Valerian, in einem Delirium lustvollen Begehrens, doch er zögerte den Moment der Erfüllung hinaus, selbst als sie ihn anflehte, zu ihr zu kommen. Zärtlich küßte und liebkoste er ihre Brüste, die Innenseiten ihrer Schenkel und die sensible Stelle hinter ihren Knien. Sie hätte eine Göttin sein können, so ausgiebig huldigte er ihr und brachte ihr seine Zärtlichkeit und Leidenschaft als Opfergabe dar.

Daisy stieß einen heiseren Schrei aus, als er zwischen ihre Schenkel glitt und begann, sie dort mit dem Mund zu liebkosen. Seine glutvollen Zärtlichkeiten ließen Daisy jegliches Gefühl für die Wirklichkeit verlieren; schweißüberströmt, mit wirrem Haar und hingebungsvoll geschlossenen Augen wand sie sich unter ihm und stöhnte seinen Namen.

In ihrer Verzweiflung riß sie Valerians Hemd auf, schamlos

und wild wie eine Wölfin in der Paarungszeit, um ihre Hände über seine Brust gleiten zu lassen. Es war, als wäre Michelangelos *David* zum Leben erwacht und liebte sie, so grandios war Valerian, so herzzerreißend schön.

Gewöhnlichen Menschen, dachte sie, ist es einfach nicht bestimmt, so auszusehen wie er. Eine solche Pracht ließ sich ebensowenig in einem menschlichen Körper einfangen wie ein Blitz in einer Tasse oder die Musik eines ganzen Symphonieorchesters in einer Muschelschale.

Auch Valerian stöhnte lustvoll unter ihren Zärtlichkeiten, und sie schlang die Arme um ihn und streichelte seinen Rücken, während sie ihm leise, sinnlose Worte zuflüsterte, die seinen Geist und Körper beruhigen sollten.

Seine Kleider verschwanden kraft eines Blinzelns seiner saphirblauen Augen, und dann waren auch Daisys nicht mehr da.

»Möge das Schicksal uns vergeben«, flüsterte Valerian und drang mit einer einzigen, kraftvollen Bewegung in sie ein.

Daisys lustvolle Erregung löste sich augenblicklich in einer überwältigenden Ekstase, auf deren Höhepunkt sie laut aufschrie. Jedesmal, wenn sie einen neuen Gipfel der Empfindungen erreichte, trieb sie von dort zu einem noch schwindelerregenderen, noch intensiveren Glücksgefühl, bis sie nichts mehr von sich zu geben hatte. Während dieser süßen Odyssee flüsterte Valerian ihr sanfte Worte zu, streichelte ihr Gesicht und ihre Brüste und strich ihr feuchtes Haar zurück.

Als sie zu guter Letzt mit einem erschöpften Seufzer in die Kissen sank, ließ Valerian ihr einige Minuten Zeit zur Ruhe zu kommen, bevor er, von seinen eigenen Gefühlen überwältigt, beide Hände um ihren Po schloß und noch tiefer in sie eindrang.

Seine Bewegungen waren entnervend langsam; er reizte Daisys Sinne, stimmte sie wie die Saiten einer exquisiten Violine, und sie spielte eine temperamentvolle Rhapsodie für ihn. Mit einem heiseren, triumphierenden Aufschrei erreichten sie gleichzeitig den Gipfel der Ekstase, und dann, als es vorbei war, ließen sie sich in wohliger Ermattung in die Kissen sinken.

Lange Zeit verging, bevor Valerian das Schweigen brach und leise lachte. »Ich hatte nicht vor, wie ein Teenager auf dem Sofa Liebe zu machen«, sagte er. »Offen gestanden hatte ich etwas erheblich Romantischeres im Sinn.«

Daisy küßte und liebkoste ihn, um sich noch einen kurzen Aufschub zu gewähren, bevor sie ihm von Krispins Botschaft und ihrem Leben als Maddie Goodtree erzählt. »Mach dir nichts daraus«, murmelte sie. »Wenn es noch besser gewesen wäre, wäre ich explodiert wie ein Lagerfeuer, das man mit Petroleum zu löschen versucht.«

Er lachte. »Dann war es also schön?«

»Mehr als schön. Es war perfekt.«

Valerian küßte sie. Er wußte, daß sie ihm alles geschenkt hatte, was sie zu geben hatte, und Zeit benötigte, um sich zu erholen, bevor sie sich von neuem liebten.

»Und welches Geheimnis verbirgst du vor mir?« fragte er.

Tief in ihrem Innersten war der Sturm noch nicht ganz abgeklungen; ihr Körper bebte noch vom letzten Höhepunkt. »Es ... hört nicht auf«, flüsterte sie.

»Ich weiß«, sagte Valerian lächelnd. »Wir sind noch immer auf intimste Weise miteinander verbunden, falls du das vergessen hast, und ich kann spüren, wie deine Muskeln sich um mich zusammenziehen. Welch exquisite Qual das ist.«

Daisy seufzte, als das Gefühl allmählich schwächer wurde. »Andere ... Geheimnisse habe ich nicht.«

»Lüge nicht, Daisy.« Valerian verlagerte sein Gewicht, machte jedoch keine Anstalten, sich aus ihr zurückzuziehen. Er war noch immer stark erregt, und Daisy war entzückt, als sie spürte, wie die Spannung in ihm wuchs. Diesmal würde *sie* die beherrschende Rolle übernehmen.

Sie reizte ihn mit einer fast unmerklichen Bewegung ihrer Hüften, und er warf aufstöhnend den Kopf zurück.

»Du wirst büßen für diese Impertinenz«, versprach er.

Daisy nahm ihn noch tiefer in sich auf und spürte, daß ein Zucken durch seinen wundervollen Körper lief. Wie unter großen Schmerzen stöhnte Valerian auf, und seine Leidenschaft entlud sich ein zweites Mal in ihr.

Eine angenehme Trägheit erfaßte Daisy; jegliche Kraft schien aus ihren Knochen zu weichen, ihre Glieder erschlafften, und als sie die Augen schloß, schlief sie augenblicklich ein. Als sie erwachte, lag sie in Valerians Bett in seinem Schlafzimmer, und er stand am Fußende und legte gerade sein elegantes Cape um. Er wirkte hager und entkräftet, und sie fragte sich, ob diese Schwäche auf ihre leidenschaftlichen Umarmungen zurückzuführen war.

Sie richtete sich im Bett auf und zog das Laken über ihre Brust. »Ich muß dir etwas sagen, bevor du gehst, Valerian.«

Er kam zu ihr und zog das Laken wieder herab, und heftiges Verlangen durchzuckte Daisy, als er sie mit unverhohlener Bewunderung musterte. »Dein Körper ist zu schön, um ihn zu verbergen«, sagte er. »Außerdem ist es etwas zu spät für mädchenhafte Scham, nicht wahr?«

Daisy war entschlossen, ihm jetzt endlich alles zu sagen, bevor sie erneut der Mut verließ.

»Kristina war hier, als du heute schliefst. Sie gab mir das.« Sie zeigte ihm den antiken Anhänger.

»Ich hatte ihn schon bemerkt«, entgegnete Valerian.

Daisy errötete. *Natürlich* mußte er ihm während ihrer Umarmung aufgefallen sein. »Sie sorgte sich um dich. Kristina, meine ich. Und ihre Mutter anscheinend auch.«

Valerian zuckte mit den Schultern. »Sie war schon immer ein scharfsichtiges Kind«, erwiderte er ruhig. »Nicht anders als Maeve.«

Daisy beschloß, die Bombe fallenzulassen. »Da ist noch etwas, Valerian. Krispin hat sich an deinem Fernseher zu schaffen gemacht. Er spielte mir einige bewegende Szenen aus einem meiner früheren Leben vor und sagte, damals hätte ich ihm gehört, und so würde es bald wieder sein.«

Valerian, der gerade seine Krawatte band, ließ die Hände sinken. Sein Gesichtsausdruck war kalt, und sein Blick schien Daisy zu durchbohren. »Warum hast du mir das nicht schon früher gesagt?« fragte er in beängstigend sanftem Ton.

»Weil wir beschäftigt waren«, erinnerte sie ihn.

»Sag mir, was du gesehen hast.«

»Mich selbst auf der Flucht vor einem Feuer – es war die Londoner Feuersbrunst von 1666, glaube ich. Mein Name war Maddie Goodtree, und ich sah ganz anders aus als heute.«

Valerian runzelte die Stirn. »Maddie Goodtree?«

Es war, wie Daisy befürchtet hatte – Valerian hatte sie in jenem Leben nicht gekannt, und vielleicht würde er sie sogar hassen, wenn er erfuhr, daß sie ihn mit Krispin betrogen hatte.

»Ich weiß nicht viel über sie«, fuhr Daisy tapfer fort, »außer, daß sie eine Beziehung mit deinem Bruder hatte.«

Ein unheilschwangeres Schweigen folgte. »Sie hatte *was*?«

Daisy schluckte. »Sie hat Krispin geliebt«, sagte sie leise.

Valerian wandte sich ab, doch sein Zorn war wie eine Hitzewelle, die den ganzen Raum durchflutete.

»Es war auch eine Nachricht auf meinem Anrufbeantworter, als ich zu Hause anrief«, fuhr Daisy fort, um es hinter sich zu bringen. »Er – Krispin – sagte, er würde wieder morden, wenn ich nicht zu ihm käme.« Traurig schüttelte sie den Kopf. »Das kann ich nicht zulassen – ich kann nicht jemand anderen an meiner Stelle sterben lassen.«

Endlich drehte Valerian sich zu ihr um, und sein Gesicht war schrecklich anzusehen. *»Du wirst nicht zu ihm gehen«*, erklärte er gefährlich leise.

»Es ist mein Job«, beharrte Daisy, die nun langsam ärgerlich wurde. »Und beschaff mir etwas zum Anziehen, ja? Ich bin es leid, nackt herumzulaufen wie das Spielzeug eines Sultans.«

Ein perfekt sitzendes schwarzes Kleid mit einer Diamantbrosche am Ausschnitt materialisierte sich an ihrem Körper.

»Sehr witzig! Ich will Jeans und ein T-Shirt!« sagte Daisy. Valerian erfüllte ihren Wunsch, wenn auch etwas unwillig. Das Kleid verschwand, an seiner Stelle erschienen Levi's, zwei Nummern zu groß, und ein zitronengelbes T-Shirt mit der Reklame einer Düngemittelfirma.

Daisy verschränkte die Arme. »Du kannst es besser.«

Stirnrunzelnd tauschte er die Jeans gegen passende aus und verwandelte das Hemd in ein rotes ohne Aufdruck.

»Danke«, meinte Daisy müde, stand auf und schaute an ihren herbeigezauberten Kleidern herab. »Ich hätte deine Hilfe brauchen können, als ich auf der Highschool war. Dann wäre ich sicher nicht so oft zu spät gekommen.«

Valerian maß Daisy mit einem gereizten Blick, als sie zu ihm ging und die Hände auf seine Brust legte.

»Sei vernünftig«, bat sie. »Ich bin Kriminalbeamtin. Bevor ich zur Mordkommission versetzt wurde, war ich im Drogendezernat, wo ich oft als Lockvogel eingesetzt wurde. Ich war verdammt gut damals, Valerian.«

Sein Stirnrunzeln vertiefte sich, und Daisy spürte den Zorn und die Angst, die ihn beherrschten. »Glaubst du wirklich, du – oder irgendein anderer Sterblicher – könnte sich gegen ein Ungeheuer wie meinen Bruder behaupten?«

»Allein bestimmt nicht«, gab Daisy zu. »Ich hatte damit gerechnet, daß du mir helfen würdest.«

Seufzend zog Valerian Daisy in die Arme. »Ich werde mich allein um Krispin kümmern – auf meine Art und ohne Einmischungen deinerseits. Es fällt mir schon schwer genug, mich zu konzentrieren, wenn du in solcher Gefahr bist. Ich ertrüge es einfach nicht, ein Risiko einzugehen, wie du es vorschlägst.«

»Dann muß ich es eben allein tun. Immerhin habe ich den Anhänger, der mich beschützen wird.«

»Den Anhänger«, höhnte Valerian und schüttelte sie sanft. »Er besitzt nicht mehr Macht als ein Amulett von einem zweitklassigen Wahrsager.«

»Kristina hat aber etwas anderes behauptet.«

»Kristina ist eine hoffnungslose Romantikerin. Misch dich nicht ein, Daisy, und laß mich die Sache erledigen, denn sonst schwöre ich dir, daß ich dich irgendwo einsperren werde!«

Daisy wußte, daß er es ernst meinte. Aber sie konnte einfach nicht untätig zusehen, wie noch mehr unschuldige Menschen Krispins Wahn zum Opfer fielen. »Nimm mich mit«, flehte sie. »Dann kannst du mich wenigstens beschützen.«

Valerian schloß für einen Moment die Augen. »Daisy, ich brauche Nahrung – und die Orte, die ich dafür aufsuche, sind nicht geeignet für Sterbliche.«

»Wie du meinst. Ich werde auf keinen Fall hierbleiben. Ich könnte keine weiteren von Krispins Fernsehproduktionen verkraften, und im übrigen bin ich kein Vampir. Ich brauche richtiges Essen, und obgleich ich auch Nachtschichten übernehme, bin ich es nicht gewöhnt, am Tag zu schlafen.«

Valerian lächelte traurig. »Das war schon immer dein Fehler, Daisy – daß du stur bist wie ein Esel.« Er zog sie an sich, und sein schwarzes Cape umhüllte sie wie Geflüster aus einer anderen Welt. »Schließ die Augen und halt dich fest.«

Fragend schaute sie zu ihm auf. »Könnte ich stürzen?«

»Nein. Die Bitte war ganz und gar selbstsüchtig.«

Daisy lachte trotz ihrer gedrückten Stimmung, und kaum war das Geräusch verstummt, stand sie in Valerians Garderobe im Venetian. Sein Umhang lag noch um ihre Schultern, aber sie war allein.

»Valerian!« schrie sie, ließ das Cape fallen und stützte die Hände in die Hüften. »Komm sofort zurück, verdammt!«

Fünfzehn Minuten später war noch immer nichts von ihm zu sehen. Wütend vor sich hinmurmelnd, verließ Daisy das Hotel durch einen Hintereingang, ging zur Vorderfront und bestieg dort eine der Gondeln.

Obwohl Valerian ihr Kleidung beschafft hatte, besaß sie kein Geld fürs Telefon, geschweige denn für ein Taxi.

Seufzend trat sie zu Fuß den Heimweg an. Mit etwas Glück – falls man es so nennen durfte – würde Krispin in Erscheinung treten.

Valerian
The Last Ditch, 1995

Ich wurde von Minute zu Minute schwächer, als würde ich innerlich von einem Krebs verzehrt, fühlte mich unsicher und verwirrt, als ich mir einen Weg durch die Schar der Dämonen,

Vampire und anderen Ungeheuern bahnte, die diese verrufene Bar füllten. Das Lokal lag außerhalb der normalen Zeitbarrieren, ein Vorraum zur Hölle selbst, und ich haßte es, weil es mir meine eigene Verdammnis zu Bewußtsein brachte. Ich war nur hierher zurückgekehrt, weil ich wußte, daß jedes Gerücht irgendwann seinen Weg in diese schaurige Taverne fand.

Früher oder später würde ich hier etwas über Krispin hören.

Ich suchte mir einen freien Platz in einer dunklen Ecke und setzte mich, um zu beobachten und zu lauschen.

Dathan, ein Dämon, den ich ganz besonders verabscheue, schlenderte in meine Richtung.

Mit einem dreisten Lächeln und ohne eine Einladung abzuwarten, zog er sich einen Stuhl heran und setzte sich.

Mit seinem blonden Haar und den engelhaften Gesichtszügen würde er einen attraktiven Vampir abgeben, dachte ich, doch sein Aussehen täuschte. Dathan war ein Dämon, in dessen Adern vergiftetes Blut floß und der über beachtliche Macht verfügte.

»Du siehst krank aus, alter Freund – als ob du das Blut eines Hexers getrunken hättest«, bemerkte Dathan lächelnd.

Ich gab mir keine Mühe, meine Verachtung zu verbergen. Obgleich Dathan und seine Krieger uns vor einiger Zeit in dem Konflikt zwischen Maeve Tremayne und der inzwischen toten Vampirkönigin Lisette beigestanden hatten, dachte ich gar nicht daran, einen Waffenstillstand mit ihm zu akzeptieren.

Nicht etwa, daß der Dämon vorgehabt hätte, mir den sprichwörtlichen Olivenzweig zu reichen.

»Ich bin kein Anfänger«, entgegnete ich kalt. »Ich werde mich hüten, eine solch verdorbene Substanz zu mir zu nehmen.«

»Tatsächlich?« fragte Dathan spöttisch.

Ich dachte an meine seltsame Abgestumpftheit, die jetzt vorübergehend nachgelassen hatte, verdrängt von meinem Zorn. Im Bruchteil einer Sekunde hatte ich die Aufschläge von Dathans maßgeschneiderter Jacke ergriffen und ihn, ohne mich zu erheben, halb über den Tisch gezogen.

»Hast du mich vergiftet?« flüsterte ich so leise, daß nur wir es hören konnten. »Gestehe, Dämon, oder ich reiße dir das Herz heraus und verbrenne es, solange es noch vor Leben zittert!«

Dathan blieb völlig unbeeindruckt. Er versuchte weder sich zu wehren noch meine Drohung mit einer eigenen zu beantworten. Statt dessen seufzte er nur gelangweilt.

»Ich bin nicht wehrlos, Bluttrinker«, sagte er. »Vergiß das nicht – uns beiden zuliebe.«

Mir war bewußt, daß Dathan durch die bloße Macht seiner Gedanken Feuer erzeugen konnte, und Feuer konnte Vampire ebenso leicht töten wie Sonnenlicht und Holzpfähle. Aber ich war leichtsinnig und verschwendete keinen Gedanken an mein eigenes Schicksal. Nur Daisys Zukunft interessierte mich.

Langsam löste ich die Umklammerung meiner Finger, und Dathan sank auf seinen Stuhl zurück. Zu meinem Erstaunen wiesen seine schönen Züge nicht die geringste Spur von Ärger auf.

Entweder hatte ich ihn nicht verärgert, oder er hielt seine Gefühle vor mir verborgen. Das letztere vermutlich, nahm ich an, denn Dathan brachte mir nicht mehr Sympathie entgegen als ich ihm.

»Du suchst einen Vampir namens Krispin?« fragte er so höflich und zuvorkommend wie ein englischer Butler.

Schweigend betrachtete ich ihn eine Weile. Ich war ins *Last Ditch* gekommen, um etwas über meinen Bruder zu erfahren, und hier war jemand, der etwas zu wissen schien. Aber ich mißtraute Dämonen und im Grunde auch fast allen Vampiren. Falls ich in irgendeine Falle tappte, würde Daisy Krispin hilflos ausgeliefert sein.

»Ja«, bestätigte ich schließlich, ohne mehr dazu zu sagen.

»Es gibt jemanden, der dir sagen kann, was du wissen willst. Ein Vampir namens Challes.«

Ich wich zurück, als hätte Dathan mich geschlagen. »Challes? Er ist schon vor Jahrhunderten vernichtet worden, von Nemesis' eigener Hand!«

Dathan zog die Brauen hoch. »Wie sicher du dir scheinst. Aber du glaubtest ja auch, dein Bruder wäre tot. Man sollte meinen, ein solcher Irrtum hätte dich gelehrt, keine voreiligen Schlußfolgerungen zu ziehen.«

»Warum erzählst du mir das?«

Der Dämon lächelte. »Beruhige dich, Vampir«, sagte er und legte eine Hand an seine Brust, »in diesem Herzen lebt keine Zuneigung für dich, sondern nur Niederträchtigkeit wie eh und je. Ich gebe dir diese Information, weil ich im Ausgleich dafür etwas von dir erwarte.«

Ich entspannte mich ein wenig, denn das war eine Philosophie, die ich verstand und praktizierte. Mit zunehmender Entspannung kehrte jedoch auch die Müdigkeit zurück. Am liebsten hätte ich den Kopf auf den Tisch gelegt und geschlafen wie ein Kind, doch natürlich widerstand ich dem Verlangen. Es wäre sicherer für mich gewesen, mich zwischen Giftschlangen und pestverseuchten Ratten niederzulegen. »Sprich«, verlangte ich.

»Du warst sehr unvorsichtig«, schalt er in nachsichtigem Ton, um mich wissen zu lassen, daß es nicht mein knapper Befehl war, der ihn zu einer Antwort veranlaßt hatte. Er und seine Anhänger sind stolze, eitle Kreaturen. »Es waren Dämonen unter deinen Opfern. Denk nach, du Zwilling Luzifers – ist dir nicht aufgefallen, daß das Blut, das du in den letzten Nächten zu dir genommen hast, ein wenig anders war als sonst?«

Und ob – aber ich dachte nicht daran, so etwas zuzugeben. Schweigend verschränkte ich die Arme und wartete schweigend ab. Wenn Dathan etwas von mir wollte, sollte er im voraus dafür bezahlen.

»Challes möchte dich sprechen. Aber er fürchtet deinen Zorn und hat deshalb Schritte unternommen, um dich zu schwächen. Das ist ihm offenbar gelungen, weil du zu abgelenkt warst von der Suche nach deinem Bruder.«

»Wo ist er?« Ich nahm meine Umgebung inzwischen nur

noch als dumpfes Dröhnen wahr und war kaum noch in der Lage, den Kopf erhoben zu halten.

»Du brauchst nur zu warten«, antwortete Dathan. »Er wird zu dir kommen.«

Der Boden schien unter mir zu schwanken, aber ich wagte nicht, mich zu erheben, aus Angst, das Bewußtsein zu verlieren, was mich meinen zahlreichen Feinden hilflos ausgeliefert hätte.

»Hast du dich mit ihm verschworen?«

Dathan schüttelte den Kopf. »Challes ist trotz allem ein Vampir.« Er hielt inne, um mich prüfend zu betrachten. »Hast du heute nacht schon etwas zu dir genommen?« fragte er.

Das hatte ich nicht und war froh darüber. Eine weitere Vergiftung hätte mein Ende bedeuten können – vorausgesetzt, daß ich die tödliche Dosis nicht bereits aufgenommen hatte.

Obwohl mir schwindelte, gelang es mir, den Kopf zu schütteln.

»Wenn ich dir helfe, deine Liebste zu retten«, sagte Dathan, »wirst du mir dann eine Bitte erfüllen?«

Haltsuchend umklammerte ich die Tischkante. »Ich werde alles tun, um den Fluch zu brechen«, flüsterte ich. »Alles.«

»Habe ich dein Wort darauf? Ich warne dich, Vampir – wenn du mich hintergehst, werde ich deiner Daisy Chandler einen Besuch abstatten und schlimmere Vergeltung an ihr üben, als dir deine schlimmsten Feinde wünschen würden.«

»Mein … Wort«, schwor ich und brach zusammen. Ich merkte nicht einmal mehr, wie ich auf dem Boden aufschlug.

Challes stand über mir, als ich die Augen öffnete, und ich sah, daß wir in dem Gewölbe unter Colefield Hall waren und ich auf dem Grabstein lag, der mein Bett in meinen ersten Tagen als Vampir gewesen war. Ich war bis zur Taille nackt und an Händen und Füßen gefesselt – zwar nicht mit Lederriemen, aber durch die Zauberkraft meines einstigen Lehrmeisters.

»Warum?« fragte ich. Er hatte mir gutes Blut eingeflößt, während ich schlief; ich fühlte mich schon kräftiger, wenn auch noch nicht stark genug, um meine Fesseln zu sprengen, und an der Stelle, wo seine Fänge meine Haut durchbohrt hatten, verspürte ich ein leichtes Brennen.

Er lächelte gütig und strich mir liebevoll über das Haar. »Ich wollte dich nicht erschrecken, Valerian«, sagte er zärtlich.

Ich hatte große Angst, aber nicht vor dem, was Challes mir antun könnte. Nein, ich fürchtete um Krispins schutzloses Opfer – meine Daisy. »Wenn es stimmt, daß du mir nichts Böses willst«, entgegnete ich, »dann laß mich frei. Sofort.«

Challes faltete die Hände wie ein frommer Mönch, und sein Seufzer verriet, daß er mir meine Bitte verweigern würde.

»Ich kann es nicht. Ich bin auf meine Weise ein mächtiger Vampir, aber du bist jünger und erfüllt von der Macht des Zorns. Dein Körper ist reglos, doch dein Hirn umschleicht mich wie ein Panther – glaubst du, ich spürte nicht, wie du auf die Gelegenheit wartest, aufzuspringen und mir an die Kehle zu gehen?«

Ich schloß für einen Moment die Augen. »Was, zum Teufel, willst du eigentlich von mir, Challes?«

Wieder strich er mir über das Haar und über die Stirn, und es gelang mir nicht, ein widerwilliges Erschaudern zu unterdrücken. »Ich bin gekommen, um dich fortzubringen, schönes Kind, in jene andere Welt, wo deine Leiden ein Ende finden werden. Immerhin war ich es, der dir den Vampirfluch auferlegt hat. Es ist also meine Pflicht, dich von dieser Bürde zu befreien.«

Mein Interesse war geweckt, wenn auch nicht durch das Versprechen, meinen Qualen ein Ende zu bereiten. Gab es tatsächlich einen Weg, erlöst zu werden und wieder im Licht zu existieren? Ich hatte einmal miterlebt, daß ein Bluttrinker in einen Sterblichen zurückverwandelt worden war, doch das war ein schmerzhafter, lebensgefährlicher Prozeß gewesen, und danach hatten die Ältesten die Mittel für eine solche Transformation für immer vernichtet.*

* vgl. Band 18127, Linda Lael Miller, »Silbernes Mondlicht, das dich streichelt«

»Du bist wahnsinnig«, sagte ich leise.

Challes lächelte, nachsichtig, als spräche er mit einem verwöhnten Kind. »Ich werde es dir zeigen.«

»Selbst wenn Gott bereit wäre, mir meine sechshundert Jahre der Sünde zu verzeihen«, entgegnete ich, »was völlig ausgeschlossen ist, würde ich mich dennoch weigern, ohne meine Geliebte auch nur einen Fuß ins Paradies zu setzen.«

Kaum hatte ich es gesagt, bereute ich auch schon, Daisy erwähnt zu haben, und wenn auch nur auf indirekte Weise.

Mein einstiger Lehrmeister zog spöttisch die Augenbrauen hoch und zog seine Hand zurück. »Überlaß sie Krispin«, erwiderte er, und zum ersten Mal, seit er mich nach Colefield Hall gebracht und mit meiner Transformation in einen Vampir begonnen hatten, erkannte ich unverhohlenen Ärger in seinen Zügen.

»Du hattest Krispin bereits in einen Bluttrinker verwandelt«, beschuldigte ich ihn, »noch bevor du mich in jenem Pferdestall gefunden hattest. Warum hast du mir damals nicht gesagt, daß mein Bruder lebte. Warum nicht?«

»Er bat mich, es nicht zu tun«, antwortete Challes. »Und da ich selbst einmal einen älteren Bruder hatte, verstand ich seine Bitte. Krispin wollte einfach nicht mehr in deinem Schatten leben, und er wußte, daß es wieder so sein würde, falls du von seiner Existenz erfuhrst.«

Seine Worte schmerzten erheblich mehr, als ich mir vor Challes anmerken ließ. Hatte mein Bruder mich schon immer gehaßt? Selbst damals schon, als wir noch Kinder gewesen waren und zusammen gespielt hatten? Offensichtlich hatte ich mir nur eingebildet, daß Krispin mir die gleiche Zuneigung entgegenbrachte wie ich ihm.

Im nächsten Augenblick zerstörte Challes sogar meine Illusion, daß ich meine Gefühle vor ihm verbergen konnte.

Er beugte sich vor, bis unsere Gesichter sich ganz nahe waren, und sagte leise: »Es war wegen Seraphina – *sie* war der Grund für Krispins Haß. Als der Baron dein Todesurteil aussprach, bot deine reizende Mutter ihm das Leben deines Bruders im Austausch für das deine an. Krispin erfuhr es später von einem Dienstboten.«

»Nein«, murmelte ich, doch das Bild von Seraphina, weinend und flehend auf den Knien vor dem Baron, ließ sich nicht verdrängen. »Das kann sie nicht getan haben!«

»O doch, mein Junge. Und das ist noch nicht alles. Nach Seraphinas Zusammenbruch, als die Männer des Barons sie heimgebracht hatten, versuchte Krispin, sie zu trösten. Doch sie kreischte nur wie eine Irre, spuckte ihn an und flehte zu allen ihren Heiligen, ihn an deiner Stelle zu nehmen.«

Kein Wunder, daß Krispin mich verabscheut, dachte ich. Und ganz bestimmt wären auch die anderen Kinder meiner Mutter – die puppenhaften kleinen Mädchen mit den durchsichtigen Augenlidern, der Junge namens Royal – meine Feinde gewesen, wenn sie nicht gestorben wären. Oh, ich erinnerte mich noch sehr gut an diese Kleinen, mit grausamer Klarheit, selbst nach so vielen Jahrhunderten noch, und an das Wüten meines Vaters und seine Behauptung, ich hätte diesen Kindern die Lebenskraft geraubt. Meine verfluchte, gierige Seele, brüllte Lazarus, der Schuhmacher, wann immer er betrunken war, nähre sich an der Kraft meiner Mutter, um sich den Körper eines Edelmannes und den Geist eines Dämons darauf zu schaffen …

Ich ertrug es nicht, daran zurückzudenken.

»Wo war Krispin in all diesen Jahrhunderten?« gelang es mir zu fragen. »Er kann sich doch unmöglich so perfekt verborgen haben …«

»Nein«, sagte Challes. »Das könnte nicht einmal ich. Du warst immer schnell – in den meisten Dingen, wenn auch nicht in allen. Es existieren noch andere Dimensionen, mein Junge, andere Welten, wenn du so willst, und es gibt Wege, die sie verbinden – obwohl diese Passagen natürlich nur sehr wenigen bekannt sind.«

Seine Worte erinnerten mich an ein Gespräch, das ich mit Maeve geführt hatte, über Experimente ihres Lebensgefährten Calder Holbrook. Er hatte Beweise für ein solches Phänomen gefunden, doch ich war damals zu sehr mit anderen Dingen beschäftigt gewesen, um mich für dieses Thema zu interessieren.

Es war mein Fluch, schien es, entweder zu neugierig zu sein oder nicht neugierig genug.

»Ist er weit entfernt, dieser Ort, an dem du dich verborgen hast?« fragte ich ruhig, um Challes soweit zu besänftigen, daß er seine geistige Umklammerung lockerte. Ich merkte, wie meine gewohnte Kraft zurückkehrte, wiederbelebt durch die Nahrung, die Challes mir eingeflößt hatte.

Er streckte eine Hand aus. »Das wirst du noch früh genug erfahren«, sagte er und senkte seine Stimme zu einem Flüstern, als befürchtete er, wir wären nicht allein in jenem düsteren Gewölbe unter den morschen Fußböden von Colefield Hall.

»Ich hege nicht den Wunsch, wieder ein Sterblicher zu sein«, bekannte ich. Das war die reine Wahrheit, und eine erschütternde Erkenntnis. Ohne Daisy gefragt zu haben, war mir klar, daß sie nicht wünschen würde, das zu werden, was ich selbst so gern war – ein Vampir. Wir waren dazu verdammt – selbst wenn es mir gelang, sie vor Krispins Rache zu schützen – erneut getrennt zu werden.

»Aber du würdest nicht bloß Fleisch, Blut und Knochen sein«, wandte Challes ruhig ein. »Nicht du.«

Ich war verwirrt. »Sprich dich aus, Vampir!« befahl ich. »Ich habe keine Geduld für dein doppeldeutiges Gerede!«

Challes lachte. »Es freut mich, dich so arrogant wie eh und je zu sehen, Valerian Lazarus. Ist dir noch nicht aufgefallen, daß du ein Gefangener bist? Ich bin es, der die Nacht regiert, nicht du.« Er hielt inne und betrachtete mich, als wolle er sich mein Gesicht einprägen. »Und jetzt sei still. Hab keine Angst. Ich bin zurückgekehrt, um dich heimzuholen – wir werden gemeinsam ins Paradies eingehen.«

15

Daisy
Las Vegas, 1995

Daisy eilte mit raschen Schritten heim, als fühlte sie sich von jemandem verfolgt.

Die Nacht war heiß, trocken und dröhnte von Geräuschen und absoluter Stille. Die Lichter von Las Vegas glitzerten in allen Farben, wie eine verwirrende Mischung von Smaragden und Rubinen, Diamanten und Saphiren, im Wüstensand verstreut wie der Inhalt einer Schatztruhe.

Daisy fragte sich, ob Krispin sie in ihrer Wohnung erwarten mochte. Falls er beabsichtigte, sie heute nacht zu töten, würde er sich beeilen müssen – in weniger als einer Stunde brach der neue Tag an.

Einsamkeit und Furcht verursachten einen brennenden Schmerz in ihrer Kehle. Wenn sie je in ihrem Leben jemanden gebraucht hatte, um zu reden, dann jetzt, aber es gab niemanden, dem sie vertrauen konnte, außer dem nicht zu fassenden

Valerian. Sie wagte nicht, ihre Schwester anzurufen – sie hätte Nadine nur beunruhigt und sie, ebenso wie Freddy und das Baby, in Gefahr gebracht. Auch O'Halloran konnte Daisy sich nicht anvertrauen. Ein Wort über Vampire, und er würde persönlich dafür sorgen, daß sie einen Psychiater aufsuchte.

Daisy konnte es ihrem Partner nicht verübeln; wenn vor ein paar Wochen jemand mit einer so verrückten Geschichte wie dieser zu ihr gekommen wäre, hätte sie eine Langzeittherapie empfohlen.

Ihr Apartmenthaus war schon zu sehen, als der Wechsel stattfand.

Von einer Sekunde zur anderen veränderte sich die Wirklichkeit, der Asphalt unter Daisys Füßen verwandelte sich in Kopfsteinpflaster, die Wüstenluft war plötzlich feucht und muffig. Aus dem dichten Nebel, der über den Boden waberte, ragten altmodische Straßenlaternen auf, und in der Nähe hörte Daisy das Rattern von Kutschenrädern und das Klappern von Pferdehufen auf den Pflastersteinen. Sie spürte die Erschütterung bis in die Fußsohlen.

Bestürzt lehnte sie sich an die nächste Mauer, schloß die Augen und versuchte, tief durchzuatmen, um ihren aufgeregten Herzschlag zu beruhigen. Es nützte nichts zu wissen, daß dies alles keine Realität war, sondern nur eine weitere ›spontane Regression‹, wie Valerian es bezeichnet hätte.

Normalerweise machten gesunde Menschen keine derartigen Erfahrungen.

Als Daisy sicher war, nicht ohnmächtig zu werden, öffnete sie die Augen wieder, in der schwachen Hoffnung, sich in dem Las Vegas zu befinden, das sie kannte.

Doch nichts hatte sich verändert – alles war höchstens nur noch lebendiger geworden.

Der Gestank aus der Gosse zu ihren Füßen war fast nicht zu ertragen, und die mit Lumpen bekleideten Passanten, die aussahen wie Flüchtlinge aus der Besetzung von *Les Misérables*, stanken fast noch schlimmer.

Daisy schluckte die Galle, die in ihrer Kehle aufstieg, und murmelte etwas, das als Hilfeschrei gemeint war, doch Valerian erschien nicht wie beim letzten Mal, als sie im fünfzehnten Jahrhundert gelandet war, um Bier in einer Taverne auszuschenken.

Der Nebel schien durch ihre Haut zu dringen, bis in ihren Schädel hinein, wo er sich schwer auf ihr Gehirn legte und ihre Erinnerungen verdampfen ließ wie Wasser. Sie vergaß Dinge und erinnerte sich an andere, die nie geschehen waren.

Verzweifelt klammerte sie sich an ihre letzten Erinnerungen an die Person, die sie vor wenigen Momenten noch gewesen war … ihr Name war einst Daisy gewesen, im Fieber oder im Traum, aber sie hatte keine Ahnung, wer sie jetzt war. Oder wo sie sich befand.

Und es wurde von Minute zu Minute dunkler und kälter.

Sie streckte die Hand aus und packte ein vorübereilendes altes Weib am Arm. »Entschuldigt – wo bin ich hier? Wie heißt dieser Ort?«

Die Alte riß sich los, mit einer wütenden und zugleich furchtsamen Bewegung, und schlurfte weiter, ohne Daisys Frage beantwortet zu haben.

»Es ist London, Miss«, sagte plötzlich eine junge Stimme neben ihr, und sie schaute auf ein Kind herab, einen unglaublich dünnen Jungen in zerschlissener Kleidung und einer schmutzigen Mütze. »Habt Ihr Euch verirrt?«

Sie klammerte sich an ihre letzte Erinnerung, den Namen und wiederholte ihn … *Daisy, Daisy* … obwohl selbst er ihr zu entgleiten drohte.

»Kennst du mich?« flüsterte sie entsetzt. »Kannst du mir sagen, wer ich bin?«

Der Junge schüttelte den Kopf. Seine riesigen grauen Augen unter dem dunklen, zottigen Haar verrieten Mitleid, aber auch so etwas wie Heimtücke. »Die Polypen werden Euch *so* schnell mitnehmen«, warnte er mit einem Schnippen seiner schmutzigen Finger, »wenn sie Euch so reden hören. Ihr tragt feine Kleider, Ihr müßt also eine Dame sein. Laßt mich einen Blick in Eure Tasche werfen – vielleicht finden wir dort Euren Namen.«

Daisy reichte ihm die Tasche – einen komischen schwarzen

Stoffbeutel mit Fransen – doch bevor der Straßenjunge sie an sich nehmen konnte, stieß ihn eine elegant behandschuhte Hand zurück. Daisy sah einen winzigen Moment lang einen dunklen Gehrock, eine seidene Weste und helle blaue Augen, und dann sah sie überhaupt nichts mehr. Statt einer grausamen Überraschung erschien ihr diese Blindheit jedoch mehr wie eine Rückkehr zum Normalen, die in ihrer Vertrautheit in gewisser Weise sogar tröstend und beruhigend war.

»Fort mit dir, du diebische kleine Ratte, sonst bringe ich dich selbst nach Newgate«, sagte der Mann in einem Ton, der kultiviert und herrisch war, und sie hörte die flinken Schritte des Jungen auf dem Kopfsteinpflaster, als er floh. Ein leiser Vorwurf lag in der gebildeten Stimme, als der Mann ihr einen Arm un die Taille schlang und sagte: »*Jenny*!« Mit dem Namen kehrte eine Flut von Erinnerungen zurück, die ihrer Verwirrung ein Ende bereiteten. »Wie oft muß ich dir noch sagen, daß du nicht allein ausgehen sollst?« fuhr er fort und hielt dann inne, um einen leidgeprüften Seufzer auszustoßen. Als er fortfuhr, haftete seiner Stimme eine gewisse Schärfe an. »Vielleicht hat Adela recht mit ihrer Annahme, daß du besser aufgehoben wärst in einer Institution, wo geschultes Personal sich um deine Behinderung kümmern kann.«

Die Erwähnung eines Hospitals löste ein Frösteln in ihr aus, und sie lenkte sich ab, indem sie sich all jene Dinge ins Gedächtnis rief, die sie plötzlich über sich selbst und den Mann an ihrer Seite wußte.

Es war Martin, ihr älterer Bruder und Beschützer, der ihren Arm umklammerte und sie zu einer wartenden Kutsche schob. Er war ein angesehener Geschäftsmann aus der High Street, und ihr eigener Name war Jenny Wade. Sie lebte mit Martin und seiner Frau, Adela, in einem geräumigen Stadthaus ganz in der Nähe, war neunzehn Jahre alt und noch unverheiratet, sehr zu ihrer Enttäuschung, denn es war ihr größter Wunsch, zu heiraten und Kinder zu gebären. Ihre ›Behinderung‹, wie Martin es nannte, war die Folge einer Krankheit, die sie sich mit sieben Jahren zugezogen hatte. Ihre Eltern waren beide tot, und man schrieb das Jahr 1722.

Jenny hörte Martin an die Kutschenwand klopfen, und das elegante Gefährt setzte sich in Bewegung, ächzend und nach teurem Leder riechend. »Du wirst mich ja doch nicht in ein Heim stecken, also hör auf, damit zu drohen«, sagte sie heiter.

Sie spürte, daß ihr Bruder lächelte, und wußte, daß dieses Lächeln sowohl Ärger als auch Zuneigung verriet. »Nein«, gestand er, »das würde ich nicht. Aber du bist sehr ungezogen, und ich weiß wirklich nicht, warum ich mich mit dir belaste.«

»Das ist einfach zu beantworten – weil du mich liebst«, entgegnete Jenny. Sie wurde von ihrem Bruder nicht verwöhnt, aber er ließ ihr häufig ihren Willen. Aus Liebe, hoffte sie, und nicht aus Mitleid.

Martin lachte, doch Trauer und Sorge klangen darin mit. Eine ganze Weile verging, bevor er wieder sprach, und dann fragte er mit ernster Stimme. »Warum wolltest du diesem Straßendieb dein Retikül geben?«

Jenny wurde unbehaglich zumute. Für einen Moment hatte sie vergessen, wer sie war und wo sie lebte, und hinter dieser Erkenntnis hatten noch andere Erinnerungen gelauert, so bizarr, daß sie keine Erklärung dafür fand, und so unheimlich, daß sie sie bestimmt im Traum verfolgen würden.

»Ich war ein bißchen verwirrt, mehr nicht«, erwiderte sie. Jenny belog Martin nur selten, denn er war erheblich scharfsinniger als die meisten Sehenden und besaß die Fähigkeit, eine Unwahrheit fast augenblicklich zu durchschauen. Ihm etwas zu *verschweigen* war allerdings etwas anderes, und Daisy tat es oft. »Du bist zu hart mit dem Jungen umgesprungen. Er wollte nur in meiner Tasche nach meiner Adresse und meinem Namen suchen.«

»Unsinn. Glaubst du etwa, dieser kleine Tölpel könnte lesen? Wenn du ihm die Tasche gegeben hättest, wäre er damit davongerannt«, sagte Martin mit ruhiger Überzeugung. »Die Welt steckt voller Heimtücke und Hinterlist, Jenny. Du mußt in Zukunft vorsichtiger sein.«

»Warum?« scherzte Jenny, als die Kutsche um eine Straßenecke bog. Das Gefühl war ihr vertraut, und sie wußte, daß sie in ihre Straße eingebogen waren. »Ist das etwa alles, was uns vor der Armut bewahrt?« Sie schüttelte das Retikül ein wenig und ließ die Münzen darin klimpern.

Martins Antwort klang ungeduldig und gereizt, doch Jenny ließ sich von seinem Ärger nicht irreführen. Sie wußte, daß ihr Bruder stark beunruhigt war, und das verursachte ihr Gewissensbisse.

»Sei nicht albern, Jenny. Glaubst du, mich kümmerte diese Handvoll Münzen? Du warst in *Gefahr*. Und du sagst, du wärst ›verwirrt‹ gewesen. Ich werde den Doktor rufen, sobald Mistress Peach dich gefüttert und zu Bett gebracht hat.«

Hilfloser Zorn verdrängte Jennys schlechtes Gewissen, obwohl sie Mistress Peach, ihrer früheren Gouvernante und heutigen Gesellschafterin, eine tiefe Zuneigung entgegenbrachte. »Ich bin kein kleines Kind, das man zu Bett bringt und *füttert*, Martin. Ich kann sehr gut allein essen!«

Martins einzige Antwort war ein übertriebener Seufzer. Die Kutsche hielt, und kalte Luft streifte Jennys Wangen, als die Tür von außen geöffnet wurde. Sie stieg aus, ohne die Hilfe ihres Bruders abzuwarten, stieß die Hand des Kutschers beiseite und ging mit großen, sicheren Schritten auf den Eingang zu.

Sie war beunruhigt und verwirrt, obwohl sie es Martin niemals eingestanden hätte, und schon gar nicht Adela, seiner Frau, die ihr nur Vorwürfe machen würde, oder Mistress Peach, die vor lauter Aufregung eine Migräne bekäme. Jenny war seit zwölf Jahren blind, und doch hatte sie den Nebel und den Jungen *gesehen* – ja, selbst Martin, und wenn auch nur für einen winzigen Moment. Des weiteren gab es Dinge, an die sie sich eigentlich erinnern müßte – wie zum Beispiel die Momente vor ihrem Anfall von Vergeßlichkeit – wichtige Dinge, die wie hinter einem dichten Schleier in ihrem Gedächtnis verborgen waren.

Jennys treue Freundin erwartete sie schon in der Halle und hüllte sie in einen gestrickten Umhang, während Adela schweigend und verärgert in der Nähe stand.

»Wo hast du sie gefunden?« wandte sie sich in gereiztem

Ton an ihren Mann. Adela war eigentlich nett, und sie war Jennys Bruder eine gute Frau, trotz ihrer etwas störrischen und ungebärdigen Natur, doch sie sammelte Enttäuschungen, Kränkungen und Ungerechtigkeiten wie andere Leute Muscheln, Knöpfe oder bunte Bänder. Diese Angewohnheit machte sie ein wenig ermüdend und vor allem engherzig und kleinlich.

Jenny versteifte sich unwillkürlich. »Sprich bitte nicht, als wäre ich nicht nur blind, sondern auch taub, Adela. Wenn du eine Frage hast, dann stell sie mir direkt!«

»Das genügt, ihr beide«, meinte Martin müde, und Jenny hörte, wie er seine Handschuhe abstreifte – es war eigentlich mehr ein Eindruck, den sie wahrnahm, als ein Geräusch. Sie verspürte auch einen leichten Zug, als er seinen Rock ablegte. »Jenny langweilte sich, als ich mit dem Schneider verhandelte. Ich bin sicher, daß sie nur aus der Kutsche stieg, um ein bißchen frische Luft zu schnappen, und gar nicht gemerkt hat, wie weit sie sich entfernte.«

Jenny errötete – Martin war auf seine Weise ebenso schlimm wie Adela, wenn er Ausflüchte für ihr Verhalten suchte, als wäre sie ein geistig behindertes kleines Kind – aber es wäre sinnlos gewesen, dagegen zu protestieren. Außerdem war sie müde und wünschte sich nichts anderes mehr, als in ihrem Zimmer am Kamin zu sitzen und heißen Tee zu trinken.

Sie ertrug also Mistress Peach fürsorgliches Getue und war froh, als die gute Frau endlich ging. Jenny kam sich ganz eigenartig substanzlos vor, wie eine Figur aus einem zu oft erzählten Märchen, und sie war zutiefst verängstigt. Bizarre Bilder gingen ihr durch den Kopf, glitzernden Eindrücke eines fernen, fremden Orts, an dem pulsierende Geschäftigkeit herrschte und unerklärliche Geräusche eine Lärmkulisse bildeten. Verwundert fragte sie sich, wie solche Bilder ins Bewußtsein einer behüteten, blinden Frau wie ihr gelangt sein mochten.

Das Gefühl, am falschen Ort zu sein, nahm im Verlauf der nächsten Stunden noch zu; es war fast, als wäre sie gar nicht richtig da, trotz der ihr vertrauten Umgebung. Jenny hatte das unangenehme Gefühl, nicht viel mehr als ein Schatten oder eine Luftspiegelung zu sein.

War sie der Träumer oder der Traum?

Der Doktor kam um neun, und Adela begleitete ihn zu Jenny. Obgleich sie sich dem alten Herrn nicht anvertraute, ertrug sie schweigend seine Untersuchung. Sie war inzwischen zu der sicheren Überzeugung gelangt, zu verblassen wie eine Gestalt auf einem alten, verwitterten Gemälde und daß sie schon sehr bald ganz verschwinden würde.

Valerian
Colefield Hall, 1995

Es war mir beinahe gelungen, mich von den unsichtbaren Fesseln zu befreien, die mein Lehrmeister benutzte, um mich festzuhalten. Während ich mich weiter darum bemühte und hoffte, daß es ihm nicht auffiel, sprach ich in ruhigem Ton mit ihm. »Das Paradies«, murmelte ich versonnen, als Challes sich auf eine Weise zu mir vorbeugte, die mich in ihrer Gier entnervte. »Der Ort, an dem Milch und Honig fließen.«

»Ja«, flüsterte er, und sein Gesicht verzerrte sich in einer Art wahnwitziger Ekstase.

»Ich würde es nicht wagen, die Schwelle zum Paradies zu überschreiten«, sagte ich, und obwohl ich den Worten einen bedauernden Ton verlieh, hegte ich in Wirklichkeit gar nicht den Wunsch, etwas anderes zu sein, als was ich war – weder Engel noch Teufel, Gespenst noch Heiliger, und erst recht kein Sterblicher.

Challes sah mich an, als hätte ich ihn geschlagen, und wich abrupt vor mir zurück.

Ich hatte meine Fesseln gesprengt und mich auf dem Grabstein aufgerichtet, doch bevor Challes reagieren oder ich mich erheben konnte, erbebte das Gewölbe, als stürzten die alten Mauern ein. Ein eigenartig beklemmendes Gefühl breitete sich aus, als würde die Luft von einem Vakuum ersetzt, und dann erschien er.

Mein Bruder.

Krispin packte Challes von hinten und schleuderte ihn brutal beiseite. »Du verdammter Narr!« zischte er.

Ich musterte meinen Bruder prüfend. Krispin war nicht sehr groß und auch nicht breitschultrig und langbeinig wie ich, sondern schlank und anmutig wie ein Trapezkünstler oder Tänzer. Sein Haar war fahl wie Mondschein, seine Augen waren von einem täuschend sanften Blau, und seine Haut war so makellos, daß sie keine Poren zu besitzen schien.

»Genug«, sagte ich ruhig, als Krispin seinen bestiefelten Fuß hob, um Challes einen Tritt in die Rippen zu versetzen. Ein bloßer Sterblicher hätte einen Vampir damit niemals ernsthaft verletzen können, doch Krispin war kein Sterblicher und anscheinend noch erheblich stärker als der Bluttrinker, der uns beide verwandelt hatte.

Krispin gehorchte – offensichtlich war noch genug von dem einstigen Jüngling aus Fleisch und Blut in ihm, um ihn den Befehl eines älteren Bruders befolgen zu lassen –, und Challes kroch in eine Ecke, wo er liegenblieb und so kläglich zu wimmern und zu jammern begann, so daß ich ihm jetzt am liebsten selbst einen Tritt versetzt hätte.

Noch immer auf dem Grabstein sitzend, spreizte ich die Hände. »Hier bin ich, Krispin«, sagte ich ruhig, obwohl ich innerlich alles andere als gelassen war. »Vernichte mich, wenn du es kannst.«

Einen langen Moment starrte Krispin mich nur schweigend an, und ein wahres Kaleidoskop von Gefühlen huschte über seine makellosen Züge. Haß zeichnete sich darauf ab, aber auch der schwache Abglanz einer Verehrung, derer er sich heute schämte, und schließlich eine Art zaghaften Triumphs.

Langsam schüttelte er sein engelhaftes Haupt. »Nein, Bruder«, sagte er mit dem Anflug eines Lächelns. »Dein Tod wird weder schnell noch gnädig sein. Du wirst sehr viel leiden müssen, bevor die Tore der Hölle sich für dich öffnen werden.«

Was ich empfand, war eher Abscheu als Furcht, eher Trauer

als Haß. Wie ich Challes in jenen Momenten dafür verabscheute, daß er das gutmütige, naive Kind, das Krispin einst gewesen war, in ein solches Ungeheuer verwandelt hatte! Hätte ich mich jetzt nicht *par force* mit meinem Bruder beschäftigen müssen – ich glaube, dann hätte ich Challes eigenhändig zu einem Friedhof getragen, ihn vor ein Kruzifix gelegt und ihm einen spitzen Holzpfahl ins Herz getrieben.

»Glaubst du, daß ein Empfangskomitee für mich bereitstehen wird?« fragte ich Krispin ohne den geringsten Spott. »Wenn ich in die Hölle komme, meine ich?«

Krispin wäre jetzt vielleicht errötet, wenn er ein Sterblicher gewesen wäre. Ich sah den Zorn in seinen Zügen, obwohl die jungfräuliche Blässe seines Gesichts sich nicht verändert hatte, sondern höchstens noch transparenter geworden war, wie ein aus gesponnenem Mondlicht gewebtes Tuch. »Du bist in argen Schwierigkeiten, Bruder«, sagte er. »Mach dich bitte nicht darüber lustig.«

»Wäre dir Pathos angenehmer? Hattest du Heulen und Zähneknirschen erwartet? Dann muß ich dich enttäuschen.« Ich hielt für die Länge eines Herzschlags inne. »Ich werde mich in keiner Weise erniedrigen, Krispin. Stolz ist ebenso mein Fluch wie deiner. Denn immerhin sind wir beide demselben Schoß entsprungen – möge Gott ihrer irregeführten Seele Frieden schenken.«

Krispin zuckte zusammen, doch ganz sicher nicht, weil ich den Allmächtigen erwähnt hatte. Nein, ich glaube eher, daß es der Hinweis auf unsere Mutter war, der ihn verstörte – und seine Antwort bestätigte meinen Verdacht.

»Wage nicht, ihren Namen auszusprechen«, zischte er. »Deine Lippen würden ihn nur beschmutzen.«

Ich verdrehte die Augen. »Himmeldonnerwetter«, sagte ich gereizt, »das ist aber wirklich eine fixe Idee von dir! Aber na ja, vielleicht hat die gute Frau dich zu lange an ihrer Brust genährt. Oder womöglich auch nicht lange genug ...«

»Schweig!«

Endlich erhob ich mich und ging mit ruhigen, gemessenen Schritten auf meinen Bruder zu. »Warum?« fragte ich, in der sicheren Überzeugung, daß er nichts als die Impertinenz und Verachtung sah, die ich ihn zu sehen zwang, und weder das Leid noch die Verwirrung hinter der gelassenen Fassade, die ich präsentierte. »Warum hast du diese armen Frauen ermordet, anstatt mit deinem Groll direkt zu mir zu kommen?«

Seine Lippen kräuselten sich leicht, und ich nahm verblüfft zur Kenntnis, daß jede Frau, sterblich oder nicht, ihn überaus anziehend finden würde. Er konnte richtig unschuldig aussehen, wenn er wollte, und ungemein tugendhaft. Vielleicht hatte er seine Opfer gar nicht einfach umgebracht, sondern sie vorher kennengelernt und ganz bewußt verführt ...

»Ich sagte doch schon, daß ich es dir nicht leicht machen würde«, entgegnete Krispin herablassend. »Ich will, daß du für alles büßt.«

Ich stützte die Hände in die Hüften und merkte zu spät, daß es eine alte Geste aus unseren Jugendtagen war, die ihm immer sehr mißfallen hatte, weil sie meine Überlegenheit ausdrückte. »Selbst wenn man meine unzähligen Sünden in Betracht zieht«, sagte ich, »ist dein Haß auf mich ein wenig übertrieben, meinst du nicht?«

Challes hatte sich erhoben und jammerte nicht mehr, sondern lehnte nun an der Mauer des Gewölbes und beobachtete Krispin, als ob er der Teufel persönlich oder – für einen Vampir noch beträchtlich schlimmer – Nemesis, der himmlische Racheengel, wäre. Ich gewann allmählich die Überzeugung, daß mein einstiger Lehrmeister gar nicht versucht hatte, mich ins Paradies zu bringen, sondern mich nur hatte verstecken wollen vor dem Wahnsinn meines Bruders, der sogar noch größer und gefährlicher zu sein schien als sein eigener.

Ich beschloß, Challes nun doch nicht mit einem Holzpfahl zu durchbohren.

»Es war nicht nur Seraphinas Verrat«, sagte Krispin, und ich glaubte seine Qual zu spüren wie eine eisige Hand, die über meine Seele strich. »Du hast mir meine Gefährtin geraubt. Immer und immer wieder hast du sie mir genommen.«

Jegliches Mitgefühl verblaßte in diesem Augenblick, denn

es empörte mich, daß Krispin es wagte, sich als Rivalen um Daisys Zuneigung zu betrachten. Wir waren erschaffen worden, um zusammen zu sein, sie und ich, für alle Zeiten; wäre meine Verwandlung in einen Vampir nicht gewesen, wären wir zusammen wiedergeboren worden, wieder und wieder, bis in alle Ewigkeit.

»Deine Gefährtin?« Ich legte abgrundtiefe Verachtung in meine nächsten Worte. »Du warst nie mehr als ein Eindringling, Krispin. Sie ist *mein* – heute und in alle Ewigkeit.«

Er zog nur eine feingezeichnete Braue hoch, und sein höhnischer Gesichtsausdruck weckte den Wunsch in mir, ihn zu erwürgen. »Ist sie das?« Krispin hielt inne, um einen gelangweilten Seufzer auszustoßen. »Ach ja, unsere Dame mit den vielen Namen. Wie schön sie ist. Du nennst sie heute Daisy, aber du kanntest sie auch als Brenna und als Elisabeth – jene bedauernswerte kleine Hure – und als sanfte Jenny. Wie schade, daß sie so schnell erkrankte und sterben mußte, nicht?« Ein weiterer theatralischer Seufzer. »Aber natürlich hatte sie auch noch andere Leben – sie war auch diese bezaubernd schöne Frau, die das Hotel in jener kleinen Stadt im Westen führte, nicht?«

Harmony Beaucheau. Ich schloß die Augen vor der Erinnerung an diese Reinkarnation – sie schmerzte selbst nach über einem Jahrhundert noch – und öffnete sie nur wieder aus Selbsterhaltungstrieb. »Was bezweckst du damit?« fragte ich. »Erzählst du mir das alles, um mir klarzumachen, daß Daisy auch dich einmal geliebt hat – als sie Maddie Goodtree war und ihr beide euch in der Hütte des Totengräbers liebtet, nach der Flucht vor der großen Feuersbrunst in London?«

»Dann hat sie es dir also erzählt«, entgegnete Krispin mit einem selbstzufriedenen Lächeln. »Ich hatte gehofft, daß sie es täte, wenn ich ihrem Gedächtnis auf die Sprünge half.«

Mir wurde übel beim Gedanken, daß Krispin Daisy anfaßte, ob in diesem Leben oder irgendeinem anderen, aber ich hütete mich, mir meinen Ekel anmerken zu lassen. Denn ich wußte zwar noch nicht, wie groß die Macht meines Bruders war, spürte jedoch instinktiv, daß sie sehr beträchtlich sein mußte.

»Du konntest sie nicht haben«, sagte ich. »Deshalb hast du sie ermordet, immer und immer wieder.«

Sein schöngeformter Mund verzog sich zu einem Lächeln. »Nicht beim ersten Mal, als sie Brenna war«, entgegnete er. »Da geschah es ohne mein Zutun. Aber ich gebe zu, daß ich der Gerechtigkeit hier und da ein wenig nachgeholfen habe. Elisabeths Fieber beispielsweise – wie du weißt, ist es nicht schwer, Krankheit in menschliches Fleisch zu säen. Sie sind so schwache Kreaturen.«

Da stürzte ich mich wutentbrannt auf meinen Bruder, obwohl mir klar war, daß er genau das wollte und mich die ganze Zeit schon dazu angestachelt hatte. Aber ich konnte meinen Zorn nicht mehr beherrschen. Mit einem Laut, der ein Knurren und zugleich ein Schrei war, begann ich ihn zu würgen – von blinder Raserei erfaßt wie ein Wolf in einer Falle, und mindestens ebenso gefährlich.

Krispin schrie, aber es war ein Schrei, der Freude und Ekstase verriet; wie von einem Tier auf dem Höhepunkt der Paarung. Selbst der Schmerz, den ich ihm zufügte, verschaffte ihm Vergnügen, so pervers es auch erscheinen mochte. Ich war sicher, daß er von diesem Moment geträumt und ihn fast sein ganzes Leben lang geplant und vorbereitet hatte.

Wie Rauch löste er sich in meinen Händen auf und verschwand, doch wir hatten unsere brüderliche Beziehung erneuert, so feindselig sie auch sein mochte, und deshalb spürte ich, wohin er wollte, und folgte ihm.

Krispin führte mich auf ein Hochplateau irgendwo an der Küste Cornwalls, wo das Meer zu hören, aber nicht zu sehen war. Megalithe ragten hier im kalten, silbrigen Licht des Mondes auf, die lange unheimliche Schatten in seine Richtung warfen statt in die entgegengesetzte, wie es normal gewesen wäre.

Krispins Lachen war das Kreischen eines Irren, als er mit flatterndem Cape zwischen den Steinen umherrannte, als erwartete er, daß ihm Flügel wachsen und er fliegen werden.

Ich wäre nicht überrascht gewesen, wenn es so gewesen wäre.

Ich wartete, bis er einen Teil seiner wahnsinnigen Energie verausgabt hatte, sah zu, wie er umhersprang und sich aufbäumte, sich wie eine Krähe auf den höchsten der uralten Steine hockte und schließlich – mit ausgebreiteten Armen, zurückgelegtem Kopf und das schöne Gesicht zum Mond erhoben – Pirouetten im Mittelpunkt des Kreises drehte.

Der heidnische Tanz nahm eine ganze Weile seinen Fortgang. Dann, endlich, hielt Krispin inne und forderte mich mit einem Lächeln auf, zu ihm in den Kreis zu treten.

Ich zögerte nicht, obwohl ich sicher war, daß es sich um eine Falle handelte. Ich wäre ihm in die Hölle selbst gefolgt, überallhin, denn solange ich bei ihm war und ihn bewachte, würde Daisy sicher sein. Und wenn der richtige Moment gekommen war – wenn ich herausgefunden hatte, wo mein Bruder verwundbar war – würde ich ihn vernichten.

»In diesem Kreis sind unzählige Menschenopfer dargebracht worden«, sagte er, als ich neben ihm stand. »Soviel Leid und soviel Schrecken – dieser Ort vibriert geradezu davon, selbst nach all dieser Zeit noch. Spürst du es nicht auch?«

Ich ließ mir meinen Abscheu nicht anmerken. »Ich habe selbst genug Leid und Schrecken in meinem Leben«, sagte ich. »Ich brauche das von anderen nicht.«

Krispin lächelte und schien für einen Moment wieder ganz der alte zu sein. Was im Grunde noch beängstigender war als alles andere, was zuvor geschehen war. »Du warst schon immer sehr selbstbewußt – Valerian, der zu Fleisch gewordene Erzengel, der Heilige mit den Reißzähnen.«

Ich ignorierte den Stich. Ich würde ihm nicht die Befriedigung verschaffen, ihn anzugreifen, bevor ich bereit war, einen spitzen Pfahl in sein verdorbenes Herz zu treiben. Daraus konnte er dann soviel perverses Vergnügen beziehen, wie er wollte. »Du willst mein Leben«, sagte ich ruhig, »und das sollst du haben.«

Er starrte mich an, sichtlich verblüfft, und ich war froh, daß er meine Gedanken nicht lesen konnte. »Unter welcher Bedingung?« erkundigte er sich mißtrauisch.

»Daß wir gemeinsam in den Tod gehen«, erwiderte ich aufrichtig, denn es schien mir der einzige Weg zu sein, dem Fluch ein Ende zu bereiten, der Daisy und mich seit so langer Zeit verfolgte. Wenn ich starb, und Krispin mit mir, würde der Kreis endlich gebrochen werden. Nie wieder würde ich Daisy finden, mich in sie verlieben und sie in meinen Armen halten, wenn sie starb. Aber *sie* würde Gelegenheit erhalten, ihr jetziges Schicksal – und jedes anderes, das sie erwartete – in Frieden zu vollziehen.

Krispin betrachtete mich lange stumm. Ich spürte, daß der Morgen nahte und die Sonne bereits hinter den Hügeln aufstieg, bereit, uns zu verschlingen. Ich wollte diesen Tod, obwohl ich wußte, daß er überaus schmerzhaft sein würde und nur ein Auftakt dessen, was uns danach erwartete.

»Angenommen, es gäbe gar kein Jüngstes Gericht und keine Hölle«, meinte Krispin nachdenklich. »Würdest du dann den Tod willkommen heißen? Würdest du dich dann danach sehnen, Ruhe und Vergessen zu erlangen?«

Ich fühlte das Brennen des beginnenden Lichts auf meiner kalten Haut und fragte mich, ob ich tapfer sterben würde oder in schreiender, qualvoller Raserei. Ich hatte noch nie einen Vampir gesehen, der von der Sonne zu Asche verbrannt worden war, aber ich war Zeuge *anderer* Tode gewesen – alle von ihnen unendlich grauenvoll und gräßlich.

Ich erschauderte.

»Vergessen wäre sicher besser als ewiges Leiden in den Flammen der Hölle«, gestand ich, »aber ich hege nicht den Wunsch nach ewiger Ruhe.«

»Du liebst sie so sehr, die schöne Daisy, daß du dich jedem Schicksal ausliefern würdest?« Krispin hielt inne und lächelte. »Wie nobel von dir. Man stelle sich nur vor – Valerian Lazarus, der Sohn des Schuhmachers, wäre bereit, sein selbstsüchtiges Ich zu opfern, um eine Frau zu retten. Wie ungeheuer edelmütig!« spottete er.

Ich war nicht naiv genug, mir zu erhoffen, daß Krispin den

Grund, warum er mit mir sterben sollte, nicht erraten würde. Jeder Narr hätte ihn sich denken können. Und ich war auch kein großes Risiko eingegangen, als ich ihm zeigte, wie sehr ich Daisy liebte – das hatte er schon die ganze Zeit gewußt. Seit Hunderten von Jahren hatte er mich damit gequält, ohne daß ich erraten hätte, daß er für mein Leid verantwortlich war.

Voll Unbehagen schaute ich zum östlichen Horizont hinüber. Es war noch dunkel, und doch war schon genügend Licht vorhanden, um meine empfindlichen Augen zu versengen. Zum ersten Mal kam mir der Gedanke, daß einer der Unterschiede zwischen Krispins Macht und meiner eigenen die Fähigkeit sein könnte, das Tageslicht zu ertragen. »Du hast mir deinen Standpunkt klargemacht«, sagte ich gereizt. »Ich weiß, daß du mich haßt und mich verachtest. Und dein Selbstmitleid geht mir allmählich auf die Nerven. Verdammt noch mal, Krispin – es ist doch der reinste Wahnsinn, all diese Jahre zu trauern und zu leiden, und das bloß einer eitlen, selbstsüchtigen und durch und durch ignoranten Frau wie Seraphina wegen. Es ist obszön!«

Das Licht kam näher, wurde stärker. *Brannte.*

Krispin starrte mich an und stieß wieder einen jener tierischen Wutschreie aus – um sich dann ganz unvermittelt in Rauch aufzulösen, wie Vampire in Hollywoodfilmen, und in der Erde zu verschwinden, im Mittelpunkt des großen Kreises, der uns umgab wie das weit aufgerissene Maul eines großen Raubtiers.

Ich tat es Krispin nach und fand mich, zusammen mit meinem Bruder, in einem Grab verstreuter Knochen wieder. Diese Gerippe mußten die Überreste jener armen Sündenböcke sein, die einst uralten, gierigen Göttern geopfert worden waren. Ich spürte ihre Emotionen, vor allem ihre Angst, und hörte den stummen, angstvollen Chor ihrer Stimmen.

Krispin ließ sich zwischen ihnen nieder und rollte sich zusammen wie früher als kleines Kind, ein engelgleiches Lächeln um die Lippen, um dann abrupt in den lähmenden Vampirschlaf zu versinken. Ich hätte ihn jetzt vielleicht getötet, trotz meiner Gewissensbisse, wenn meine eigene Natur mich nicht verraten hätte – auch ich konnte nicht anders, als mich den dunklen Fluten zu überlassen, die mein Bewußtsein überschwemmten, und so sank ich tiefer und tiefer in das Tal der Schatten.

16

Jenny Wade
London, 1772

In ihren Träumen konnte Jenny so deutlich wie vor ihrer Erkrankung sehen, und die Bilder, die ihr durch den Sinn gingen, waren klar und erstaunlich farbenfroh.

Alles bewegte sich mit unfaßbarer Geschwindigkeit, und Menschen umringten sie, die sehr eigenartig gekleidet waren. Sie waren Fremde für Jenny, und doch glaubte sie, diese Menschen zu kennen und zu verstehen.

Als sie erwachte, verschwanden die Szenen und ihre Darsteller in einem Teil ihres Gehirns, wo sich Dinge verbargen, an die sie sich in wachem Zustand nicht erinnern konnte. Ihr Atem kam schnell und flach, sie ließ sich gegen die Kissen sinken und zwang sich zur Ruhe. Als ihr das gelungen war, richtete sie ihre geschärften Sinne auf ihre unmittelbare Umgebung und merkte an der kühlen Luft an ihren Armen und der tiefen Stille, die über dem Haus ruhte, daß es noch nicht Morgen war.

Eine jähe, schmerzhafte Einsamkeit erfaßte sie, schlimmer noch als alles, was sie je zuvor erlebt hatte, und sie war so bestürzt, daß sie nicht einmal weinen konnte. Sie war jung, blind und würde niemals ein eigenes Heim besitzen, nie einen liebenden Gatten haben, mit dem sie lachen konnte, oder Kinder, die an ihren Röcken zerrten und um Süßigkeiten und Märchen bettelten.

Jenny wartete geduldig auf die vertrauten Geräusche im Haus, die bewiesen, daß die anderen aufgestanden waren. Dann stand sie auf und wusch sich. Sie bürstete und flocht gerade ihr langes Haar, als ein hartes Klopfen an ihrer Tür ertönte. Bevor sie es beantworten konnte, trat Adela ein, und ihr Duft und die Essenz ihrer Natur gingen ihr voran wie unsichtbare Herolde.

»Guten Morgen, Jenny«, sagte sie ohne jede Wärme.

Jenny verspürte ein leises Mitgefühl für ihre Schwägerin, denn es wohnte keine Poesie bei ihr, kein Sonnenschein und kein Humor. »Guten Morgen«, erwiderte sie und fuhr fort, ihr Haar zu einem einzigen dicken Zopf zu flechten.

Adela trat hinter sie. »Martin sagte, du hättest gestern ein unangenehmes Erlebnis gehabt.«

Ein kleiner Muskel in Jennys Herz verkrampfte sich mit der neuerwachten Furcht, zu irgendeinem furchtbaren Ort geschickt zu werden, wo geistesgestörte Frauen ihre einzige Gesellschaft bilden würden. »Es war nichts«, erwiderte sie und hoffte, daß es gelassen und heiter klang. »Ich war nur ein wenig unachtsam, das ist alles.«

Ihre Schwägerin bewahrte eisiges Schweigen.

Jenny stellte sich vor, daß sie sich im Spiegel sah, doch das einzige Bild, das sie in Erinnerung bewahrte, war das eines schlanken, rothaarigen Mädchens mit grünen Augen und lustigen Sommersprossen. Sie wußte nicht, wie sie jetzt aussah, obwohl sie Peach oft bat, es ihr zu beschreiben, und sie anflehte, ihr zu sagen, ob sie schön war.

Die liebe, treue Peach pflegte darauf stets zu antworten, daß sie schön genug sei, um das Herz eines jeden Gentlemans auf Erden zu gewinnen und zu brechen.

»Was habe ich getan, Adela«, fragte Jenny leise, »daß du mich so haßt? Dies ist ein großes Haus – ein Palast fast, und doch habe ich immer das Gefühl, im Weg zu sein.«

Adela antwortete nicht – vielleicht wußte sie nicht, was sie darauf erwidern sollte, oder sie schwieg aus Rücksichtnahme –, und dann verließ sie ohne ein weiteres Wort den Raum.

Nachdem Jenny sich angezogen hatte, stieg sie die breite Freitreppe hinab in den Salon, wo sie sich ans Piano setzte und spielte, während ein sanfter Regen an die Scheiben trommelte und sich mit den Tönen der Musik vermischte.

Nach dem Mittagessen erschien Besuch, und Martin kam früh aus dem Büro zurück und setzte sich zu Jenny in den Salon, um ihr aus einem neuerschienenen französischen Roman vorzulesen. Es war während dieses angenehmen Zeitvertreibs, daß ihr eine erschreckende Einsicht kam: Adela war eifersüchtig auf Martins Zuneigung zu seiner jüngeren Schwester und wünschte sich mehr Aufmerksamkeit von ihm!

Eine tiefe Schwermut erfaßte Jenny bei diesem Gedanken, und als Martin zu Ende gelesen hatte, machte sie ihm einen Vorschlag. »Vielleicht solltest du mit Adela ans Meer fahren. Es wäre so romantisch – nur ihr zwei, endlich einmal ganz allein.«

»Und was würde dann aus dir werden?«

Jenny reagierte leicht verärgert. »Ich habe Peach, Martin«, versetzte sie. »Und sag jetzt nicht, du hättest zuviel Arbeit, denn ich weiß, daß es nicht stimmt. Du könntest deine Geschäfte sogar im Schlaf führen – das hast du selbst schon oft genug gesagt.«

Martin lachte, aber es klang ein bißchen traurig. »Ich muß aufhören, diese sentimentalen Romane zu kaufen«, sagte er. »Sie bringen dich auf unpassende Ideen.«

»Adela braucht dich«, beharrte Jenny. »Du vernachlässigst sie.«

»Hör auf damit, Jenny«, erwiderte Martin scharf, warf das Buch hin und stürmte aus dem Zimmer.

Jenny aß allein an jenem Abend, denn Martin war in seinem Club, und Adela hatte sich mit einer ihrer häufigen Migränen entschuldigt. Es regnete noch immer, und Jenny fühlte sich so einsam und verlassen, daß sie sich fragte, wie sie diese düsteren Gefühle ein Leben lang ertragen sollte.

Nach dem Essen kehrte sie zum Piano zurück, schloß die Türen hinter sich, um die Geräusche zu ersticken, und begann zu spielen.

Es geschah in jener Nacht, mitten in ihrem sanften Spiel, daß Jenny die Stimme des Engels zum ersten Mal vernahm.

»Jenny«, sagte er leise, fast ehrfürchtig, hinter ihrer rechten Schulter. Denn die Stimme gehörte einem Mann, war sogar *verwirrend* männlich.

Jenny fürchtete sich nicht, sondern fragte sich, ob es sich um ein weiteres Trugbild handeln mochte. Sie sehnte sich nach Trost und Zuwendung – vielleicht hatte ihre rege Phantasie ein Wesen heraufbeschworen, das diesen Sehnsüchten entsprach. Durch ihre Blindheit neigte sie zur Selbstbetrachtung und wußte, nachdem sie alle Winkel ihres Bewußtseins erforscht hatte, daß das menschliche Gehirn zu allen möglichen Tricks imstande war, sowohl angenehmer als auch unangenehmer Art.

Sie rührte sich nicht und sagte nichts, brach nur ihr Spiel ab und streckte eine Hand aus.

»Ich habe dich gefunden«, fuhr der Besucher fort und sie hörte Tränen, aber auch Freude in seiner Stimme mitklingen, fühlte den leisen Luftzug, als er sich bückte, um einen Kuß auf ihr Haar zu drücken.

Eine wundervolle Glut durchzuckte sie, und sie spürte, wie sie errötete. »Du bist nicht wirklich«, sagte sie. »Du bist ein Produkt meiner Sehnsucht und meiner Einsamkeit.«

Seine Hände ruhten auf ihren Schultern; obwohl sie sanft waren, fühlten sie sich nicht so warm an wie Martins Hände oder die von Peach. Seine Haut war kühl und glatt wie ein Edelstein, das spürte sie selbst durch den Stoff ihres Kleids hindurch, und sie dachte, daß der Himmel ein kühler Ort sein mußte, das logische Gegenstück zur Hölle.

»Nein, Liebste«, sagte er. »Ich bin keine Illusion.«

»Bist du ein Engel?« fragte Jenny verwundert.

Sein Lachen war wohlklingend und ungeheuer männlich, enthielt aber nichts von dem Spott oder der leisen Verachtung, die sie oft in Martins Lachen wahrnahm. Seine Lippen streiften ihren Nacken, und auch sie waren kühl und weich wie die Blüten einer exotischen Blume. »Schlag dir das aus dem Kopf«, meinte er freundlich. »Aber ich bin auch kein Dämon, also fürchte dich bitte nicht vor mir.«

Jenny war überzeugt, daß sie einen Wachtraum hatte – denn daß solch zärtliche Aufmerksamkeit *Wirklichkeit* sein sollte, konnte sie sich angesichts ihrer Behinderung nicht erhoffen –, und die Erkenntnis löste einen stechenden Schmerz in ihrem Herzen aus.

»Ich kann den Gedanken nicht ertragen, daß ich mir dich nur eingebildet habe«, sagte sie betrübt.

»Ich bin nur allzu real, meine liebste Jenny. Und ich liebe dich schon viel länger, als du dir vorstellen kannst.«

Etwas erwachte in ihr – etwas Ursprüngliches, Verräterisches und ganz und gar Unschickliches. Sie wollte glauben, daß dieser eingebildete Geliebte echt war, aus Fleisch und Blut, und daß er sie liebte und sie brauchte, trotz ihrer Behinderung. Ein Name, dachte sie, wird ihm Substanz verleihen, und sie fragte ihn in leisem, hoffnungsvollen Ton.

»Valerian«, erwiderte er heiser und streichelte mit seinen langen Fingern ihre Schultern, was erneut ein wohliges Erschauern in ihr bewirkte. Als es ihren Körper durchdrungen hatte, begann sich eine eigenartige Spannung in ihr aufzubauen, die stetig zunahm und sich schließlich in der Magengrube konzentrierte.

»Ich war so einsam«, gestand sie. Warum auch nicht, denn wahrscheinlich war es ja doch nur ein Traum, und wem sonst hätte sie ihre Gefühle schon gestehen sollen? Martin, Adela oder Peach hätten es sehr unschicklich für eine junge Frau gefunden, eine Intimität herbeizusehnen, die weit über die flüchtige, gleichgültige Zuneigung hinausging, die sie ihr entgegenbrachten.

»Ich auch«, erwiderte Valerian. In Gedanken stellte sie ihn

sich vor – er war groß und stattlich wie ein Prinz aus einem Märchenbuch. Sie vermutete, daß seine Augen von einem tiefen Blau waren, sein Haar von einem warmen, dunklen Kastanienbraun – all dessen war sie sich vollkommen sicher, obwohl sie sich nicht erklären konnte, wie sie es erraten haben konnte.

Langsam hob sie die Hand und verschränkte ihre Finger mit den seinen. »Wirst du bei mir bleiben?«

Er lachte, aber es klang auch ein bißchen wie ein Schluchzen, und dann zog er sie von ihrem Platz vor dem Piano und küßte sie zärtlich auf den Mund. Bei dieser Berührung, einer völlig neuen Erfahrung für Jenny, loderte die beunruhigende kleine Flamme in ihrem Schoß zu einem alles verzehrenden Feuer auf.

»Ich muß gehen«, sagte Valerian, während sie in seinen Armen schwankte, wie berauscht von seinem Kuß. »Aber ich werde zu dir zurückkehren, süße Jenny. Ich verspreche es.«

Verzweifelt schlang sie die Arme um seinen Nacken. »Bleib«, flehte sie ohne die geringste Scham.

Er legte einen Finger an ihre immer noch prickelnden Lippen. »Es wird bald Tag, Geliebte – ich kann nicht bleiben.«

Jenny klammerte sich an ihn, doch er löste sich in ihren Armen auf wie ein Mensch in einem Traum, und sie war wieder allein, aber nicht mehr traurig. Eine schwache, süße Hoffnung regte sich in ihr, und sie summte leise vor sich hin, als sie zu ihrem Zimmer ging und sich anschickte, zu Bett zu gehen.

Am Morgen darauf erwachte sie voller Freude und bestürmte Peach, sich ganz besondere Mühe mit ihrer Frisur zu geben, und die Krone, zu der sie ihren Zopf aufsteckte, mit seidenen Bändern und Blüten zu schmücken. Dann entschied sie sich für ein wunderschönes Kleid aus gelber Seide, das ihrer heiteren Stimmung entsprach.

Vor dem Tee an jenem Nachmittag las Adela Jenny aus einem Band klassischer griechischer Poesie vor, als eine Art Friedensangebot vermutlich. Das Dinner wurde um acht serviert, und später schützte Jenny Müdigkeit vor und zog sich in ihr Zimmer zurück, unbegleitet, weil es Peachs freier Abend war.

Jenny hatte nicht gelogen, als sie behauptete, müde zu sein, doch außer Müdigkeit beherrschte sie ein ungestümes Gefühl der Vorfreude, das sie nicht näher definieren konnte, ein elementares, uneingeschränktes … *Etwas*, das sie mitriß wie ein reißender Gebirgsfluß. Jenny hätte diesen Strom ebensowenig aufhalten können wie den Fluß der Themse, und so setzte sie sich still in ihren Sessel am Kamin und wartete.

Das Haus begab sich allmählich zur Ruhe – Dienstboten schlurften durch die Korridore, Türen wurden geöffnet und geschlossen, Dielen knarrten leise. Jenny hörte Martins und Adelas Stimmen, als sie sich auf dem Korridor vor ihren Zimmern gute Nacht sagten.

Jenny hatte ein sehr behütetes Leben geführt, doch über die intimen Vorgänge zwischen Mann und Frau wußte sie Bescheid, dank Peachs Unverblümtheit und des skandalösen Klatsches, den die Mägde austauschten, wenn sie sich unbeobachtet glaubten. Es verwirrte Jenny, daß Martin und Adela kein Bett teilten und es ihren Wissens nach auch nie getan hatten. Vielleicht wollten sie keine Kinder …

Gewissensbisse erfaßten Jenny und ließen die unerklärliche Erregung, die sie Momente zuvor noch beherrscht hatte, abklingen. Andere Paare haben ja auch keine blinde, mittellose Verwandte, um die sie sich kümmern müssen, dachte sie bedrückt.

Der Ruf ihres Engels, als er kam, war wie ein Hauch lautloser Musik, wie Harfenklänge, die zu schwach waren, um von einem menschlichen Ohr gehört zu werden … Aber etwas *war* zu spüren, etwas, das wie eine Feder war, die sanft über die Haut glitt, ohne sie richtig zu berühren. Jenny bewegte sich leise und mit sicheren Schritten darauf zu, unbehelligt von der Dunkelheit, die die Schritte Sehender behinderte.

Es bestand kein Zweifel, daß sie diesmal wach war, als sie den kühlen, duftenden Garten betrat und merkte, daß er dort wartete.

»Valerian«, sagte sie sanft, und er zog sie – kraft seines Geistes oder infolge ihres eigenen Verlangens – in seine Arme.

Es war der erste von vielen solcher Besuche. Manchmal erzählte Valerian ihr wundervolle Geschichten, in anderen Nächten tanzten sie zusammen im Garten, und dann war es, als würden Jennys Füße über den Steinen schweben, die den Springbrunnen umgaben.

Fast ein Jahr verging, bevor sie Liebende wurden.

Unmittelbar vor jenen Augenblicken süßer Hingabe hüllte Valerian sie in raschelnde Seide ein – in einen Umhang, dachte sie, und klammerte sich an ihn, als der Wind sie erfaßte und an einen anderen Ort davontrug.

»Wer bist du, daß du solche Wunder vollbringen kannst?« fragte sie, als Valerian sie auf ein weiches Sofa legte, in einem Zimmer, das sie nicht sehen konnte, und sie an Geräusch und Bewegung erkannte, daß er neben ihr niederkniete. Endlich, nach all der Werbung und sorgfältigen Vorbereitung, würde sie sich ihrem Phantasiegeliebten hingeben.

Es war nicht wichtig, was er auf ihre Frage erwiderte – ob Teufel oder Märchenprinz, dachte Jenny, er stellte die Erfüllung all ihrer geheimsten Wünsche dar. Sie hatte auf ihn gewartet, soweit sie sich zurückentsinnen konnte.

»Ein gefallener Engel«, antwortete Valerian mit Zärtlichkeit und Trauer in seiner wundervollen Stimme. Er machte gar nicht die Musik, die sie in so vielen Nächten in den Garten gelockt hatte, erkannte sie plötzlich – er *war* diese Musik. »Es sollte dich nicht kümmern, was ich bin, Liebste. Es genügt, daß wir einander endlich wiedergefunden haben, meinst du nicht?«

Jenny hob ihre zitternden Hände an das Mieder ihres Kleids, von demselben Instinkt gelenkt, der ihr Herz pochen ließ und diese träge, qualvolle Hitze in ihr auslöste. Sie löste die Bänder ihres Hemds und öffnete es, um ihre vollen Brüste zu entblößen, weil sie wußte, daß er sie sehen und berühren wollte, und sie sich danach sehnte, ihn zu erfreuen.

Er stöhnte auf, ein Laut, der sie in noch heftigere Erregung versetzte, und triumphierend murmelte sie seinen schönen Namen – Valerian.

Als sie seine Lippen um eine ihrer Brustspitzen spürte, feucht und hungrig, schrie sie auf, aber nicht aus Angst oder Entsetzen, sondern aus ihrer unschuldigen Lust heraus. Ihre Finger verschränkten sich in seinem dichten, seidigen Haar, und sie zog ihn an sich, in der stummen Aufforderung, daß er seinem drängenden Verlangen nachgeben sollte.

Ihre Empfindungen waren unaussprechlich und übertrafen selbst ihre kühnsten, ungehörigsten Phantasien. Sie hätte nicht einmal im Traum daran gedacht, daß das, was sich zwischen Mann und Frau abspielte, so unglaublich wonnevoll sein konnte.

Jenny wollte sich Valerian hingeben, ersehnte es sogar mehr, als ihr Augenlicht zurückzugewinnen, mehr als einen Ehemann, Kinder und ein Haus, in dem sie Herrin war und nicht Adela. Doch all das waren unerfüllbare Wünsche, während dieses andere, wundervolle Vergnügen verfügbar war. Davon würde sie später, wenn er sie verlassen sollte, zehren können, in all den trostlosen Jahren als alte Jungfer, die vor ihr lagen.

Sie vermochte kaum zu sprechen, so intensiv waren die sinnlichen Gefühle, die seine sanften Hände und seine weichen Lippen in ihr weckten. »Valerian – wo sind wir uns schon einmal begegnet? Ich erinnere … mich nicht …« Sie hielt inne und stieß einen tiefen Seufzer aus, als er sie von der Couch hob, um sie zu entkleiden.

Nackt seinen Blicken ausgeliefert zu sein, war berauschender als schwerer alter Wein, und zum allerersten Mal in ihrem Leben fühlte Jenny sich schön, weiblich und vollkommen.

Valerian küßte die zarte Haut an ihrem Nacken. »Dein Herz erinnert sich«, erwiderte er leise. »Schau in dein Herz.«

»Ich kann jetzt nicht … *denken*«, protestierte sie mit einem kehligen Lachen.

Er schloß seine Hände um ihre festen Brüste, strich mit den Daumen über die harten kleinen Spitzen, und sie fragte sich geistesabwesend, warum sie seinen Atem nicht auf ihrer Haut spürte, denn sein Gesicht war ihrem sehr, sehr nahe. »Wie typisch für eine Frau, in einem solchen Augenblick zu denken«, scherzte er. »Das Herz denkt nicht, Liebste – es kennt nur Gefühle. Such dort, unter diesen Gefühlen, und ich verspreche dir, daß du die Erinnerung finden wirst an das, was wir einander einst gewesen sind.«

Eine solche Suche war unmöglich, das wußte Jenny, während das Blut in ihren Adern hämmerte und ihr Atem völlig außer Kontrolle geriet. Trotz allem jedoch spürte sie, daß Valerian recht hatte – sie waren keine Fremden, sondern uralte Gefährten, die auf eine elementare, rätselhafte Weise zusammengehörten.

In Valerians Armen zu liegen, war wie nach einer langen, gefahrvollen Reise an einen sicheren Ort zurückzukehren.

»Bitte«, wisperte sie. »Ich möchte, daß du mich liebst.«

»Ja«, murmelte er und ließ sich, nachdem er sanft ihre Beine gespreizt hatte, behutsam auf ihr nieder. »Es könnte schmerzen ...«

Jennys schlanker Körper krümmte sich wie ein Bogen. »Das ist mir egal«, sagte sie, und das stimmte. Nichts anderes war ihr jetzt noch wichtig, als mit ihm eins zu werden – ihre Körper und ihre Seelen miteinander zu vereinigen.

Als Valerian in sie eindrang, schrie sie auf, doch weniger aus Schmerz, als vielmehr aus einem innigen Willkommen heraus. Sie war überglücklich. Endlich, endlich war sie voll und ganz sie selbst.

Valerian flüsterte ihr zärtliche Worte zu, sein herrlicher Körper begann sich im uralten Rhythmus der Liebe zu bewegen und vereinigte sich so vollkommen mit ihrem, daß Jenny leise schluchzte, selbst als ihr Geist Feuer fing und zu verbrennen drohte.

Es endete schließlich, wie alle Freuden und Leiden endeten, und sie blieben ermattet liegen, engumschlungen und vereint nach einer derart langen Trennung, daß Jenny sich nicht einmal mehr an den Abschied erinnern konnte. Später, wenn sie wieder dazu fähig war, ihre Gedanken zu ordnen, würde sie ihr Herz befragen, wie Valerian ihr geraten hatte, und dort würde sie ihn ganz sicher finden ...

Daisy
Las Vegas, 1995

»Chandler!« Die Stimme klang wütend und beharrlich. »Verdammt noch mal, Daisy, wach endlich auf!«

Sie bewegte sich. Daisy? Wer war *Daisy*?

»Mach die Augen auf, Chandler«, befahl ihr Quälgeist.

Ihr ganzer Körper schmerzte, und doch verspürte sie eine angenehme Trägheit, als wäre sie eben erst gründlich und ungemein befriedigend geliebt worden. Sie wollte nicht erwachen und das Gefühl aufgeben.

»Ich habe nicht die ganze Nacht Zeit, Chandler!«

War dies der Mann, der sie geliebt hatte, der sie auf Gipfel geführt hatte, an die sie sich nur schwach entsinnen konnte?

Nein, unmöglich, dachte sie und öffnete widerstrebend die Augen.

O'Halloran über sie gebeugt zu sehen, versetzte sie augenblicklich in die Wirklichkeit zurück. Er hatte Plätzchenkrümel auf dem Kinn, sein schütteres Haar stand an einer Seite ab, und überhaupt wirkte er so ungepflegt, als hätte er seit der Regierungszeit Jimmy Carters nicht mehr die Kleider gewechselt.

Seufzend schloß sie erneut die Augen, und wenn auch nur für einen Moment. Wenigstens das war normal – ihr Partner sah so verwahrlost aus wie eh und je.

»Tu bloß nicht so, als schliefst du noch«, rief O'Halloran ärgerlich. »Du hast mich gerade eben noch angesehen!«

»Hallo, Supercop«, murmelte sie schläfrig. »Dir entgeht auch wirklich nichts, O'Halloran.« Dann hielt sie inne, weil sie fast in Tränen ausgebrochen wäre. »Verdammt, das ist ein Krankenhaus, nicht wahr?«

»Die Universitätsklinik«, bestätigte O'Halloran. »Aber mach dir nicht in die Hosen, Chandler – es ist nicht die Psychiatrie. Du bist auf dem Bürgersteig zusammengebrochen, und jemand hat einen Krankenwagen gerufen.«

Daisys Schläfen pochten, am liebsten hätte sie sich über den Bettrand gebeugt, um sich auf O'Hallorans Schuhe zu erbrechen. Als ob das noch einen Unterschied gemacht hätte.

»Bin ich verletzt?«

»Nein«, antwortete O'Halloran stolz, als hätte sie ihm ihre Rettung zu verdanken. »Aber du warst bewußtlos. Hast irgend etwas über einen Kerl namens Martin geredet und viel gezuckt.«

Sie hob die Hand, um ihr Haar zurückzustreichen, und bemerkte zum ersten Mal die Nadel und den Schlauch in ihrer Vene. »Was ...« fragte sie entsetzt und wollte sich aufrichten.

O'Halloran drückte sie in die Kissen zurück. »Beruhige dich, Chandler«, sagte er. »Es ist bloß Zuckerwasser. Nichts Besonderes. Und komm bloß nicht auf die Idee aufzustehen, denn du wirst hierbleiben, zumindest heute nacht.«

Eine Träne rollte aus ihrem Augenwinkel und über ihre Wange. »Sie glauben wohl, ich stünde unter Drogen, was? Der Chef und die Kollegen, meine ich.«

Ihr Partner lächelte, zog ein Schokoladenplätzchen aus der Tasche und biß genießerisch hinein. Die Krümel fielen auf Daisys Bett.

»Niemand denkt, du nimmst Drogen«, sagte er. »Du hast bereits die nötigen Blutanalysen und Urinproben gemacht. Und wahrscheinlich bist du bloß ein bißchen durcheinander, womit du durchaus noch zu den Normalen zählst.«

»Ich hatte keinen Nervenzusammenbruch«, sagte Daisy. Aber sie erinnerte sich an so viele merkwürdige Dinge: blind gewesen zu sein, mit ihrem Bruder und ihrer Schwägerin im London des sechzehnten Jahrhunderts gelebt zu haben – und vor allem an Valerian, der sie auf magische Weise fortgetragen und geliebt hatte ... Betroffen fragte sie sich, ob sie sich das alles nur eingebildet haben mochte. Sie wäre schließlich nicht der erste Polizist gewesen, der unter Streß zusammenbrach, obwohl das die Sache auch nicht gerade erträglicher erschienen ließ.

O'Halloran ergriff ihre andere Hand, die ohne Nadel in der Vene, und hielt sie verlegen zwischen seinen. »Wenn du sagst, dein Kopf ist klar, dann glaube ich dir, Chandler«, versicherte er. »Du brauchst nur ein bißchen Ruhe, das ist alles.«

»Sie haben mich suspendiert, nicht wahr?«

»Du bist krankgeschrieben«, berichtigte O'Halloran.

Daisy atmete tief durch. »Auf unbeschränkte Zeit?«

O'Halloran zögerte einen Moment zu lange. »Bis der Arzt etwas anderes entscheidet«, antwortete er schließlich und drückte ihre Hand. »Du brauchst eine Therapie und mußt einige Tests über dich ergehen lassen, und dann wird dein Fall neu geprüft. So etwas kommt dauernd vor.«

»Nicht bei mir.«

O'Halloran zuckte mit den Schultern, aber sie sah die Sorge, die in seinen Augen stand. »Na schön, Chandler, es hat dich also erwischt. Es sieht nicht gut aus im Moment. So ist es nun einmal, und damit mußt du dich abfinden. Du bist krankgeschrieben und hast bestimmt auch etwas auf der hohen Kante, nicht?«

Das Leben mit – oder ohne – Jeanine hatte Daisy schon in jungen Jahren zu einer praktischen Denkweise erzogen. Sie war krankgeschrieben, hatte noch Urlaub zu bekommen und ein ganzes Jahresgehalt auf ihrem Sparkonto. »Keine Angst, O'Halloran«, sagte sie. »Ich brauche nicht bei dir einzuziehen.«

Er lachte. »Frech wie eh und je. Das ist ein gutes Zeichen.«

»Wie kommt ihr in dem Fall voran? Und bevor du jetzt fragst ›welcher Fall‹, laß mich dir sagen, daß du verdammt gut weißt, wovon ich rede.«

»Die Vampirgeschichte.«

»Richtig.«

O'Halloran seufzte. »Wir haben noch keine nennenswerten Fortschritte zu verzeichnen, Chandler.« Eine Krankenschwester erschien auf der anderen Seite von Daisys Bett und warf dem Polizisten einen vielsagenden Blick zu. »Hör zu, Daisy – ich komme morgen früh vorbei und informiere dich über alles, klar?«

Daisy brachte weder die Kraft noch den Willen auf, ihm zu widersprechen. Es war spät, und ihr Körper schmerzte, als ob eine Herde Esel darauf herumgetrampelt hätte. Außerdem würde sie endlich ungestört weinen können, sobald O'Halloran und die Schwester fort waren und das Licht ausgeschaltet war.

Ihr Partner ging, und die Schwester, auf deren Namensschildchen ›Betty‹ stand, gab Daisy eine Schlaftablette, überprüfte den Schlauch für die Glukoselösung, löschte das Licht und verließ den Raum.

Daisy blieb reglos liegen, starrte zur Zimmerdecke auf und versuchte, einen Sinn zu finden in allem, was ihr seit jener ersten, schicksalhaften Nacht zugestoßen war, in der sie eine Menge Geld für den Auftritt eines Zauberkünstlers ausgegeben hatte. Alles war den Berg hinabgegangen, seit sie Valerian begegnet war.

Er war eigentlich ein ganz normaler Mann, wenn man bereit war, die Fangzähne zu übersehen und die Tatsache, daß er sechshundert Jahre alt war. Warum hatte sie sich nicht in einen gewöhnlichen Sterblichen verlieben können, jemanden, der zumindest einen Nachnamen besaß? Aber nein, sie mußte ihr Herz an einen *Vampir* verlieren!

Eine Zeitlang war sie so vertieft in ihre privaten Kümmernisse, daß sie die elegante Gestalt, die an dem metallenen Bettgestell zu ihren Füßen lehnte, gar nicht bemerkte. Als sie sie sah, stieg ihr das Herz in die Kehle und erstickte den Schrei, der sich ihr einen Augenblick später wohl entrungen hätte.

»Ich bin's bloß«, sagte Valerian.

Ihre Erleichterung überwältigte sie fast. Sie blinzelte, als er neben sie trat. Sie konnte sein schönes Gesicht trotz der Dunkelheit erkennen.

»Im ersten Moment dachte ich …«

»Es wäre Krispin, der gekommen wäre, um dich zu töten?«

Sie konnte nur zustimmend nicken.

Er berührte ihr Gesicht, und das erinnerte sie an seine Umarmung, wie sie sie in diesem Leben und in jenem anderen als Jenny Wade erfahren hatte. »Mein Liebling«, flüsterte er rauh und bückte sich, um sie auf die Stirn zu küssen. »Ich bin gekommen, um mich von dir zu verabschieden.«

Ein, zweimal, seit die Vampirodyssee begonnen hatte, hatte Daisy sich ihr altes, unkompliziertes Leben zurückgewünscht. Doch nun, angesichts der Aussicht, Valerian für immer zu verlieren, entdeckte sie, daß sie bereit war, praktisch alles zu riskieren, um ihre Beziehung fortzusetzen, so verrückt sie auch sein mochte.

Vielleicht war sie *tatsächlich* ausgeflippt und ihre Vorgesetzten hatten ihre Dienstmarke zu Recht zurückgefordert!

»Nein«, sagte sie, und ihre Augen füllten sich mit frischen Tränen. »Ich will nicht, daß du fortgehst.«

»Daisy«, flüsterte er, und sie spürte seine tiefe Qual. »Es ist der einzige Weg, um dich zu schützen, und es fällt mir schwer genug ...«

»*Was* ist der einzige Weg? Was redest du da?«

Valerian wich der Frage aus. »Krispin wird dich nicht mehr belästigen.«

»Verdammt, Valerian, ich will wissen, was du meinst! Ich *liebe* dich – das allein dürfte schon für eine Megatherapie genügen –, aber so ist es eben. Du kannst nicht einfach gehen – dich in eine Fledermaus verwandeln und davonflattern, in Nebel auflösen oder durch die Wand gehen –, denn du schuldest mir, verdammt noch mal, erheblich mehr als das!«

Er betrachtete sie eine Weile schweigend, und wieder sah sie Qual in seinen Augen, obwohl es so dunkel wie zuvor im Zimmer war, und fühlte das Gewicht seiner Trauer auf ihr eigenes Herz herabsinken. Als er endlich sprach, war seine Stimme nur ein rauhes Murmeln.

»Also gut«, sagte er tonlos. »Ich habe ein Abkommen mit Krispin getroffen. Wir werden zusammen untergehen, und damit ist der Fluch gebrochen, und du wirst frei sein.«

Daisy setzte schon zu einer heftigen Entgegnung an, nahm sich jedoch im letzten Augenblick zusammen. »Wie?« fragte sie und hob die Hand, um sich Einmischungen zu verbieten. »Ich meine nicht den Fluch. Ich möchte wissen, wie du vorhast, ›unterzugehen‹, wie du es nennst. Welch tragische Eleganz das Wort besitzt!«

Seine Augen glitzerten, als weinte er, doch seine Stimme klang ruhig und fest, als er erwiderte: »Wir werden verbrennen.«

Ein solch heftiges Entsetzen erfaßte Daisy, daß sie fast das

Bewußtsein verlor. Schließlich richtete sie sich mühsam auf und griff nach der Metallschale auf ihrem Nachttisch, überzeugt, daß ihr gleich schlecht würde. »*Verbrennen?* Großer Gott, Valerian, das kann doch nicht dein Ernst sein!«

Er schenkte ihr ein schwaches Lächeln. »Es ist wohl kaum ein Thema, über das man scherzt«, entgegnete er.

»Das lasse ich nicht zu!« schrie Daisy und versuchte aufzustehen.

Valerian preßte sie in die Kissen, so wirkungsvoll, als hätte er ihre Schultern ergriffen, obwohl er sie nicht einmal berührt hatte. »Du kannst mich nicht daran hindern, Daisy«, sagte er ruhig. »Und du würdest es auch nicht versuchen, wenn du die Situation verstehen würdest.«

Daisys Gesicht war feucht von Tränen, und sie hörten nicht zu fließen auf, aber das war ihr völlig gleichgültig. »Das ist Blödsinn, und das weißt du«, beschuldigte sie ihn wütend. »Ich verstehe die gottverdammte Situation sehr gut. Was ich nicht kapiere, ist, wie du ein solcher Idiot sein kannst! Begreifst du denn nicht, daß es nur ein Trick ist – daß Krispin gar nicht die Absicht hat, mit dir in Flammen aufzugehen?«

Mit einer anmutigen Bewegung, die entschieden und zugleich unendlich zärtlich war, nahm Valerian Daisy in die Arme. »Psst«, murmelte er und streichelte mit einer Hand ihr Haar, als heftiges Schluchzen ihren Körper erschütterte. Lange Zeit wiegte er sie nur in den Armen, und als der schlimmste Sturm vorüber war, legte er einen Finger unter ihr zitterndes Kinn und zwang sie, ihn anzusehen. »Warum bist du hier, Daisy?«

Sie legte den Kopf an seine Brust und lauschte auf einen Herzschlag, der nicht vorhanden war. Sie kniete jetzt auf der Matratze, der Schlauch baumelte noch an ihrer linken Hand, der andere Arm lag um Valerians Nacken. Widerstrebend beantwortete sie seine Frage und erzählte ihm, wie sie auf dem Heimweg vom Hotel von einer zweiten *spontanen Regression* überrascht worden war. Sie beschrieb ihm ihr kurzes Erlebnis als Jenny Wade und schloß mit den Worten: »Du warst auch da. Du hast mich fortgetragen, und dann haben wir uns geliebt. Ich war noch Jungfrau.«

Sie fühlte, wie ein Zittern durch seinen Körper lief. »Ja.«

»Bin ich durch die Zeit gereist, wie du es tust?«

»Nein«, erwiderte Valerian nach kurzem Zögern. »Es war nur eine Erinnerung. Eine Illusion.«

»Selbst du?«

»Vor allem ich.«

Daisy war enttäuscht. »Können Vampire Kinder zeugen?«

Er versteifte sich, wich jedoch nicht zurück, wie sie im ersten Moment erwartet hatte. »Ich weiß es nicht«, antwortete er nach einer langen Pause. »Ich hoffe, daß es nicht geschehen kann. Jedes Kind von mir wäre ein Ungeheuer.«

Daisy drückte ihr feuchtes Gesicht an seine Brust und wischte sich ganz ungeniert die Tränen an seinem Hemd ab. Sie mußte ihn irgendwie zum Lachen bringen, denn ernst zu bleiben oder ihn gehen zu lassen, hätte das Ende der Welt bedeutet.

Valerian legte eine Hand um Daisys Kopf und hob ihr Gesicht zu sich empor. »Hör auf, Daisy«, bat er. »Ich weiß, was du vorhast, aber es wird nichts nützen. Wir können das Unvermeidliche nicht länger aufschieben!«

»Bitte bleib!«

»Ich kann es nicht.«

»Es ist eine Falle, Valerian – Krispin wird dich sterben lassen und sich selbst im letzten Moment in Sicherheit bringen!«

»Das weiß ich, Daisy«, erwiderte Valerian geduldig und warf einen unbehaglichen Blick zum Fenster. Die Dunkelheit schien bereits an Tiefe zu verlieren. »Aber er wird es nicht schaffen.«

»O doch, das wird er. Er wird hierher zurückkommen und mich fortbringen, und niemand wird da sein, um mich vor ihm zu schützen …«

Valerian legte einen Finger an ihre Lippen. »Ich liebe dich«, sagte er, und dann verschwand er. Es war, als ob sie sich nur eingebildet, nur geträumt hätte, daß er bei ihr gewesen war.

Eine Weile kniete Daisy auf dem Bett, verwirrt und von den

schrecklichsten Vorstellungen bedrängt. Sie sah, wie Flammen Valerian verschlangen … und griff nach der Schale, um sich zu übergeben.

Als der Anfall von Übelkeit verging, schaltete Daisy die Nachttischlampe ein und griff nach dem Telefonhörer. Mit zitternden Fingern wählte sie die Auskunft und ließ sich Kristinas Nummer in Seattle geben.

Miss Holbrook meldete sich sofort, obwohl sie sehr verschlafen klang. »Ich hoffe, daß es wichtig ist«, sagte sie knapp.

Daisy hatte durch ihre Arbeit viele schwierige Anrufe zu tätigen gehabt. Verglichen damit war ein mitternächtlicher Anruf bei der Tochter zweier bluttrinkender Ungeheuer beinahe harmlos. »Valerian hat Schwierigkeiten«, teilte sie Kristina mit. »Ich brauche Ihre Hilfe.«

»Wer spricht da?«

»Daisy Chandler. Wir trafen uns in Las Vegas, in Valerians Haus.«

»O ja – die nackte Polizistin. Sagen Sie – was hat er diesmal wieder angestellt? Er besitzt nämlich ein bedauernswertes Talent, fürchterliches Chaos anzurichten, unser Valerian. Ganz zu schweigen von Skandalen und höchst dramatischen Ereignissen.«

Daisy schloß die Augen, nahm ihren ganzen Mut zusammen und begann zu erzählen.

17

Valerian
London, 1875

Ich fand Calder Holbrook in seinem Laboratorium unter dem Londoner Stadtpalais, das er mit Maeve, seiner Lebensgefährtin, bewohnte. Wie so viele Vampire bevorzugte er das Jahrhundert seiner menschlichen Geburt und war daher fast immer dort anzutreffen.

»Valerian«, begrüßte mich der Doktor, mit mehr Resignation als Zuneigung, als ich mich neben ihm verkörperlichte. Er war der ideale Partner für Maeve, obwohl er, wie viele Ärzte, so wortkarg war, daß er schon fast unhöflich erschien. Doch seine Ruhe und Besonnenheit stellten einen perfekten Ausgleich zu Maeves sehr viel extravaganterer Persönlichkeit dar. Obgleich ich Holbrook selbst in einen Vampir verwandelt hatte und daher in gewisser Weise so etwas wie sein Schöpfer war – und ich und kein anderer ihn gelehrt hatte, sich in der Welt des Übernatürlichen zurechtzufinden – war, wie man zu sagen pflegt, keine Liebe zwischen uns verloren.

Denn ich war es auch gewesen, der Maeves Verwandlung vorgenommen hatte, wenn auch lange, bevor Holbrook ihr begegnet war, und ich glaube, er war eifersüchtig auf unsere Vertrautheit.

Die Hände auf dem Rücken verschränkt, stand ich hinter Calder und spähte über seine Schulter in die Flüssigkeit, die in einer Flasche über einer kleinen Flamme brodelte. »Hast du schon eine Kur entdeckt für unser Leiden?« fragte ich, weil ich wußte, was der Doktor suchte – ein Mittel, das uns Vampiren ein Leben ohne den beständigen Bedarf nach frischem Blut ermöglichte und uns vor der Sonne schützte, ohne die Macht zu schmälern, die wir besaßen. Unbeeinträchtigt von dieser Art von Idealismus, der Männer und Vampire von Calders Sorte plagte, stellte ich mir einen Andrang solcher Kreaturen auf der Erde vor und hoffte, als Folge dieser Vorstellung, auf einen massiven Fehlschlag seiner wissenschaftlichen Experimente.

Holbrook wandte sich um und musterte mich einen Moment mit erhobenen Augenbrauen, bevor er sich wieder von mir abwandte, um an seine Arbeit zurückzukehren. »Rätsel über Rätsel«, murmelte er. »Nicht einmal Vampirismus kann erklären, woran *du* leidest, Valerian.«

Die Flüssigkeit in Calders Glasgefäß nahm einen interessanten Bernsteinton an, er hob es auf, betrachtete es prüfend und murmelte etwas vor sich hin.

»Was willst du?« fragte er, als er mich lange genug hatte zappeln lassen.

»Man hat mir gesagt, daß du parallele Dimensionen entdeckt hast und Zugangswege in jene anderen Welten.«

Endlich wandte Calder sich um und gewährte mir sein volles, wenn auch widerwilliges Interesse. »Ich habe die Existenz eines solchen Phänomens entdeckt, das ja, aber ich verfüge nur über Theorien, was den Zugang zu jenen Dimensionen betrifft.«

Ich widerstand dem Impuls, den Doktor am Kragen zu

packen und ihn zu schütteln, wie ich es mit einem Sterblichen getan hätte, weil ich wußte, daß Calder mir eine solche Kränkung übelnehmen würde. Er mußte jedoch die Absicht in meinem Gesicht erkannt haben, denn der Anflug eines Lächelns erschien um seine Lippen.

Ich amüsierte ihn. Oh, was für eine Freude!

»Der Weg muß verschlossen sein, was immer und wo immer er auch sein mag«, sagte ich ärgerlich. Mein Zorn wurde nicht gemildert durch die Hilflosigkeit, die mich wie unsichtbarer Dampf durchdrang und jede Zelle und Pore in mir versengte, obwohl sie längst verkümmert waren. »Verstehst du es denn nicht? So hat sich mein Bruder Krispin all diese Jahrhunderte vor mir verbergen können. Angenommen, es gäbe noch andere wie ihn? Angenommen …«

»Was, zum Teufel, redest du da?« fiel Calder mir ins Wort.

Die Morgendämmerung nahte; ich spürte, wie sie an meinem Bewußtsein zerrte, mich hinabzog in einen Mahlstrom des Nichts, obwohl sie bei dem Arzt nicht das geringste zu bewirken schien. »Es bleibt so wenig Zeit!« rief ich, verzweifelt bemüht, mich ihm verständlich zu machen.

»Erzähl mir alles«, sagte er schon etwas freundlicher, und plötzlich konnte ich mir vorstellen, daß Dr. Holbrook seinen menschlichen Patienten einst ein großer Trost gewesen war. Leider war er Vampiren gegenüber im allgemeinen nicht einmal halb so rücksichtsvoll.

Ich beschrieb ihm, so gut ich es vermochte, die Gefahr, die Krispin darstellte, oder zumindest hoffte ich, daß es mir gelang, denn alles, was ich sagte, klang verwirrt und unzusammenhängend. Während ich sprach, fragte ich mich vage, wieso mein einstiger Schüler nicht dem Vampirschlaf unterlag wie ich.

Irgendwann kam der Moment, als ich nicht länger reden, denken oder sprechen konnte. Ich war dazu verdammt, zu schlafen, reglos und wie tot, bis die Sonne im Westen ins Meer versank.

Daisy
Las Vegas, 1995

Die Schlaftabletten mußten gewirkt haben, nachdem Daisy mit Kristina telefoniert hatte, denn sie erwachte bei hellem Sonnenschein und ohne jede bewußte Erinnerung, den Hörer aufgelegt zu haben.

Am Fenster stand die alterslose Miss Holbrook, in einem cremefarbenen Hosenanzug und Schuhen von Gucci, zu denen sie eine passende Handtasche aus weichem Leder trug. Ihr Schmuck, eine schwere goldene Kette, war echt, und Daisy fragte sich, ob sie dies alles wohl mit einem Fingerschnippen herbeigezaubert hatte oder ob sie ihre Kleidung in Geschäften kaufte wie jeder andere auch.

»Warum haben Sie mich nicht geweckt?« fragte Daisy und betrachtete stirnrunzelnd ihr Frühstückstablett, bevor sie widerstrebend eine Scheibe Toast nahm. Sie hatte nicht den geringsten Appetit, aber sie wußte, daß sie Kraft für die Aufgaben brauchte, die sie erwarteten, und das bedeutete, daß sie essen mußte.

Kristina zuckte mit den Schultern. »Es besteht keine Eile. Valerian ist ein Vampir. Er liegt irgendwo und wird den ganzen Tag verschlafen.«

Daisy biß in die Scheibe Toast. »Und Krispin?«

»Wer weiß? Nach allem, was Sie mir gestern am Telefon erzählten, könnte er das sprichwörtliche andersfarbige Pferd sein. Eine unbekannte Größe, wenn Sie so wollen.«

Ein Frösteln lief über Daisys Rücken. »Könnten Sie mich zu ihm bringen?«

»Oh, das ist eine brillante Idee«, murmelte Kristina, ohne die Krankenschwester zu beachten, die hereinschaute, um nachzusehen, ob Daisy aß. »Wenn dieses Monster uns dafür nicht umbringt, wird meine Mutter es höchstwahrscheinlich tun. Oder Valerian.«

Daisy lehnte sich an ihre Kissen und begann widerwillig eingemachte Pfirsiche zu essen. Die Krankenschwester hatte die intravenöse Nadel aus ihrer Hand entfernt; das war immerhin etwas. Und O'Halloran war noch nicht wieder mit neuen Nachrichten über den betrüblichen Stand ihrer Karriere aufgetaucht. Ein Mensch mußte positiv denken, wann immer es möglich war. »Na schön. Dann sagen Sie mir, wie ich das Ungeheuer finden kann«, sagte sie zwischen zwei Bissen, »und ich gehe allein zu ihm.«

»Auf keinen Fall«, entgegnete Kristina. »Ich nehme Sie mit nach Seattle. Sie können bei mir bleiben, bis alles geregelt ist – auf die eine oder andere Weise.«

Daisy ertrug die Vorstellung nicht, untätig herumsitzen und alles dem Schicksal überlassen zu müssen. Sie hatte zuviel zu verlieren – und im übrigen gab es kein Versteck für sie. Krispin würde sie überall finden, wenn er sie töten wollte; bis jetzt hatte er nur mit ihr gespielt, um Valerian damit zu quälen.

»Mich zu verstecken, ist keine Lösung, Kristina, und das wissen Sie so gut wie ich«, erwiderte sie so entschieden, wie es ihr unter den gegebenen Umständen möglich war. »Es gibt Dinge, die sich nicht vermeiden lassen, und diese Angelegenheit gehört dazu. Es muß zu einer Konfrontation kommen.«

»Zwischen Valerian und Krispin«, beharrte Kristina. »Aber Sie sollten sich heraushalten. Sie haben ja keine Ahnung, womit Sie es hier zu tun haben!«

»Würden *Sie* die Augen davor verschließen und so tun, als ob nichts passierte? Wenn Sie in einen Mann verliebt wären – Verzeihung, einen Vampir – brächten Sie es dann fertig, sich irgendwo zu verstecken, bis alles vorbei ist?«

Daisy glaubte, einen Anflug von Trauer in Kristinas Augen wahrzunehmen, doch nur so flüchtig, daß sie schließlich sicher war, es sich nur eingebildet zu haben.

»Daisy, das wichtigste ist, daß Sie am Leben bleiben. Diese Beziehung wird ohnehin nicht funktionieren, denn Sie sind – falls Sie das vergessen haben sollten – sterblich, und Valerian ist ein Vampir. Wie könnten Sie beide jemals hoffen, auch nur im entferntesten so etwas wie ein normales Leben zu führen? Sie werden altern und sterben, während Valerian, falls er überlebt, noch in tausend Jahren so aussehen wird wie heute.« Sie hielt inne, um die Tür vor den Geräuschen des Krankenhauses zu schließen. »Er würde sich nie in einen Sterblichen zurückverwandeln, Daisy, selbst wenn so etwas möglich wäre. Valerian *genießt* sein Dasein, so wie es ist. Wären Sie bereit, ein Vampir zu werden?«

Daisy wich zurück, entsetzt über die Idee und erschüttert, weil Kristinas Argumente zutrafen. »Natürlich nicht«, antwortete sie.

Kristina spreizte stumm die Hände, als ob sie sagen wollte: »Na bitte, da haben Sie's!«

»Ich liebe Valerian«, beharrte Daisy leise. »Und es ist mir egal, ob mich irgendwann alle für seine Mutter halten – oder ob ich ihn tagsüber nicht sehen kann oder so. Es würde mir genügen, nachts bei ihm zu sein.«

Ihre Besucherin zog eine Augenbraue hoch. Ihre Augen waren von einem intensiven Silbergrau und so ausdrucksvoll, daß Worte überflüssig waren. »Von allen Vampiren, Daisy, ist Valerian der launenhafteste, verwegenste und extravaganteste. Seine Leidenschaften bewegen sich in einem Rahmen, den Sie nicht einmal ansatzweise einzuschätzen vermögen.«

Daisy schloß die Augen vor der Qual, die sie durchzuckte. »Wenn Sie damit sagen wollen, daß er andere geliebt hat …«

»Das hat er«, fiel Kristina ihr ins Wort.

»Auf wessen Seite stehen Sie eigentlich?« fragte Daisy und bereute, sich an diese Frau gewandt zu haben – falls sie tatsächlich eine *Frau* war und nicht irgendeine Art von Gespenst.

»Auf Ihrer Seite, Daisy«, antwortete Kristina traurig. »Und auf Valerians natürlich. Ich will im Moment nichts anderes, als euch beide am Leben zu erhalten. Aber wenn Sie klug sind, befolgen Sie meinen Rat, vergessen unseren attraktiven Freund und suchen sich einen netten, ganz normalen Sterblichen.«

Daisy schob ihr Tablett zurück und verschränkte stur die Arme. »Ich fürchte, meine Bekanntschaft mit Valerian hat mich für *nette, ganz normale Sterbliche* verdorben«, entgegnete sie. »Außerdem geht es hier um mehr als nur uns beide. Es ist, als wären wir der Sache endlich auf den Grund gekommen, nach Jahrhunderten von Fehlschlägen. Es muß eine Lösung für unsere Lage geben, dessen bin ich mir ganz sicher. Es muß etwas geben, was wir tun können, um alles in Ordnung zu bringen.«

»Kein Wunder, daß Sie immer wieder als Valerians große Liebe wiedergeboren werden«, bemerkte Kristina irritiert. »Sie besitzen einfach nicht genug Vernunft, um Ihre Lektion zu lernen.«

»Und die wäre?« versetzte Daisy spitz und schwang die Beine über die Bettkante, um festzustellen, ob sie imstande war, sich ohne fremde Hilfe zu bewegen.

»Daß Sie Valerian aufgeben müssen, ein für allemal. Und das gleiche gilt für ihn. Ihr seid besessen – verfolgt euch von Kontinent zu Kontinent, von Jahrhundert zu Jahrhundert, als könntet ihr eurem Schicksal durch maultierhafte, störrische Beharrlichkeit entgehen!«

Daisy stand auf, schwankte und hielt sich am Bettgestell fest. »Vielleicht tun wir es, weil wir wissen, daß wir zusammengehören«, erwiderte sie. »Verdammt – besitzen wir etwa nach allem, was wir durchgemacht haben, nicht wenigstens das Recht auf ein kleines bißchen Glück?«

»Keiner von uns besitzt ein Recht auf etwas«, entgegnete Kristina und verschränkte ihre Arme. »Wir sind hier, um zu leiden. Sterbliche und Ungeheuer, Heilige und Sünder – wir alle könnten durch einen bloßen Wink des Himmels ausgelöscht werden.«

»Wie schön, daß Sie zu Besuch gekommen sind«, versetzte Daisy bissig. »Kaum zu glauben, daß ich schon vorher deprimiert war!«

Kristina lächelte und kam zu Daisy. »Entschuldigen Sie – ich neige dazu, ein bißchen zu realistisch zu sein«, sagte sie und lachte leise. »Ich glaube, das habe ich von meinem Vater. Er ist fast unerträglich nüchtern.«

Daisy, die sich jetzt schon etwas sicherer auf den Beinen fühlte, begann langsam um das Bett herum zum Schrank zu gehen. »Es hat etwas für sich, die Dinge nüchtern zu betrachten«, sagte sie, weil sie Kristina mochte und weil sie als Polizistin selbst eher pragmatisch war. »Sind Sie ein Einzelkind?« fragte sie, weil sie spürte, daß Kristina im Begriff war, sie ins Bett zurückzuschicken.

»Allerdings«, antwortete Kristina und beobachtete Daisys Fortschritte mit mitleidigen, aber auch mißtrauischen Blicken. »Soweit mir bekannt ist, war meine Mutter der erste Vampir, der auf menschliche Weise ein Kind geboren hat. Die Wesen der Nacht erschaffen ihre ›Kinder‹ üblicherweise, indem sie Sterbliche, die ihnen besonders gut gefallen, in Vampire verwandeln.«

Daisy hielt inne, zitternd vor Schwäche, und umklammerte das Bettgestell, als befürchte sie, in einen tiefen Abgrund zu stürzen. Sie lachte, aber nicht Heiterkeit, sondern Qual klang darin mit. »Ich dachte, ich wüßte alles, bis ich Ihre Clique kennenlernte. Die Geständnisse von Schwerverbrechern und Serienmördern verblassen im Vergleich dazu.«

Kristina trat neben sie, anmutig und geschmeidig wie eine Katze, und legte einen starken Arm um ihre Schultern. »Ab ins Bett, Daisy«, sagte sie mit liebevoller Strenge. »Sie sind noch nicht fit genug für irgendwelche Rettungsaktionen.«

Daisy wollte sich wehren, aber Kristinas Berührung und ihre Stimme bewirkten eine Art Hypnose, und ganz plötzlich war sie müde. Todmüde. »Ich kann … nicht … einfach … aufgeben …« protestierte sie und stellte verwundert fest, daß sie schon wieder lag. Kristina deckte sie sanft mit dem Laken und der dünnen Decke zu.

»Das kann ich mir bei Ihnen auch nicht vorstellen«, gab Kristina belustigt zurück. »Ich glaube, Sie wissen gar nicht, wie man aufgibt – selbst wenn es am klügsten wäre.«

Daisy spürte, daß das Bett sich unter ihr drehte und sie in eine Spirale hineinglitt, die sie tiefer und tiefer zog, wie Alice im Wunderland, als sie in den Kaninchenbau stürzte, um Hals über Kopf in einem Traum zu landen …

Valerian
London, 1875

Als ich aus meinem auferzwungenen Schlaf erwachte, stellte ich fest, daß ich recht unrühmlich auf dem Boden von Holbrooks Laboratorium lag und daß der gute Doktor fort war. Ich war jedoch nicht allein – Kristina, das Kind meiner Seele, saß ganz in der Nähe und wartete mein Erwachen ab, die schlanken Beine lässig übereinandergeschlagen, die Arme vor der Brust verschränkt.

»Himmeldonnerwetter«, rief ich, richtete mich auf und schüttelte den Kopf, denn ich fühlte mich wie ein Boxer, der von einem stärkeren Gegner k.o. geschlagen worden war.

Kristina lächelte freundlich. »Hallo, Faulpelz.«

Mit unsicheren Beinen stand ich auf und stützte mich mit einer Hand auf den Behandlungstisch. »Wo, zum Teufel, steckt dein Vater?« knurrte ich.

Sie seufzte. »Als ich einhundertunddreißig wurde, habe ich aufgehört, mir den Kopf darüber zu zerbrechen.«

»Er hat nicht geschlafen«, murmelte ich.

»Was?«

»Calder. Dein Vater – er hat nicht geschlafen.«

»Ich weiß, daß Calder mein Vater ist«, sagte Kristina geduldig und beugte sich in ihrem Stuhl vor, ohne sich jedoch zu erheben, wie ein respektvolleres Kind es getan hätte. »Und woher willst du wissen, daß er nicht geschlafen hat? Papa könnte sich an einen anderen Ort versetzt haben, als du eingeschlafen warst.«

Mein Instinkt, in Verbindung mit der Erinnerung an einen hellwachen, munteren Dr. Holbrook, widersprach Kristinas Theorie. »Er hat einen Weg gefunden, den Vampirschlaf zu umgehen … Bei den alten Göttern – *er hat's geschafft!*« Ungestümer Zorn erfaßte mich und vertrieb die letzte Benommenheit aus meinem Hirn. »Und der verdammte *Kerl* will das Geheimnis für sich behalten!«

Kristina krümmte eine Hand und betrachtete ihr gepflegten Fingernägel. »Du bist nicht fair«, beschuldigte sie Valerian. »Du weißt so gut wie ich, daß Papa nicht gerade zu deinen leidenschaftlichsten Verehrern zählt. Aber er würde nie Wissen für sich behalten, das dazu dienen könnte, Gutes zu bewirken!«

Ich begann im Laboratorium auf und ab zu wandern. Obwohl ich nach Schlaf erfrischt war, herrschte noch ein ziemliches Durcheinander in meinen Gedanken, und ich wußte im wahrsten Sinne des Wortes nicht, wohin ich mich wenden sollte.

Die Frau, die in jeder anderen Gesellschaft außer unserer mein Patenkind gewesen wäre, erhob sich endlich. »Ich habe Daisy gesehen«, sagte sie, was mich mitten im Schritt verhalten ließ. »Sie hat einen verrückten Plan ausgebrütet, Valerian – sie glaubt, dich retten zu können, wenn sie sich Krispin ausliefert, bevor du dein heroisches Opfer bringen kannst.«

Die bloße Vorstellung ließ mich erschaudern. Ich packte Kristina an den Schultern und schüttelte sie unbeherrscht. »Ich hoffe, daß du es ihr ausgeredet hast!« sagte ich erregt.

Zorn verdüsterte Kristinas helle Augen, doch sie wandte nicht ihre ganz persönliche Magie an, um mich zu bestrafen. »Ich habe es versucht«, erwiderte sie. »Im Augenblick ist Daisy noch zu schwach, um irgend etwas Dramatisches zu unternehmen, aber es ist offensichtlich, daß sie fest dazu entschlossen ist. Ich schätze, daß sie etwas ausgesprochen Dummes unternehmen wird, sobald sie wieder genügend Energie dafür besitzt … Und nun laß mich los, bevor ich dich in einen Gartenwurm verwandle und dich in Salz begrabe.«

Ich ließ sie los. »Nicht sehr einfallsreich«, rügte ich und beugte mich lächelnd vor, um sie auf die Stirn zu küssen. »Hilf mir, Kristina. Bitte. Wenn du irgend etwas über Calders Experimente weißt, dann sage es mir. Jetzt.«

Sie schaute mich aus feuchten Tränen an. »Du verlangst von mir, daß ich meinen Vater hintergehe?«

Ich schüttelte den Kopf. »Ich bitte dich nur, Daisy – und wahrscheinlich auch noch viele andere – vor Krispins Wahnsinn zu retten. Wenn ich den Gang finde, der diese Welt und seine verbindet, werde ich auch *ihn* finden.«

Kristina schwieg eine Zeitlang, ganz offensichtlich sehr verunsichert, doch dann wandte sie sich um und ging zu einem Regal, in dem dicke, in Leder gebundene Bücher standen. Voll ehrfürchtiger Zuneigung ließ sie ihren Zeigefinger über die Buchrücken gleiten und nahm schließlich behutsam eins heraus.

Sie hielt den Band einen Moment an ihre Brust gepreßt, bevor sie ihn mir überreichte.

Es war eine Art Tagebuch, ein umfangreicher Bericht über Calders neueste wissenschaftliche Experimente. Es enthielt all seine Theorien über parallele Dimensionen, und ich verschlang seine Worte mit einer Gier, die mich fast ein wenig beschämte.

Doch als ich alles gelesen hatte, glaubte ich zu wissen, wo ich meinen Bruder finden konnte.

Die Lösung war eigentlich geradezu lächerlich simpel. Ich wäre vielleicht selbst darauf gekommen oder hätte zumindest einen gewissen Freund, der Drehbücher für Horrorfilme schrieb, gebeten, mir einen Rat zu geben, wenn ich etwas ruhiger und nicht der Hysterie nahe gewesen wäre.

»Danke«, sagte ich zu Kristina und gab ihr das Buch zurück.

Ich begab mich zu meinem bevorzugten Ort im London des neunzehnten Jahrhunderts, um Nahrung aufzunehmen. Dann, nachdem ich mein Opfer leicht anämisch, aber voll glückseliger Ekstase zurückgelassen hatte, versetzte ich mich an einen gewissen Grabhügel, der nicht weit entfernt vom heutigen Dunnett's Head entfernt war. Es war ein Ort, den Challes Krispin, Brenna und mir vor Jahren gezeigt hatte. Wir alle waren begeistert gewesen von der Gegend, denn die Knochen, die unter diesem von Menschenhand geschaffenen Hügel aus Stein und Gras ruhten, waren selbst im Mittelalter schon uralt gewesen. Unser Lehrer hatte uns damals erzählt, daß in jenem unterirdischen Gewölbe schon Menschen gelebt hatten und gestorben waren, noch bevor die Römer nach Britannien gekommen waren.

Als ich jenes düstere, mondbeschienene Monument erreichte, wirkte die Landschaft so fremd, so unheimlich, daß sie auf einem anderen Planeten hätte sein können, der weder Schnee noch Feuer kannte, nur den kalten, schwachen Strahl eines verblaßten Sterns. Es war schwer zu glauben, daß irgendein Geschöpf je diesen harten unnachgiebigen Boden betreten haben sollte, ganz zu schweigen davon, hier gelebt, geliebt, Leben erzeugt, Schlachten ausgefochten und kleine, solide Schiffe erbaut zu haben, um sich mit ihnen auf die trügerische See hinauszuwagen.

Für mich war dieser Ort in jener Nacht, so stark ich mich auch fühlte von der Nahrung, die ich aufgenommen hatte, der einsamste im ganzen Universum. Ich rief mir die Informationen ins Gedächtnis, die ich Calders Notizen entnommen hatte – um sich zwischen unserer Welt und jener anderen bewegen zu können, die Krispin zu bevorzugen schien, war eine Wiedergeburt erforderlich, und sie mußte in einem Grab stattfinden.

Ich fühlte mich trotz seiner Öde sehr stark zu jenem seltsamen Ort hingezogen, durch irgendeinen Impuls aus einem noch unerforschten Teil meines Wesens offensichtlich ... Ganz zweifellos bestand noch immer eine Verbindung zwischen mir und Krispin, wie dünn und zerbrechlich sie auch sein mochte, denn immerhin waren wir einst Brüder gewesen.

Ich schloß die Augen, als unendliche Trauer mich erfaßte, aber nichts vermochte etwas an meinem Entschluß zu ändern. Falls ich Krispin vor dem abgesprochenen Zeitpunkt unserer gegenseitigen Vernichtung fand, würde ich ihn zerstören und somit dem Hinterhalt entgehen, den er ganz bestimmt für mich geplant hatte. Und Daisy wäre gerettet.

Ich war bereit, alles zu tun, um sie zu schützen, und dieser Entschluß gab mir die nötige Courage, den furchteinflößenden Engel aller himmlischen Heerscharen herbeizurufen.

»Nemesis!« schrie ich in die Nacht. »Ich habe dir ein Angebot zu machen!«

Obwohl ich ihn selbst gerufen hatte, war es dennoch ein

heftiger Schock für mich, als die Nacht von einem schmalen Streifen Licht erhellt wurde. Er verbreiterte sich, wurde zu einer leuchtenden Tür in ein Reich, das ich niemals sehen würde, und dann erschien der mächtige Racheengel. Er sah eigentlich recht alltäglich aus, dieser Nemesis, was ihm sehr zugutekommen mußte bei seinen häufigen Begegnungen mit der menschlichen Rasse. Die Öffnung verschwand, doch Nemesis leuchtete nach wie vor, als flösse Licht statt Blut in seinen Adern. Und vielleicht war es ja auch so.

Er musterte mich mit herablassendem Interesse. »Du wagst es, mich herbeizurufen, Vampir, als wäre ich ein Flaschengeist? Was willst du von mir?«

»Ich brauche deine Unterstützung.«

Nemesis lachte verächtlich. »Was für eine Perfidie soll das denn sein?« fragte er nach kurzem Schweigen. »Vampire bitten Engel nicht um Hilfe.«

»Dieser Vampir ist verzweifelt«, erwiderte ich und erzählte ihm meine lange Geschichte, die auch Daisys war, ohne das geringste zu verschweigen – mit Ausnahme jener Dinge natürlich, die ein jungfräuliches Wesen wie einen Engel beleidigt hätten. Abgesehen davon sprach ich die absolute und ungeschminkte Wahrheit und beschrieb ihm Krispin und das furchtbare Chaos, das er erzeugen würde, wenn er nicht daran gehindert würde.

Der Engel hörte zu, ohne mich zu unterbrechen, das muß ich ihm zugestehen, aber als ich meinen Bericht beendet hatte, schien er noch immer nicht ganz sicher, aus welchen Motiven ich ihn an einen so trostlosen Ort gerufen hatte, um ihm eine solche Geschichte zu erzählen.

»Du willst meinen Beistand, um diesen Vampir zu vernichten?« fragte Nemesis, nachdem er eine Weile über meine Worte nachgedacht hatte. Als ich schweigend nickte, fuhr er fort: »Wenn es nach mir ging, könntest du sicher sein, daß ich euch alle vernichten würde. Scheusale – das ist es, was ihr seid. Da ich euch bisher jedoch noch kein Haar gekrümmt habe, dürfte es wohl offensichtlich sein, daß die Entscheidung darüber nicht bei mir liegt.«

»Ich habe gehört, daß du über eine gewisse Autonomie verfügst«, beharrte ich, sehr ruhig und sehr, sehr vorsichtig. »Denn wenn dem nicht so wäre, hättest du nie eine solch mächtige Position erlangen können.«

Nemesis betrachtete mich mißtrauisch, und ich wunderte mich, daß er trotz seiner ungeheuren Macht ganz offenbar nicht imstande war, meine Gedanken zu lesen. Denn sonst hätte er gewußt, daß ich vollkommen aufrichtig war und keinen Verrat im Sinn hatte.

»Ich darf keine Geschöpfe vernichten, mit Ausnahme von Dämonen«, sagte er.

»Mag sein«, gestand ich ihm bescheiden zu, »doch soviel ich weiß, darfst du Vampire, die sich ergeben, in die Hölle geleiten.«

Diese Bemerkung verblüffte ihn, stellte ich zufrieden fest. »Was willst du damit sagen?«

»Wenn du mir hilfst, jenen gefangenzunehmen, der als Sterblicher den Namen Krispin Lazarus trug, werde ich freiwillig in die Hölle gehen.«

»Du hast ja keine Ahnung, was du da sagst«, entgegnete der Engel, doch ich sah, daß ihn mein Vorschlag reizte. Die Welt von zwei lästigen Vampiren zu befreien, mußte für ihn ein lohnenswertes Ziel darstellen.

Ich rief mir ins Gedächtnis, was man mich als Kind über die Hölle gelehrt hatte, und erschauderte. »O doch, das weiß ich sogar sehr gut«, erwiderte ich schließlich. »Ich lebte als Sterblicher im vierzehnten Jahrhundert, und von frühester Jugend an wurden mir die Qualen beschrieben, die einen Verdammten in der Hölle erwarten. Ich weiß sehr gut, was ich dort erleiden werde.«

»Und du bist bereit, eine solche Strafe einer einzigen Frau zuliebe auf dich zu nehmen?«

»Ja«, antwortete ich ohne Zögern, obwohl Angst und Trauer mich beherrschten. Kein anderes Geschöpf auf dieser Welt hing so sehr am Leben wie ich.

»Bemerkenswert«, meinte der Engel und rieb sich nachdenklich das Kinn, während er über meinen Vorschlag nachdachte. »Entweder lügst du, was das Wahrscheinlichste ist, oder du bist wirklich ein sehr ungewöhnlicher Vampir. Ich brauche wohl nicht zu sagen, daß eure Gattung nicht für ihre Großmut bekannt ist – vor allem, wenn das erforderliche Opfer von einer solchen Größenordnung ist.« Er hielt einen Moment inne. »Es ist bekannt, daß du mit deinem Bruder, dem abtrünnigen Krispin, eine Absprache getroffen hast. Des weiteren hast du dir bereits die Hilfe eines Hexers gesichert. Warum bist du also zu mir gekommen?«

Ich lächelte traurig. »Ihr besitzt einen bemerkenswerten Geheimdienst dort oben im Himmel.«

»Den besten«, bestätigte Nemesis. »Sprich, Vampir. Würdest du es wagen, mich zu täuschen?«

Ich schüttelte den Kopf. »Nein. Du bist ein mächtiger Krieger, Nemesis. Ich weiß, daß du dich freuen würdest, wenn ich Luzifer in die Hände fiele. Aber anders als bei Dathan, dem Dämon, und meinem fehlgeleiteten Bruder kann man sich bei dir darauf verlassen, daß du Wort hältst. Die Wahrheit ist deine Natur, und du kennst keine Lügen.«

»Wie schön du redest. Und was für eine Verschwendung, daß du dich mit Vampiren und Teufeln eingelassen hast. Ja, Vampir – ich würde deinem lasterhaften Leben sehr gern ein Ende setzen – und der Existenz all jener, die so sind wie du. Aber in einem Punkt irrst du dich. Es verschafft mir kein Vergnügen, ein Geschöpf leiden zu sehen, ganz gleich, wie scheußlich es auch sein mag. Warum, glaubst du, verachte ich euch so sehr? Weil ihr Leid und Furcht verbreitet und den süßen Hort der Finsternis, wo die Menschheit ruhen soll, für eure grausamen und profanen Zwecke nutzt.«

Ich war weder für philosophische Gespräche gewappnet noch in der Stimmung für Auseinandersetzungen. Doch leider spielte Nemesis die Hauptrolle in dieser Szene; es lag in seiner Macht, mir meine Bitte zu gewähren oder sie abzulehnen. Ich war nichts als ein Bittsteller. »Du bist nicht richtig informiert«, erwiderte ich ruhig und ohne den geringsten Spott. »Der Biß eines Vampirs ist nicht schmerzhaft. Er erzeugt nur pure Ekstase. Des weiteren erschrecken wir Sterbliche nur selten absichtlich – das gelingt ihnen selbst viel besser mit ihren albernen Legenden und ihrem lächerlichen Aberglauben.«

Nemesis schwieg und betrachtete mich prüfend, und seinem Gesichtsausdruck war nicht zu entnehmen, ob ich seinen Zorn oder sein Mitgefühl geweckt hatte. Meine Vernunft riet mir jedoch, das letztere auszuschließen.

Ich wartete ab, da ich gesagt hatte, was zu sagen war, hielt dem Blick des Großen Engels schweigend stand und bot meine ganze Kraft auf, um meine Angst vor ihm zu verbergen. Ich liebte Daisy genug, um nicht nur die unermeßlichen Freuden meiner Existenz aufzugeben, sondern sogar mich selbst ewigen Qualen auszuliefern. Und doch, trotz dieser noblen Überlegungen, schrie alles in mir nach Leben.

»Nun gut«, stimmte der Engel nach langem Schweigen zu. Dann, nach einem kurzen Zögern, in dessen Verlauf ein angewiderter Ausdruck über seine Züge huschte, legte Nemesis eine Hand auf meine Schulter. »Ich bin mit deinem Vorschlag einverstanden. Ich werde dir die Macht verleihen, deinen Feind unschädlich zu machen. Aber ich warne dich, Vampir – mißbrauche diese Gabe nicht, denn sie würde sich wie eine Schlange gegen dich wenden, falls du es versuchst. Und sobald dein Ziel erreicht ist, werde ich dich holen.«

18

Valerian
New York, 1995

Nachdem ich Nemesis in jener kalten, öden Ebene zurückgelassen hatte, begab ich mich unverzüglich nach New York, einer meiner Lieblingsstädte, um Nahrung aufzunehmen. Ich war sehr hungrig an jenem Abend und daher vielleicht etwas weniger zartfühlend mit meinen ›Opfern‹, als ich es normalerweise gewesen wäre. Ungeachtet meines Abkommens mit dem Engel, würde die mir bevorstehende Prüfung meine ganze Kraft und Macht erfordern. Wenn ich darauf vorbereitet sein wollte, mußte ich mehr Blut als je zuvor aufnehmen.

Ich tötete nicht; tatsächlich war ich nicht einmal grob zu meinen Opfern. Und natürlich war ich sehr vorsichtig bei ihrer Auswahl, da ich inzwischen wußte, daß Challes mich schon einmal dazu gebracht hatte, Dämonenblut zu trinken.

Es war ein berauschendes Fest – ich saugte das Blut eines Mitgliedes einer Jugendbande, ein schweres, heißes Gebräu, pulsierend vor jugendlichem Zorn, Leidenschaft und Frustration. Ich nährte mich auch am Blut einer Vagabundin, die mich, als ich sie schwindelnd stehen ließ, als großzügigen, zärtlichen Liebhaber in Erinnerung bewahrte und keinesfalls als Ungeheuer. Das Bündel Geldscheine, das ich in die Tasche ihres zerlumpten Mantels gesteckt hatte, würde von heute an all ihren Bedürfnissen genügen.

Da waren noch andere – ich erinnere mich nicht genau, wie viele, denn nach dem Halbstarken und der alten Frau geriet ich in eine Art Raserei. Als das erste Tageslicht die New Yorker Skyline in Gold, Orange und Karmesin tauchte, barst ich noch immer vor Energie und Kraft.

Ich würde diesen Tag nicht verschlafen, das wußte ich, und doch wagte ich nicht, mich der Sonne auszusetzen. Unter der überschäumenden Lebensfreude, die mich beherrschte, lauerte die grimmige und ironische Gewißheit, daß mich das Verderben, Dantes Hölle und meine eigene Niederlage erwarteten. Dort würde ich Feuer kennenlernen, die ewig brannten, jedoch die gequälten, schreienden Geschöpfe, die sich in ihren Flammen krümmten, nie verzehren würden.

Angesichts solchen Leidens schien es sinnlos, das Licht eines unbedeutenden Sterns zu meiden, der sich, von neun ebenso unbedeutenden Planeten begleitet, durch das All bewegte.

Doch trotz allem war ich ein vorsichtiges Ungeheuer, wenn die Situation es erforderte. Ich begab mich in den Mittelpunkt des steinernen Kreises, wo Krispin, trunken vom Schein des Monds und seiner eigenen Schlechtigkeit, mit solch wahnsinniger Hingabe getanzt hatte. Hier löste ich mich in Nebel auf und glitt in die Erde, nur Sekunden, bevor Frau Sonne ihre gierigen Finger nach mir ausstreckte.

Ich kroch durch die Knochen, die ich dort fand – stark und hellwach, wie ich war –, aber Krispin war nirgendwo zu sehen. Selbst vier Meter unter der Erde, unter Geröll, Wurzeln, Knochen, Nagetieren und Würmern konnte ich die Wärme der Sonne spüren, ihre heißen Klauen, die unaufhörlich nach mir tasteten.

Ich hatte einmal einen Vampir gesehen, der vom Tageslicht überrascht worden war, kurz nachdem Challes mich verwandelt hatte, und die Erinnerung löste noch immer ein Schaudern in mir aus. Er war eine lebende Monstrosität gewesen, ein schwarzes Skelett, lächerlich und bemitleidenswert. Ich fragte mich, wie es dem armen Teufel in den Jahrhunderten danach ergangen sein mochte, doch nur ganz flüchtig. Dann rief ich mir in Erinnerung, daß ich Krispin suchen mußte.

Ich schloß die Augen und konzentrierte mich auf meinen Bruder. In Gedanken sah ich ihn so, wie ich ihn immer gesehen hatte: als feingliedrigen, munteren Jungen, der mir überallhin folgte, mich trotz meiner Arroganz bewunderte und in stiller Verzweiflung meine Ungeduld mit ihm ertrug. Eine Träne rollte über meine Wange, als ich um diesen Jüngling trauerte, der für alle Zeit für mich verloren war, und bereute, ihn damals so schlecht behandelt zu haben.

Meine Gedanken brachten mich zu Krispin, wie ich es mir erhofft hatte. Man stelle sich mein Erstaunen vor, als ich ihn nicht nur wach antraf, sondern darüber hinaus auf der verdunkelten Bühne des Venetian, wo er die Kutsche untersuchte, die ich für meinen Auftritt benutzt hatte.

Er schien nicht überrascht von meinem Erscheinen, was mich auf die Idee brachte, daß er mich vielleicht erwartet hatte. Es war sogar möglich, daß er mich ganz bewußt hierhergelockt hatte.

»Dachtest du, du würdest mich irgendwo auf einem Grabstein finden?« fragte er belustigt und strich mit seiner schmalen Künstlerhand über die vergoldeten Cupidos und Blumen auf der Kutschentür. »Als wartete ich nur darauf, daß du mir einen spitzen Stock ins Herz bohrst und mich tötest?«

»Ja«, antwortete ich, denn es wäre sinnlos gewesen, ihn zu belügen. »Wie kommt es, daß du als Vampir hier draußen bist, obwohl die Sonne scheint?«

»Ich habe in den vergangenen zwei Nächten sehr viel Blut getrunken, wie du vermutlich auch«, erwiderte Krispin, und es klang fast ein wenig gelangweilt. Er hockte jetzt neben einem der Räder, strich mit dem Zeigefinger über die Speichen und legten den Kopf zurück, um zu den Bühnenscheinwerfern aufzusehen. »Es ist so dunkel und kühl hier drinnen«, murmelte er. »Man merkt fast gar nicht, daß es schon Morgen ist.«

Ich näherte mich ihm nicht, wie ein Reflex mich drängte, sondern verschränkte meine Arme. Meine Haltung drückte vollkommene Gelassenheit aus, aber ich glaube nicht, daß Krispin sich davon täuschen ließ. Als mein Bruder kannte er all meine Tricks und Schwächen.

»Erzähl mir von dem Ort, an dem du dich in all diesen Jahrhunderten verborgen hast.«

Krispin lächelte und richtete für einen Moment den Blick auf mich, um sich dann wieder der Kutsche zuzuwenden. Solche Dinge hatten ihn schon als Jungen fasziniert, erinnerte ich mich plötzlich; er hatte Karren, Kutschen und Wagen geliebt und vor allem Schiffe.

»Es ist eine Welt, die sich kaum von dieser unterscheidet. Es ist so ähnlich, als schaute man durch Alice' Vergrößerungsglas. Für alles, was hier existiert, gibt es dort ein Gegenstück.«

»Dann besitzt du also gar keine speziellen Fähigkeiten?«

Krispin lachte. »Ich besitze viele einzigartige Talente, Valerian, genau wie du. Wie die meisten Vampire schlafe ich tagsüber, weil ich kein Sonnenlicht ertrage. Ich muß Blut trinken, weil ich sonst auf grausame Weise verhungere. Ich kann durch die Zeit reisen, meine Gestalt verändern, mich für fast alle Augen unsichtbar machen … das übliche.«

»Und dich von einer Dimension in eine andere begeben.«

Er seufzte ein wenig übertrieben und straffte die Schultern. In seinem schicken Smoking strahlte er die lässige Eleganz der Zwanziger Jahre aus, und mit seinem zurückgekämmten blonden Haar und der schlanken Figur hätte er einer der Helden aus den Romanen F. Scott Fitzgeralds sein können.

»Ja«, bestätigte er, »ich kann die Dimensionen wechseln. Selbst ein Sterblicher kann das, wenn auch meist nur unbewußt. Viele eurer sogenannten Vermißten sind im Grunde nur zufällig auf unsere Seite hinübergeschlüpft.« Krispin lächelte herablassend. »Ihre Reaktionen sind interessant – oftmals merken sie gar nichts von dem Übergang und versuchen heimzukehren, als ob nichts geschehen wäre. Sie machen dabei recht seltsame Feststellungen – daß ihr Haus sich plötzlich auf der anderen Straßenseite befindet, beispielsweise. Aber das ist natürlich nichts im Vergleich zu ihrem Schock, wenn sie die Tür öffnen und ihrem ebenso verwirrten Doppelgänger gegenüberstehen.«

Ich war gegen meinen Willen fasziniert, aber auch auf der Hut, weil ich jeden Augenblick Verrat erwartete und, das gebe ich zu, selbst auf eine Gelegenheit wartete, zu einem meiner Tricks zu greifen. »Interessant«, meinte ich. »Wenn jemand in dieser Dimension hier stirbt, stirbt dann auch sein Doppelgänger in der anderen?«

»Nicht unbedingt. Es sind getrennte Welten, selbst wenn sie einander reflektieren. Wenn das nicht der Fall wäre, dann würde ein Mensch, der hier verschwindet, automatisch auch dort verschwinden.«

»Haben Unsterbliche auch Doppelgänger?«

Wieder lächelte Krispin überlegen. »Nicht ganz. Dein Doppelgänger starb vor fünfhundertachtundsechzig Jahren, wie es bei ihm als Sterblichen zu erwarten war. Es wird dich interessieren, daß er ein für die damalige Zeit recht frommes Leben führte. Er war alles, was du hättest sein können – ohne deine Unersättlichkeit und Arroganz.«

Ich verspürte Mitleid mit jenem längst verstorbenen Valerian Lazarus, einen leisen, aber stechenden Schmerz, als ob wir eine Seele geteilt hätten, er und ich. Wir beide waren *ein* Wesen gewesen, soviel war mir klar, obwohl wir nie etwas von der Existenz des anderen gewußt hatten, und es verschaffte mir einen gewissen Trost, daß er ein guter Mensch in seiner Welt gewesen war. Vielleicht würde mir das ein wenig Gnade einbringen, wenn ich mich Luzifer zur Bestrafung präsentierte.

»Und dein Doppelgänger?« fragte ich.

Ein weiterer Seufzer. »Ich fürchte, er starb als kleines Kind. Sein älterer Bruder – dein anderes Ich, wenn du so willst – war stark, klug und sehr gesund wie du. Und wie du ließ er seiner Mutter praktisch nichts für die anderen Kinder, die nach ihm kamen.« Krispin versteifte sich, und in seinen Augen erschien ein Haß, den er jetzt nicht mehr zu verbergen suchte. »Du hast alles für dich beansprucht, Valerian, hast Mutter das Mark geradezu aus den Knochen gesogen. Du warst ihr Liebling – bei Gott, es war geradezu obszön, wie sie dich liebte!«

»Hör auf«, warnte ich ruhig, »bevor du zuviel sagst.«

Er schwankte leicht, wie unter der Gewalt seiner Gefühle, und bedeckte einen Moment lang seine Augen. Als er mich danach ansah, wirkte er wieder stark und ungemein herausfordernd, erquickt von dem Gift in seiner Seele, das seinen Verstand aufzehrte. »Wenn sie die Möglichkeit gehabt hätte, unseren Vater und mich loszuwerden und nur mit dir und für dich zu leben, hätte sie es getan.«

Ein jäher Abscheu schnürte mir die Kehle zu. »Genug«, befahl ich. »Aus einem solchen Gerede ist nichts zu gewinnen.«

»Nichts zu gewinnen?« Krispin kam näher, lautlos und geschmeidig wie eine Katze. Als er in meiner Reichweite war, hielt er inne und stieß ein heiseres, irres Gelächter aus. »Beim großen Apollo, Zeus und allen anderen Göttern des Olymps – *er sagt, es sei damit nichts zu gewinnen*!«

»Du bist wahnsinnig.« Es gelang mir nicht, die Verachtung aus meiner Stimme fernzuhalten. In unserer Gattung ist Wahnsinn eine Möglichkeit, aber keine vom Schicksal oder einer Krankheit auferlegte Strafe wie bei den Menschen. Nein, diese ganz spezielle Untugend erfordert sorgfältige, aufmerksame Pflege, denn unsere Wunden, ob emotioneller oder physischer Natur, heilen schnell.

Krispin streckte eine Hand aus, um meinen Rockaufschlag zu richten, wie jeder Bruder es getan hätte, und seine Hand blieb auf meiner Brust ruhen. Ich fühlte ihre Kälte durch meine Kleider. »Leider«, sagte er, »ist es mir nie gelungen, den Schmerz über Seraphinas Zurücksetzung zu überwinden. Ist dir eigentlich klar, daß sie mir nie einen Gutenachtkuß gab, mir nie übers Haar strich, wenn sie an mir vorbeiging, und mir nie gesagt hat, daß sie mich liebte? Nicht ein einziges Mal?«

Ich erinnerte mich an viele Gelegenheit, bei denen unsere Mutter mir derartige Beweise ihrer Zuneigung erwiesen hatte, und ich wußte, daß auch Krispin daran dachte. In gewisser Weise verstand ich seine Besessenheit mit dieser irregeführten Frau – Ungeheuer oder Mensch, wir alle sehnen uns nach dem, was uns vorenthalten wird.

»Es tut mir leid«, sagte ich, und das meinte ich ernst. Ich bedauerte, was er meinetwegen und durch meine Mutter erlitten hatte. »Wenn ich etwas ändern könnte, Krispin, damit du ihr Lieblingskind gewesen wärst, würde ich es tun. Aber nicht einmal wir können so weit zurückgehen, wie du weißt. Es ist geschehen. Es ist vorbei.«

Einen winzigen Augenblick lang las ich Krispins wahre Natur in seinen hellen blauen Augen und erkannte das ganze Ausmaß seiner Einsamkeit und Sehnsucht nach einer Zeit und einer Liebe, die den uralten, nie nachlassenden Schmerz in ihm lindern würde. »Das ist die schlimmste Ironie von allen«, sagte er so leise, daß es wie ein Seufzer klang. »Trotz Seraphinas hingebungsvoller Bewunderung für dich hast du sie nie geliebt. Ich glaube sogar, daß sie dich amüsiert hat mit ihren nie endenden Versuchen, dir zu gefallen.«

Krispins Worte kamen der Wahrheit nahe genug, um mich ein wenig zu verletzen, aber ganz korrekt war seine Vermutung nicht. »Ich habe unsere Mutter geliebt«, widersprach ich leise, und das stimmte auch. »Aber sie hat zuviel von mir erwartet. Ich war ihr Sohn, nicht ihr Ehemann oder ihr Liebhaber.«

Obwohl mein Bruder das gleiche angedeutet hatte, ertrug er es anscheinend nicht, es ausgesprochen zu hören, denn er hob eine seiner schlanken Hände und versetzte mir einen Schlag, der mich zurücktaumeln ließ.

Ich machte keinen Versuch zurückzuschlagen. Krispin tat mir aufrichtig leid, aber es war kein Mitgefühl, was meine Handlungsweise in jenem Augenblick bestimmte. Ich wußte, daß die Schwäche meines Bruders in seinen unbeständigen

Emotionen lag, und meine Absicht war, möge Gott es mir vergeben, ihn noch mehr zu schwächen.

Noch immer die Hand zur Faust geballt, schaute Krispin zu mir auf, weinte still und ohne Scham, und seine porzellanfarbene Haut färbte sich dunkelrot. Wie ich, hatte auch er sich gut genährt für unsere Zusammenkunft, und die Röte unter seiner Haut war kein Erröten, sondern eine Folge allzu reichlichen Blutgenusses.

»Es genügte dir nicht, daß Mutter dich verehrte«, sagte er nach langem Schweigen. »Du mußtest auch noch Brenna haben.«

Meine Stimme klang heiser und traurig, als ich sprach. »Ja«, stimmte ich zu. »Von allen Geschöpfen auf Erden, im Himmel oder in der Hölle, gefällt mir Brenna am besten. Das war schon immer so.«

»Und du würdest sogar für sie sterben.«

Ich lächelte, aber es lag kein Humor darin. Es mußte ein Reflex sein, eine Grimasse, die sich als Grinsen tarnte. »Der Tod wäre ein gnädiges Ende im Vergleich zu allem anderen, was ich sonst noch für Mylady tun würde.«

»Daisy«, murmelte Krispin abwesend. »Sie heißt jetzt Daisy.«

Ich erwiderte nichts, weil mir klar war, daß Krispin nur laut gedacht hatte.

»Ich werde sie umbringen«, verkündete er schließlich in ganz normalem Ton. Wir hätten auch die Aussicht auf Schnee oder den Preis einer guten Zigarre diskutieren können, so gleichgültig, wie er jetzt klang.

Ich schüttelte den Kopf. »Ich werde es nicht zulassen, Krispin«, erwiderte ich und legte meine rechte Hand um seine Kehle, zunächst nur streichelnd und voller Bedauern über das, was ich zu tun hatte. Doch dann drückte ich fester zu, weil ich daran dachte, daß Daisy durch seinen Wahnsinn sterben sollte – wie Jillie, Janet und Susan, die er bereits getötet hatte und deren einziges Verbrechen gewesen war, für mich zu arbeiten.

Wieder stieß Krispin diesen schaurigen Schrei aus, der Lust

und Qual zugleich ausdrückte, als würde er den Schmerz, den ich ihm zufügte, genießen. Ich fühlte, daß seine Kehle wie Pappmaché unter meinen Fingern nachgab, doch weder brach Krispin zusammen, noch wehrte er sich. Seine irre glitzernden Augen blieben auf mein Gesicht gerichtet, zärtlich und zugleich voller Haß, als ich langsam seinen Kehlkopf eindrückte.

Dann ließ ich ihn los, erschüttert und entsetzt, und er sank hustend auf den Boden und blieb wie ein armseliger Bittsteller vor mir knien.

»Du vergißt«, sagte er, nachdem einige Sekunden verstrichen waren, »daß wir nicht sterblich sind. Du kannst mich nicht durch Erwürgen töten.«

Ein solch ungestümer Zorn erfaßte mich, daß ich Krispin am liebsten getreten, geschlagen und in der Luft zerrissen hätte. Es gelang mir, den Impuls zu beherrschen, doch meine Wut brodelte in mir weiter wie Lava tief im Inneren eines Berges, und ich wußte, daß sie bald aufsteigen und aus mir herausströmen würde, um alles auf ihrem Wege zu verschlingen.

Auf einen Ellbogen gestützt, lag mein Bruder nun halb auf dem Boden und beobachtete mich, mit blutendem Mund und einer dunkelroten Prellung an der rechten Wange.

»Du hast recht«, sagte ich schließlich. »So großen Spaß es mir auch machen würde, mir ist bewußt, wie sinnlos es wäre, dich erwürgen zu wollen.« Damit ging ich zu der Truhe, die in der Ecke stand, hob den Deckel und nahm das juwelenbesetzte Schwert heraus, das ich bei einem meiner Zaubertricks benutzte. Die Klinge zischte leise, als ich sie aus der Scheide nahm und zu Krispin hinüberging.

Selbst in meinem erregten Zustand fiel mir auf, wie erstaunlich ruhig er war. Es sah ihm gar nicht ähnlich, einfach dazuliegen wie eine Konkubine auf dem Diwan ihres Sultans, und seinem Schicksal zu harren. Es konnte eigentlich nur bedeuten, daß er irgend etwas plante …

Ich hob das Schwert mit beiden Händen, so daß seine Spitze auf Krispins Brust zielte.

»Na los«, sagte er gelassen. »Bring mich um.«

Ich kann mir mein Zögern selbst jetzt noch nicht erklären – in jenem Augenblick verspürte ich nicht die geringste brüderliche Zuneigung; ich haßte Krispin nicht, und ich liebte ihn nicht. Er war mir so gleichgültig, als wäre er nichts als eine Schlange, die sich unter der Spitze meines Schwerts wand.

Er lachte plötzlich, und das Schwert verwandelte sich in silberne Flammen in meiner Hand. Ich schrie auf vor Schmerz, und aus den Flammen wurden Funken, die zu Boden stoben. Meine Waffe war verschwunden.

Krispin sprang jetzt endlich auf. »Tut es weh, großer Bruder?« erkundigte er sich freundlich. »Hoffentlich.«

Die Flamme hatte meine Haut stark versengt, aber es liegt in der Natur von Vampiren, daß ihre Wunden sehr schnell heilen, wie ich bereits erwähnte, und so waren sie bei Krispins Frage schon kaum mehr als Erinnerungen. Auch Krispins Kehle, die ich erst Minuten vorher zermalmt hatte, war wieder heil; er blutete nicht länger, und die Prellung, die seine perfekten Züge entstellt hatte, war nicht mehr zu sehen.

»Nein, Krispin«, sagte ich ruhig. »Die Flammen haben mir keinen bleibenden Schaden zugefügt. Es ist dein Haß, der am meisten schmerzt.«

In einer theatralischen Geste des Bedauerns legte er seine gespreizten Finger an die Brust, aber es war natürlich reiner Hohn. »Und doch würdest du mich in die Hölle mitnehmen, wenn du könntest, und diesen Haß eine Ewigkeit ertragen? Und all das nur, um deine Geliebte zu retten?«

»Ja«, antwortete ich.

Wieder lachte er. »Wie edelmütig«, sagte er. »Und wie sinnlos. Denn du *wirst* zur Hölle fahren, Valerian, aber allein. Das wird ein Teil deiner Strafe sein, nicht wahr – zu wissen, daß ich bei deiner Geliebten bin, ihr Lager teile und schließlich gerechte Vergeltung für ihren Verrat üben werde?« Krispin hielt nachdenklich inne. »Wer weiß? Vielleicht war deine Daisy-Brenna ja ein böses Mädchen und wird neben dir in der Hölle brennen. Eine romantische Vorstellung, nicht wahr?«

Mir wäre übel geworden, wenn ich ein Mensch gewesen wäre, bei der Vorstellung, daß Daisy auf diese Weise leiden sollte. Ich hatte die Verdammnis verdient, sogar noch vor meiner Absprache mit Nemesis, aber Daisy war unschuldig und verdiente das Verhängnis nicht, das ich über sie gebracht hatte.

»Deine Eifersucht hat dich häßlich gemacht, Krispin«, erwiderte ich mit erzwungener Ruhe. »Du hast dein Leben vergeudet, dein Aussehen, deine Macht und alles andere. Du hättest unermeßliche Wonnen erfahren können, aber all das hast du verschmäht, um kleinliche Rachepläne zu schmieden.«

Krispins feine Züge verzerrten sich für einen Moment, und das bewies mir, daß ich recht hatte. Selbst in jener wunderbaren anderen Welt, von der Challes Rettung für uns beide erwartete, hatte mein Bruder seine Qual gepflegt und die Ungerechtigkeiten gehortet, die ihm widerfahren waren. Und so hatte er sechs Jahrhunderte verschwendet, die er Abenteuern, Schönheit, Heiterkeit und Liebe hätte widmen können.

»Verdammt«, stieß er hervor. »Tu bloß nicht so, als würdest du mich bemitleiden!«

»Ich kann es nicht ändern. Du bist das erbärmlichste Wesen, das mir je begegnet ist.« Ich packte ihn an den Rockaufschlägen und zog ihn auf die Beine. »Wir werden beide für alle Ewigkeit in der Hölle brennen«, sagte ich zornig, »aber ich kann mich wenigstens damit trösten, daß ich gelebt *habe*! Ich habe geliebt, mit Leidenschaft und Vehemenz, habe die Welt gesehen und Engel und Dämonen kennengelernt, Qual und Ekstase erfahren und alles, was dazwischenliegt. Ich habe die Talente *genutzt*, die mir verliehen wurden, und den Wein *getrunken*.«

Als ich ihn losließ, grinste Krispin. »All das werde ich tun, sobald du geerntet hast, was du gesät hast. Aber keine Angst, Bruder, ich werde dir die schöne Daisy nachschicken – wenn auch etwas mitgenommener vielleicht, nachdem ich mit ihr fertig bin.«

Ich wollte mich auf ihn stürzen, doch bevor ich die kurze Entfernung zwischen uns zurücklegen konnte, hob er beide Hände, und die Worte, die er sagte, lähmten mich wie ein von der Eiszeit überraschtes Mastodon.

»Bevor du einen weiteren deiner unbesonnen Versuche unternimmst, Valerian«, sagte er, »erlaube mir, dir zu sagen, daß ich Daisy gestern nacht besucht habe. Sie wurde am Nachmittag aus dem Krankenhaus entlassen, wie du weißt. Doch bedauerlicherweise hat das schöne Kind einen Rückfall erlitten.«

Ich war unfähig, etwas zu erwidern.

Krispin lächelte triumphierend. Die Hände auf dem Rücken verschränkt, wiegte er sich auf den Absätzen und betrachtete mich wie ein ungezogenes Kind, dem gerade ein sehr schlauer Streich geglückt war.

Es dauerte eine Weile, bevor ich meine Stimme wiederfand.

»Was hast du getan?« fragte ich.

»Erinnerst du dich an das Märchen von der schlafenden Prinzessin?« entgegnete er. »Daisy schläft. Die Ärzte werden natürlich glauben, daß sie im Koma liegt.«

Ich wirbelte herum, um mich zu Daisy zu begeben, doch dann begriff ich gerade noch rechtzeitig, daß das viel zu riskant gewesen wäre. Denn dann hätte die Sonne mich erreicht, und ein in Flammen aufgehender Vampir würde die Lage nicht gerade verbessern.

Ich war selten so verzweifelt gewesen.

Als ich mich an meinen Bruder erinnerte und mich wieder zu ihm umdrehte, war er verschwunden.

Daisy
Las Vegas, 1995

Daisy hatte ihn sofort erkannt, als er urplötzlich in ihrer Wohnung erschienen war. Er war gekommen, um sie zu töten.

Sie wartete ab, im Glauben, daß sie sich gleich schreien hören würde, doch eigenartigerweise verspürte sie nicht die geringste Furcht. Sie griff jedoch nach ihrer Waffe, die auf dem Nachttisch lag.

Krispin lachte und verschränkte die Arme. Mondschein

glitzerte in seinem Haar und schimmerte in seinen seltsam blassen Augen, als ob sie Spiegel wären. »Damit erreichst du nichts weiter, als die Nachbarn zu alarmieren«, sagte er und deutete auf die Pistole in Daisys Hand.

»Mach, daß du fortkommst! Auf der Stelle!«

Lächelnd blieb er stehen. »Was für ein unglaublich mutiges kleines Ding du bist. Kein Wunder, daß mein Bruder dich so faszinierend findet.«

»Ich wollte sowieso mit dir sprechen«, erklärte sie, als hätte Krispin nichts gesagt. »Warum nicht jetzt gleich, wo du schon einmal hier bist.«

»Wie interessant«, entgegnete Krispin, nahm etwas aus seiner Westentasche und warf es mit triumphierender Miene in die Luft, bevor er es wieder in die Tasche steckte. »Ich hoffe, du versuchst nicht, mich auszutricksen. Das Unvermeidliche läßt sich nicht mehr hinausschieben. Ich werde dich für eine Weile aus dem Verkehr ziehen, bis die Sache mit Valerian geregelt ist.«

Daisy ließ die Pistole sinken. »Du willst *mich*, nicht wahr?« fragte sie ruhig.

»Allerdings«, gab Krispin zu. Obwohl Daisy keine Bewegung wahrgenommen hatte, stand er nicht mehr, sondern saß am Fußende ihres Betts.

»Warum nimmst du mich dann nicht einfach mit?«

Eine kaum wahrnehmbare, aber sehr erschreckende Veränderung ging mit Krispins Zügen vor; zu spät erkannte Daisy, daß sie einen Fehler gemacht hatte. Im nächsten Augenblick stürzte er sich auf sie, und sie konnte gerade noch einen Schrei ausstoßen, bevor er über ihr war.

»Hure!« knurrte er und fügte ihr große Schmerzen zu, als er sie mit seinem Gewicht auf die Matratze drückte. »Du würdest alles tun, um meinen erbärmlichen Bruder zu retten!«

Daisy wehrte sich, und sie war stark, aber es gelang ihr nicht, den Vampir abzuschütteln. Ihr letzter bewußter Gedanke war Zorn, ihre letzte körperliche Wahrnehmung zwei scharfe Zähne, die sich in ihre Kehle bohrten …

Daisy sank tiefer und tiefer in sich selbst hinein, wo sie

Schutz und Trost in den Erinnerungen fand, die dort wie Andenken gelagert waren …

Sie war wieder jene andere Frau, stand an einem Fenster und starrte hinaus auf etwas, was ihre blinden Augen nicht erkennen konnten. Sie hatte den Rubinring, den er ihr vierzehn Tage vorher geschickt hatte – was eigentlich nur bedeuten konnte, daß er zu ihr zurückkehren würde …

Jenny Wade
London, 1722

Jenny hatte kaum den Gedanken geformt, als sie seine Stimme hörte, die ihren Namen flüsterte.

Freude erfaßte sie. Ihr Engel war zu ihr zurückgekehrt. Ihr Valerian. Sie brauchte ihre Augen nicht, um ihn zu sehen, denn ihr Herz erkannte ihn. Gänzlich unbesorgt über sein plötzliches Erscheinen, drehte sie sich zu ihm um. Er war schon immer gekommen und gegangen wie ein Gespenst.

In den letzten Tagen war Jenny fast verzweifelt, doch nun war er hier, und alles würde gut werden. Er würde sie mitnehmen, sie heiraten und ihrem Kind einen Namen geben.

Es würde keinen Skandal geben, wie Martin und Adela befürchtet hatten.

Sie wandte ihr Gesicht ihrem Geliebten zu, und erst als er sie in die Arme nahm, merkte sie, daß etwas anders war. Statt ihn durch ihre eigenen Sinne wahrzunehmen, wie es sonst der Fall war, hatte sie das Gefühl, daß ihr gewisse Eindrücke auferzwungen wurden.

»Du warst mir untreu«, murmelte er und streichelte ihr Haar. »Das war sehr dumm von dir. Was hat dich nur dazu getrieben, mich zu betrügen?«

Jenny zitterte, zu erschüttert, um zu antworten. Es kam ihr gar nicht in den Sinn, um Hilfe zu rufen, denn irgendwo glaubte sie noch immer, daß dies ihr Geliebter war. Er würde ihr niemals etwas zuleide tun.

Sanft zog er ihren Kopf zurück und küßte sie mit herzzerreißender Zärtlichkeit. »Liebst du mich, Jenny?« flüsterte er.

»J-ja«, erwiderte sie. Ihre Kraft hatte sie verlassen, sie schwankte. Jenny war sonst so stolz auf ihre Kraft und Widerstandsfähigkeit, sie neigte nicht zu Ohnmachten und Tränen wie so viele andere Frauen aus ihrer Bekanntschaft. »Natürlich liebe ich dich, Valerian. Wie kannst du sagen … Wie kannst du denken …«

»Warum hast du es getan? Warum hast du bei einem anderen gelegen?«

Jennys Herz raste, aber nicht auf jene angenehme Weise wie sonst, wenn ihr Geliebter sie in den Armen hielt, und ihr war furchtbar schwindlig. »Ich habe nichts dergleichen getan«, entgegnete sie verwirrt.

»O doch.« Seine Stimme war so ruhig und gelassen wie die Stimme, die sie kannte, und doch so erschreckend anders. »Du trägst ein Kind unter dem Herzen. Und das ist nicht mein Kind.«

Sie wollte sich ihm entziehen, weil sie wütend war, aber dazu fehlte ihr die Kraft, und zu ihrem Entsetzen merkte sie, daß sie sich an ihm festhielt, um nicht zu stürzen. »Das ist abscheulich«, sagte sie. »Geh jetzt bitte. Und komm nie wieder.«

Er gab sie nicht frei. »Das ist nicht dein Ernst.«

Jenny zitterte, und die verhaßten Tränen drohten. Es lag nicht in ihrer Natur, einen Mann zu lieben, der so grausam zu ihr war, aber es tat ihr leid um die wundervollen Gefühle, die sie ihm entgegengebracht hatte … All ihre Hoffnungen auf ein Heim, auf Kinder und ein bißchen Glück zerbrachen.

»Es ist von mir ernst gemeint«, beharrte sie und versuchte erneut, sich loszureißen. »Ich brauche dich nicht, und unser Kind braucht dich auch nicht. Geh, bevor ich meinen Bruder rufe!«

Er lachte. »Ruf ihn nur, aber das wird dir nichts nützen. Heute nacht ist dein lieber Martin blind und taub, genau wie Peach und deine Schwägerin. Wir haben einiges zu klären, Jenny, und niemand wird uns dabei stören.«

Da begann sie sich zum ersten Mal vor ihm zu fürchten. Sie war kaum bei Bewußtsein, so schwindlig war ihr, und doch fand sie in ihrem tapferen Herzen die Kraft, einen Schrei auszustoßen. Das schien ihren Geliebten zu amüsieren, und wie er schon vorausgesagt hatte, kam niemand, um ihr beizustehen.

Er hob sie auf die Arme, und obwohl seine Umarmung ihr vertraut erschien, hatte sie das merkwürdige Gefühl, als würde ihr diese Wahrnehmung nur suggeriert.

»Welch eine Schande, daß eine so schöne, intelligente junge Frau wie du sich aus dem Fenster stürzt«, sagte er ruhig. »Natürlich werden alle zutiefst betroffen sein, und es wird getuschelt werden, daß es kein Wunder war in Anbetracht der Schande und des Skandals, den das arme Mädchen zu erwarten hatte.«

Jenny versteifte sich und versuchte erneut, sich zu befreien, aber es war sinnlos. Er war zu stark.

»Tu es nicht«, flüsterte sie, aus dem verzweifelten Wunsch heraus, zu leben, um das ungeborene Kind in ihrem Leib zu schützen. »Bitte ...«

Sie hörte die Scharniere ächzen und spürte den Zug der kalten Nachtluft.

»Bettle nicht, meine Süße. Es ist nicht nur erniedrigend, sondern zudem auch völlig zwecklos.«

Jenny spürte, daß ihr Nachthemd den Rahmen streifte, fühlte die gähnende Leere unter sich und umklammerte schluchzend seinen Rock. Er küßte sie noch einmal flüchtig, dann stieß er sie von sich.

Wild um sich schlagend, stürzte sie ins Leere und prallte auf dem Kopfsteinpflaster hinter dem Haus auf. Sie war auf der Stelle tot, aber sie starb mit einem Namen auf den Lippen, der wie ein Pfeil in ihrem Herzen zitterte.

Valerian.

Ihr Geliebter. Ihr Mörder.

Es war Peach, die am nächsten Morgen die blutüberströmte Leiche fand. Ihre Schreie, die in der ganzen Nachbarschaft zu hören waren, lockten einen vorbeigehenden Schutzmann in den Hof.

Martin war der nächste, der erschien, gefolgt von Adela. Sie hielt sich zurück, eine Hand an die Kehle gepreßt, während Martin mit einem leisen, gequälten Aufschrei neben Jenny auf die Knie sank und ihre Schultern packte, als könne er sie wieder zum Leben erwecken.

Der Schutzmann schaute auf und sah das offene Fenster im zweiten Stock. Er hatte solche Tragödien schon oft genug erlebt und konnte sich vorstellen, was die Tochter eines so wohlhabenden Hauses dazu getrieben haben mochte, sich das Leben zu nehmen. Wahrscheinlich hatte sie eine Affäre mit einem Stallburschen oder Dienstboten gehabt, und die Natur hatte ihren Lauf genommen.

Armes Mädchen.

»Es ist eine Schande«, sagte er, denn er war nicht ohne Mitgefühl und neigte auch nicht dazu, ein Urteil über andere zu fällen.

Peach schrie, heulte und schluchzte, während Martin, der nichts anderes zu sehen schien als seine tote Schwester, Jenny aufhob und wortlos ins Haus trug.

Das Begräbnis fand zwei Tage später statt, und die Kirche war dicht besetzt mit Trauergästen, denn Jenny war bei allen, die sie gekannt hatten, beliebt gewesen. Es regnete den ganzen Morgen, bis zum frühen Nachmittag und Mistress Peach meinte, es sei nur angemessen, daß der Himmel weinte, wenn ein Engel begraben wurde. Adela schützte eine Migräne vor und blieb zu Hause, doch Martin ging im strömenden Regen von der Kirche zum Friedhof mit und wollte seine Schwester nicht einmal dann verlassen, als der Sarg längst beigesetzt worden war.

Mehrere Herren aus seinem Club führten ihn schließlich fort, damit die Totengräber ihr Werk beenden konnten.

Sie schaufelten hastig Erde in das Loch, weil sie abergläubisch waren und trotz ihres Berufs davor zurückscheuten, sich bei Einbruch der Dunkelheit noch unter Toten aufzuhalten. Sie hatten viele Geschichten gehört und sich auch einige selbst ausgedacht, so daß sie nicht mehr wußten, was Fabel und was Wahrheit war.

Es war daher gut, daß der Vampir erst nach ihrem Fortgehen erschien, um in aller Stille um die Frau zu trauern, die er geliebt und wieder einmal verloren hatte.

Durch diskrete Nachforschungen in den kommenden Nächten erfuhr er, daß Jenny Wade sich entehrt hatte, indem sie sich einen Liebhaber genommen hatte. Er mußte ein wohlhabender Mann sein, denn er hatte ihr einen wundervollen Rubinring geschenkt, der jedoch verschwunden war, noch bevor das arme Mädchen unter der Erde gewesen war.

19

Valerian
Las Vegas, 1995

Sobald die letzten Sonnenstrahlen der Dunkelheit gewichen waren, eilte ich zu Daisy und fand sie bewußtlos auf dem Boden ihres Schlafzimmers. Kristinas Anhänger, der ihr als Talisman und Schutz hatte dienen sollen, lag auf dem Teppich neben ihr – als stummer Beweis, daß mein Bruder durch eine derart schwache Magie nicht aufzuhalten war.

Krispins Ring steckte an ihrem Finger, ich nahm ihn ihr ab und schleuderte ihn beiseite.

»Daisy, Liebste ...« Ich hob sie auf und drückte sie an meine Brust. Sie lebte, war jedoch bleich wie Wachs und ohne Bewußtsein. Es würde mehr als ein Kuß eines Prinzen erfordern, mein Dornröschen aufzuwecken, denn Krispin hatte Blut von ihr genommen, wie Vampire es vor einer Transformation zu tun pflegen. Er brauchte Daisy jetzt nur die gleiche Flüssigkeit einzuflößen, die ihre mysteriöse Veränderung erfahren hatte, als sie durch seine Adern floß, um einen Vampir aus ihr zu machen.

Ich strich ihr sanft das Haar aus dem stillen, bleichen Gesicht. Er wollte sie in eine von uns verwandeln und sie damit der ewigen Verdammnis ausliefern, die unsere Rasse erwartete. Vielleicht, dachte ich niedergeschlagen, sind wir Vampire ja gar nicht weniger verwundbar als die Menschen, sondern verstehen das Unvermeidliche nur etwas besser hinauszuschieben.

Behutsam nahm ich meine Geliebte auf die Arme und richtete mich auf. Sie trug nur ein langes Hemd, und aus Angst, daß sie sich erkälten könnte, hüllte ich sie in meinen Umhang und drückte sie an meine Brust. Wie wünschte ich in diesen Augenblicken, ihr menschliche Wärme vermitteln zu können, doch leider war mein Körper kalt wie eine Statue.

Indem ich die Augen schloß, versetzte ich Daisy und mich zu dem einzigen Vampir, von dem ich wußte, daß er uns helfen konnte – Calder Holbrook.

Sein Laboratorium war leer, als ich es erreichte, denn dies war das heutige London, und Calder bevorzugte das neunzehnte Jahrhundert. Ich durfte jedoch nicht riskieren, Daisy in die Vergangenheit mitzunehmen, denn Sterbliche müssen die Fähigkeit, durch die Zeit zu reisen, erst noch entwickeln, und deshalb wäre es möglich gewesen, daß ich sie unterwegs verloren hätte.

Zärtlich legte ich sie auf den Untersuchungstisch und begann mich nach einer Decke für sie umzusehen.

Calder spürte meine Anwesenheit in seiner Domäne, wie ich mir erhofft hatte, und erschien mit einem Stirnrunzeln, das einen weniger mächtigen Vampir als mich sehr eingeschüchtert hätte. »Was zum …?«

»Ich habe dir eine Patientin gebracht«, unterbrach ich ihn und sah eine Decke, die wie ein Relikt aus dem amerikanischen Bürgerkrieg aussah. Nachdem ich sie ausgeschüttelt hatte, breitete ich sie über Daisys reglosen Körper. »Ich möchte, daß du sie rettest.«

Der gute Doktor warf mir einen irritierten Blick zu, doch

dann wandte er seine Aufmerksamkeit der schlanken Nymphe zu, die in tiefer Bewußtlosigkeit auf seinem Tisch lag. In seinem Gesicht erkannte ich, was ich mir erhofft hatte – das Mitgefühl eines Arztes. »Was ist geschehen?« fragte Calder, obwohl er es erraten haben mußte, denn er hatte die winzigen Bißwunden an ihrer Kehle schon gesehen.

Ich erzählte ihm, was mein Bruder getan hatte.

Während Calder mir schweigend zuhörte, untersuchte er Daisy, horchte mit einem Stethoskop ihr Herz ab und maß ihren Blutdruck.

Während ich schweigend zusah, nahm er Plasma aus einem Kühlschrank und gab Daisy eine Infusion. Zum ersten Mal, seit ich sie gefunden hatte, gab sie einen Laut von sich und bewegte sich ein wenig.

Meine Augen wurden feucht, weil ich wußte, daß es Schmerz war, was die Bewegung verursacht hatte, und ihr dieses Leid nicht ersparen zu können, war die reinste Qual für mich.

Ich versuchte, meine Gefühle hinter Worten zu verbergen, denn mir war ebenso unbehaglich zumute wie Calders Gegenwart wie ihm in meiner. Ich konnte unmöglich vor ihm weinen, wie ich es vielleicht bei Maeve oder sogar bei Kristina getan hätte. »Menschliches Plasma«, bemerkte ich, als die kostbare Flüssigkeit durch einen Schlauch in Daisys Vene tropfte. »Bewahrst du es für Nächte auf, in denen du zu faul zum Jagen bist?«

Calder sah mich nicht an; er hatte eine kleine Taschenlampe genommen und richtete den Strahl auf Daisys Augen. »Wohl kaum«, erwiderte er mit stiller Verachtung. »Ich habe einen Vorrat hier, weil ich Arzt bin und menschliche Patienten behandle, die dieses Plasma benötigen.«

»Wie hast du Daisys Blutgruppe herausgefunden?«

Jetzt schaute er mich an. Strafend. »Als Vampir bin ich ein Experte in diesen Dingen«, erwiderte er ungeduldig. »Wenn du unbedingt reden mußt, um dich von deinen Sorgen abzulenken, dann sag wenigstens etwas Vernünftiges.«

Ich unterdrückte einen Schrei der Wut und Angst. »Wird

sie sterben?« fragte ich, als ich mich wieder etwas beruhigt hatte.

»Vielleicht«, meinte Calder und ging zum Kühlschrank, um mit Blut gefüllte Plastiktüten herauszunehmen. »Wir kennen die Alternative – deinen Bruder beenden zu lassen, was er begonnen hat –, aber ich glaube nicht, daß es das ist, was du für sie willst. Oder was sie sich wünschen würde.« Er drehte sich zu mir um und musterte mich interessiert. »Könnte es sein, Valerian, daß du in deinem dekadenten, egoistischen Leben ausnahmsweise einmal den Wünschen eines anderen Vorrang vor deinen eigenen gibst?«

Ich erhob keinen Einspruch gegen seine Einschätzung meines Charakters, denn sie war korrekt. »Daisy wollte nie Vampir werden« entgegnete ich müde, weil meine Kraft allmählich schwand. »Und obwohl mir nichts lieber wäre, als sie für alle Ewigkeit an meiner Seite zu haben, wie du deine schöne Maeve, würde ich Daisy nie gegen ihren Willen verwandeln.«

Calder seufzte. »Angenommen, das wäre die einzige Möglichkeit? Würde sie dann den Tod dem ewigen Leben eines Vampirs vorziehen?«

Ich setzte mich und bedeckte das Gesicht mit meinen Händen. »Ja«, sagte ich. »Ich habe ihr das Geschenk schon mehrfach angeboten, in anderen Reinkarnationen, und ich kann mir nicht vorstellen, daß sie ihre Ansicht geändert hat. Daisy ist ein reiner, edler Geist, der nicht zu uns Verdammten zählen will.«

Der Doktor sagte nichts und betrachtete nachdenklich seine Patientin. Ich hätte das ganze ansehnliche Vermögen, das ich im Laufe der Jahrhunderte zusammengetragen hatte, dafür hingegeben, um zu wissen, wie er Daisys Chancen beurteilte.

Später hielten wir schweigend Wache, und Calder gab Daisy immer wieder neue Transfusionen. Langsam kehrte ihre natürliche Gesichtsfarbe zurück, sie bewegte sich immer öfter unter ihrer Decke und gab leise, klägliche Töne von sich, die mich mehr verwundeten als alles andere vorher.

Ich brauchte Nahrung, und Calders Vorrat an Plasma war,

obwohl für Daisy lebensrettend, kein geeigneter Ersatz für mich. Widerstrebend ließ ich Daisy in seiner Obhut zurück und begab mich auf die Jagd.

Wie schon zuvor in New York war ich in jener Nacht gierig wie ein Blutegel.

Als ich zu Calders Labor zurückkehrte, um meine Wache an Daisys Seite wiederaufzunehmen, ging es ihr schon viel besser, und sie schlief. Der Doktor war fort, vermutlich, um irgendwo in einem Keller unter diesem großen Haus zu schlafen, da der Morgen bereits nahte. Aber Kristina war bei Daisy, die Kette mit dem Talisman in ihrer Hand.

Beim letzten Mal, als ich mich so reichlich genährt hatte, war ich nicht dem Vampirschlaf unterlegen, doch diesmal war es anders. Ich spürte, wie mein Bewußtsein mir entglitt, und legte mich zu Daisy auf den Tisch, bevor Kristina Einwände erheben konnte.

»Schlaf nur, Valerian«, sagte sie jedoch nur leise. »Ich halte Wache.«

Schon halb im Schlaf, deutete ich auf den Anhänger in Kristinas Hand. »Eine schöne Hilfe war das«, murmelte ich. »Warum hast du ihr nicht einfach Knoblauch umgehängt?«

»Sei nicht albern«, entgegnete Kristina. »Der Anhänger hätte Daisy geschützt, wenn sie ihn getragen hätte.«

In diesem Augenblick öffnete Daisy ihre wundervollen Augen und schaute geradewegs in meine verdammte Seele.

»Du«, sagte sie in seltsamem Ton. *»Du* hast mich getötet.«

Ich bekam keine Chance, darauf zu antworten, weil die Dunkelheit mich jetzt endgültig überwältigte.

Daisy
Seattle, 1995

Der Raum, in dem Daisy erwachte, war erfüllt von Licht und Farben, aber sie wußte weder wo sie war, noch wie sie dorthin gelangt war.

Sie richtete sich in dem fremden Bett auf und schaute sich

verwundert um. Riesige Fenster, die vom Fußboden bis zur Decke reichten, gaben den Blick auf blaue Gewässer und schneebedeckte Berge frei, und die Einrichtung des Zimmers bestand aus ausgesuchten, kostbaren Antiquitäten. Bevor Daisy sich erheben konnte, erschien Kristina in der Tür. »Willkommen in Seattle«, sagte sie lächelnd.

»Wie bin ich … Was …?«

»Ich habe Sie aus dem Londoner Laboratorium meines Vaters hierhergebracht. Wie fühlen Sie sich?«

Daisy lehnte sich in die Kissen, beruhigt durch die Anwesenheit ihrer Freundin und die alltägliche Umgebung. »Verwirrt, schwindlig und sehr, sehr hungrig.«

Kristina lachte. »An der Verwirrung und dem Schwindel kann ich nichts ändern, fürchte ich. Aber etwas zu essen kann ich Ihnen geben. Setzen Sie sich. Ich hole Ihnen etwas.«

»Sie werden es nicht herbeizaubern?« fragte Daisy enttäuscht.

Ihre Gastgeberin seufzte. »Das tue ich nur in Notfällen. Ich koche gern und lebe im übrigen so normal, wie meine Lage es erlaubt.« Sie zeigte auf eine Tür. »Da ist das Gästebad.«

Fünfzehn Minuten später, als Daisy sich gewaschen hatte und auf etwas unsicheren Beinen zum Bett zurückgekehrt war, brachte Kristina ihr Tee, Pasta, warmes Brot und grünen Salat.

Während Daisy aß, zog Kristina sich einen Sessel heran und setzte sich.

»Papa und ich fanden, daß Sie hier besser aufgehoben wären«, sagte sie.

Daisy schenkte sich Tee ein und probierte ihn. Er war stark und süß, wie sie ihn liebte. »Er wird mich auch hier finden«, entgegnete sie leise. »Krispin, meine ich.«

»Ja«, bestätigte Kristina. »Aber diesmal wird er Sie nicht allein und hilflos antreffen.«

»Nein«, meinte Daisy ironisch. »Diesmal wird er nicht nur mich, sondern auch Sie angreifen können.« Sie erschauderte bei der Erinnerung an Krispins Überfall in ihrer Wohnung. In jenen gewalttätigen Momenten, bevor sie das Bewußtsein verlor, hatte sie geglaubt zu sterben.

»Ich werde alles tun, um Sie zu schützen«, versprach Kristina.

»Warum? Aus welchem Grund wollen Sie sich in eine solche Gefahr begeben?«

»Weil mir sehr viel an Valerian und Ihnen liegt. Wissen Sie, daß Sie meine einzige Freundin sind, die weiß, wer und was ich bin? Was glauben Sie, wie meine Nachbarn und Geschäftsfreunde reagieren würden, wenn ich ihnen verriete, daß meine Eltern Vampire sind? Können Sie sich vorstellen, was geschehen würde, wenn ich bei einem Geschäftsessen so ganz nebenbei bemerkte, daß ich weit über hundert Jahre alt bin?« Sie lächelte traurig. »Sie werden doch jetzt nicht abspringen? Nachdem ich endlich jemanden gefunden habe, mit dem ich reden kann?«

Daisys Herz erwärmte sich für Kristina. Sie hatte außer Nadine und ihrer verstorbenen Großmutter nie eine richtig gute Freundin gehabt. »Nein«, antwortete sie. »Ich werde nicht ›abspringen‹, wie Sie es nennen. Wenn Sie reden wollen, höre ich Ihnen gerne zu.«

Kristina lächelte und drückte Daisys Hand. »Danke, Daisy, aber selbst Zuhören ist Arbeit, und Sie brauchen Ruhe. Schlafen Sie jetzt wieder.«

Es gab unzählige Fragen, die Daisy Kristina gern gestellt hätte, aber sie hatte viel Blut bei ihrer Begegnung mit Krispin verloren und war erschöpft. So streckte sie sich aus, schloß die Augen und kehrte zurück zu ihren Erinnerungen …

Ihr Name war Harmony Beaucheau, und sie war dreiundzwanzig Jahre alt. Man schrieb das Jahr 1878, und die Stadt hieß Poplar Hill, obwohl sie in einer staubigen Ecke von Arizona lag, wo weit und breit weder Pappeln noch Hügel zu sehen waren.

Ach, verdammt, dachte jener Teil von ihr, der noch immer Daisy war. *Jetzt geht es schon wieder los.*

Harmony stand vor einem Spiegel, und mit einiger Erleichterung erkannte Daisy ihr eigenes Bild darin. Sie hatte ein abgetragenes Kleid aus braunem Kattun an, und ihr rotbraunes Haar war zu einem losen Chignon aufgesteckt, aus dem sich einige widerspenstige Strähnen lösten.

Als sie sich vom Spiegel abwandte, verblaßte jegliche Erinnerung an Daisy Chandler. Widerstrebend verließ Harmony ihr kleines, spärlich möbliertes Zimmer und ging über den schmalen Korridor zur Treppe. Der Saloon im Erdgeschoß war erfüllt von Rauch, blecherner Musik aus dem alten Piano, dem einige sehr wichtige Teile fehlten, und dem rauhen, vulgären Gerede von Cowboys, Herumtreibern und Ortsansässigen. Es waren auch einige sehr stark geschminkte Frauen da – sie unterhielten die Männer in gewissen Zimmern im ersten Stock, und Harmony leitete das Ganze.

Sie zögerte an der Treppe und seufzte. Sie war keine Hure und würde es niemals sein, denn sie war in Boston bei einer unverheirateten Tante aufgewachsen und zu einer Dame erzogen worden. Bevor sie jedoch heiraten konnte, war Tante Millicent gestorben, und als sie begraben war und alle Rechnungen beglichen waren, war Harmony eine kleine, aber durchaus respektable Summe Geld geblieben.

Sie hatte Millicent Beaucheaus Tod noch nicht verwunden, als ein alter Freund der Familie erschien und ihr einen Stapel Briefe überreichte. Darin befand sich der unwiderlegbare Beweis, daß Millicent Harmonys Mutter gewesen war und nicht ihre Tante, und im prüden Boston ein illegitimes Kind zu sein, war bestimmt kein gesellschaftlicher Vorteil.

Trotz ihres guten Aussehens, ihrer Intelligenz und der mehr als angemessenen Mitgift hätte niemand, der die Wahrheit kannte, jemanden wie Harmony Beaucheau geheiratet. Sie war für ihr Leben gezeichnet.

Optimistisch, wie sie war, hatte Harmony einen Makler aufgesucht, denselben Mann, der Millicents Haus verkauft hatte, das, wie sich später herausstellte, ein Geschenk ihres Liebhabers gewesen war.

Harmony hatte sich nach dem Westen erkundigt und prompt ein Hotel in Arizona gekauft. Bei ihrer Ankunft stellte sie fest, daß sie ein Bordell erworben hatte, kein Hotel, und ihren letzten Penny dafür ausgegeben hatte. Das Geschäft lief hervorragend – das war immerhin ein Trost.

Noch immer auf der Treppe stehend, schaute Harmony in den Saloon herab, und ein Lächeln erhellte ihre Züge. Er war wieder da, der gutaussehende Spieler mit dem ungewöhnlichen Namen.

Valerian nannte er sich. Harmony war schon ein wenig in ihn verliebt, und obwohl sie sonst recht nüchtern war, gelang es ihr nicht, sich eines Besseren zu belehren. Männer wie er hielten sich nicht lange an einem Ort auf – sie blieben eine Weile, tranken, spielten und erzählten Lügen, um dann weiterzuziehen.

Er trug einen langen Staubmantel aus weichem Leder, hohe schwarze Stiefel, gutgeschnittene Hosen und die Art Hemd, die sich nur ein Mann wie er leisten konnte. Er schien Harmonys Anwesenheit irgendwie zu spüren, trotz des Lärms im Raum, und richtete seine unglaublich blauen Augen auf ihr Gesicht.

Sie verspürte einen Andrang von Gefühlen, die so kompliziert, so verwirrt und miteinander verwoben waren, daß sie sie nicht einzuordnen wußte. Sie hatte Valerian bei seiner Ankunft vor etwa einem Monat zum ersten Mal gesehen, und doch war ihr, als würde sie ihn schon ein ganzes Leben kennen. Sie wußte, wie seine Hände sich auf ihrem Körper anfühlen würden oder sein Mund auf ihren Lippen. Sie, die trotz ihres schlechten Rufs noch Jungfrau war, kannte sogar die Bewegung seiner Hüften, wenn er sie nahm, und das Gefühl seiner weichen Lippen auf ihren Brustspitzen …

Harmony ging zu ihm, wie magisch angezogen, und in jener Nacht begann ihr Leben. Er verschwand sehr häufig, ihr Geliebter, manchmal tagelang, und sie sah ihn nie bei Tag. Aber nachts, wenn er bei ihr war, in ihrem häßlichen kleinen Zimmer, liebten sie sich, und er erzählte ihr von anderen Ländern und anderen Zeiten. Er steckte voller Poesie.

Sie wußte, daß er sie liebte – er bewunderte ihren starken Charakter und bat sie um Rat in wichtigen Dingen, was noch kein Mann vor ihm getan hatte. Und obwohl seine körperliche Liebe sie in eine andere Welt versetzte, vermutete sie, daß sich auch ohne diese Umarmungen nichts an seinen oder ihren Gefühlen geändert hätte. Es bestand eine uralte Verbindung zwischen ihnen, als wären ihre Seelen von irgendeinem längst vergessenen Gott vereint worden, und falls Valerian Geheimnisse vor ihr verbarg, so kümmerte sie das nicht.

Er war schon fast einen Monat fortgeblieben, als mit der Postkutsche der Rubinring kam. Er war in goldenes Papier gehüllt, das ein scharlachrotes Band zusammenhielt, und Harmonys Herz floß über vor Glück, als sie den Rubin über den Ringfinger ihrer linken Hand streifte. Dies mußte sein Versprechen sein, daß sie für immer zusammenbleiben würden …

Aber Valerian kehrte nicht zurück, obwohl Harmony jede Nacht nach ihm Ausschau hielt, und besorgt die mondbeschienene Straße absuchte, die sich in der Wüste verlor.

Als zwei weitere Wochen verstrichen, begann sie allmählich zu verzweifeln. Vielleicht war der wundervolle Ring ja gar kein Versprechen, sondern ein Abschiedsgeschenk gewesen …

In jener Nacht ritten drei Männer in die Stadt, betrunken, grölend und um sich schießend. Harmony holte ihr Gewehr aus dem Versteck hinter der Bar und trat auf den Bürgersteig hinaus. Es gab noch kein Gesetz in Poplar Hill, die Bewohner waren gezwungen, ihren Besitz selbst zu schützen, ob sie nun Frauen oder Männer waren.

Die Trunkenbolde brüllten, lachten und feuerten ihre sechs Gewehre ab, als sie die Pferde auf den Bürgersteig trieben. Ihr Ziel war Harmonys Saloon, und sie erwartete sie …

Schweißüberströmt und nach Atem ringend fuhr Daisy auf und griff sich an die Brust. Eine Kugel hatte Harmony getroffen, mitten ins Herz, und Daisy hatte es gespürt, als hätte sie ihr eigenes Fleisch durchdrungen.

»O Gott«, flüsterte sie und ließ sich tränenüberströmt zurücksinken. Aber sie war stark, und irgendwann hörte das Zittern auf, und sie schlief wieder ein. Diesmal störten keine Träume ihre Ruhe.

Sie erwachte erst sehr viel später, nachdem der Mond schon lange aufgegangen war.

Im Haus war es still, abgesehen vom Gemurmel einer leisen Unterhaltung im Nebenzimmer und den sanften Klängen eines Konzerts von Mozart.

Daisy erhob sich, fand sich zu ihrem Erstaunen sehr viel kräftiger, und zog den Morgenrock an, der am Fußende ihres Betts gelegen hatte. Langsam ging sie aus dem Zimmer und trat auf einen hellerleuchteten Korridor mit glänzendem Parkettboden.

Kristina und Valerian waren im Wohnzimmer. Der Vampir stand gebieterisch und grimmig am Kamin, während Kristina, ein Glas Wein in der Hand, auf einem bequemen Sofa saß. Ihr ruhiges, ernstes Gespräch verstummte, als sie Daisy erblickten.

Valerian kam auf sie zu, ergriff ihre Hände und schaute ihr in die Augen. »Kristina sagte, daß es dir besser geht«, bemerkte er rauh, »aber es ist schön, es mit eigenen Augen zu sehen.«

Daisy hätte ihn jetzt gern umarmt, doch sie zwang sich, darauf zu verzichten. »Ja«, erwiderte sie und dachte, wie sehr sie ihn geliebt hatte, nicht nur gegenwärtig, sondern auch in all jenen anderen Leben. »Ich bin fast wieder ich selbst – wenn du mir den Ausdruck verzeihst.«

Er lächelte und legte eine Hand unter ihr Kinn, und Daisy schloß für einen Moment die Augen. Er strich mit dem Daumen über ihre Lippen, und eine Art flüssiges Feuer breitete sich in ihren Gliedern aus.

»Ich möchte wissen, was du gemeint hast«, sagte Valerian, »als du sagtest, ich hätte dich getötet. Komm, setz dich zu mir und sprich mit mir.«

Daisy nickte, denn plötzlich erinnerte auch sie sich an die Worte und an das Erlebnis, das sie ausgelöst hatte. Sie wußte nun, daß es Krispin gewesen war, der Jenny Wade ermordet und sich als Valerian ausgegeben hatte. Und Krispin war auch für Harmonys Erschießung und Elisabeths Fieber verantwortlich.

Kristina verließ den Raum, und Valerian setzte Daisy in einen bequemen Sessel und breitete eine Decke über ihre Beine. Wie hatte sie je glauben können, in diesem Leben oder jenem anderen als Jenny Wade, daß dieses zärtliche Geschöpf ihr jemals etwas zuleide tun könnte?

Leise, zögernd, begann sie zu erzählen, was sie über Jennys Geschichte wußte. Valerian, der auf ihrer Sessellehne hockte, hörte in gespanntem Schweigen zu.

Als sie ihre Erzählung beendet hatte, schwieg er lange, und sein Gesicht verriet den inneren Kampf, der in ihm tobte.

»Es tut mir leid«, sagte er schließlich. »Ich hätte erraten müssen, daß du in Gefahr warst, und bei dir sein sollen, um dich zu schützen.«

Daisy legte den Kopf an seinen Arm. »Hast du es geglaubt? Daß Jenny sich das Leben genommen hatte, meine ich?«

Er nickte traurig. »Ja. Ich konnte sie – dich – lange nicht besuchen. Sie – verzeih mir, aber ich kann nicht sagen, ›du‹, wenn wir vom Tod sprechen – war eine Porzellanrose, obwohl sie sich für so robust wie Unkraut hielt. Ich war überzeugt, sie mit meiner Vernachlässigung zu dieser Verzweiflungstat getrieben zu haben.«

Daisy biß sich auf die Lippen. »Da war noch etwas. Etwas, was Krispin wußte und du anscheinend nicht.«

Valerian blieb stumm und wartete.

»Da war ein Kind«, murmelte sie. »Du und Jenny – du und ich, Valerian – hatten ein Kind gezeugt.«

»Nein«, sagte er schroff, und es klang wie eine flehentliche Bitte. »Das ist unmöglich ...« Er hielt inne und schaute zur Tür, durch die Kristina eben verschwunden war. Anscheinend dachte er an die Umstände ihrer Geburt – Maeve Tremayne, ein Vampir, und Calder Holbrook, der damals noch ein Sterblicher gewesen war, hatten eine Tochter bekommen.

Daisy ließ Valerian Zeit, sich zu sammeln, bevor sie fortfuhr: »So wie die Zeiten damals waren, befürchtete Jennys Familie einen Skandal. Sie wollten sie fortschicken, glaube ich, aber sie hat nie bezweifelt, daß du zu ihr zurückkehren würdest.«

»Und starb mit dem Gedanken, ich hätte sie ermordet. Sie und unser Kind.« Der Schmerz, der sich so deutlich auf Valerians Gesicht abmalte, fand seinen Weg in Daisys Herz.

»Jenny spürte, daß irgend etwas nicht in Ordnung war«, fuhr sie fort, um ihn zu trösten. »Ich glaube, irgendwie hat sie gewußt, daß nicht du es warst, der sie in jener Nacht besuchte.«

Valerian verschränkte seine Finger mit ihren, und sein Versuch zu lächeln war sogar noch schmerzlicher anzusehen als seine unverhohlene Qual zuvor. »Krispin«, murmelte er, und es klang wie ein Fluch. »Fleisch von meinem Fleische, Seele von meiner Seele – Krispin, Krispin, *was hast du getan?«*

Daisy erschauderte. Ein unausgesprochener Schwur klang in der zornigen, verzweifelten Stimme des Vampirs mit. Valerian wollte Krispin vernichten – doch zu welchem Preis?

Bevor sie ihre Besorgnis in Worte fassen konnte, erschien ein weiterer Besucher im Raum und ließ Daisy vor Schreck zusammenfahren.

Er stand plötzlich mitten im Zimmer, ohne Rauch oder Feuer, um seine Ankunft anzukündigen, doch all den seltsamen Erlebnissen zum Trotz, die Daisy seit ihrer Bekanntschaft mit Valerian gehabt hatte, war sie noch immer nicht an derartige Überraschungen gewöhnt. Sie sehnte sich nach der Gesellschaft anderer Sterblicher, menschlicher Wesen, die anklopften, telefonierten und Briefe schrieben, aber nie, *niemals,* einfach aus dem Nichts heraus erschienen!

Valerian stand auf, aber er schien mehr verärgert als erschrocken, und Daisy war gerührt, als er sich schützend zwischen sie und den ungebetenen Gast stellte.

»Sprich!« befahl er.

Daisy beugte sich über die Sessellehne, um einen besseren Blick auf den Neuankömmling zu erhalten. Er sah bemerkenswert gut aus, fand sie, mit seinem goldblonden Haar und in diesem altmodischen, aber kostspieligen Aufzug – er trug ein prächtiges Cape aus dunkelblauer Wolle, hohe Stiefel, Reithosen und ein gerüschtes Hemd, und in einer Hand hielt er einen kunstvoll geschnitzten Spazierstock.

Er lächelte sie und Kristina an und verbeugte sich vor ihnen, ohne den wütenden Valerian zu beachten.

»Erlauben Sie mir, mich vorzustellen. Mein Name ist Dathan, und ich bitte um Verzeihung für mein unangekündigtes Erscheinen. Sie verzeihen mir doch?«

Kristina antwortete mit einem schwachen, zaghaften Lächeln, doch Daisy war viel zu fasziniert, um etwas zu erwidern – sie konnte ihn nur anstarren.

»Du hast vergessen, zu erwähnen, was du bist, Dathan«, warf Valerian ein. »Ein Hexer. Ein Dämon.«

Daisy beugte sich inzwischen so weit über die Lehne, daß sie fast aus dem Sessel fiel. Als sie im letzten Augenblick das Gleichgewicht zurückgewann, drehte Valerian sich um und warf ihr einen ärgerlichen Blick zu.

»Ja«, gab Dathan zu. »Ich bin ein Hexer.« Seine funkelnden braunen Augen richteten sich auf Daisy, trotz Valerian, und er betrachtete sie bewundernd. Als er jedoch Valerian ansah, lag keine Zuvorkommenheit mehr in seiner Haltung, und sein Blick war klar. »Ich war es leid, zu warten. Hatten wir nicht ein Abkommen getroffen, Bluttrinker?«

Wieder warf Valerian Daisy einen Blick zu, bevor er sich an den Dämon wandte. »Das werde ich hier nicht diskutieren.«

»O doch, das wirst du«, warf Daisy ein und zupfte an seinen Rockschößen. »Ich will wissen, was hier vorgeht.«

»Wir bekommen nicht immer, was wir wollen, nicht?« entgegnete Valerian stirnrunzelnd. »Misch dich nicht ein, Daisy, oder ich schwöre dir bei unseren alten Göttern, daß ich dir die Ohren verstopfen und deine Zunge lähmen werde!«

Daisy war verärgert, aber zu müde, um sich zu widersetzen, und sank seufzend in ihren Sessel zurück. Kristina warf ihr einen mitfühlenden Blick zu, schwieg jedoch.

Es war Dathan, der das lastende Schweigen brach. »Du weißt, wo du mich finden kannst«, sagte er zu Valerian und verbeugte sich noch einmal vor den Damen. »Ich erwarte dich dort.«

Und damit verschwand er so plötzlich, wie er zuvor erschienen war.

Valerian verabschiedete sich nicht von Daisy und gönnte ihr nicht einmal einen Blick, bevor auch er sich buchstäblich in Luft auflöste.

Valerian
Last Ditch Tavern, 1995

Ich erreichte das Last Ditch nur einen Bruchteil einer Sekunde später als Dathan und fand ihn an einem Pokertisch im Hinterzimmer der Taverne.

»Wieso hast du so lange gebraucht?« fragte er grinsend.

Ich widerstand dem Wunsch, den Stuhl unter ihm fortzustoßen. Ich hatte verhindern wollen, daß er Daisy sah und kennenlernte, weil auch er eine Gefahr für sie darstellte. Außerdem waren Dämonen notorische Verführer, und obwohl ich Daisys Prinzipien hoch einschätzte, fragte ich mich, was sie gegen den Charme eines so attraktiven Ungeheuers bewirken konnten.

»Was fällt dir ein, auf diese Weise einzudringen?«

Dathan zog eine Augenbraue hoch. »Einzudringen? Ich versuche, dir einen Gefallen zu tun, Vampir. Aber anscheinend willst du meine Hilfe gar nicht mehr.«

Ich zog mir einen Stuhl heran und setzte mich. Ich wollte die Hilfe des Dämons tatsächlich nicht, hatte sie nie gewollt, doch in meiner derzeitigen Situation konnte ich nicht wählerisch sein.

Ich konnte es mir nicht leisten, meine Abneigung gegen diesen speziellen Feind zu zeigen.

»Was kannst du schon tun?« fragte ich seufzend. »Wenn du Vampire töten könntest, hättest du inzwischen sämtliche Bluttrinker auf der ganzen Welt vernichtet.«

Dathan lachte über die Vorstellung. »Das stimmt«, gab er zu. »Mit Ausnahme von Maeve Tremayne vielleicht. Eine phantastische Frau. Ihre Tochter ist ihr sehr ähnlich – schön, mutig, intelligent ...«

»Laß Kristina in Ruhe«, warnte ich. »Wenn du es wagst,

dich ihr zu nähern, werde ich jeden Tropfen deines vergifteten Bluts in die Gosse leeren.«

Er nahm ein Glas Whiskey vom Tisch und nippte daran, bevor er antwortete. »Beschränken wir uns im Augenblick lieber auf das Geschäftliche. Denn sonst würden wir endlose Diskussionen führen, fürchte ich. Brauchst du noch immer meine Hilfe, um deinen Bruder zu vernichten?«

Allerdings – obwohl die Vorstellung mich wie ein Hieb im Magen traf. Würde ich mich denn nie daran gewöhnen? Würde ich selbst dann noch um Krispin trauern, wenn ich in der Hölle schmorte?

»Ja«, erwiderte ich unglücklich.

»Dann laß uns einen Plan schmieden.«

Meine Augen wurden schmal, denn ich erinnerte mich an meine letzte Begegnung mit Dathan im Last Ditch. Er wollte natürlich etwas im Ausgleich für seine Unterstützung, hatte mir jedoch noch nicht gesagt, was er verlangte. »Sag mir zuerst, was du durch deine Mithilfe zu erreichen hoffst.«

Er trank einen weiteren Schluck Whiskey, und ich beneidete den Dämon um seine Fähigkeit, zu essen und zu trinken wie ein Sterblicher. Ein Glas Wein – nein, ein ganzes Faß davon – hätte mir jetzt sicher einen gewissen Trost verschafft.

»Es ist an der Zeit, unsere beiden Gattungen zu vereinen«, sagte er nach langem Schweigen. »Ein Wesen zu erschaffen, das halb Vampir und halb Dämon ist.«

Ich war so entsetzt, daß ich das Verlangen nach Wein vergaß, das mich eben noch beherrscht hatte. »Beim großen Zeus – was du vorschlägst, ist schlicht unausdenkbar!«

»Ist es das? Stell dir ein Wesen mit deinen und meinen Fähigkeiten vor. Einen Vampir, der sich bei Tage frei bewegen könnte. Einen Hexer, der imstande wäre, durch die Zeit zu reisen. Die Möglichkeiten sind geradezu unerschöpflich, Valerian.«

»Du hast den Verstand verloren!«

Dathan lachte und hob sein Glas. »Einige aus deiner Gattung und aus meiner würden dir jetzt zustimmen. Zur Hölle mit ihnen.« Wieder trank er und gab einen Laut von sich, der an meinen Nerven zerrte. »Hier ist mein Vorschlag, Bluttrinker: für meine Hilfe verlange ich eine Vampirin als Gefährtin.«

Ich sprang auf. »Welche Bluttrinkerin würde schon einen Dämon wollen?« Takt war leider nie meine Stärke gewesen, nicht einmal in schwierigen Situationen.

Dathans braune Augen funkelten vor unterdrücktem Zorn. »Setz dich und hör zu, du Narr. Meine eigene Gattung wird sich auch nicht über diese Verbindung freuen. Aber es muß sein.«

»Warum?«

»Weil ich es will.«

Das war eine Einstellung, die ich verstand. Außerdem blieb mir gar keine andere Wahl, als zuzuhören. Mit Dathans Unterstützung würde es mir vielleicht gelingen, Krispin zu finden und zu zerstören. Ohne Dathan hingegen bestand Gefahr, daß ich die Schlacht verlor …

Und Daisy.

»Du willst mich also zum Kuppler machen«, murmelte ich. »Aber ich wüßte wirklich nicht, wie mir das gelingen sollte.«

Dathan lachte. »Bin ich so abstoßend?«

»Ja«, antwortete ich.

Der Dämon lächelte. »Keine Angst. Du kannst sehr überzeugend sein, wenn du willst – und es steht schließlich genug auf dem Spiel für dich, nicht wahr?«

Wieder dachte ich an Daisy. »Ja«, erwiderte ich und griff nach den Karten auf dem Pokertisch. »Alles eigentlich.«

»Du hast auch ein Abkommen mit Nemesis, hörte ich.«

Ich begann Karten auszugeben. »Du hast deine Hausaufgaben gemacht«, sagte ich. »Er versprach mir die Macht, Krispin zu vernichten, obwohl ich zugeben muß, daß ich bisher noch nichts davon gemerkt habe. Was meine Bereitschaft erklären mag, mit jemandem wie dir zusammenzuarbeiten.« Der Dämon nahm seine Karten, und ich ordnete meine. »Unsere Absprache, Dämon, gilt nur für den Fall, daß du ausschlaggebend für die Vernichtung meines Bruders bist. Und ich glaube, das ist möglich, denn sonst würde ich nicht hier sitzen.«

»Ich nehme zwei Karten«, erwiderte Dathan. »Und keinen deiner Tricks bitte.«

Ich lächelte. »Du erwartest zuviel von einem einfachen Vampir«, erwiderte ich. Und während ich ihn systematisch zweier Schlösser, eines Pferdes und einer Taschenuhr beraubte, besprachen wir unsere Strategie.

20

Valerian
Colefield Hall, 1995

Der Dämon und ich fanden Challes in Colefield Hall, zwischen Stapeln morscher Bücher, die er mir zusammen mit dem Besitz vor so vielen Jahren hinterlassen hatte. An seiner Seite saß ein wunderschöner weißer Wolf mit hellen blauen Augen.

Bei unserem Erscheinen richtete das Tier sich knurrend auf.

»Sei still, Barabbas«, sagte Challes mit liebevoller Strenge, worauf der Wolf sich gehorsam zu Füßen seines Herrn niederließ. »Es sind Freunde.«

Ich berichtigte Challes in diesem Punkt nicht, obwohl ich mich in jenem Augenblick ganz bestimmt nicht zu seinen Freunden zählte und der Wolf mir auch keine Angst, sondern höchstens Bewunderung einflößte. Wäre ich nicht mit dringenderen Angelegenheiten beschäftigt gewesen, hätte ich meinen früheren Lehrer um die Gesellschaft eines solch prachtvollen Geschöpfs beneidet und mir Barabbas für mich selbst gewünscht.

»Es ist an der Zeit, Wiedergutmachung zu leisten«, sagte ich ruhig. »Wir wissen von Calder Holbrooks Experimenten, daß es möglich ist, Krispin durch ein Grab in jene andere Dimension zu folgen. Du wirst mir dieses Grab zeigen. Auf der Stelle.«

Challes schaute in einer Mischung aus Trauer und Belustigung zu mir auf. »Noch immer derselbe arrogante Lümmel, was? Aber was – oder wer – hätte dich je ändern können? Nichts und niemand, das ist sicher. Und ich glaube, ich würde dich auch gar nicht anders wollen – du wärst dann längst nicht mehr so interessant.«

Eine alte Uhr tickte auf dem Kaminsims und erinnerte mich an meine Eile. »Bitte«, sagte ich zu Challes und hätte mich sogar vor ihm auf die Knie geworfen – obwohl ich hoffte, daß mir eine solche Erniedrigung erspart blieb.

»Es gab eine Zeit, da wollte ich dich in jene andere Welt mitnehmen, Valerian. Aber du hast dich geweigert, wenn ich mich recht entsinne.

»Ich hatte Angst.«

»Unsinn. Du hast noch nie in deinem Leben Angst gehabt. Aber du wirst das Gefühl noch kennenlernen, schöner Freund, wenn du siehst, was dich dort erwartet, wo Nemesis dich hinbringt.« Er sprach ohne Groll und schien sich über mein Schicksal auch nicht zu freuen. Aber er klang resigniert. »Ich bin müde, Valerian. So furchtbar müde.«

Ich ging zu Challes und hockte mich neben seinen Sessel. Der Wolf hob den Kopf, ließ ihn dann jedoch wieder sinken, weil er mich anscheinend nicht als Bedrohung für seinen Herrn betrachtete. »Muß ich betteln?« fragte ich leise. »Ist es das, was du willst?«

Challes einst so geliebtes Gesicht zerfiel unter einem Gefühl, das ich nicht bestimmen konnte. »Nein.« Er tätschelte dem riesigen Wolf den Kopf. »Es ist falsch, ein Geschöpf wie dich zu demütigen. Oder wie meinen Barabbas hier.«

»Bring mich zu Krispins Versteck. Oder beschreib mir wenigstens, wo es ist. Ich flehe dich an, Challes!«

Er legte das Buch beiseite, das auf seinem Schoß gelegen hatte, und erhob sich endlich. Ein gemurmelter Befehl hielt den Wolf davon ab, aufzuspringen, doch das Tier stieß ein leises Winseln aus, um sein Mißvergnügen kundzutun.

»Es ist Tag in jener anderen Welt«, warnte Challes. »Krispin liegt in einem Sarg tief unter der Erde, aber ich kann dir nicht versprechen, daß das Licht dich dort nicht erreichen wird.«

Ich war bereit, das Risiko einzugehen – jedes Risiko. »Hab keine Angst, Meister«, antwortete ich. »Nichts kann mich vernichten. Ich muß leben, um meine Verdammnis zu ertragen, nicht?«

Tränen glitzerten in Challes' Augen, und ich erinnerte mich, wie sehr ich ihn einst geliebt und bewundert hatte. »Dann wird Nemesis also uns beide bekommen.«

»Uns beide?«

Challes lächelte wehmütig. »Ich habe vor langer Zeit mit dem großen Kriegsengel eine Abmachung getroffen. Bisher bin ich ihm durch meine Tricks entkommen, aber ich wage zu behaupten, daß er siegen wird.« Er ergriff meine Hände. »Verzeih mir, Valerian, daß ich dich verwandelt habe.«

»Verzeihen? Ich werde dir immer dankbar sein, Challes. Sogar noch in der Hölle.«

»Dann komm mit«, sagte er seufzend und breitete die Arme aus.

Als wir uns kurz darauf wieder verkörperlichten, befanden wir uns in einem längst verfallenen Grab, und irgendwie spürte ich sofort, daß es sich in Dunnett's Head befand, dort, wo einst die Burg des Barons gestanden hatte.

»Bei Apollo«, murmelte Dathan und bemühte sich, den Staub von seinem eleganten Cape zu schütteln. »Wer außer einem Vampir würde auch nur einen Moment an einem solchen Ort verbringen?«

»Du kannst gern verschwinden«, entgegnete ich scharf.

»Wir müssen jetzt zu einem einzigen Nebel verschmelzen«, sagte Challes, dem die Spannung zwischen mir und Dathan nicht entgangen war.

»Kann der Dämon das überhaupt?« fragte ich meinen Lehrer, aber nicht, um Dathan zu ärgern, sondern aus purer Neugier.

»Der Dämon«, warf Dathan mit einem gereizten Flüstern ein, »ist durchaus in der Lage dazu!«

Ich sagte nichts mehr, sondern konzentrierte mich auf Challes' Anweisungen. Wir verschmolzen zu einer Einheit, alle drei und verkörperlichten uns kurz darauf wieder in einem dunklen Gewölbe unter einer riesigen Festung oder Burg.

»Wo sind wir?« fragte Dathan und ließ zum ersten Mal seit unserer Bekanntschaft gewisse Zweifel hinsichtlich seiner Überlegenheit erkennen.

»Auf der zweiten Erde«, erwiderte Challes in müdem Ton. Für jemanden, der einst so begierig gewesen war, mich an diesen Ort zu bringen, daß er mich gefangengehalten und versucht hatte, mich zu zwingen, ihn zu begleiten, wirkte Challes jetzt ziemlich widerwillig.

Ich erwiderte nichts, weil ich mich wie magisch von einem großen Spiegel angezogen fühlte, der eine ganze Wand bedeckte. Ich ging darauf zu, berührte das Glas und stieß einen verblüfften Schrei aus, als es sich im Bruchteil von Sekunden mit gleißendem Licht füllte.

»Dieser Spiegel schmückte einst den Ballsaal im zweiten Stock des Schlosses«, sagte Challes, der neben mich getreten war. Während er sprach, verblaßte das Licht im Spiegel ein wenig, und ich sah Tänzer unter seiner glatten Oberfläche. Frauen in farbenprächtigen, bodenlangen Kleidern, Männer in eleganten Röcken, Hosen und Zylindern. Fast glaubte ich die Musik zu hören, zu der sie sich über das Parkett bewegten.

»Sie sind aus jener ... zweiten Welt?« fragte ich, verwirrt über die Ballszene, und voller Bedauern, daß ich nicht einer jener Tänzer war und eine strahlende Daisy in den Armen hielt. Oh, einmal im Leben ein ganz normaler Sterblicher zu sein!

Challes berührte meine Schulter. »Nein, mein Schöner, sie

sind aus der Welt, die wir gerade verlassen haben. Komm – wir müssen Krispin erreichen, bevor er erwacht.«

Obwohl ich begierig war, meine Aufgabe zu erledigen, fiel es mir schwer, den Spiegel zu verlassen. Ich wollte diese Leute beobachten und an ihrem unschuldigen Glück teilhaben.

Challes ging voraus, und Dathan folgte ihm. Ich bildete den Schluß, widerstrebend und mich immer wieder nach den verblassenden Bildern im Spiegel umsehend.

Es war erstaunlich leicht, Krispins Unterschlupf zu finden.

Zu leicht.

Er lag aufgebahrt wie ein toter Staatsmann, die Arme über der Brust verschränkt und von brennenden Kerzen umgeben. Sein weißer Anzug erinnerte an den großen Gatsby, und sein goldenes Haar schimmerte im schwachen Licht.

Ich stand vor ihm und erinnerte mich an so viele Dinge …

»Beeil dich, Valerian!« zischte Challes. »Wenn Krispin erwacht, wird er ein furchtbarer Gegner sein.«

Ich zitterte, als ich die Hand nach dem Pfahl und Hammer ausstreckte, die Dathan für mich bereithielt. Ob der Dämon diese Dinge mitgebracht oder herbeigezaubert hatte, werde ich wohl nie erfahren. Und will es auch gar nicht.

Mit der linken Hand nahm ich den Pfahl und richtete seine Spitze auf das Herz meines Bruders, während ich mit der rechten Hand den Hammer hielt.

»Tu es«, sagte Dathan. »Töte ihn!«

Wir hatten Krispins Intelligenz unterschätzt, denn unter Pfahl und Hammer verwandelte er sich plötzlich in den kleinen, blonden Jungen, den ich als Sterblicher gekannt hatte. Er wirkte so friedlich wie ein schlafender Cherubim, wie ein Kind von Engeln.

»Laß dich nicht täuschen«, warnte Challes leise.

Ich weinte inzwischen, wenn auch lautlos, und schickte mich gerade an, den Pfahl in Krispins Herz zu treiben, als er sich erneut verwandelte. Diesmal nahm er die Gestalt unserer Mutter an. Ich hatte vergessen, wie schön Seraphina war, wie klein und zart …

»Valerian!« Diesmal klang Challes strenger. »Siehst du

nicht, was hier geschieht? Er ist ein Chamäleon und kann jegliche Gestalt annehmen! Im Namen der alten Götter, *töte* ihn, bevor …«

Ich wollte gerade den Hammer schwingen, als Krispin von neuem die Gestalt wechselte. Jetzt stellte er auf perfekte Weise Daisy dar und war sogar aufgewacht, um flehend mit *ihren* grünen Augen zu mir aufzuschauen.

Ich stieß einen Schrei der Wut und Qual aus. Ich konnte keinen Pfahl in Daisys Herz treiben – ich konnte es einfach nicht!

»Das ist nicht deine Geliebte«, sagte Dathan ungewöhnlich sanft. »Wenn du den Drachen nicht töten kannst, dann tritt beiseite und überlaß es mir.«

Obwohl es keine bewußte Entscheidung war, ließ ich Pfahl und Hammer fallen. Ich spürte die ersten versengenden Sonnenstrahlen, trotz der dicken Mauern, die uns schützten, aber der Schmerz berührte mich nicht; nur Trauer und Entsetzen beherrschten mich.

»Tritt zurück«, befahl Dathan, und Challes packte mich am Arm und zog mich fort von dem marmornen Grabstein, auf dem Krispin in Gestalt von Daisy lag und mich mit ihrer Stimme anflehte, sie zu retten.

Ich hatte den Dämon schon früher bei der Ausübung seiner Magie beobachtet, doch nichts hatte mich vorbereitet auf das, was jetzt geschah. Er starrte auf das schöne Ungeheuer herab und murmelte eine Art Beschwörungsformel.

Feuer schien plötzlich in der Grabkammer zu explodieren, loderte aus den Kerzen auf und griff auf Daisys – Krispins – Kleider über. Er kreischte, mehr wütend als aus Schmerz, als die Flammen ihn erfaßten, und gab Daisys Gestalt auf, um wieder seine eigene anzunehmen. Aber das Schauspiel war trotzdem zu scheußlich, um es mitanzusehen.

Auch ich fühlte einen Schrei in meiner Kehle aufsteigen und versuchte instinktiv, meinem Bruder zu Hilfe zu eilen, doch Dathan und Challes hielten mich unerbittlich fest.

Krispin krümmte und wand sich auf seinem Scheiterhaufen, ohne den Blick von mir zu wenden. Sogar seine Qual nutzte er, um mich zu martern.

Wieder schrie ich auf und versuchte, mich zu befreien, aber mein Lehrer und mein zweifelhafter Verbündeter waren stärker. Schließlich sank ich schluchzend auf die Knie, als die Flammen des Dämons das Ungeheuer verschlangen.

Und da waren auch noch andere Flammen – die unsichtbaren der Sonne, um die die zweite Welt sich drehte. Auch ich brannte und litt Qualen, aber das war mir egal. Ich *wollte* leiden, gewissermaßen als Buße für das Leiden meines Bruders.

Bald sollte ich Gelegenheit dazu bekommen, wie sich herausstellte.

Daisy
Seattle, 1995

Nach drei Tagen in Kristinas Haus – verwöhnt, verhätschelt und überfüttert – hatte Daisy sich vollkommen erholt. Krispin hatte sie hier nicht gefunden, und sie hatte auch Valerian nicht mehr gesehen, seit er mit Dathan, dem Dämon, aus Kristinas Wohnzimmer verschwunden war.

»Ich fahre nach Las Vegas zurück«, verkündete Daisy eines schönen Morgens, als sie ihre Freundin auf der großen Terrasse über der Bucht von Puget Sound antraf. »Ich habe einiges zu erledigen, aber danach würde ich gern hierherziehen.«

Kristina wirkte überrascht und erfreut, doch dann wurde ihre Miene ernst. »Du spürst es also? Daß Krispin fort ist?«

Daisy nickte und verdrängte ihre Tränen. »Ja. Auch Valerian ist fort, auf andere Art. Ich weiß nicht, wie ich es erklären soll – es ist, als wäre er gestorben.«

»Ich weiß«, sagte Kristina. Sie war weniger geschickt darin, ihre Tränen zu verdrängen, ihre Augen glitzerten. »Vielleicht ruht er nur irgendwo.«

»Und vielleicht auch nicht«, erwiderte Daisy. Sie hatte das Gefühl, sich in einem Schockzustand zu befinden – in der Nacht hatte sie von einer schrecklichen Todesszene geträumt und Krispin verbrennen sehen, doch die Schreie, die sie gehört hatte, waren Valerians gewesen …

Kristina stand auf. »Wieso hast du beschlossen, daß du hier in Seattle leben willst?« fragte sie verwundert.

»Ich brauche eine Veränderung«, sagte Daisy. »Und eins ist mir klargeworden: Ich will nicht mehr Polizistin sein.«

»Was dann?« fragte Kristina trocken.

»Du wirst lachen.«

»Ich verspreche dir, es nicht zu tun.«

Daisy seufzte. »Ich habe ein bißchen Geld gespart, und es wäre eine Schande, meine Fähigkeiten und mein Training zu vergeuden. Ich werde mich hier als Privatdetektivin niederlassen.«

Kristina lächelte. »Das ist eine gute Idee. Du weißt, daß du hier willkommen bist, bis du eine Wohnung gefunden hast.«

Daisy schüttelte den Kopf. »Danke, Kris, aber ich möchte dir nicht zur Last fallen. Immerhin bist du die einzige Freundin, die ich in Seattle habe, und ich werde jemanden brauchen, mit dem ich reden kann. Jemanden, der an Vampire glaubt.«

Kristina schlang einen Arm um Daisys Schultern. »Ich glaube auch an Geister, Werwölfe, Dämonen und noch ein paar andere gestörte Typen, aber ich glaube, davon erzähle ich dir lieber später.«

Daisy lächelte, obwohl ihr mehr nach Weinen zumute war. »Spar es dir auf für meine Rückkehr«, erwiderte sie. »Es sei denn, du willst mir sagen, daß es den Nikolaus und den Osterhasen wirklich gibt?«

»Tut mir leid«, meinte Kristina, und beide lachten.

Valerian
Colefield Hall, 1995

»Vergiß nicht, daß du mir etwas schuldig bist«, sagte Dathan im selben Moment, als ich die Augen öffnete.

Ich lag auf einem kühlen Stein in jenem Keller, in dem ich nach meiner Verwandlung so viele Tage verbracht hatte. Ich hob die Arme, und die Bewegung löste Schmerzen in mir aus, die mich innerlich zerrissen wie eine Million hungriger Ratten. Meine Hände waren versengt und deformiert, und ich muß wohl einen entsetzten Schrei bei ihrem Anblick ausgestoßen haben, denn prompt erschien Challes, um mir Blut aus einem silbernen Becher einzuflößen.

»Reg dich nicht auf«, sagte Dathan, als ich die lebenswichtige Flüssigkeit durch meine Fänge aufnahm. »Du siehst schauderhaft aus, aber ich verspreche dir, daß du bald wieder so hübsch wie eh und je sein wirst.«

Ich hätte ihn angespuckt, wenn ich das Blut nicht so dringend benötigt hätte. Das Schlimmste – eine Ewigkeit in der Hölle – stand mir noch bevor. Über verlorene Schönheit verschwendete ich keinen Gedanken.

»Krispin?« fragte ich Challes, als der Becher leer war.

»Sein Körper wurde vernichtet«, erwiderte mein Lehrmeister, der seltsam eingefallen wirkte, als löste er sich von innen heraus auf. »Krispins Seele hingegen erwartet uns schon in der Hölle.«

»Ja«, sagte ich. Ich hätte viel dafür gegeben, Daisy jetzt zu sehen, aber ich wußte, daß ich sie nur traurig machen würde, vor allem in meinem gegenwärtigen Zustand. Ich wollte ihre Liebe, nicht ihr Mitgefühl. »Nemesis wird bald kommen.«

»Du kannst nicht zur Hölle fahren, ohne deinen Teil der Abmachung erfüllt zu haben!« protestierte Dathan heftig. »Verdammt, Vampir, du wirst deine Schuld begleichen!«

Ich lächelte ihn an und erkannte an seinem mitleidigen Blick, welch lächerlichen Anblick ich mit meinem entstellten Gesicht und dem haarlosen Schädel bieten mußte. »Nun gut«, gab ich nach. »Es gibt da eine Vampirin – Roxanne Havermail ist ihr Name. Ihr Gefährte hat sie für eine jüngere Vampirin verlassen, hörte ich – und ich glaube, sie war ihn ohnehin leid, so oft, wie sie versucht hat, mich zu verführen. Geh zu ihr, Dämon, und zeug deine monströsen Kinder – falls du kannst.«

Er sah einen Moment so aus, als wollte er mich erwürgen, doch dann mußte er die Nutzlosigkeit einer solchen Geste eingesehen haben, denn er wandte sich fluchend ab und hieb mit der geballten Faust gegen die Mauer.

Ich lachte – es gab so wenige Vergnügen, die mir noch geblieben waren, daß ich auf dieses nicht verzichten wollte – und der Dämon kam wütend zu mir zurück.

»Geh zur Hölle, Vampir«, schrie er, »denn an keinem anderen Ort wirst du vor meiner Rache sicher sein!«

»Tatsächlich?« spottete ich und stöhnte ein wenig, als der Schmerz wieder in mir aufstieg. »Es ist deine eigene Schuld, Dämon. *Trau niemals einem Vampir.* War das nicht dein Motto und die Litanei deines schwarzen Herzens? Außerdem habe ich dir die Vampirin gegeben, die du verlangt hast. Es ist nicht meine Schuld, wenn die arme Roxanne dir nicht gefällt.«

Dathan erwiderte nichts – dazu war er viel zu wütend –, sondern wandte sich nur wortlos ab.

Ich griff nach Challes' Hand, weil ich fühlte, wie ich wieder schwächer wurde. »Die Morde in Las Vegas ... Die Polizei wird die Sache mit Krispin nie verstehen ... Es muß eine Möglichkeit geben ...«

Mein einstiger Lehrmeister lächelte und strich mit sanften Fingern über meine vernarbte Stirn. »Ein paar Erinnerungen ausgelöscht, einige Veränderungen im Polizeicomputer, hier und da eine Idee gesät ...«

Ich nickte erleichtert und schloß die Augen, um mich von neuem den unaussprechlichen Qualen zu überlassen, die mich innerlich zerrissen.

Daisy
Las Vegas, 1995

Daisy traf um halb sechs Uhr nachmittags in Las Vegas ein, stieg am Flughafen in ein Taxi und ließ sich zum Präsidium fahren.

O'Halloran war in seinem Büro, strahlte, als er sie erblickte, und sprang auf, um sie zu umarmen. »Chandler! Wie ich mich freue, dich zu sehen!«

Daisy küßte ihn verlegen auf die Wange. »Wie kommt ihr mit den Ermittlungen in den Vampirmorden voran?«

O'Halloran grinste sogar noch breiter und forderte Daisy auf, sich hinzusetzen. »Liest du keine Zeitungen, Chandler? Wir haben den Psychopathen gefaßt. Er ist bereits verurteilt.«

Daisy wußte, daß der Mann im Gefängnis nicht der wahre Mörder war – aber sie vermutete, daß er andere Morde begangen hatte, wer immer er auch sein mochte. Die Situation roch nach Vampirjustiz, aber es hätte wenig Sinn gehabt, O'Halloran darüber aufzuklären.

Viel wichtiger war, falls ihre Theorie stimmte, daß Valerian irgendwo in der Nähe sein mußte. Oder etwa nicht? Für ihn mußte es ein Leichtes sein, das Gedächtnis einiger Leute zu manipulieren, Computerdaten zu verändern und die Verbrechen eines gewissen abtrünnigen Vampirs einem anderen Schwerverbrecher anzuhängen.

Riskier es nicht, Chandler. Wag nicht, darauf zu hoffen.

»Gute Arbeit«, meinte sie lächelnd. »Ich wünschte, ich wäre dabeigewesen.«

»Ich auch«, erwiderte O'Halloran. »Ich habe dich vermißt.«

Daisys Lächeln verblaßte. »Ich habe meine Kündigung eingereicht. Ich möchte etwas anderes tun – ich brauche eine Ortsveränderung. Du weißt schon.«

»Ja«, erwiderte O'Halloran traurig. »Ich weiß. Manchmal frage ich mich selbst, warum ich es noch tue. Für jeden Schuft, den wir festnageln, entkommen uns fünfzig durch irgendwelche Formfehler.«

Daisy erzählte ihm von ihren Plänen, in Seattle eine Detektivagentur zu eröffnen. »Ich könnte einen guten Partner brauchen. Wenn du es nicht mehr aushältst, ruf mich an.«

O'Halloran grinste. »Weißt du, Chandler, ich kann mir mich sehr gut als Schnüffler vorstellen. Die Frage ist nur, könnte Eleanor es auch? Sie liegt mir schon lange damit in den Ohren, den Polizeidienst aufzugeben, aber ich glaube nicht, daß sie dabei an *so etwas* gedacht hat.«

Daisy stand auf, um sich zu verabschieden. »Warum fragst du sie nicht?« entgegnete sie lächelnd.

Valerian
Colefield Hall, 1995

Keine Fanfaren begleiteten Nemesis, als er kam, um mich zu holen, kein Blitz, kein Donner und schon gar keine Trompetenklänge. Er erschien ganz einfach eines Nachts in Colefield Hall und blieb geduldig neben der verschlossenen Tür stehen, bis ich ihn bemerkte. Oder, besser gesagt, bis ich aufhörte, so zu tun, als bemerkte ich ihn nicht.

Challes war zu irgendeiner Besorgung aufgebrochen, nachdem er mir Blut gebracht hatte, und würde in den nächsten Stunden nicht zurückkehren.

Dathan war schon viel eher verschwunden, vermutlich, um die heimtückische Roxanne Havermail aufzusuchen. Es bedeutete einen gewissen Trost für mich, daß diese beiden, die einander so sehr verdienten, vielleicht schon in diesem Augenblick auf Kollisionskurs waren. Mein größter Trost jedoch war die Gewißheit, daß ich den Fluch gebrochen und Daisy vor Krispin und seinem Wahn gerettet hatte.

Sie würde eine Zeitlang um mich trauern, meine Daisy – und ich in alle Ewigkeit um sie –, doch unser tragischer Tanz durch die Korridore der Zeit war für immer beendet, das Orchester war verstummt.

Aber ich weiche vom Thema ab. Zurück zu Nemesis.

Der meistgefürchtete aller Engel traf mich friedlich lesend in meiner unterirdischen Kammer an und betrachtete mich mit mitleidigen Blicken, obwohl ich inzwischen schon fast wieder wie ich selbst aussah. Mein Haar war nachgewachsen, meine Haut war makellos wie eh und je.

Ich schloß das Buch. »Ist es Zeit?« fragte ich. Es war mehr eine Feststellung als eine Frage.

»Ja«, erwiderte Nemesis, und ich glaubte für einen Moment, Bedauern in seinem Blick zu sehen, was ich dann jedoch rasch als pure Einbildung abtat. Es konnte keine Gnade für mich geben.

Ich erhob mich, und der Engel streckte die Hand aus und berührte meine Stirn. Ich erinnere mich, daß seine Fingerspitzen sich sehr kühl anfühlten und die Berührung erstaunlich beruhigend war in Anbetracht all dessen, was mich erwartete.

Wir wurden an einen anderen Ort versetzt, beide, in ganz ähnlicher Weise, wie ich mich selbst seit meiner Verwandlung im vierzehnten Jahrhundert fortbewege.

Wir standen an einem dunklen Abgrund und schauten in ein Loch herab, das keinen Boden und keine Wände zu haben schien. Ich fühlte die Hitze darin und hörte die Schreie der Verdammten; mein Herz zog sich vor Furcht zusammen, und ich erlitt einen Anfall leichter Hysterie.

Nemesis deutete auf das Inferno. »Die Hölle«, sagte er, »ist das, was Männer und Frauen darin sehen wollen. Dies, Valerian Lazarus, ist deine Hölle. Sie ist nur eine Illusion, aber deshalb nicht weniger real.«

Ich dachte an Daisy und trat einen zögernden Schritt vor, bereit, mich in die Feuersbrunst zu stürzen, doch Nemesis ergriff meinen Arm und hielt mich zurück. Ich spürte seine große Kraft und erkannte, daß weder Challes noch ich ihn je getäuscht hatten oder ihm entkommen waren; er hatte schlicht abgewartet bis zum vereinbarten Moment.

»Du würdest wirklich für die Liebe einer einzigen sterblichen Frau Höllenqualen auf dich nehmen … in alle Ewigkeit?«

Ich zögerte nicht. »Ja.«

Nemesis schaute mir prüfend in die Augen, und ich fühlte, wie er meine Seele erforschte, jeden Winkel, und nach irgend etwas suchte. Das einzige, was klar ersichtlich für mich war, außer der furchtbaren Angst, die mich beherrschte, war die Tatsache, daß ich nichts vor ihm verbergen konnte.

»Du sprichst die Wahrheit«, meinte er verwundert, hob den freien Arm und ließ meine ganz private, mittelalterliche Hölle mit einer lässigen Geste verschwinden. Wir waren wieder in Colefield Hall, bevor ich begriff, was mir erspart geblieben war.

»Warum?« flüsterte ich zitternd, als ich erkannte, daß ich sicher war. Die Erinnerung an jenen furchtbaren Ort, den wir besucht hatten, würde mich allerdings in alle Ewigkeit verfolgen. »Warum hast du mich hierhergebracht, anstatt …«

»Weil Wahrheit in dir ist«, antwortete Nemesis. »Allem Bösen in dir zum Trotz existiert dort auch etwas Gutes – obwohl ich gestehen muß, daß du mir auch jetzt nicht sympathischer bist.«

Ich vermochte meine Freude und Erleichterung nicht mehr zu beherrschen. Aber mein Entzücken verblaßte schnell, als ich erneut das versengende Feuer der Hölle spürte, die Schreie der Verdammten hörte und die hungrigen Flammen in der Dunkelheit auflodern sah.

»Dieser Ort – werde ich eines Tages dorthin zurückkehren?«

Nemesis maß mich mit einem weiteren prüfenden Blick. »Vielleicht. Vielleicht auch nicht. Was wirklich wichtig ist, Vampir, ist der Moment. Nichts anderes ist real.«

Nach dieser Erklärung verschwand der Engel, und ich war wieder allein.

Ich hätte mich jetzt gern zu Daisy begeben, war jedoch noch viel zu erschüttert. Denn immerhin war ich gerade um Haaresbreite dem fürchterlichsten Verhängnis, das ich mir überhaupt vorstellen konnte, entronnen, und deshalb verbrachte ich die nächsten Minuten in stiller Dankbarkeit.

Valerian
Las Vegas, 1995

Jerry Grover, stellvertretender Geschäftsführer des Venetian, zitterte in seinen teuren Lederschuhen, als der Magier sich vor ihm aufbaute. »Was, zum Teufel, soll das heißen?« fragte Valerian drohend und sah verdammt beängstigend aus in seiner Graf-Dracula-Kleidung. »Wie konnte sie die Stadt verlassen, ohne mir etwas davon zu sagen?«

Grover schluckte. Überall summten Geldmaschinen, Lichter glühten auf und verloschen wieder, und Jerry wünschte, er hätte es nicht nötig, diesem Zauberkünstler Rede und Antwort zu stehen. Aber Valerian war eine Berühmtheit, und die Geschäftsleitung wollte ihn zufriedenstellen. Niemand lockte so viele zahlende Kunden an wie er, und was der Star wollte, das bekam der Star. Oder Köpfe würden rollen, vor allem Jerrys.

»Ich habe mich nach Miss Chandler erkundigt, wie Sie mich gebeten hatten, Sir«, erwiderte Grover unsicher. Gott, wie er es haßte, so kraftlos und schwach zu klingen. »Mein Informant im Polizeipräsidium sagte mir, sie habe gekündigt und sei nach Seattle gezogen.«

Der Magier starrte ihn einen Moment lang schweigend an, um sich dann jäh abzuwenden und mit flatterndem Cape hinauszustürmen. Als er an den Geldmaschinen vorbeieilte, begannen sie alle verrückt zu spielen und warfen wie wild Gewinne aus.

Es war das Tollste, was Jerry Grover je gesehen hatte, und er wagte sich gar nicht auszudenken, wie er das der Firmenleitung erklären sollte.

21

Daisy
Seattle, 1995

Der alte Aufzug in Daisys Bürogebäude schlenkerte und ratterte, als er sich müde in den zwölften Stock hinaufbewegte. Es war schon spät und das Gebäude vermutlich leer, aber das kümmerte Daisy nicht. Seit sie vor zwei Wochen nach Seattle gekommen war, hatte sie gemerkt, daß sie nachts am besten arbeitete.

Das kommt davon, wenn man sich mit Vampiren einläßt, dachte sie mit einem wehmütigen Lächeln. Der Aufzugskasten schwankte bedrohlich, und Daisy begann zum ersten Mal eine leise Furcht zu verspüren. Wenn die Kabel rissen …

Nimm dich zusammen, ermahnte sie sich. Seit sie Valerian und sein Freunde kannte, neigte sie zu Phantastereien. Wenn sie als Privatdetektivin erfolgreich sein wollte, mußte sie all das vergessen und ihre alte, pragmatische Natur zurückgewinnen.

Die Lichter gingen aus und gleich darauf wieder an. Die Anzeigenadel über der Tür blieb zwischen zwei Bronzenummern stehen – sieben und acht.

Daisy biß sich auf die Lippen. Nachdem sie den Umzug nach Seattle geregelt hatte, war sie nach Telluride zu Nadine und Freddy gefahren und hatte eine glückliche Woche mit ihnen und dem Baby verbracht. Doch die ganze Zeit, das gestand sie sich jetzt ein, hatte sie erwartet, etwas von Valerian zu hören und ihn wiederzusehen.

Er lebte und trat im Venetian auf, lockte Scharen von Zuschauern ins Hotel wie eh und je – in allen Zeitungen wurde über ihn berichtet. Daisy konnte durchaus nur schließen, daß er nach der Sache mit Krispin beschlossen hatte, daß eine sterbliche Geliebte eine lästige Geliebte war. Vielleicht hatte er sich ja wieder mit einer seiner zahlreichen alten Flammen zusammengetan, mit irgendeinem wunderschönen Ungeheuer wie ihm selbst.

Ein ächzendes Geräusch, und dann blieb der Aufzug ganz stehen, und die Lichter gingen aus.

»Verdammt«, murmelte Daisy.

»Sehr undamenhaft«, erklang Valerians Stimme.

Daisys Herz blieb stehen wie der Aufzug, um dann wie wild zu rasen. *Valerian.* Hatte sie sich nur eingebildet, ihn zu hören? Im Aufzug war es dunkel, aber sie sah genug, um zu erkennen, daß sie nach wie vor allein war.

Eine süße Hitze stieg aus den Tiefen ihres Körpers auf. Auch in jenem Motelzimmer zwischen Las Vegas und Telluride war sie allein gewesen …

»Liebst du mich, Daisy?«

Kein Zweifel, Valerian sprach zu ihr, und wenn auch nur in ihrem Kopf.

Der Streß der vergangenen Wochen machte sich bemerkbar.

»Ja«, murmelte sie dennoch. »Liebst du mich auch?«

»Laß es mich dir zeigen«, erwiderte er.

Die Akten unter ihrem Arm entglitten ihr, als Daisy seinen Mund auf ihren Lippen spürte, sehr sanft zunächst, dann mit zunehmender Leidenschaft. Seine Hände schienen überall zugleich zu sein, streichelten ihren Rücken und ihren Po, umfaßten ihre Brüste und glitten zwischen ihre Schenkel.

»Verdammt, Valerian«, flüsterte sie, als er seinen Kuß einen Moment unterbrach, um sie Atem schöpfen zu lassen. »Warum kannst du mich nicht richtig lieben?«

»Soll ich aufhören?«

Daisys Stolz kämpfte gegen Bedürfnisse, die zu lange verdrängt worden waren, und erfuhr eine vernichtende Niederlage. »Nein … bitte … hör nicht auf.«

Sie fühlte, daß ihre Kleider sich auflösten wie Rauch, spürte die Hitze ihres Verlangens in jeder Faser und Pore ihres Körpers und schluchzte vor Freude, als er mit einer ungestümen Bewegung in sie eindrang. Irgendwie schien er gespürt zu haben, daß Daisy eine stürmische Vereinigung ersehnte.

Die Ekstase ließ nicht lange auf sich warten und war so intensiv, daß sie Daisy den Atem raubte. Die Lichter gingen an, und der Aufzug setzte sich ächzend in Bewegung.

Daisy war noch immer allein und verblüfft, ihre Kleider zu tragen, statt sie in einem achtlosen Haufen auf dem Boden vorzufinden. Errötend bückte sie sich und sammelte rasch die verstreuten Akten ein, während ihr Körper noch bebte von den überwältigenden Emotionen, die Valerian in ihm entfacht hatte.

Als sie ihr Büro erreichte, war sie gezwungen, sich auf die Couch zu legen, weil noch immer Wellen der Ekstase sie durchzuckten und sie mit süßer Schwäche erfüllten.

Sie schlief ein, in silbernes Licht gebadet und mit dem Gefühl, daß ihr Geliebter bei ihr war. Wenig später erwachte sie von einem Schatten, der den Mond bedeckte.

»Du hättest hier sein sollen vorhin«, sagte sie. »Es war wirklich gut.«

Er lächelte und zog eine Augenbraue hoch. »Nur ›gut‹? Vielleicht sollte ich es dann besser noch einmal versuchen.«

»Nein!« sagte Daisy rasch und mit Überzeugung. »Noch eine solche Sitzung, und ich sterbe an einem Herzinfarkt!«

Lachend breitete Valerian die Arme aus, und wider ihr besseres Wissen schmiegte Daisy sich hinein.

»Wo, zum Teufel, hast du bloß gesteckt?« flüsterte sie.

Wieder lachte er. »Genau dort«, erklärte er.

Daisy trat zurück, um ihn besser anschauen zu können. »Was …«

Er legte einen Finger an ihre Lippen. »Pst«, meinte er. »Es ist vorbei, und wir können jetzt endlich zusammen sein. Vorausgesetzt natürlich, daß du mich noch willst.«

»Ich dachte, du wolltest mich nicht mehr«, sagte Daisy und versteifte sich ein wenig. »Warum kommst du erst jetzt?«

Valerian küßte ihre Stirn. »Ich hatte Narben, die ich dich nicht sehen lassen wollte, und ich dachte, wir brauchten beide ein bißchen Zeit, um unser Gleichgewicht zurückzugewinnen.«

Daisy nickte. »Und was jetzt?«

»Jetzt werden wir uns irgendwie ein gemeinsames Leben aufbauen.«

»Ich werde altern«, erinnerte Daisy ihn. »Und wenn ich neunzig bin, wirst du immer noch so aussehen wie heute nacht. Die Leute werden mich für deine Urgroßmutter halten.«

»Es hat mich noch nie gekümmert, was Sterbliche denken. Oder Unsterbliche. Solche Dinge sind nicht wichtig, Daisy, wenn zwei Liebende so oft auseinandergerissen wurden wie wir in den vergangenen Jahrhunderten.«

Daisy nickte. »Na schön. Aber wie stellst du dir das eigentlich vor? Mir gefällt es hier, während du in Las Vegas …«

»Falls es dir noch nicht aufgefallen ist, habe ich keine Schwierigkeiten mit der Anfahrt.«

Diesmal lachte Daisy, aber in ihren Augen schimmerten Tränen, als sie zu ihm aufschaute. »Was ist mit dem Mann, der für die Morde verhaftet wurde, die Krispin begangen hat? Ist er eine Art Sündenbock oder so?«

Valerian zuckte mit den Schultern. »Das kommt darauf an, wie man es sieht. Der Kerl hat acht Menschen umgebracht, drei von ihnen Kinder, und war immer stolz auf seine perfekten Morde. Man könnte sagen, daß hier Gerechtigkeit geübt wurde, wie indirekt auch immer.«

Daisy akzeptierte diese Antwort, obwohl sie wußte, daß sie noch lange Debatten zugelassen hätte. »Ich weiß wirklich nicht, wie unsere Beziehung beschaffen sein soll«, sagte sie. »Heiraten Vampire eigentlich?«

»Sie gehen Bindungen ein, und zwar erheblich tiefere, als du vielleicht glaubst. Unsere wird eine ewige Bindung sein, versteh das bitte. Natürlich wirst du altern und irgendwann auch sterben. Doch dann wirst du wiedergeboren, und ich werde in der Nähe sein und darauf warten, daß du aufwächst und wieder zu mir kommst.«

Es war eine bittersüße Vorstellung. »Was ist mit Kindern? Könnten wir ein Haus haben? Und vielleicht auch einen Hund?«

Valerian täuschte einen Seufzer vor. »Jedes Kind von mir, Daisy, wäre ein Ungeheuer im wahrsten Sinne dieses Wortes. Aber es gibt genug Waisenkinder auf der Welt, die glücklich wären, zu unserer unkonventionellen kleinen Familie zu gehören. Was das Haus betrifft, so brauchst du mir nur zu sagen, was du willst, und ich beschaffe es dir.« Er hielt inne. »Der Hund ist auch kein Problem. Zufällig hat ein alter Freund mir erst kürzlich ein wunderschönes Tier geschenkt. Es wird dir gefallen – sein Name ist Barabbas.«

Daisy dachte an die bewegte Vergangenheit ihres Geliebten und die unzähligen romantischen Affären, die er ihr bereits gestanden hatte. »Und wenn du ... unruhig wirst? Eine Sterbliche könnte auf lange Sicht gesehen recht langweilig werden für einen Mann, der an aufregende Vampirinnen gewöhnt ist.«

Valerian küßte sie. »Wenn du wüßtest, was ich durchgemacht habe, um bei dir zu sein, würdest du nie an meiner Treue zweifeln«, antwortete er. »Eines Tages – oder vielmehr eines Nachts – werde ich dir alles darüber erzählen. Abgesehen davon können aufregende ›Vampirinnen‹ die kältesten, herzlosesten Wesen auf der ganzen Welt sein.«

Daisy erwiderte nichts, schlang nur die Arme um seinen

Nacken und hob im schimmernden Mondlicht ihr Gesicht zu ihm empor.

»Erinnere dich an diese Nacht«, flüsterte sie.

»Weil wir jetzt endlich zusammen sein können?«

Sie lächelte. »Weil es der Beginn von immer ist.«

ENDE

Die große Bestseller-Autorin historischer Liebesromane

Bisher erschienene Titel:

18124	*Rebellisches Herz*	*18134*	*Wilde, süße Träume*
18129	*Gehauchte Küsse*	*18139*	*Gefährliche Liebe*
18132	*Unstillbare Sehnsucht*	*18144*	*Süße Unschuld*

BASTEI
LÜBBE

Sie erhalten diese Bände im Buchhandel, bei Ihrem Zeitschriftenhändler sowie im Bahnhofsbuchhandel.